THE TEMPORALITY
IN MODERN CHINESE NOVELS

中国近现代小说中的时间问题研究

赵 斌 —— 著

復旦大學 出版社

教育部人文社会科学基金青年项目（项目编号：19YJC751071）
教育部"中国博士后科学基金资助项目"（项目编号：2019M662274）
江西省社会科学院博士后科研经费资助项目
衡阳师范学院湖南省十三五"双一流"学科"中国语言文学"资助项目

序

张　均

中国小说的现代转型问题,实为中国文学现代转型的一部分,这无疑是学术史上殊为关键的问题。不过,在不少人看来,这已经不是"问题"或是已经解决的问题。然而,梁启超在《中国历史研究法》中曾经说过:"吾侪若思养成鉴别能力",须"能向常人不怀疑之点能试怀疑;能对于素来不成问题之事项而引起问题"。其实,目前学界关于文学现代转型问题的结论是颇可"怀疑"的。

多年以来,学界一般是将"五四"文学列为现代文学真正形成的标志。其主要观点,可分为三种。一是将转型归因为语言层面的"文白之变"。这种观点最为可疑,因为在"五四"白话文运动之前,白话文学早已存在千年以上的历史,胡适甚至还以之撰成专著《白话文学史》,可见语言并不构成转型的必要条件。第二种观点是将转型归因为个性主义的兴起。郁达夫说过,"五四运动最大的成功,第一要算'个人的发现'",这的确是不易之论。席卷现当代文学研究界的"重写文学史"思潮即以"个人的发现"重新勾勒文学变迁的轨迹,直到今天仍对学术研究发挥着强有力的形塑作用。不过,如果我们静心细读晚清小说,有关郁达夫或"重写文学史"的信任就很可能出现动摇。比如,有一本不太知名的小说《梼杌萃编》(诞叟,1905),内中讲到一个叫何碧珍的女子,率性独立,弃家私奔,她有一段话,比鲁迅《伤逝》中子君的话——"我是我自己的,他们谁也没有干涉的权利"——更像是"人的觉醒"的宣言:"我要不愿,就是叫我做嫔妃、福晋、一品夫人,我也不要做;我要愿,就是叫我做个外妇、私窝、通房丫头,也没有什么不可。"而且,这个何碧珍还说:"我觉得只要男女合意,不拘一夫多妻、一妻多夫,都无不可。"这般惊世骇俗,就绝非子君所能想象的了。可见,若论"个人的发现",晚清小说恐怕比"五四"小说要更胜一筹。依此而论,将个性主义作为文学现代转型的根据,其实是大有可疑的。第三种观点是将现代转型归因于民族国家认同的建构,这同样不能说是"不成问题之事"。鲁迅的"铁屋子""未庄"无疑是"老中国"的隐喻,但《孽海花》开篇就有对"奴乐岛"的描述,说这岛上的岛民"没有一个不是奄奄一息、偷生苟活","崇拜强权、献媚异族","从古没有呼吸自由","却自以为是:有'吃',有'住',有'功名',有'妻子'",这又何曾不是对现实中国的讽喻?《老残游记》关于"沉船"的描绘,与"奴乐岛"也相去不远。甚至,晚清小说的这些民族国家的想象比"五四"小说还更直接、更强烈。

可见,目前学界所论,如"个人的发现"与民族国家认同建构,虽然很有道理,但究其实,并不能对晚清小说、"五四"小说做出有效的区分:如果说鲁迅小说是"现代文学"形成的标志,那么晚清谴责小说何以就不能担承这种文学史荣誉呢?也正因此,海外学者王德威提出"没有晚清,何来五四"的问题。因为按照王德威的看法,晚清文学的现代性已呈众声喧哗之势,到了"五四"时期反而被压抑、被窄化甚至被单质化了。王氏论点,争论极大,甚至被认为有贬损"五四"文学的学术意识形态问题,因为无论《孽海花》《老残游记》,还是《文明小史》《梼杌萃编》,显然都不具备《呐喊》《彷徨》那种前无古人的现代感。不过,若仅从个人意识、民族认同建构去理解"现代感",《呐喊》《彷徨》对《孽海花》等确实没有实质性的超越。那么,中国文学的"现代感"是否还别有所属呢?

赵斌的《中国近现代小说中的时间问题研究》一书,正是对此问题的回答。他说:"'中国小说现代转型'不同于以往小说史上任何朝代、任何阶段小说的变化,而这一变化的关键是小说的时间问题。"这是相当敏锐的看法,但这种看法并非否认学界关于"个人的发现"、民族国家认同等研究成果,而是进一步的深入与拓展。对赵斌的观点,我是这样理解的:如果说个人意识、民族意识的萌生是中国文学现代转型必不可缺的两项"基本条件"的话,那么用怎样的方式将个人意识、民族意识讲述到故事中去,则是"现代"得以形成的最后条件。鲁迅之超越晚清前辈,不在于个人或民族,而在于这"最后条件"。而这既涉及时间问题,也涉及与之相关的叙事问题。无疑的,在近年研究中,这是有待开发的学术领域。以我眼见,国外学者伊恩·P. 瓦特、巴赫金等的相关理论著述甚可参考,国内学者如陈晓明等对此问题有所涉及,李杨则有深入的考察。他的《抗争宿命之路》《文化与文学》《50—70年代中国文学经典再解读》等著作,往往从时间问题、从历史话语入手考察社会主义现实主义文学。不过,李杨对晚清民国之际的文学,较少涉足。故而,从时间问题入手,重新讨论中国文学的现代转型问题,构成了赵斌富于探索性质的深耕细作的学术领域。

赵斌的研究,没有重复前人有关"个人的发现"、民族国家认同的论述,而是直接从时间问题入手,将个人、民族意识融入有关时间、空间与叙事之关系的讨论之中。在此方面,赵斌孜孜矻矻,建立了自己相对完整的阐释体系。他将叙事时间分为"内外两面",分别为外在情节时间(小说时间的外面)和内在主体时间(小说时间的内面)。其中,内在主体时间的获得,被他界定为现代小说兴起的标志。为此,他拈出浦安迪的"缀段性"(episodic)概念,由之发展出对古典文学的空间化解释体系,并借由从"缀段"叙事到外在情节时间叙事再到内在主体时间叙事的缓慢演变,建立了他自己的有关现代文学转型的解释。这一解释,颇异于前人。据我所知,他的这项研究发表以后,颇得到一些前辈学者的肯定,也获得了相关学术成果奖励。

在此基础上,赵斌还进一步按照巴赫金的现实主义成长小说"双重时间"理论,以"历史时间"为抓手,深入考察了"匆忙而多变"的晚清、"五四"小说。他考察得来的结论,既进一步厘清了"现代"的形成,也呈现了晚清小说"走向现代"的局限:无论是谴责小说还是乌托邦小说,都不能为清末提供一个"必然"的历史叙述。作为"现代文学"形成标志的"五四"小说,也存在自己的"时代症候"。这表现在,由于辛亥革命时期的革命理想与民国后社会历史现实之间的巨大反差,"五四"小说家普遍存在某种幻灭感,感觉历史的入口被堵死了,无法进入历史。依他之见,从晚清到"五四",中国小说实际上都没有完成个人成长时间和历史时间的完美融合。这一判断是切合实际的。实际上,"人在历史中成长"的叙述机制的真正形成,要等到毛泽东《在延安文艺座谈会上的讲话》以后"新的人民的文艺"的崛起才变为现实。

这本专著还有一个令人颇感创新的地方,是对小说结构再空间化的讨论。"再空间化"是相对古典小说的空间化而言的,但两者毕竟又有所不同。本来,从古典文学到现代文学,以时间逻辑取代空间逻辑,已构成了中国文学"新陈代谢"中意味深长的一幕,但由于西学、市场、政治等因素的介入,晚清小说并未彻底摆脱"缀段"化、空间化,甚至因为插入过多的轶闻趣事、时政议论等非情节因素,而造成未必必要的"停顿"。这是转型过程中一种始料未及的"再空间化",多少限制了晚清小说的成就。不过,"五四"小说的"再空间化"与此不同。"五四"短篇小说在改变古典小说有头有尾的"满格时间"的结构模式以后,成功地转向了书写"横截面"式的现代小说结构模式。它的"再空间化",是因为叙述中"省略"过多、"心理化"处理增多所致。比较起来,这种"再空间化"与时间化(历史化)并不形成冲突,而是推动、深化了业已发生的文学现代转型。

在学术上,赵斌是一个不愿墨守成规、锐气逼人的青年学者,这与他沉稳、宽厚的性格恰成映照。因此,他的研究,总与挑战、尝试、解构、创造等相关联。这造就了他鲜明的学术个性,令人印象深刻。这本专著是他的博士论文,也是他第一部学术专著,是他未来学术道路上可喜的一步。就我而言,看到这部著作的出版,却不由想起差不多近二十年前,谢冕先生参加我的博士论文答辩。当时,我也在论文中将时间列为主要思考对象,谢先生问我:"你为什么对时间问题如此重视呢?"我对他做了简短的解释,并希望自己日后对此问题有一个系统而令人信服的研究。遗憾的是,时光流逝,我最终未能完成这一工作。所以,现在看到赵斌专著的出版,我感到,当年谢先生的问题,可以说是有一个比较令人满意的答案了。

2020 年 5 月 8 日于广州

目 录

绪论 ··· 001
 一、问题的缘起 ·· 001
 二、研究范围与思路 ··· 003
 三、研究方法和主要创新点 ··· 007

形式篇：叙事时间及其空间化

第一章 从空间到时间的叙事转移 ·· 013
 第一节 明清章回小说的"缀段"问题 ································ 013
  一、"说书人"及其说书套语 ······································· 015
  二、"史官"及其实录精神 ·· 020
  三、"名士"及其"无事之事" ····································· 024
 第二节 胡适、《孽海花》及其"缀段"问题 ······················· 029
  一、"胡钱对话""胡曾争议"与"缀段"问题 ················· 030
  二、"误解"与"新小说"家的"缀段"情结 ···················· 034
  三、"五四""新文学"家对"缀段"的舍弃 ···················· 039
 第三节 叙事时间的嬗变 ·· 043
  一、"缀段"叙事 ·· 044
  二、外在情节时间叙事 ·· 048
  三、内在主体时间叙事 ·· 052

第二章　小说结构的再空间化 060

第一节　近代小说结构的再空间化 060
一、"西学东渐"下的中国近代小说结构的再空间化 061
二、"市场驱使"下的中国近代小说结构的再空间化 065
三、"政治渗透"下的中国近代小说结构的再空间化 069

第二节　晚清、"五四"小说结构的再空间化 074
一、从"满格时间"到"横断面" 075
二、停顿与省略 079
三、环境描写 085
四、结论 089

第三节　小说结构的心理化转向 089
一、时代变迁与人的觉醒 090
二、文体的融合与叙事视角 097
三、心理学与意识流等现代主义艺术 102

第四节　长篇小说的衰落与短篇小说的兴起 106
一、长篇小说、短篇小说及其理论的兴起 106
二、长篇小说的衰落与短篇小说的兴起 109
三、结论 118

内容篇：现代性时间及其历史化

第三章　新旧时间与中国小说的现代转型 121

第一节　新旧时间意识 121
一、进化论：作家的新旧时间意识 123
二、新旧时间：过去、现在和未来 127
三、晚清小说："白日梦"与分离式的新旧时间 130
四、"五四"小说："梦醒了无路可走"与残缺的新旧时间 140

第二节　从"维新"到"伪新" 144
一、从"维新"到"伪新" 145

二、"新"被征用与流氓实用主义 ·············· 147
三、"新"被扭曲与腐化时间 ················ 150
四、"新"被还原与庸常时间 ················ 155

第四章 历史时间：晚清、"五四"小说的"未完成性" ······ 160
第一节 巴赫金的"双重时间"及其应用界域 ············ 160
一、晚清、"五四""顿悟式"成长小说 ············ 160
二、巴赫金"圆满性"成长小说 ··············· 163
三、巴赫金的"双重时间"及其应用界域 ·········· 164
第二节 晚清、"五四"小说的"未完成性" ············ 167
一、清末：乌托邦的历史时间 ················· 168
二、民初：虚无的"革命"历史时间 ············· 176
三、"五四"：迷失的历史时间 ················· 178

第五章 个人时间：人如何走进历史 ················ 186
第一节 个人时间的"立"与"破" ················ 187
一、个人时间的"立" ···················· 187
二、个人时间的"破" ···················· 192
三、现代小说中的个人时间的重组及流变 ·········· 197
第二节 个人公共时间叙事 ···················· 200
一、革命时间 ························ 201
二、社会时间 ························ 209
三、劳动时间 ························ 216
第三节 个人自由时间叙事 ···················· 218
一、"人性论""阶级论"之争 ················ 220
二、个人自由时间的落后性塑形 ··············· 223
三、个人自由时间的进步性塑形 ··············· 226
四、个人自由时间的异化塑形 ················ 230

结论 时间与中国现代小说的发生 ………………………… **234**
　一、叙事时间的转变与中国现代小说的发生 ………………… 235
　二、现代性时间与中国现代小说的发生 ……………………… 241

参考文献 ……………………………………………………… **250**

后记 …………………………………………………………… **257**

绪　论

一、问题的缘起

中国小说,历经"小道"到"大雅之堂"的漫长蜕变,到明清时期才步入一个重要的发展阶段。其后,在晚清、"五四"惊雷式变革中,随着开放性的文化语境、小说家开放的创作理念及小说生产的市场机制等因素的进入,中国小说从思想内容、艺术形式、创作技巧到文学功能均发生了异变,小说也因此成了时代所需求的文学样式。可以说,晚清、"五四"小说总结了中国古典小说最后的成就,也开辟了现代小说的新篇章。但中国小说的现代转型过程并非是一目了然的,而是复杂多变的,有狂飙突进,也有迂回曲折。这是一个富有挑战性的研究命题,带有鲜明的现代性特征。

晚清、"五四"时代的中国处于动荡的现代转型时期:列强的全面入侵,家国危亡;封建宗法制社会解体,民族资产阶级在帝国主义资本挤压下艰难成长;现代意义上的个体意识觉醒,社会革命风潮云涌,帝制被推翻,民主、自由成为时代的标签……所有这些都对中国小说的现代转型产生了重大影响。正如周作人所说:"自甲午战后,不但中国的政治上发生了极大的变动,即在文学方面,也正在时时动摇,处处变化,正好像是上一个时代的结尾,下一个时代的开端。"[①]

[①] 周作人:《儿童文学小论·中国新文学的源流》,石家庄:河北教育出版社,2002年,第52页。

一直以来,对于"中国小说的现代转型"这个话题,学者们曾从不同的角度做了不同的阐释。但就问题本质来说,转型是指事物的形态、观念或运行模式上发生了变化,而这一变化的关键,笔者认为,是小说的时间问题,因为,小说"属于时间艺术,它须臾离不开时间"①,具体言之,"时间是小说的一个主要组成部分","时间同故事和人物具有同等重要的价值",凡是"懂得小说技巧的作家,很少有人不对时间因素加以戏剧性地利用的"②。另外,现代性问题也是时间问题,围绕"时间"来思考"中国小说现代转型"是对问题的追本溯源,也是对论题的拓展和延伸。晚清、"五四"小说在很多方面都发生了变化。在革命、启蒙的时代主题下,小说家新旧时间意识的加强、小说历史时间意识的增强、小说人物的个人时间的萌生与嬗变、小说结构的再空间化等等,都超出了传统小说的形态范畴,可以认定中国小说的现代转型已经发生了,这是毋庸置疑的。同样的,我们从中可以看到,中国现代小说的发生是与小说时间问题紧密相连的,而"现代性(modernity)作为现代人的心性及其结构,时间观念构成其基础性一环。伴随现代性人文主体性的对象化活动,现代时间观念成为从现代化制度行为(政治、经济)到现代日常生活,直至现代人自身人格(person)气质最深层的建构条件之一"③。可见,现代时间意识是现代性的核心要素之一。

"时间"在古典文学作品中已经出现。只不过,到了近代,对时间的体验与思考才具有现代意识。

在西方,柏拉图、亚里士多德等早期古希腊哲学家早早就开始思考"时间",时间"逐渐脱离神话的氛围而具有了哲学的意义"④。到了罗马帝国时代,奥古斯丁陷入了对时间的迷思中,他说:时间究竟是什么?如果"没有人问我,我倒清楚"⑤。也许,正是因为时间问题的模糊性、抽象性,康德、胡塞尔、海德格尔等西方哲学家对时间问题都非常迷恋,他们对时间问题进行

---

① 胡亚敏:《叙事学》,武汉:华中师范大学出版社,2004年,第63页。
② 〔英〕伊丽莎白·鲍温:《小说家的技巧》,吕同六:《20世纪世界小说理论经典》下,北京:华夏出版社,1995年,第602页。
③ 尤西林:《现代性与时间》,《学术月刊》2003年第8期,第20页。
④ 杨河:《时间概念史研究》,北京:北京大学出版社,1998年,第10页。
⑤ 〔古罗马〕奥古斯丁:《忏悔录》,周士良译,北京:商务印书馆,1963年,第242页。

了更为深入的勘探、揭秘。

中国早期的时间观是循环的,"潮水、冬夏二至、季节、星辰的循环往来,这些想象使许多原始社会把时间看作一种基本上不断循环的有机节奏"①。在循环时间里,个体可以轮回转世,历史成了不断循环的治乱时间。所谓"一治一乱",社会历史要在时间中轮回。换一句话说,"时间亦……只是周期性的变化罢了……时间成为周期轮换的秩序"②。在循环的时间观中,时间的现在和将来向度都是根据过去而设定的。而到了近代,进化论逐渐代替了循环论,线性时间观逐步取代了循环论时间观,从此,时间有了方向,个体可以成长,历史在新旧中缓缓前行。这样,历史成了一个连续的整体,人类社会沿着过去、现在向将来伸展,历史成了人的价值之源。基于此,人只有将自己融入不断前行的历史时间,才能获得进步和成长。因此,新旧时间、历史时间与个人时间都成了晚清、"五四"小说书写的主要主题。

二、研究范围与思路

近年来,"中国小说的现代转型"研究逐步打破晚清、"五四""断裂说",越来越习惯于把晚清、"五四"小说放在20世纪大小说史框架中来考察,认为"晚清小说可以作为'五四'时期中国现代小说的先驱,因为在这些小说中已经萌发了20年代小说充分实现了的那些性质"③。这是近来研究的共识。

"中国小说的现代转型"研究成果比较多:捷克的著名学者亚罗斯拉夫·普实克在《抒情与史诗:现代中国文学论集》一书中借助"抒情""史诗"两个关键词打通了新文学与传统文学之间的断裂,拓宽了现代文学研究的新视野;米列娜编著的《从传统到现代:世纪转折时期的中国小说》一书用

---

① 〔英〕彼得·柯文尼、罗杰·海菲尔德:《时间之箭——揭开时间最大奥秘之科学旅程》,江涛、向守平译,长沙:湖南科学技术出版社,2002年,第4页。
② 张东荪:《理性与良知——张东荪文选》,上海:上海远东出版社,1995年,第289页。
③ 〔加〕M. D. 维林吉诺娃主编:《世纪转折时期的中国小说》,胡亚敏、张方译,武汉:华中师范大学出版社,1990年,第1页。

多种分析方法，意在"寻找中国现代文学的根"；韩南的《中国近代小说的兴起》一书从分析1819—1913年间中国小说家的技巧的成长性、西方人对中国小说的"介入"、20世纪早期的写情小说等几个方面对中国小说的转型进行了一些卓有成效的细部分析；王德威的《想象中国的方法：历史·小说·叙事》和《被压抑的现代性——晚清小说新论》两书，集中而全面地论述了"没有晚清，何来五四"这一振聋发聩的观点，虽然有点偏执，但王德威将晚清小说作为中国现代小说的起点，撷取狎邪、谴责、公案与科幻等晚清小说"被压抑的现代性"来重新界定中国小说的现代性，令人耳目一新；夏志清的《中国现代小说史》也提出了令大陆学界刮目相看的理论框架，该书中西融会贯通的比较视野和精细的文本分细，使小说批评回到小说自身。

相对于国外研究，国内研究成果日益丰富：阿英的《晚清小说史》，康来新的《晚清小说理论研究》，袁进的《中国近代小说研究》，特别是陈平原的《中国现代小说的起点——清末民初小说研究》一书设定了"承上启下，中西合璧，注重进程，消解大家"①的创作原则，试图创建一种崭新的小说史体例，具有重要的研究意义。另外，杨联芬的《晚清至五四：中国文学现代性的发生》以小说和小说家为研究个案，从现代性的角度，以历史长篇为例，做了一些富有洞见的阐发；郭延礼的《中国前现代文学的转型》对转型的文学史意义进行了阐述，也提出了文学史分期等热点问题；刘纳的《嬗变——辛亥革命时期至五四时期的中国文学》一书对1902年至"五四"时期的文学进行了史料详尽、论述精到的分析，该书取名为"嬗变"，从传统古典文学、辛亥革命时期激进文学、商业性的通俗文学，诗歌、小说、戏曲、弹词，文学制度、文人心态、文学思潮等一系列文学现象入手、剖析，资料翔实，论述扎实，很有借鉴意义；还值得一提的是，季桂起的《中国文学批评现代转型发生论——1897—1917年间的中国文学批评生态研究》从文学生态环境系统的角度，对文学批评的转型进行了宏观研究，也富有借鉴价值。

当然，"中国现代文学转型"不仅仅"是一个文学史分期的古、今之别。

---

① 陈平原：《二十世纪中国小说史》第一卷(1897—1916)，北京：北京大学出版社，1989年，第30页。

从深层意思上看,它回答的却是现代转型的价值尺度、时间特性等本质问题"①。这样看来,小说的时间问题很重要。陈平原的《中国小说叙事模式的转变》一书引入西方叙事学理论,从叙事时间、叙事角度、叙事结构等方面考察西方小说对中国小说现代化的影响,同时探索小说现代转型过程中对古典小说的借鉴。更值得一提的是,学界对鲁迅小说的叙事时间的研究比较深入。王富仁的《中国文化的守夜人——鲁迅》一书认为,鲁迅小说叙事顺序的总体特征是把过去、当时和未来都纳入现在时态加以表现,三个时态既矛盾又统一,既平衡又不平衡,形成了叙事的张力关系②。李怡在《时空的自由与郭沫若的感受方式》一文中认为,鲁迅的深刻之处在于能够时时体味着的历史时间与现实空间的多重纠缠,他的顿悟之处在于能够从现实困境之中发展新的自我意识③。许祖华等人的《鲁迅小说的跨艺术研究》一书从时间性的角度来探讨鲁迅小说与音乐的内在联系,指出鲁迅小说立足故事的现在,并让过去的故事在现在的时间中呈现④。周励等人在《鲁迅小说的叙事时间模式》一文中指出,鲁迅小说的叙事时间打破了传统小说讲述一个完整的故事的连贯叙述,更注重挖掘人物的心理,在强调人物的心理时间中形成了一个立体多维的时间模式,从而更深刻地揭示社会现实⑤。叶世样从时间形式的角度切入,发现鲁迅在《呐喊》《彷徨》等小说中把一些"老中国儿女"们放在一个时间场里,共同演奏着一曲"过去"与"现在"交织的时间之歌⑥。刘勇则在《压缩"历史时间"与透视"轮回把戏":论鲁迅小说叙事方式的一个重要特征》一文中强调,鲁迅小说的叙事方式不同于无时间性的古典叙事,也不同于将历史时间作为小说叙事动力的现代叙事⑦。郭小东在

---

① 刘忠:《中国文学的现代转型与时间分期》,《福建论坛(人文社会科学版)》2004 年第 5 期,第 84 页。
② 王富仁:《中国文化的守夜人——鲁迅》,北京:人民文学出版社,2002 年,第 186—194 页。
③ 李怡:《时空的自由与郭沫若的感受方式》,《社会科学研究》2002 年第 2 期,第 133—138 页。
④ 许祖华、余新明、孙淑芳:《鲁迅小说的跨艺术研究》,合肥:安徽大学出版社,2012 年,第 29—33 页。
⑤ 周励、陈玉庆:《鲁迅小说的叙事时间模式》,《中国文化研究》2001 年第 2 期,第 119—123 页。
⑥ 叶世祥:《鲁迅小说的时间形式》,《社会科学战线》2001 年第 3 期,第 94—100 页。
⑦ 刘勇:《压缩"历史时间"与透视"轮回把戏":论鲁迅小说叙事方式的一个重要特征》,《咸宁学院学报》2005 年第 5 期,第 42—44 页。

《中国现代主义小说：想象中的时间》一文中认为，鲁迅小说中的时间被主观的中断、切割、颠倒、组合与跨越，形成了千奇百态的时间序列[①]。吴翔宇和陈国恩在《论鲁迅小说的时间意识》一文中认为，鲁迅小说以"现在"时间为内核，以"过去"和"将来"时间为参照时间，凸显了"现在"时间的在场[②]。另外，刘增人与冯光廉的《现代化的时间意识及其艺术显现》(《鲁迅研究月刊》1993年第4期)、郑家建的《隐喻与〈故事新编〉的时间形式——〈故事新编〉新论》(《鲁迅研究月刊》2000年第1期)、毛庆的《日常与惊论——〈故事新编〉中的时间意象》》(《上海大学学报(社会科学版)》2004年第1期)、高兴的《论鲁迅时间意识的特点及其成因》(《巢湖学院学报》2005年第4期)、殷学明的《存在·时间·本事——鲁迅本事批评观念探究》(《贵州师范大学学报(社会科学版)》2009年第2期)、胡志明和秦世琼的《时间的轮回与救赎——论鲁迅小说的时间叙事》(《河南师范大学学报(哲学社会科学版)》2011年第5期)等学术论文也从不同角度对鲁迅小说的时间问题进行了探讨。

  以上研究成果对小说时间诗学研究做了不少有益的探索，但也存在明显不足。第一，在以往的研究中，个别学者对晚清、"五四"小说中的叙事时间所体现出来的叙事技巧做了比较深入的研究，解决了一些小说结构的现代转型问题，取得了丰硕的研究成果。如陈平原的《中国小说叙事模式的转变》论述了中国古典小说的连贯叙述、全知视角、情节中心等结构特征，"新小说"则出现了运用倒装、交错等多种叙事时间、第一与第三人称等多种叙事角度和情节中心、性格中心等多种现代小说叙事结构。而实际上该书围绕叙事时间(情节时间)的论述不是特别充分，仅仅是书中的一章内容。赵毅衡的《当说者被说的时候：比较叙述学导论》《苦恼的叙述者》用例证式的方法、中西比较的方法论述了"满格时间"、评论干预等重要的小说结构问题，但系统性不够。综合起来看，晚清、"五四"小说的叙事时间及其结构问题有进一步研究的必要。第二，如果说陈平原等学者对中国小说现代转型

[①] 郭小东：《中国现代主义小说：想象中的时间》，《华南农业大学学报(社会科学版)》2006年第2期，第85—94页。
[②] 吴翔宇、陈国恩：《论鲁迅小说的时间意识》，《鲁迅研究月刊》2010年第10期，第17—24页。

中的形式的时间(情节时间)的研究还比较系统,那么学者们对小说现代转型中的内容性的时间(现代性时间)的研究却是欠缺的、不平衡的、不系统的。对鲁迅小说的现代性时间的研究有不少,但对其他小说的研究几乎不常见。故本书旨在总结、反思和借鉴已有成果的基础上,努力形成一个简单的现代小说时间诗学阐述框架,为晚清、"五四"小说提供一个新的研读视角和方法。基于此,我们的思路是:论著的前半部分"形式篇"围绕"叙事时间"分两章,从"缀段空间到时间""小说结构的再空间化"等方面来论述;论著的后半部分"内容篇"围绕"现代性时间"分三章从新旧时间、历史时间、个人时间等方面来论述。

本书把1897—1927年这一时间段的小说纳入研究范围。按照惯例,现代小说研究的时间划分往往以标志性政治事件为界点,这种划分具有一定合理性,当然也会有所偏差。因为,重大政治事件的发生并不是骤然降临的,社会变革一定在社会生活中早有酝酿,它的变革应该略早于政治事件。所以,中国小说的现代转型的发生,也应该早于"新小说"革命的1902年。如早在1897年,严复和夏曾佑在《国闻报》发表《本馆所印说部缘起》一文,对小说的地位、作用发表了富有创建性的见解,谱写了小说革命的序曲。当然,我们并不否认突发的重大政治事件对小说创作的影响,在研究中也会积极挖掘这一不可忽略的重要因素。如辛亥革命、1927年北伐战争都是小说变异的"节点",为小说的分期提供了很重要的历史依据。根据以上所述,故将本书研究的时间范围界定在1897—1927年的三十年间。

三、 研究方法和主要创新点

本书采用历史分析的方法,以政治、文化的历史变迁为宏观背景,以小说文本分析为微观视角,描述、探寻中国转型期的小说现代化特征,尽量呈现出中国现代小说发生的历史图景。本书重理论、重事实相结合,历史分析、文本分析相参照,力求避开前定性认知的思维逻辑,尽力回到小说转型的历史现场去,以事实为依据,对中国小说的现代转型进行细致的辨析,并做一些客观的理论推导。研究难点在于对新旧时间、历史时间、个人时间的梳理,以及对现代性时间的具体描述,因为,时间本身是抽象的,又加之转型时期的新旧时间的纵横交错,清末、民初与"五四"等各个阶段具有不同特点且有一定的承继关系,想把各个发展线索梳理清楚难度不小。故而从形式方面的"叙事时间"与内容方面的"现代性时间"两个角度分别加以梳理分析,更容易把论题的应有之义说清楚,这也是本书的难点所在。

小说是一门时间的艺术,首先表现在叙事时间上,其次才是现代性时间。

先来说说叙事时间。从叙事学上看,一部小说会涉及故事时间与叙事时间这双重时间,小说时间叙事的技巧就基于这双重时间序列的转换。按照胡亚敏的观点,故事时间、叙事时间分别是指"被叙述的故事的原始或编年时间与文本中的叙述时间",并且,这双重时间是从俄国形式主义的"事序结构和叙述结构"作为理论原点,经过德国学者的"故事时间和叙述时间"的对立演绎,再到法国的热奈特对双重时间所做的"全面细致且富于开拓性的研究"这一理论发展过程,故事时间与叙事时间的关系才逐步清晰。更为关键的是,叙事学上的这种双重时间性质赋予了小说"根据一种时间去变化乃至创造另一种时间的功能"[①]。为了探索"这种时间的功能",罗钢的《叙事学导论》、徐岱的《小说叙事学》、赵毅衡的《当说者被说的时候》与《苦恼的叙述者》等叙事学沿着热奈特的双重时间做了理论探讨。

从现代性时间看待小说的时间艺术是一个比较新的话题。叙事时间是小说的形式结构,古典小说同样适用;而现代性时间是现代小说的内容主题。现代小说的基本结构在形式上是叙事时间及其空间化,在内容上是现代性时间及其历史化,其基本结构是线性时间结构。当然,值得注意的是,形式化叙事时间与内容性的现代性时间不是完全割裂的。如本书"形式篇"第一章第三节提到的"内在主体时间"与第二章第三节的"心理化转向"就有"现代性时间"的一些成分。"现代性时间"是一种追求进步、价值单一的线性时间。这种整齐划一的"现代性时间"推动了社会的进步,却湮没了发展的丰富性。小说中的现代性时间以进化论为理论基础,以新旧时间意识为

---

① 胡亚敏:《叙事学》,第 63 页。

小说的精神命脉，并且，按照国家和个人两个历史主体构置"进步"维度的时间叙事。具体到晚清、"五四"小说，现代性时间整体上表现在"新旧时间意识"上，具体又表现在民族国家的"历史时间"和人的"个人时间"上。

本书分为"形式篇"和"内容篇"两个部分。"形式篇"围绕"叙事时间"分为两章。第一章主要论述叙事时间的嬗变。叙事时间按照"内外两面"可以分为外在情节时间（小说时间的外面）和内在主体时间（小说时间的内面），而内在主体时间获得之时，才是现代小说兴起之时。并且，从古典小说"缀段"式的空间叙事到现代小说的时间叙事有一个大致的发展脉络："缀段"叙事→外在情节时间叙事→内在主体时间叙事。第二章主要论述小说结构的再空间化。由于西学、市场、政治等因素的渗透，中国近代小说的结构比古典章回小说的结构更散乱，小说结构的"缀段"化、空间化反而更为严重；晚清、"五四"短篇小说逐步改变了唐传奇以来中国古典小说有头有尾的"满格时间"的结构模式，转向了书写"横截面"的现代小说结构模式；晚清小说因插入过多轶闻趣事、议论等非情节因素造成晚清小说结构出现较多的"停顿"，造成了小说结构的再空间化，"五四"小说逐步抛弃了晚清小说的插入式结构，但却因"省略"过多而造成一种新的再空间化；晚清、"五四"小说的"心理化转向"日渐明显，而小说的"心理化"必然漠视小说情节的存在，从而出现一种新的小说结构的再空间化。

"内容篇"围绕"现代性时间"分为三章（第三章—第五章）。第三章主要论述新旧时间。近代伊始，中国小说逐渐摆脱天干地支因果轮回的时间观，形成了线型新旧时间意识，而进化论是其理论根据。晚清、"五四"小说家都有新旧时间意识，但是，作为过渡时期的晚清、"五四"小说对新旧时间的书写并不成熟。如果说，晚清小说是用"白日梦"链接新旧时间，缝合"过去"与"未来"，以便形成一个看似连贯的进化时间线；那么，"五四"小说却无法呈现新的时间——未来，只有用"梦"迷醉自己，却又是醒着的，因为"五四"先觉者对新旧时间的体悟更为强烈。第四章主要论述历史时间。按照巴赫金现实主义成长小说"双重时间"理论，沿着"历史时间"这条线索考察"匆忙而多变"的晚清、"五四"小说，会发现：晚清、"五四"小说都没有完成个人成长时间和历史时间的完美融合。无论是谴责小说还是乌托邦小说，都不能为清末提供一个"必然"的历史叙述;辛亥革命时期的革命理想与民国后社会历史现实之间的巨大反差,使民初小说家与"五四"小说家都产生了一种幻灭感,感觉历史的入口被堵死了,无法进入历史。第五章主要论述个人时间。小说人物的个人时间能够映射时代的转折变化。伴随着现代小说的产生,小说中的个人时间大致会依次出现"立""破""重组"三种叙述模式。所谓个人时间的"立"是个人从传统的专制的无时间中解放出来,获得个人时间;个人时间的"破"是人获得个人时间之后,人对个人时间的调配有了"自决"权,会重新调配人参与群体(历史)与个体(私下)的时间,人的个人时间于是分裂为个人公共时间和个人自由时间;个人时间的"重组"是指随着时代的不断变化,小说家对小说人物的生活时间也会注意到"分配、调整",并赋予不同的时间意义。

本书的主要创新性观点有:(1)"缀段"作为古典小说结构的空间形式,对其形成、消失乃至被"时间"所代替的过程做出清楚的学术梳理是阐释现代小说产生的一个路径;(2)对从满格时间到"横截面"的小说空间形式的转变及其原因进行分析;(3)从"新旧时间"阐释晚清、"五四"小说的现代特征;(4)从"历史时间"看晚清、"五四"小说的"未完成性";(5)从晚清、"五四"小说个人时间的"立""破"及"重组"看小说的时间现代性。

形式篇

叙事时间及其空间化

小说的时间性首先表现在叙事时间上,也就是表现在叙事时间对故事时间的"裁剪"上。就小说文本而言,故事时间是底本,是潜在的,不会在小说文本中出现,但可以根据叙事时间大致还原出来。并且,任何小说文本的叙事时间和故事时间很难做到一致。也就是说,小说的叙事时间都会对故事时间造成某种变形,因为,"一维的叙述时间是不可能与多维的故事时间完全平行的,其中必然存在着孰先孰后的问题,尤其当故事中有几条线索时更是如此"[①]。即使是单线索小说,小说叙事时间的节奏、详略也很难与故事时间完全重合。

很显然,小说叙事时间与故事时间出现了错位,而这种时间错位有什么规律呢?我们知道,小说是一门艺术,小说家在构思小说时会受到时代及小说家艺术旨趣等因素的影响。并且,随着小说艺术的逐步成熟,"现代作家更是有意扩大叙述时间与故事时间的差异,试着用各自的方式处理时间"[②],而这种叙事时间的时代变化对小说来说具有现代转型意义。基于此,我们从明清章回小说的"缀段"结构开始我们的研究。在"形式篇"我们主要围绕"叙事时间"分两章来论述,第一章围绕"'缀段'的消失"来论述,第二章几乎从相反的方向围绕"再空间化"来论述。

[①] 胡亚敏:《叙事学》,武汉:华中师范大学出版社,2004年,第63页。
[②] 同上。

第一章

从空间到时间的叙事转移

"缀段"是古典章回小说的基本结构模式,而这种结构模式的形成与小说自身的发展密切相关,"说书人"在其中起到了不小的作用;如果从传统文化的渊源进行分析,"史官"及其儒家传统、"名士"及其道家传统也影响了小说"缀段"结构的形成。另外,"缀段"本无褒贬,但近现代受"西律"及时代意识的影响,不同时期的小说家对"缀段"结构的态度截然不同:"新小说"家对"缀段"貌离神合,表现出很多的"过渡性";"新文学"家依据"西律"绳之"缀段",把"缀段"看做造成传统小说艺术、思想都低下的一个重要因素而加以舍弃。正因为有如此鲜明的态度,晚清、"五四"小说从古典小说"缀段"式的空间叙事中逐步走出来,其大致的发展脉络是:"缀段"叙事→外在情节时间叙事→内在主体时间叙事。

第一节 明清章回小说的"缀段"问题

"缀段"是作为章回小说结构的本质特征来表述的,并最终招来研究者对明清章回小说结构艺术的质疑或贬斥。当然,抛开小说的艺术价值判断,平心而论,章回小说在小说"章法"的层面确实存在"缀段性"特征。但是,我们认为,"缀段"不是章回小说固有之物,章回小说也一直在消解"缀段",只不过没有完成。并且,由于明清章回小说的缀段性结构与中国文化传统的独特思维方式及民族心理密切相关,我们不能简单地套用某种理论来评判甚至简单否定这种缀段性结构,而应该深入到"缀段"产生的历史文化背景中剖析其复杂性。

布斯认为,在小说中存在着一个"隐含作者","不管一位作者怎样试图一贯真诚,他的不同作品都将含有不同的替身,即不同的思想规范组成的理想。正如一个人的私人信件,根据与每个通信人的不同关系和每封信的目的,含有他的自我的不同替身,因此,作家也根据具体作品的需要,用不同的态度表明自己"①。"隐含作者"是作品中的"第二自我",是作者通过他所创造的叙述者,通过他的作品而投射出的他自己的形象。也就是说,"叙述者决不是作者,作者在写作时假定自己是在抄录叙述者的话语。整个叙述文本,每个字都出自叙述者,决不会直接来自作者"②。"隐含作者"不能够说话,他是通过叙述者来表达自己的。按照布斯等人的叙事理论,我们在明清章回小说中发现了"说书人""史官""名士"这三个潜在叙述者,并且伴随着三者的流变,明清章回小说的"缀段"结构也处于不断的变化之中。当然,需要补充的是,"说书人"在明清章回小说中时常走上前台,把他作为叙述者没有异议;"史官"是历史史书的叙述者,"史官"和"名士"一样,在小说中没有露面,"史官"和"名士"只是叙述者隐含的两个面影,或者说是"隐含作者"投射到叙述者或者小说人物身上的两种心理创作情绪,对其清晰命名不太容易,但并不影响本节的论述。"说书人""史官""名士"三者都对明清章回小说结构的"缀段化"产生过作用。"说书人"来源于话本传统,在章回小说中有一个逐渐消失的趋势,"说书人"时常介入文本,对明清章回小说结构的"缀段化"主要有消解和递增两种相辅相成的作用;"史官"更多地根植于儒家的史传传统,在章回小说中也有一个逐渐消失的趋势,对明清章回小说结构的"缀段化"主要起到递增作用;"名士"更多地根源于道家的"逍遥"传统,在章回小说中却有一个逐渐增强的趋势,对明清章回小说结构的"缀段化"也主要起到递增作用。

---

① 〔美〕W. C. 布斯:《小说修辞学》,华明、胡晓苏、周宪等译,北京:北京大学出版社,1989 年,第 81 页。
② 赵毅衡:《当说者被说的时候:比较叙述学导论》,北京:中国人民大学出版社,1998 年,第 4 页。

一、"说书人"及其说书套语

说到明清章回小说的结构,不能不说"说书人"。布斯说:"大多数作品都具有乔装打扮的叙述者。"①"说书人"就是明清章回小说乔装打扮的叙述者。"说书人"是话本遗留下来的产物,因此,在很长一段时期,话本小说和章回小说没有严格的界限,往往会混淆。俞樾在《重编七侠五义传序》中说:"如此笔墨,方许作平话小说;如此平话小说,方算得天地间另是一种笔墨。"②显然是把章回小说《七侠五义》看作话本小说。章回小说与话本小说有着密切的渊源关系,也正因为此种关系,学界一直把章回小说的"说书人"看成一个落后的小说结构因子加以批判。

可能也情有可原。按照利昂·塞米利安的现代小说叙事理论,"一个场景的终止,就是另一个场景的开始。一个故事总是发生在一个持续的时间过程中"③。更为重要的是,在场景与场景之间有时间的间隔,而在现代小说中,"这种时间的间隔缩小到了最低限度。技巧成熟的作家,总是力求在作品中创造出行动正在持续进行中的客观印象,有如银幕上的情景"④。并且,从读者的接受情况来看,读者"总是希望直接看到事件的真实面貌和行动中的人物风貌,而不希望在他们和事件之间出现一个讲述者和向导。一个纯粹的场景并不需要讲述者,就像剧作家不需要出现在舞台上同演员同台演出一样"⑤。从这段话可以看出,"说书人"这种叙述者就是"事件之间出现的讲述者",他会不时跳出来,打断故事的叙事之流,造成了小说结构的"缀段化"、空间化。当然,利昂·塞米利安认为"一个纯粹的场景并不需要讲述者"这一观点还是有些绝对的,严格地说,任何故事都需要叙述者,并且还可能不止一个叙述者。很明显,利昂·塞米利安对叙述者的类型分辨的

---

① 〔美〕W. C. 布斯:《小说修辞学》,华明、胡晓苏、周宪等译,第171页。
② 俞樾:《重编七侠五义传序》,朱一玄编:《明清小说资料选编》上册,济南:齐鲁书社,1989年,第420页。
③ 〔美〕利昂·塞米利安:《现代小说美学》,宋协立译,西安:陕西人民出版社,1987年,第9页。
④ 同上。
⑤ 同上。

不清楚,其实有两类叙述者,一类是像"说书人"这类不是作品人物的"全知全能"叙述者,还有一类是兼有作品人物功能的叙述者,利昂·塞米利安厌恶的恰恰是第一类叙述者。

"说书人"是章回小说常见的叙述者,在《水浒传》开首便有"说书人"的身影。例如:"话说大宋仁宗天子在位,嘉佑三年三月三日五更三点,天子驾坐紫宸殿,受百官朝贺……"在说书场中,说书人为了吸引听众,不时现身,用设问、重复等诠释手段,带领听众进入故事,形成了"看官听说"的说话程式。有时"说书人"还预先交待故事主题,也常常用"有诗为证""只见"等插入文本,还可以随兴对小说情节做主观评价。这些"说书人"及说书套语在章回小说中也有很多的遗留,对章回小说的结构势必造成各种各样的影响,因而引起研究者的关注。研究者们从发生学、功能论、叙述者的分层等方面认为,章回小说从话本演进而来,自然模拟了"说书人"的叙述范式;"说书人"有教化、评论等叙述职能;中国章回小说中的叙述者随着早先"带着普遍性的叙述者"逐渐为"有个性的叙述者"所取代;等等①。但研究者对"说书人"及说书套语对小说结构造成的诸多影响关注不多,也很少做具体分析。

就章回小说而言,因其缺乏完整的结构(缀段结构)而受到批评,而造成缀段的罪魁祸首可能正是"说书人"。当然,我们的目的不是去评议缀段结构的艺术价值,而是发掘"说书人"及说书套语是如何造成明清章回小说结构的"缀段化"的。把"说书人"作为"缀段"结构的"罪魁祸首"似乎合情合理,其实,这种看法还是有点简单化。我们认为,"说书人"来源于话本传统,在章回小说中有一个逐渐消失的趋势,"说书人"时常介入文本,对小说"缀段"结构有消解和递增两种相辅相成的作用。先来说一下"说书人"的正面影响——对"缀段"结构的消解。

从发生学来看,章回小说的"缀段"结构根源于短篇故事集,是串联一个个短篇而生成的,带有很深的编撰胎记。从"缀段"一词的词义来看,"缀段"大致是编辑、编撰的意思。在古代文学的发展史中,作者几乎都把艺术作品

---

① 参见韩南:《中国白话小说史》,杭州:浙江古籍出版社,1989年;杨明品:《叙述者与叙述效应》,《湖北大学学报》1989年第6期;等等。

命名为"编次""缀录"等缀合活动,并且还在序跋中记述从采录、搜集到联缀完成的创作过程。诸如《说苑》《类说》《语林》等就是编撰的轶闻集,似乎都有"街谈巷语、道听途说"的味道,也有"闾里小知者之所及,亦使缀而不忘"(班固《汉书·艺文志》)的编撰目的。唐代韩愈也有"先王遗文章,缀缉实在余"(韩愈《招扬之罘》)的感慨。所以说,"缀段"不是章回小说的固有之物,是编撰的遗留。

如何消解编撰的"缀段"遗留?"说书人"具有一定的统系功能,对小说的编撰造成的缀段结构具有一定的消解作用,这一点一直被学界忽视,只有少数学者偶有高论。如浦安迪认为,在这种套语中,"说书人"介入小说正文中,"除了起节奏的停顿作用之外,同时另有各种妙用……"而最重要的妙用是,说书套语是"为了营造一种艺术幻觉,把'听众'的注意力从栩栩如生的逼真细节摹仿上引开,而转入对人生意义的更为深刻的思考"①。很显然,在浦安迪的眼里,"说书人"及其说书套语并不是小说的"缀段"结构的罪魁祸首,而是"小说家有意选择的艺术手法,务使在处理那种题材时制造特殊的反语效果"②。浦安迪的"文人小说"观有拔高"说书人"及其套语之嫌,有需要甄别的地方,但浦安迪认为,"说书人"及说书套语对小说结构有艺术化作用,"说书人"及其说书套语对小说整体性构造有一定的统系功能,这一看法是很新鲜的。赵毅衡也认为,"说书人"及其说书套语有艺术风格化的作用,它是一种干预,为了达到一定的写作效果,"叙述者一有机会就想显示他对叙述进行的口头控制方式,其目的则是诱使读者进入书场听众这叙述接受者地位,以便更容易'感染'读者。当然,到后来,这种手法变成了程式,变成了一种风格特征"③。抛开"风格"不说,"说书人"及其说书套语对章回小说结构的调整确实有很大的助推作用。在章回小说中,"说书人"及其套语可以帮助叙述从一个故事自然过渡到另一个故事,减少转述的次数和减小

---

① 〔美〕浦安迪:《浦安迪自选集》,刘倩等译,北京:生活·读书·新知三联书店,2011年,第126页。
② 〔美〕浦安迪:《中西长篇小说文类之比较》,李达三、罗钢:《中外比较文学的里程碑》,北京:人民文学出版社,1997年,第320页。
③ 赵毅衡:《当说者被说的时候:比较叙述学导论》,第29页。

转折的弧度,从而对小说的"缀段"叙事起到有限的消解作用。

例如,在小说《卖油郎独占花魁》中的一段:

> 又过了一年王美年方十五。原来门户中梳弄也有个规矩:十三岁太早,谓之"试花"。皆因鸨儿爱财,不顾痛苦,那子弟也只博个虚名,不得十分畅快取乐。十四岁谓之开花。此时天癸已至,男施女受,也算当时了。到十五岁谓之"摘花",在平常人家还算年小,惟有门户人家,以为过时。王美此时未曾梳弄。①

在小说中,经常会遇到诸如"梳弄"这些读者不太容易弄清楚的常识问题,这时候,叙述者"说书人"的干预可能适逢其时,对一些常识进行解释反而有助于故事讲述的顺畅,比"通过人物的口,在谈话中说出来"等其他的转述方式更能使小说的结构紧凑,因为,过多的转述会阻碍行文的流畅,形成"缀段"。在小说中,"叙述者可以假定自己处于说书人那样有利的地位可以自由发表评论,因此不妨直接用个'原来'交代背景知识"②。当然,"说书人"的插入不能够完全消解"缀段",但其强大的统系叙事功能却可以避免大量的各种转述,从这方面看来,"说书人"的插入还是"利大于弊"的,因此对"缀段"叙事具有一定的消解作用。

"说书人"及其说书套语凭借强大的统系功能能够缓解"缀段"叙事,但其更多的是负面影响,是加大了小说结构的缀段化。在小说中,插入过多诗词和叙述者的插话评论,会中断小说的流畅叙述,使故事情节脱节,影响了小说的整体性。另外,"说书人"在讲述故事时,大都采取全知视角,随时进出故事,可以从某一人物的视角进行叙述,也可以深入人物做心理分析,甚至可以随兴发表评论及道德评价。有人把这种叙事视角称为"编辑型全知视角",并且认为,"'编辑型全知视角'也就成为明代章回小说最初的常用叙

---

① (明)冯梦龙:《醒世恒言》,海口:海南出版社,1993年,第27—28页。
② 赵毅衡:《当说者被说的时候:比较叙述学导论》,第37页。

第一章 从空间到时间的叙事转移

事角度之一"①。

这种缀段叙事直到晚清还大量存在,如小说《孽海花》第二十一回:

> 话说上回回末,正叙雯青闯出外房,忽然狂叫一声,栽倒在地,不省人事。想读书的读到这里,必道是篇终特起奇峰,要惹起读者急观下文的观念。这原是文人的狡狯,小说家常例,无足为怪。……所以当日雯青的忽然栽倒,其中自有一段天理人情,不得不栽倒的缘故,玄妙机关,做书的此时也不便道破,只好就事直叙下去,看是如何。闲言少表。且说雯青一跤倒栽下去……②

《孽海花》这段说书套语与早期章回缀段叙事并没有什么不同,雯青这一跤的确是"小说家常例",但有一些新变化。我们都知道,曾朴是晚清时期接受"西学"比较早的作家之一,他也一直在努力求新求变,却没有找到切实可行的小说结构模式。"《孽海花》作为中国最后一部传统小说,充分表现了内容与形式的不相容,新与旧的不调和。这段指点性干预,本想说出此书在叙述上求新的意图,但其场合,其方式,甚至其措词,却完全是旧小说的程式。"③很显然,小说叙述者"说书人"随意插入文本干预评论造成小说结构的缀段化,引起晚清小说理论家的强烈不满,1903年夏曾佑就说:"以大段议论羼入叙事之中,最为讨厌。"④当然,他们更多针对的是晚清政治小说,但用在此处也合适。

既然意识到"说书人"会对明清章回小说结构造成负面影响,小说家在创作过程中就会有意避免之。从章回小说结构的演变来看,到了后期,人们已经清醒地认识到早期章回小说过度使用说书套语会隔断情节发展,也影响读者的判断欣赏,在后期的章回小说中,"说书人"在小说中的介入大大减

---

① 王平:《主体意识的强化与明清章回小说叙事角度的演变》,《东岳论丛》2002年第2期,第72页。
② 曾朴:《孽海花》,北京:解放军文艺出版社,2000年,第244页。
③ 赵毅衡:《当说者被说的时候:比较叙述学导论》,第33页。
④ 别士:《小说原理》,《绣像小说》第3号,1903年6月。

少,"'有诗为证'、'正是'之类的韵文几乎销声匿迹,叙事者隐藏得更为隐蔽"。如章回小说《儒林外史》"与'说话'这一技艺在叙事角度上有了本质的区别"①。也就是说,后期章回小说在"事隙"(小说结构的"肌理")的衔接上逐步严密,回末布局逐步完善、合理。如《红楼梦》的回尾大都是直接以"欲知……,且听下回分解",而下一回回首则以"且说""话说"总结上回内容之类的说书套语来做衔接,并且,说书套语在小说结尾逐渐消失,有些小说的开头部分也弱化许多,这一特点在晚清以后的章回小说中更突出。

二、"史官"及其实录精神

上文我们论述了叙述者"说书人"是造成章回小说缀段叙事的一个重要因子,下面我们将论述另外两个因子——"史官""名士"。从小说的源流来看,"史官""名士"对小说缀段结构的形成也有影响。

杨义说:"施耐庵、罗贯中一类文人的参与,最为引人注目的是给水浒传说带来了一种整体意识。这种整体意识是与中国传统哲学中'天人合一'的宇宙观念一脉相承的,设想天道运行的大宇宙和人间治乱的小宇宙可以相互对比和感应,从而以神秘的宇宙意识给予充满羁性强力的梁山泊事业以合理主义的解释。"②杨义在此是从作者传统的文化创作心理强调文人对章回小说的结构作用。相对而言,高友工的分析更具体,他认为,像《三国演义》《水浒传》这样的章回结构"至少可以追溯到司马迁和庄子所代表的中国传统"③。明确提出章回小说作者有儒道两个传统文化根系,也就像"甄士隐与贾雨村的联袂而出……二人一出世、一入世的人生态度,反映了作者思想上的矛盾"④。这种思想上的矛盾是儒道冲突的结果,且是古典文人的习见情怀。

---

① 王平:《主体意识的强化与明清章回小说叙事角度的演变》,《东岳论丛》2002年第2期,第73页。
② 杨义:《中国古典小说史论》,北京:人民出版社,2004年,第293页。
③ 高友工:《中国叙事文学传统中的抒情意境》,李达三、罗钢:《中外比较文学的里程碑》,第308页。
④ 刘勇强:《中国古代小说史叙论》,北京:北京大学出版社,2007年,第442页。

明清章回小说,特别是早期的历史演义小说,与史传文学有明显的继承关系。例如,在一些明清章回小说中,小说结构可以"将情节作纵向排列、平铺直叙,成为古代小说的传统结构,目的是为了尽可能保存编年体历史的原貌"①。如《三国演义》《水浒传》等小说就是典型例证。限于时代的局限,明清小说家不可能像现代作家那样,按照人物的性格成长去谋篇布局,只能转而挖掘传统文学的资源,加以改造、借鉴。史传著作者("史官")遵循的是"无征不信"的"实录"精神,即使小说被视为"稗官野史""街谈巷语",叙述者也总是以"史官"的标准严格要求自己,按照史传的叙述法则进行小说创作。明清章回小说,特别是早期的章回小说与中国的史书编撰过程有很多相似点,因为,从编年体《春秋》到纪传体《史记》,实际上也就是把零散的史料连篇缀合成故事的过程。《史记》就是如此完成的。

中国古典小说,从唐传奇到明清章回小说,塑造人物大都借鉴《史记》的"列传"章法。如《莺莺传》《李娃传》《霍小玉传》《水浒传》《金瓶梅》《海上花列传》,等等。《水浒传》有明显的《史记》的影子。《水浒传》先有一些独立的短篇,然后逐步扩展、连缀许多短篇而成一部长篇小说。尤其是前七十回,分别叙述了各英雄好汉"逼上梁山"的不同道路,"缀合"了诸多英雄"列传"。一部《水浒传》完全可以看作是林冲、鲁智深、李逵、武松、宋江、卢俊义、杨志等人的"列传"联缀,具有明显的"缀段"结构。正如金氏所说,"《水浒传》方法,都是从《史记》中来,却有许多胜似《史记》处"②。不光《水浒传》,四大名著的其他三部小说对《史记》的"列传"结构都有不同程度的借鉴。"《三国》叙事之佳,直与《史记》仿佛……殆合本纪、世家、列传而总成一篇。"③"《金瓶梅》是一部《史记》。"④甚至,有学者把《史记》看成小说。李长之就认为,事实上,司马迁的"许多好的传记也等于好的小说。自来在对司马迁视之古文大师之外,也就有一种把《史记》当作小说的看法……司马迁原可以称为

---

① 黄钧:《中国古代小说起源和民族传统》,《文学遗产》1987年第5期,第3页。
② 金圣叹:《第五才子书施耐庵水浒传》,郑州:中州古籍出版社,1985年,第18页。
③ 毛宗岗:《读三国志法》,朱一玄编:《三国演义资料汇编》,天津:百花文艺出版社,1983年,第308页。
④ 张竹坡:《批评第一奇书〈金瓶梅〉读法》,《张竹坡批评〈金瓶梅〉本》,济南:齐鲁书社,1991年,第35页。

一个伟大的小说家呢"①。

正是"由于中国历代长期形成的对史的近乎宗教的狂热崇拜"②,《史记》等史传文学对明清小说结构的形成有很大的影响。因为,"篇幅庞大的'正史'主要是重要历史人物的单篇传记,而不是连贯的叙事整体。官方历史编撰体例为新的小说文类提供了主要的传记体叙述视角,这转而使得小说在结构模式上较少关注直线性的叙事流程,而更多表现叙述视角万花筒式的千变万化"③。具体言之,强大的"列传"叙事传统无形中影响了明清小说的缀段叙事,并且,这种影响是深远的,对后来的从缀段叙事到非缀段叙事(时间化叙事)的现代转型形成了阻碍。因为,传统的力量是根深蒂固的,而《史记》的"实录"精神影响最深远。

在科学不发达的古代,古人对很多奇异之谈也笃信不疑。正如明代小说理论家胡应麟所说:"凡变异之谈,盛于六朝,然多是传录舛讹,未必尽幻设语。"④在今人看来,"传录舛讹"是虚幻的、迷信的,但在当时的语境中,人们却认为是真实的。既然史传是为历史存照,当然要做到客观、真实。司马迁为撰《史记》,"网罗天下旧闻",足迹遍及各地,虽然也有抒愤的写作心理,但这并不违背历史,班固在《汉书·司马迁传》中称赞"其文直,其事核,不隐恶,不虚美",谓之"实录"。而这种"实录"精神可能正是明清小说缀段叙事的一个最重要根源,因为"叙述人不大看重情节的人为和周密的组织,更多是按照事件自然而然的演进来铺叙,这就造成了古典长篇'缀段'的特点"⑤。林岗从创作动机及其创作心理所做的剖析无疑是精确的。甚至到了晚清,还有人认为,"小说家言,必以纪实研理,足资考核为正宗"⑥。说其仍然按照司马迁的"实录"原则来谈小说创作,一点也不过分。晚清小说家把小说创作"看成是一种用'详尽之笔''描摹事理'的过程,他们便仅仅致力

---

① 李长之:《司马迁之人格与风格》,北京:生活·读书·新知三联书店,2013年,第402页。
② 〔美〕浦安迪讲演:《中国叙事学》,陈珏整理,北京:北京大学出版社,1996年,第15页。
③ 〔美〕浦安迪:《浦安迪自选集》,刘倩等译,第96页。
④ 胡应麟:《少室山房笔丛》,上海:上海书店出版社,2001年,第371页。
⑤ 林岗:《明清之际小说评点学之研究》,北京:北京大学出版社,2012年,第100页。
⑥ 邱炜萲:《小说》,陈平原、夏晓虹编:《二十世纪中国小说理论资料》(第一卷)1897—1916,北京:北京大学出版社,1989年,第14页。

于叙述、描写,而完全忽视了'塑造'"①。这里的"塑造"是指整体性的艺术构思。由于缺少整体性的艺术构思,小说结构自然松散,自然造成了像《水浒传》《官场现形记》《孽海花》等明清章回小说的缀段叙事。

反之,随着小说家个体精神张扬,随着虚构成分加大,明清章回小说缀段叙事日益减弱。简而言之,虚构能够增加作品的统系力量,减弱缀段叙事。因为,在小说家的参与下,经由不断地加工、删改而成为"文人小说",其中有依傍史书的,但小说家独创的成分已日益凸显,所以,从《水浒传》到《三国演义》《西游记》,再到《金瓶梅》《红楼梦》,其演变轨迹是非常明晰的。这并不仅仅是因为题材的缘故,"更重要的是由于作者叙事方式和叙事技巧在不断提高,运用叙事焦点的意识日趋自觉。主体意识的逐步加强与叙事焦点的相对集中呈现出同步发展的态势。作者不再是被动地让故事牵着走,而是主动地让故事为自己的目的服务,这正是文人独立创作小说的鲜明标志"②。当然,这也与作家所处的时代环境有很大关系。明清之际,文人相对冷落,因而把个人的情感投射到小说的创作上,这些都为小说的"去缀段化"提供了有利条件。

从整体上看,早期章回小说的结构非常松散,在小说家的参与下,小说却又在松散中显出一种整体来。例如,《水浒传词话》是具有一定文化素养的文人有意撰写的书面读物,郭勋在此基础上,把各回前的"入话""致语"都删除,大大加强了小说结构的严谨性,小说文人化、案头化倾向进一步加强,后来又经过金圣叹的删改,《水浒传》终于脱胎换骨了。更重要的是,有不少一流的文人参与了章回小说的编撰、整理工作,如胡应麟、冯梦龙等。他们不满足于传统的文类,寻找新的艺术灵感和个性表达,章回小说因此逐步从粗糙走向精致、从大众公共意识走向个人主体意识的表达。简言之,小说家的个体意识暂时摆脱了"史官"意识,增强了小说家的虚构能力,加强了小说结构的统系力量,可以消解章回小说的缀段叙事。《金瓶梅》《红楼梦》等个体性很强的章回小说就是例证。

---

① 袁进:《近代文学的突围》,上海:上海人民出版社,2001年,第282页。
② 王平:《主体意识的强化与明清章回小说叙事角度的演变》,《东岳论丛》2002年第2期,第73页。

所以，随着明清章回小说艺术的发展，小说家的主观化叙事越来越强，缀段结构有所消解。具体地说，"章回小说创作由历史演义、英雄传奇及神魔志怪到社会人情的递进，是质的飞跃"①。例如，郑振铎对《金瓶梅》的评价极高，他认为，"表现真实的中国社会的形形色色者，舍《金瓶梅》恐怕找不到更重要的一部小说了"，而且，"伟大的写实小说《金瓶梅》，恰便是由《西游记》《水浒传》更向前发展几步的结果"②。在郑振铎看来，《金瓶梅》的伟大之处正是小说强烈的个性化色彩以及小说缀段结构的萎缩。

三、"名士"及其"无事之事"

前面论述了作家的一个面影——"史官"，下面论述另一个面影——"名士"。

"史官"及其实录精神对明清章回小说的缀段叙事造成了影响，"名士"从另一个角度影响了明清章回小说的缀段叙事。唐兰认为，司马迁天生是一个文章家，他做一篇列传，只是做一篇文章，而没有想做信史。他喜欢网罗旧闻而不善于考订，所以《史记》里的记事十之二三是不可尽信的③。这似乎与史学家司马迁的实录精神相悖理，其实并不是这样，这恰恰说明明清小说家作为传统文人具有人格两面性，他们除了具有"史官"的正统的创作心态，也具有"名士"的非正统的创作心态，而这种反传统的创作心态对小说的缀段结构影响较大。

众所周知，古代小说家都是在"公余之暇"退而求其次才创作小说的。为什么会是如此的创作窘境？小说的"小道"观念是问题的关键，小说家的名士情结是很重要原因。传统文人都多少有名士情结，孔子也有过"浴乎沂，风乎舞雩，咏而归"的慨叹，并且，这种"颐养天年，重视尘世间的全身而终住信仰儒学的士大夫那里绝不比杀身成仁、克己复礼的影响小"，而且，他

---

① 陈美林等：《章回小说史》，杭州：浙江古籍出版社，1998年，第9页。
② 郑振铎：《谈金瓶梅词话》，《中国文学研究》，北京：人民文学出版社，2000年，第227页。
③ 唐兰：《老子时代新考》，顾颉刚等：《古史辨》第六册，上海：上海古籍出版社，1982年，第597—628页。

们"比较容易接近那种风趣高雅,理趣盎然的艺术性对话……追求的是与画一样的'禅趣'与'玄思'"①。文人可以从中找到卸载道统以后的雅趣,可以发泄主观情绪,舒缓内心的郁闷,这些可以从一些序跋中找到证据。序跋是文人的真实情怀,在一些小说序跋中,他们大多宣称作品是"戏编",是"游戏"之笔。并且,联系一些明清章回小说家的背景可以知道,他们多是一些失意文人,写小说可能正是他们逃避现实、宣泄情绪的一个渠道。面对动荡的时局,"寻得桃源好避秦",落寞的文人们在小说中寻找心灵的慰藉。此种小说创作倾向越到后期越明显。

《红楼梦》是最能够说明问题的。曹雪芹在创作《红楼梦》时就是"为了表现名士风采",在小说《红楼梦》中,分明可以看到的是"汉魏以来名士特有的风采……一位风流名士在抒发情怀、在激扬文字"②。而这些"旧人"名士在"新人"鲁迅眼中的演变也自然就是"从帮闲到扯淡","就是权门的清客,他也得会下几盘棋,写一笔字,画画儿,识古董,懂得些猜拳行令,打趣插科,这才能不失其为清客……如果有其志而无其才,乱点古书,重抄笑话,吹拍名士,拉扯趣闻,而居然不顾脸皮,大摆架子,反自以为得意,——自然也还有人以为有趣"③。当然,我们无意褒贬名士,而是关注"名士情结"会对明清章回小说的缀段结构造成怎样的影响。前文,我们已经从"史官"正统心态论证了小说家个体精神的张扬会消解缀段结构,但事物都有两面性,"名士"的非正统心态使小说家创作时相对随兴,"自娱"心态占了上风,资谈助、广见闻,游离情节之外的可能性增多,小说结构缀段的可能性也自然增加。

名士情结使小说家容易接受中国古代的散文笔法——"散点透视",而这种"散点透视"法可以任意地铺排或罗列,对小说结构缀段造成不小的影响。《水浒传》中的鲁智深、林冲、杨志等人物的合传有点随意组合,从形式上来看有点散文式"联缀"。虽然《水浒传》叙事结构"形散却神不散",但按照现代小说结构标准来看,《水浒传》叙事结构仍然是缀段结构。更为关键

---

① 葛兆光:《禅宗与中国文化》,上海:上海人民出版社,1988年,第127页。
② 曹立波:《风流名士尽显才情——略论〈红楼梦〉的创作动机》,《红楼梦学刊》2000年第3期,第322—323页。
③ 鲁迅:《鲁迅全集》第7卷,北京:人民文学出版社,2005年,第356页。

的是,小说家往往会在小说中穿插诗词、轶闻等"无事之事",造成小说结构的缀段化,也会对小说的叙事节奏造成影响。正如浦安迪所说,"有时作者以极快的讲述速度,一瞬间就跃过去许多年月,有时却不慌不忙地徐徐描述'动中静'的日常'事故'之情致。小说家常使用多种特殊的技巧来迟延其讲述速度,如内夹诗词、骈文插词、书信文牒的引述等技巧均是(连《西游记》《封神演义》等神魔小说中描写狂暴斗争的'插词'亦有迟滞叙事速度的效果)"①。也许就因为这样,浦安迪把明清章回小说比附为文人画而命名为"文人小说",还是很有道理的。

当然,明清章回小说的这种神韵不是很容易体会的。例如,《三国演义》的缀段结构使西方的一些批评家感到困惑。劳埃·安德鲁·米勒指出,这一类小说,正像这样一幅山水画,呈现出"一幅长长的在我们眼前不断掠过的景象。但每一次只能看到一个单独的场面,或者说只需出现一个情节。在我们眼前单独出现的场景中,总是有足够的动作抓住我们的注意力,并有足够的细节使人心驰神迷"②。这一比喻是比较贴切的。石昌渝也认为《水浒传》是"联缀式"结构,其特点"类似中国画长卷和中国园林,每个局部都有它的相对独立性,都是一个完整的自给自足的生命单位,但局部之间又紧密勾连,过渡略无人工痕迹,使你不知不觉之中转换空间。然而局部与局部的联缀又决不是数量的相加,而是生命的汇聚,所有局部合成一个有机的全局"③。从中国传统文化这个视角审视小说缀段结构,可以找到缀段结构具有中国特色的"整体性",和西方小说的结构完全不同。

另外,名士情结在某种意义上与庄子的"逍遥"概念相似。在《金瓶梅》《红楼梦》与《儒林外史》等明清章回小说中,"可以从简单的游戏(比如放风筝、钓鱼或文字游戏)、延伸到感官上的寻欢作乐(酒会、宴会、节日娱乐与戏曲表演)、朋友聚会(例如闲聊或谈玄),以及自发地表现艺术技巧(写诗、画

---

① 〔美〕浦安迪:《谈中国长篇小说的结构问题》,李达三、罗钢:《中外比较文学的里程碑》,第341页。
② 参见杨立宇:《西方的批评和比较方法在中国传统小说研究中的运用》,李达三、罗钢:《中外比较文学的里程碑》,第295—296页。
③ 石昌渝:《中国小说源流论》,北京:生活·读书·新知三联书店,1994年,第340页。

画、音乐)"①。或者说,中国"长篇小说总是力求在一个假想的架构上,创造出与读者之思想、历史及个人经验相符的完整的'世界'。长篇小说虽然根基于现实,却往往要跃进一个假想的'非现实'层次里去"②。这是小说家的一种分裂状态,总会在潜意识中滑向轶闻等"无事之事"中。小说《金瓶梅》中的"无事之事"也很多。在小说中,"逞豪华门前放烟火,赏元宵楼上醉花灯"(四十二回)这一回"侈言西门之盛也"(张竹坡批语),主要情节是过元宵节,为了显示"西门大官人"的富贵豪奢,摆放了四架烟火以铺排声势,但小说中真正渲染焰火之盛的叙事笔墨却不多,看灯、调笑、喝酒等"无事之事"却充斥全篇,似乎偏离了"西门之盛"的主题。无怪乎张竹坡评曰:"文字不肯于忙处不着闲笔衬,已比比然矣。今看其于闲处,却又必不肯徒以闲笔放过。若看灯,闲事也,写闹花灯,闲笔也。"③可能是名士情结作怪,经常会延伸出很多游离之笔,导致特别是后期章回小说中有很多"无事之事"的片断,造成了小说结构的缀段化。

到了清末,小说家也有名士情结。林纾在《译余剩语》中也说:"(《孽海花》)其中描写名士之狂态,语语投我心矣。嗟夫!名士不过如此耳。借彩云之轶事,名士之行踪,用以眩转时人眼光。"④可见,"时人"的目光多集中在名士的艳情轶事上。泛舟游乐、玩赏古董珍玩、酒令调笑、插科打诨等"无事之事"小说家曾朴书写的格外卖力。作者炫弄才情,辑录仿写诗词充斥小说中,在第八、九回,收录金雯青为彩云所作四首诗,在第三十四回、二十五回都有诗作。其实,早在1904年,《孽海花》还没写完,已刊出广告,称其"含无数掌故、学理、轶事、遗闻";1905年正式出版,广告又称其"……一切琐阐轶事,描写尽情"⑤。这样看来,"五四"时期,胡适等人批评《孽海花》没有结构也不是大放厥词。无独有偶,小说《邻女语》的前半部分围绕线索人物金

---

① 高友工:《中国叙事文学传统中的抒情意境》,李达三、罗钢:《中外比较文学的里程碑》,第312页。
② 〔美〕浦安迪:《中西长篇小说文类之比较》,李达三、罗钢:《中外比较文学的里程碑》,第323页。
③ 张竹坡:《张竹坡批评〈金瓶梅〉本》,第621页。
④ 魏绍昌:《孽海花研究资料》,北京:中华书局,1962年,第135页。
⑤ 魏绍昌:《孽海花资料》,上海:上海古籍出版社,1982年,第134页。

不磨叙述故事,之后却完全抛开金不磨,大写特写各种轶闻趣事。很明显,作者连梦青"中途换马"是潜在的名士情结在"作怪"。无独有偶,黄小配的小说《宦海潮》的前十六回以人物张任磐为线索来反映社会历史的变迁,脉络清晰,结构严谨,后十六回却抛开线索人物,只借助线索人物张任磐的眼睛来搜寻异域的轶闻趣事,德国的博物院、西班牙的斗牛场及"奇缘谱翰林婚少女""换庚谱少妇拜师尊"等中国官僚的逸事充斥小说,中断了小说的叙事情节,造成了小说的缀段结构。

另外,晚清小说家创作小说大都为求名牟利,李伯元、吴趼人等著名小说家也不例外,曹雪芹那种"披阅十载,增删五次"已不再可能;"朝甫脱稿,夕即排印,十日之内,遍天下矣"①却风行之,这种情形下,"游戏笔墨"自然不可避免。报刊连载使不少小说家同时创作几部长篇小说,东拉西扯,随兴敷衍成篇的情况不在少数。"人物、故事能不互相'串味'已是小易,哪还谈得上认真布局?"②包天笑在月月小说社曾经向吴趼人请教过小说创作,他说:"他(吴趼人)给我看一本薄子,其中贴满了报纸上所载的新闻故事,也有笔录友朋所说的,他说这都是材料,把它贯串起来就成了。"③这应该是真实的,《二十年目睹之怪现状》中屡次提出"我"掏出笔记本录下朋友所讲的笑话轶闻。可见,轶闻趣事是小说家所爱,创作中自然不会忘记这些缀段叙事。所以,浦安迪认为,在明清章回小说里充斥大量的游离于情节之外的宴会描写,可以确证古人对'事'的缀段化、空间化感受是很强烈的,"在中国古代的原型观念里——静与动、体与用、事与无事之事等等——世间万物无一不可以划分成一对对彼此互涵的观念,然而这种原型却不重视顺时针方向作直线的运动,而却在广袤的空间中循环往复。因此,'事'常常被'非事'所打断的现象,不仅出现在中国的小说里,而且出现在史文里"④。这也正是中国章回小说结构在现代转型中需要解决的棘手问题。

我们在本节强调的不是明清章回小说的缀段是否消失,也无意于评价

---

① 解弢:《小说话》,上海:中华书局,1919年,第116页。
② 陈平原:《中国小说叙事模式的转变》,北京:北京大学出版社,2003年,第172页。
③ 包天笑:《钏影楼回忆录》,北京:中国大百科全书出版社,2008年,第356页。
④ 〔美〕浦安迪讲演:《中国叙事学》,陈珏整理,第47页。

明清章回小说的缀段(空间化)结构,而是强调"说书人""史官""名士"三个因子对明清章回小说结构所造成的各自不同的缀段化、空间化,而这些流变为我们解释中国小说从缀段叙事到非缀段叙事(时间化叙事)的现代转型等问题提供了一些有益的帮助。当然,明清章回小说的缀段结构作为旧的艺术形式必然被新的艺术形式替代或者转化,所以,"五四"时期的小说家对此的批判甚为过分,他们认为,"小说家本着他们的'吟风弄月文人风流'的素志,游戏起笔墨来,结果也抛弃了真实的人生不察不写,只写了些佯啼假笑的不自然的恶札;其甚者,竟空撰男女淫欲之事,创为'黑幕小说',以自快其'文字上的手淫'。所以现代的章回体小说,在思想方面说来,毫无价值"①。这些是很过激的话,但不是毫无道理,下一节我们具体论述这一问题。

第二节 胡适、《孽海花》及其"缀段"问题②

"缀段"是明清章回体小说一种重要的空间结构模式,也是一种贬义的"命名",甚至,"形如散沙"的"缀段"被看成是小说家思想低下的表征,论者"会自觉或不自觉地用西方 novel 的结构标准……指责中国明清长篇章回小说在'外形'上的致命弱点,在于它的'缀段性'(episodic)"③。"五四"伊始,"缀段"是一个颇具争议的话题,胡适、钱玄同与曾朴等两代文学家围绕《孽海花》等小说的"缀段"问题展开了一场颇具规模的学术讨论,学界对此语焉不详。实际上,"缀段"问题牵涉中国小说结构的现代转型,也牵涉古今、中外小说叙事的融合、转化等重要问题,情况很复杂,对此做些深入探讨很有必要。本节拟从胡适参与的"胡钱对话""胡曾争议"入手,逐层梳理这场"缀段"讨论背后的复杂关系,试图理清晚清、"五四"两代文学家对"缀段"差异认知的思想根源,希望能为中国小说的现代转型研究提供一个阐释

---

① 沈雁冰:《自然主义与中国现代小说》,《小说月报》第 13 卷第 7 号,1922 年 7 月 10 日。
② 此节已发表。赵斌、张均:《胡适、〈孽海花〉与中国近代小说的"缀段"问题》,《江淮论坛》2017 年第 2 期,第 169—174 页。
③〔美〕浦安迪讲演:《中国叙事学》,陈珏整理,第 56 页。

视角。

一、"胡钱对话""胡曾争议"与"缀段"问题

蒋瑞藻认为,小说《官场现形记》的体裁摹仿《儒林外史》,"每一人演述完后,即递入他人。全书依此蝉联而下,盖章回小说之变体也"①。意思是:"缀段"具有主要人物依次"演述""依此蝉联"的基本特征;章回小说《儒林外史》是缀段体小说的代表作;《官场现形记》也具有缀段特征,但已发生了变异。但无论怎样变,缀段体小说都有一个很明显的创作优势——可操作性强,小说故事可以根据重要人物依次讲述,通过人物接力的方式结撰小说,因而,"新小说"家对此效仿成风,而"新文学"家却大加挞伐。"新文学"家认为,现代小说要"从传统的文艺观念中解放出来,从传统的文艺形式(文言文,章回体等等)解放出来"②,必须抛弃"思想陈腐"的"缀段"。由此可见,"新文学"家是依据时代进步的思想标准来审判"新小说"家所认同的"缀段"体创作的。两代文学家这种认知的差异性是显而易见的,但其根源有点复杂,可以做些溯源工作。

"缀段"古已有之,表述略有差别。桓谭说的"合丛残小语"(《新论》)已有"缀段"的意思;《玉照新志》中的"思索旧闻,凡数十则,缀缉之"③等话语与"缀段"已经比较接近了。但章回小说的"缀段"与前期的"缀段"还是两个概念,前期的"缀段"偏重于编辑、辑录,没有收拢在一篇作品中。并且,"缀段"有广义和狭义之分,一般取其狭义,如石昌渝等学者。石昌渝认为,缀段体小说"是并列了一连串故事",而故事由"几个行动角色来串联","由某个主题把他们统摄起来",而最关键的是,行动角色"之间不存在因果关系"④。这是一种标准式的缀段。实际上,缀段有很多变体。浦安迪认为,在一定的语义范围内,"所有的叙事文"都有可能具有某种"缀段性"特征,因为这些叙

---

① 蒋瑞藻:《小说考证》,上海:上海古籍出版社,1984年,第415页。
② 茅盾:《话匣子》,上海:上海良友图书印刷有限公司,1934年,第177页。
③ (宋)王明清:《玉照新志》,上海:商务印书馆,1920年,第1页。
④ 石昌渝:《中国小说源流论》,第32页。

事文要"处理的正是人类经验的一个个片段的单元"。这种观念有些宽泛,但浦安迪提出的宴饮等"无事之事"①插入小说造成缀段的观点还是富有洞见的。本文倾向于广义缀段,因为,缀段不仅仅是小说的空间结构模式,缀段结构的背后还蕴含着很多意识形态内容。基于此,缀段引起很多争议。"胡钱对话"与"胡曾争议"就是例证。

"胡钱对话"发生于1917年,主要围绕《新青年》"通信"栏目而展开的"缀段"等问题的讨论。这一年的1月1日,胡适在《文学改良刍议》一文中指出,当下的中国小说"足与世界'第一流'文学比较而无愧色者,独有白话小说(我佛山人、南亭亭长、洪都百炼生三人而已)一项"②。钱玄同对此持有异议,在3月1日的通信中,他认为,《聊斋志异》《燕山外史》《淞隐漫录》等书"直可谓全篇不通",只有《官场现形记》《二十年目睹之怪现状》《孽海花》"有价值"。另外,苏曼殊思想高洁,他的小说,"足为新文学之始基也"③。这样,"胡钱对话"集中在《孽海花》等小说上。6月1日,胡适反驳道,《孽海花》"合之可至无穷之长,分之可成无数短篇写生小说","布局太牵强,材料太多……而不得为佳小说也"。《聊斋志异》也不是"全篇不通"。理由主要是:评论文学"当注重内容",也要注重"其文学的结构"④。胡适似乎仍不尽兴,在1918年1月15日的另一封"回复信"中,胡适批判苏曼殊的《绛纱记》"硬拉入几段绝无关系的材料,以凑篇幅,盖受今日几块钱一千字之恶俗之影响者也"⑤。如此批评不免有些偏颇,但也似乎有理有据。更有意思的是,钱玄同在《二十世纪第十七年七月二日钱玄同敬白》的答复信中,几乎完全同意了胡适的看法,并解释说,"玄同当时之作此通信,不过偶然想到,瞎写几句"⑥。这是坦诚之言,钱玄同确实时有粗率之举,恰如他在1917年4月14日日记中的自我解剖:"我平日看书从无自首至尾仔细看过一遍

---

① 〔美〕浦安迪讲演:《中国叙事学》,陈珏整理,第46、58页。
② 胡适:《文学改良刍议》,《新青年》第2卷第5号,1917年1月1日。
③ 钱玄同:《通信·寄陈独秀》,《新青年》第3卷第1号,1917年3月1日。
④ 胡适:《再寄陈独秀答钱玄同》,《新青年》第3卷第4号,1917年6月1日。
⑤ 胡适:《论小说及白话韵文——答钱玄同书》,《新青年》第4卷第1号,1918年1月15日。
⑥ 钱玄同:《通信》,《新青年》第3卷第6号,1917年8月1日。

者,故于学问之事,道听途说,一知半解,不过一时欺惑庸众而已。"①

"胡钱对话"似乎告一段落了,但问题并非如此简单,"胡曾争议"正在酝酿着。1922 年,胡适在《五十年来中国之文学》这篇有着文学史意味的长文中,也只涉及"《孽海花》……是这个时代出来的"②这个不痛不痒的句子。尤其令曾朴难以容忍的是,对于其他成名的谴责小说胡适都赞誉有加,唯独对《孽海花》视而不见,这激起了曾朴的不满。1928 年,《孽海花》被重新修改,然后在真善美书店(曾朴父子经营的书店)再版,曾朴在该书前言《修改后要说的几句话》一文中做了比较集中的反击。该文显示曾朴对"胡钱对话"一直记忆犹新,他反驳道:胡适"说我的结构和《儒林外史》等一样……我却不敢承认",同样是"联缀多数短篇成长篇",组织方式不同。"譬如穿珠,《儒林外史》等是直穿的……穿一颗算一颗,一直穿到底,是一根珠练";而《孽海花》"是蟠曲回旋着穿的,时收时放,东西交错,不离中心,是一朵珠花"③。曾朴认为,《孽海花》的珠花式结构与《儒林外史》的珠练式结构有区别。胡适的看法肯定有偏激之处,曾朴的辩驳也"强词夺理","五十步笑百步"。

"胡钱对话""胡曾争议"反响不大,却也不乏关注者,鲁迅曾经关注过,在日记"钱玄同"中,记述了鲁迅看过《新青年》三卷六号"钱玄同的《致适之信》,鲁迅认为,"《留东外史》为时人所撰小说中之第二流,颇不谓然"④。显然,鲁迅对这场"缀段"讨论是关注的,并且,对胡适讥讽苏曼殊等清末民初小说家"凑篇幅,盖受今日几块钱一千字之恶俗"的过激批判颇有微词,鲁迅曾经说过,"可省的处所,我绝不硬添,做不出的时候,也绝不硬作",主要原因是"我那时别有收入,不靠卖文为活的缘故,不能做通例的"⑤,对苏曼殊等新小说家有一定的理解。陈平原也认为,"胡适过分强调长篇小说结构的严谨,对具体作品的分析缺乏必要的弹性……评价未免有失公允",而曾朴的辩解也不能令人信服,小说《孽海花》毕竟具有"联缀多数短篇成长篇"的

---

① 钱玄同:《钱玄同日记》上,北京:北京大学出版社,2014 年,第 314 页。
② 胡适:《五十年来中国之文学》,《胡适文集》,北京:华夏出版社,2000 年,第 181 页。
③ 曾朴:《修改后要说的几句话》,《孽海花》(修改本),上海:真善美书店,1928 年。
④ 钱玄同:《钱玄同日记》上,第 321 页。
⑤ 鲁迅:《我怎么做起小说来》,鲁迅等:《创作的经验》,上海:上海天马书店,1933 年,第 7 页。

缀段结构①。陈平原的评价比较实在，但依据"公允"标准来评价"胡曾争议"，只是用今天的学术眼光做出的艺术评价，还不能够涵盖这场"缀段"讨论所呈现出的丰富性。问题的关键是，胡适和曾朴等人对"缀段"的认识为什么会如此迥异？值得深思。

当然，胡适在"新文学"处在"草创"阶段，激进的进步思想促使他做出一些误判也偶有发生，但胡适一直是一个治学严谨的学者，胡适的《红楼梦》《水浒传》的考证就是例证。陈寅恪也曾经给出了"考证周密，敬服之至"②的赞誉。这样来看"胡曾争议"，不免令人生疑。批评胡适"对具体作品的分析缺乏必要的弹性"也有些偏颇，按照常理，"胡曾争议"发生时，胡适在回复钱玄同之前，会对《孽海花》再思考，思考成熟之后才会有《再寄陈独秀答钱玄同》这篇回信。而更为关键的是，胡适直至1935年在一篇《追忆曾孟朴先生》的纪念文章中仍然不改初衷，认为他"曾很老实的批评《孽海花》的短处"③。再者，胡适对《官场现形记》等谴责小说都做过"弹性"分析，并且，在胡适心目中，谴责小说不如一些古典章回小说，在著名的谴责小说中，《孽海花》又属下乘，且其评价标准都是小说的空间结构——"缀段"。按照常理，从小说结构的整体性而言，一般学者对上述缀段小说的排序一定会截然相反，《孽海花》的结构是最严谨的，谴责小说高于《儒林外史》等古典缀段体小说。那么，如何理解胡适这种"倒置排序"？问题有点复杂。

曾朴的反击也很隐晦。从时间上来看，从1917年到1928年，整整11年曾朴都没有忘记胡适对《孽海花》的"非议"，并且很有意味的是，在《孽海花》再版十几次，销量"不下五万部"的辉煌时刻曾朴开始反击了。而1928年又是一个敏感时间：一方面，《孽海花》的行销佳绩让曾朴有了自信，这种自信来源于自己独特的西学历练，也来源于"天给我这一点想象的能力"（1928年7月6日曾朴日记）；另一方面，1928年是一个文学转型的时代，

---

① 陈平原：《中国现代小说的起点——清末民初小说研究》，北京：北京大学出版社，2006年，第130页。
② 陈寅恪：《致胡适·六》，《陈寅恪集·书信集》，北京：生活·读书·新知三联书店，2001年，第138页。
③ 胡适：《追忆曾孟朴先生》，《宇宙风》，1935年10月1日。

"文坛已现波动之势"(1928年9月26日曾朴日记)①,胡适似乎"失势"了。正如曾朴所说,也许那时候的胡适之"先生正在高唱新文化的当儿,很高兴地自命为新党",可是,竟然"没有想到后来有新新党出来,自己也做了老新党"②。在1928年这个关键时刻,曾朴对社会形势有些误判,误以为胡适也将和他一样被新的时代"淘汰"了,以至于又回敬了胡适"一个老新党的封号"(胡适曾经给曾朴的封号)。但这仍然不是一个对等的文学论争,曾朴在文中称胡适为"老人家"就是一个例证,因为曾朴比胡适大了将近20岁。并且,曾朴的语气、语态都是那样的谦恭,如果不回到具体历史的语境中,很难体悟其中的隐晦。

二、"误解"与"新小说"家的"缀段"情结

学界有一种被称为"误解"的文学批评现象。用"误解"化解争议,非常温和,尤其遇到像鲁迅、胡适这样的学术大师,用"误解"不会有损于他们的形象,这似乎是一个好的批评风尚。"误解"确实是有的,有时却不是真的"误解",反而可能是"正解"。"误解"批评都是用"一把尺子"去度量哪怕是不同时代的两个人,力求找出他们的共性,铲除差异性,一旦出现认识的差异,用"误解"抹平。言下之意,本来是可以认识的,由于种种客观原因,出现了这种"误解"。然而,对于文学批评而言,"误解"背后的差异性,可能正是我们剖析问题的关键。理查德·艾文斯认为,在研究中,如何将已经收集到的仍然不完整的资料或将要去收集的资料编织到一个多少有些清晰的整体之中,"它经常是作者在进行一系列美学和阐释选择后的结果"。也就是说,"文本——小说、历史等等,并非个体思想的结果,而是宰制话语的'意识形态产物'"③。曾朴和胡适分属晚清和"五四"两个不同的时代,对文艺美学的选择不同,对缀段的理解自然也不同,这本无可厚非。

---

① 马晓冬选注:《曾朴日记手稿中的文学史料》,《新文学史料》2015年第1期,第98—102页。
② 曾朴:《修改后要说的几句话》,《孽海花》(修改本),上海:上海真善美书店,1928年。
③〔英〕理查德·艾文斯:《捍卫历史》,张仲民等译,桂林:广西师范大学出版社,2009年,第143、195页。

从"胡曾争议"来看,还真不能只用"对或错"来批判他们,他们对小说缀段的看法是与时代发展及各自的小说史观一致的。并且,正因为他们各执一词,才能够充分展现出他们各自的时代特征。曾朴作为晚清时期的一个半旧半新文人,其小说史观与其同时代小说家是一样的,有很大的过渡性,对"缀段"的认知自然会出现摇摆不定的状况。再说,"缀段"本身也没有优劣之分,只是从"缀段"的空间化到"非缀段"的时间化的历史发展来看,"缀段"会有不同的时代意义。

一般来说,固守传统的人很难接受新知,这是思想意识在起作用。美国学者阿列克斯·英克尔斯认为,越是传统的人越不"愿意接受新的观念、新的感觉和新的行动方式"①。晚清"新小说"家是旧式文人,似乎不能或者也不愿意突破传统。1928 年,曾朴尽管认为胡适"过时了",但曾朴并没有跟上时代的发展,在当年 9 月 11 日的日记中他写道:"现在不知轻重的一班小'囝',一团茅草的革命文学可以一切不顾。"②从中可以看见曾朴永不褪色的"保守性"。正如莫里斯·哈布瓦赫认为,如果我们今天的思想观念"有能力对抗回忆","战胜回忆",乃至改变回忆,那一定是"因为这些观念符合集体的经验",并且,"这种经验如果不是同样古老,至少也是更加强大"③。显然,晚清"新小说"家没有那么强大,不能完成中国小说转型的艰巨的历史任务——从"缀段"空间叙事转向时间化叙事。但是,没有完成,不代表没有做出成绩。"新小说"家已经不是"传统人",而是"过渡人"。这些晚清的"过渡人一直在'新''旧'、'中''西'中摇摆不停",他们一方面"要扬弃传统的价值,因为它是落伍的";另一方面"又极不愿接受西方的价值,因为它是外国的"④。更为重要的是,"新小说"家并不缺乏先进的西方思想,他们"都是在严复、梁启超等一代启蒙巨子的影响下从事创作的,而这一代人对个人自由、民族国家的理论思考,根本并不比五四一代逊色"。而"晚清'新小说'家

---

① 〔美〕阿列克斯·英克尔斯、〔英〕戴维·H. 史密斯:《从传统人到现代人——六个发展中国家中的个人变化》,顾昕译,北京:中国人民大学出版社,1992 年,第 25 页。
② 马晓冬选注:《曾朴日记手稿中的文学史料》,《新文学史料》2015 年第 1 期,第 101 页。
③ 〔美〕莫里斯·哈布瓦赫:《论集体记忆》,毕然、郭金华译,上海:上海人民出版社,2002 年,第 305 页。
④ 金耀基:《从传统到现代》,北京:中国人民大学出版社,1999 年,第 82 页。

之所以不能抵达'现代',缺的不是理性、个人和民族等思想,缺的是恰当的文学表达方式"①。确实如此,"新小说"家对西方的时间化叙事也不是一无所知,他们通过对中西方小说的比较,得出了很多富有价值的结论。他们认为,每一部中国小说"所列之人,所叙之事,其种类必甚多,而能合为一炉而冶之";而每一部西洋小说却"一书仅叙一事,一线到底。凡一种小说,仅叙一种人物"②。这些表明,晚清"新小说"家对西方的一人一事、"一线到底"的做法是欣赏的,也有学习的热望。

曾朴初创小说林书社时接过金松岑续写《孽海花》的任务,还和徐念慈、包天笑约定:曾朴写《孽海花》是"专纪清季京朝士夫的种种遗闻轶事";徐念慈的任务是"写东三省红胡子以及那时组织义勇军事";包天笑承担写晚清革命党的事情。由于受到西方新思想的影响,包天笑"那时也想以一个人物为中心,于是就把中国的革命女杰秋瑾为中心,写了几回,题目名为《碧血幕》"③。从这段材料可以推断:曾朴受到"泰西之小说,多描写今人"的影响;曾朴和徐、包二人经常切磋、学习一些新思想,他们的艺术旨趣有些趋同;未尽之作《碧血幕》显然汲取了《孽海花》的写作经验。因为,一方面,《孽海花》比《碧血幕》的创作时间早;另一方面,《孽海花》也是学习"泰西小说一线一事"的技法,"借用主人公做全书的线索",而且要尽量容纳历史,"专把些有趣的琐闻逸事,来烘托出大事的背景,格局比较的廓大"。这种写法对包天笑有很大诱惑力,《碧血幕》摹仿此种写法是理所当然的。具体地说,小说《孽海花》以人物金雯青与傅彩云的"悲欢离合"为线索,试图把整个晚清上层社会、官僚、知识界等世间百态统系到金、傅这两个人物身上,以展现社会历史的变迁。但"新小说"家对西方的时间化叙事还是一知半解的,不了解时间化叙事中的因果关系的所在,他们往往把西方的时间化叙事仅仅看作是一种情节的时间化叙事。如小说《孽海花》抛弃了宏大的历史叙事,历

---

① 张均:《中国现代文学与儒家传统(1917—1976)》,长沙:岳麓书社,2007年,第14—15页。
② 侠人:《小说丛话》,陈平原、夏晓虹编:《二十世纪中国小说理论资料》(第一卷)1897—1916,第76页。
③ 包天笑:《关于〈孽海花〉》,魏绍昌编:《孽海花资料》,上海:上海古籍出版社,1982年,第214页。

史事件化约为人物活动的布景,有点"喧宾夺主",而把人物的日常生活、琐闻逸事按照人物的活动散漫地勾连起来,又回到了老套的"缀段"叙事上;小说突出了人物的线索作用,但对人物的成长只是偶尔涉及。例如,小说人物傅彩云的放荡,有妓女的天性使然,也有思想松动下的女性主义新思想的萌芽。很遗憾的是,这些新的生长点太少,"胡适们"很难看到。

问题的关键是,有时候不是不想求新,而是对新旧并没有清晰的认知。张均认为:"文学在走向现代过程中的时间(历史)化,就不仅是一个思想观念的转化问题,更是一个技术上的摸索问题。"①并且,这种技术摸索是很漫长的,也会受到传统惯习的控制。就像曾朴一样,按照西方的时间整体性叙写,却又神不知鬼不觉地铺写了"有趣的琐闻逸事",大量的插入成分无形中冲破了小说的线性叙事,形成了缀段模式,曾朴却不自觉,对此反而意趣盎然。因为,"点缀、穿插的手段",可以"使不同的节奏、不同的气氛互相交织",并且,能够"加强生活情景的空间感和真实感"②。刘鹗也是如此,在《老残游记》中,在紧张的救船之梦后,穿插了大明湖的风景、"王小玉说大鼓书"两个"闲笔",虽然突出了人物的"游历"线索,但却"游离"在主要情节之外。正如刘鹗所说,"历来文章家每序一大事",一定会夹叙一些小事,"点缀其间,以歇目力,而纾文气"③。另外,"新小说"家的思想和文学表述经常出现疏离现象。"新小说"家有时候"自以为是在领导新潮流,自诩革新派",但实际上"只能够用旧的叙述秩序维持叙述世界的稳定"④。当新思想因找不到恰当的文学表达方式来倾泻心中的郁闷时,就会出现"叙事的苦恼"。还有一种情况是新旧杂陈:"刻意求新者往往只落得换汤不换药,貌似故步自封者未必不能出奇制胜。"⑤而问题的关键是,晚清"新小说"家为什么脱离不了缀段叙事模式呢?大致有三个主要原因:中西小说结构叙事的差异

---

① 张均:《中国现代文学与儒家传统(1917—1976)》,第31—32页。
② 叶朗:《中国小说美学》,北京:北京大学出版社,1982年,第192页。
③ 刘德隆等编:《刘鹗及老残游记资料》,成都:四川人民出版社,1985年,第77页。
④ 赵毅衡:《苦恼的叙事者——中国小说的叙述形式与中国文化》,北京:北京十月文艺出版社,1994年,第2页。
⑤ 王德威:《想象中国的方法:历史、小说、叙事》,北京:生活·读书·新知三联书店,1998年,第7页。

性,两种"整体性"的混淆,缀段结构的强大叙事功能。

首先,中西小说结构叙事的差异很大。李渔早已指出:"一本戏中有无数人名",大都是陪衬人物,"止为一人而设",而"此一人一事,即作传奇之主脑也"①。这一单线的情节化叙事与西式的时间化叙事不一样,因为它尚缺乏内在的历史因果机制。如《三国演义》等历史小说脱离不了传统的"治乱模式",小说中的人物也脱离不了"善恶模式";小说中的两个历史主体"国家"和"个人"都不能够按照现代的"进步"时间理念来构置,而只能沿着传统的"历史循环"的逻辑轨道行进。西方传统长篇小说(novel)的叙述重心主要着落在"头、身、尾"贯通的整体性;而"所有中国传统小说都显示出一种由不同成分组成的、由松松散散地连在一起的片段缀合而成的情节特性"②。这有明显贬义。

其次,晚清"新小说"家对西方线性叙事的所谓"整体感"或"统一性"没有那么深的理解,因而有时也会把它和中国的传统叙事模式相混淆。按照"西律","缀段"是"最坏"的情节,但"新小说"家却并不如此去想,甚至有时会引以为豪,认为,《水浒传》中的一百零八条好汉的身份、年龄等都大致相同,人物设置不重复几乎不可能。中国古典小说,"欲选其贯彻始终,绝无懈笔者,殆不可多得"③。并且,这种缀段结构也有"整体性",中国的传统小说的"整体性"是对于人生经验与"事体情理"的整体观照和把握。中国传统小说的"空间化则首先表现在对整体性结构的营造上","但文章结构不是死寂的物理框架","它充满生命情感又往往'暗藏玄机',直接体现着作家的宇宙时空意识"④。中国古代长篇小说在"章法"的层面的确有各种各样的"缀段",但可以通过"草蛇灰线""横云断岭""奇峰对插"等各种各样的纹理结构再联缀成一个整体。因此,中国古代小说的缀段性结构与中国文化传统的独特思维方式、时间观念等诸多因素有关,也有一个"整体性"。正如杨义所

---

① 李渔:《闲情偶寄》,杭州:浙江古籍出版社,1985年,第20页。
② 林顺夫:《小说结构与中国宇宙观》,李达三、罗钢:《中外比较文学的里程碑》,第343页。
③ 曼殊:《小说丛话》,陈平原、夏晓虹编:《二十世纪中国小说理论资料》(第一卷)1897—1916,第69页。
④ 赵奎英:《从中国古代的宇宙模式看传统叙事结构的空间化倾向》,《文艺研究》2005年第10期,第58页。

说,施耐庵等知名文人参与《水浒传》的撰写,"最为引人注目的是给水浒传说带来了一种整体意识",而"这种整体意识是与中国传统哲学中'天人感通'的宇宙观念一脉相承的"①。按照这种时空理念,杨义把《儒林外史》的缀段结构比附为"叶子"结构,非常形象地说明了缀段小说的"整体性",这与西方小说的"整体性"不同。

再次,无论是缀段叙事与时间化叙事的差别,还是两种"整体性"的混淆,都还是"新小说"家认识上的矛盾,而具有强大叙事功能的缀段结构却让"新小说"家在创作实践中难以割舍。明清章回小说的鸿篇巨制得力于"善恶对立"的结构模式,晚清长篇小说已经放弃了这种结构模式,但晚清小说家又痴迷于社会全景式摹写,在没有其他强大的叙事结构出现之前,缀段结构是最佳选择。缀段结构有不足,却又别具一格,小说可以当历史来读。阿英说:"一是唐朝的传奇小说,二是晚清小说",都全方位地"反映了当时政治、经济以及社会生活情况,和产生于当时政治、经济制度疾剧变化基础上的各种不同的思想"②。这是实情。作为一个政治、经济和文化处在大变动的转型时期,晚清需要"史诗",但却没有西方式的"史诗"模式,只有选择缀段结构模式。普实克在评价《孽海花》时发现了这个矛盾:"组织起各个情节片断、奇闻异事,像我前面所说的,来展现前一个历史时期完整的社会画面",但是,"把性质不同的素材机械地罗织到一起是如何导致了艺术上的彻底失败"③。很显然,缀段叙事不能完成小说的现代转型,必须有一种更好的结构模式来接替或者转化缀段叙事。

三、"五四""新文学"家对"缀段"的舍弃

如果说,晚清"新小说"家对西方的文化资源是"犹抱琵琶"式的取舍,那么,"五四""新文学"家则是"推倒重来""西天取经"。按照现代性的行动法

---

① 杨义:《中国古典小说史论》,第293页。
② 阿英:《小说三谈》,上海:上海古籍出版社,1979年,第196页。
③ 〔捷克〕普实克:《抒情与史诗——现代中国文学论集》,郭建玲译,上海:上海三联书店,2010年,第115页。

则，无论一位艺术家是否喜欢，"都脱离了规范性的过去及其固定标准，传统不具有提供样板供其模仿或提出指示让其遵行的合法权利"①。正因为"五四""新文学"作家对过去的决绝，割断与传统的"脐带"，才能够开创了一种新的小说叙事模式——时间化叙事，从而很大程度上抛弃了"缀段"。

"新小说"家不大提及他们对西洋小说的接受，而强调他们跟传统小说的继承关系，"五四"作家则大都极力否认他们跟传统有何关系，却一直鼓吹西方小说的影响。也许，有了"新小说"家的"前车之鉴"，有了"五四"小说家对西方资源的大量汲取，又加之时代的变迁，"五四"作家才可能超越前者。当然，这种超越也不是一蹴而就的。茅盾认为，"观察和思想是可以一时猛进，艺术却不能同一步子"；"许多新文学，包有狠好的思想和观察"，却因为"艺术手段不高，便觉得减色"②。也许，这些"新文学"家不是不想提高艺术，他们也可能像"新小说"家一样，思想和文学表达出现了"悖离"；但与"新小说"家们不同的是，他们有很清醒的认知，及时地予以补救。甚至，这种"悖离"让"五四"启蒙者忧心忡忡，且羞愧难当。如郑振铎说："我们很惭愧"，只有说中国话的人，"与世界的文学界相隔得最窎远；不惟无所与，而且也无所取"③。所以，他们大力鼓吹"泰西之学"，认为，"西洋的文学方法……实在完备得多，高明得多，不可不取例"④。可见，他们与"新小说"家的艺术旨趣不同。当然，时人对这种激进主义也有所警醒。如梁实秋不满地批判道："若是有人模仿蒲留仙，必将遭时人的痛骂，斥为滥调，诋为'某生体'……凡是模仿本国的古典则为模仿，为陈腐；凡是模仿外国作品，则为新颖，为创造……一方面全部推翻中国文学的正统，一方面全部的承受外国的影响。"⑤这种批评意见很中肯，但在当时很难被"新文学"家们接受、采纳。

"五四""新文学"家学习西方，攻击传统，自然会对古典小说中的缀段叙

---

① 〔美〕马泰·卡林内斯库：《现代性的五副面孔：现代主义、先锋派、颓废、媚俗艺术、后现代主义》，顾爱彬、李瑞华译，北京：商务印书馆，2002年，第9页。
② 冰（沈雁冰）：《我对于介绍西洋文学的意见》，《实事新报·学灯》，1920年1月1日。
③ 郑振铎：《〈文学旬刊〉宣言》，《文学旬刊》第1期，1921年5月10日。
④ 胡适：《建设的文学革命论》，《新青年》第4卷第4号，1918年4月15日。
⑤ 梁实秋：《现代中国文学之浪漫的趋势》，《中国现代文学研究丛刊》1987年第2期，第248—249页。

事大加批判。鲁迅、胡适、钱玄同、茅盾等"新文学"家以"西律"绳之"缀段",几乎都把"缀段"看成传统小说的艺术、思想都低下的象征。陈寅恪也对中国章回小说的结构提出批评,他认为,"吾国小说,则其结构远不如西洋小说之精密"。陈寅恪与胡适对传统小说的评价比较一致,也许是两人后期交往甚密、相互影响的缘故。但陈寅恪还是有些不同,他对小说并没有那么多热情,反倒认为,"一篇之文,一首之诗……则甚精密,且有系统"①。他仍然把小说看成"小道",对缀段小说更是鄙夷。

"五四"小说家积极接受西学,必然对传统的缀段小说没有好感。刘半农曾经归纳缀段的结构范式:"有甲乙二人正在家中谈话……忽然来了一个丙……丙出了门却把甲乙二人抛开……丙在路上碰到了丁……"②很显然,刘半农是按照"西律"来阐释缀段叙事的,有"游戏"的味道。鲁迅相对客观,他说:"《儒林外史》惟全书无主干,仅驱使各种人物,行列而来……虽云长篇,颇同短制;但如集诸碎锦,合为帖子……《官场现形记》头绪既繁,脚色复夥……与《儒林外史》略同。"③"头绪既繁,脚色复夥"本来是"巨著"形成的有利因素,"五四"作家偏偏把这些看成是现代小说能否发生的"拦路虎"。另外,值得注意的是,"新小说"家"似乎都迷恋于《水浒传》《西游记》《红楼梦》等一百至一百二十回的古典小说的'巨著'观念"④,晚清也因此收获了很多长篇小说,虽然艺术价值不高;而"五四"作家与其说对长篇小说不感兴趣,不如说,"五四"作家抛弃缀段叙事模式之后,还没有找到可以撰写"史诗"性小说的结构模式。

与鲁迅一样,胡适对缀段叙事做出了很多批判,前面已经有很多说明。胡适说:"《儒林外史》没有布局,全是一段一段的短篇小品连缀起来的……《官场现形记》全是无数不连贯的短篇纪事连缀起来的……"⑤这些批评和鲁迅的观点大同小异。当然,从文本的角度来看,"五四"作家对缀段小说还

---

① 陈寅恪:《论再生缘》,《寒柳堂集》,北京:生活·读书·新知三联书店,2001年,第67页。
② 刘半农:《读〈海上花列传〉》,韩邦庆:《海上花列传》,长沙:岳麓书社,2005年,第487页。
③ 鲁迅:《鲁迅全集》第9卷,北京:人民文学出版社,2005年,第229、292页。
④ 〔捷克〕普实克:《抒情与史诗——现代中国文学论集》,郭建玲译,第114页。
⑤ 胡适:《五十年来中国之文学》,《胡适文集》,北京:华夏出版社,2000年,第178—181页。

算客观,但这一表层的批评其实不太重要。问题的关键是,对小说缀段结构的批判背后其实隐藏了一个浓郁的"五四情绪",也隐射了一种政治的诉求。前文我们已经提及胡适的"倒置排序",为什么出现这种"倒置"?"五四"作家为什么攻击"新小说"家比攻击古代小说家厉害些?这都是"五四"作家的一种思想策略,也是时代的政治诉求:要以全新的姿态重构"五四理想",必须抛弃一切陈旧的历史,尤其是与"五四"最密切的近代阶段。

实际上,这很难做到,但这种决绝的态度却不能够缺少,激进的政治情绪更不能缺少。郑振铎在评价民初集锦小说时说:"在上海《新闻报·快活林》上,登有集锦小说许多篇,这种小说是由好几个人合作一篇的。如以前做联句一样,此唱而彼和;今天由你开始,明天请他续"[1],这样下去,中国小说似乎到了穷途末路的地步。这很难区分是在品文还是品人,或者是"文如其人":集锦式的缀段和作家的懒散、不思进取是何等的相似。无怪乎,"五四"作家经常会摆出居高临下的批判姿态来。无独有偶,另一处也写道:那时候(特别是民初复古潮流涌起时)"盛行着的'集锦小说'",他们"一人写一段,集合十余人写成一篇的小说",并且,他们依赖于创作大批量的黑幕小说与鸳蝴派的小说"来维持他们的'花天酒地'的颓废的生活"[2]。在"新文学"家看来,这些思想倒退的文人"对于这以真切为生命的艺术也还要求着离奇,那真难怪那些卖笑的小新闻死找些离奇的趣事来充篇幅了"[3]。"新文学"家们对集锦小说及充篇幅的轶闻趣事造成小说的缀段化也许可以暂且不论,而对这些醉生梦死、不思进取的所谓"落后"的文人们则除了批判,还是批判。

"缀段"是明清章回小说的最重要结构模式,也是中国小说空间化最集中的表达,晚清"新小说"家和"五四""新文学"家对此都有精彩论述。但是,在中国小说现代转型的过程中,由于两代文学家所处的时代语境不同,他们对"缀段"所持的价值立场不同,因而对"缀段"的艺术评判、取舍也不同。"新小说"家对"缀段"貌离神合,表现出很多的"过渡性";"新文学"家依据

---

[1] 郑振铎:《文学杂谈(二)集锦小说》,《文学旬刊》第2期,1921年5月20日。
[2] 郑振铎:《中国新文学大系·文学论争集·导言》,《郑振铎全集》3,石家庄:花山文艺出版社,1998年,第533页。
[3] 晓风(沈雁冰):《杂谭》,《国民日报·觉悟》,1923年6月19日。

"西律"绳之"缀段",把"缀段"看成是传统小说的艺术、思想都低下的一个重要因素而加以舍弃。因此,把缀段问题放置在文学史上进行整体考察具有学术意义,而且,通过考察"缀段"的形成和流变等诸多问题能够为中国小说叙事时间的嬗变提供一个有力的考察视角。

第三节　叙事时间的嬗变[①]

一般认为,文本内所述事件长度被称作"故事时间",文本外在长度被称作"叙事时间"(情节时间)。"叙事是一组有两个时间的序列……被讲述的事情的时间和叙事时间('所指'时间和'能指'时间)……它要求我们确认叙事的功能之一是把一种时间兑换为另一种时间。"[②]故事时间本身是无法显示的,必须通过叙事时间(文本)加以推导,而且,叙事时间也不仅仅是情节时间,情节时间只是叙事时间的一种,叙事时间可以做进一步细分。巴赫金、卢卡奇和奥尔巴赫等理论家对此做了比较深入的探讨,他们都把小说的叙事时间分成外在情节时间和人物的内在主体时间两种类型,并且,把人物内在主体时间看成是现代小说兴起的标志。他们认为,荷马史诗中的"人物也会变老和死亡,也会认识每一种生活的痛苦,但只是认识而已;他们经历什么以及如何经历,都具有神灵世界中极乐的无时间性特征",换言之,时间在史诗中被完全空间化了,或者说,"这种时间像真实的持续存在一样缺少现实性;人们和命运仍然没有被时间所触动;这种时间没有自己的运动状态,而它的作用仅仅在于明确地表达一项事业或一种张力的大小"[③]。只有

[①] 此节已发表。赵斌:《叙事时间的嬗变:"缀段"的消失与现代小说的发生》,《烟台大学学报(哲学社会科学版)》2016年第5期,第37—47页。

[②] 〔法〕热拉尔·热奈特:《叙事话语　新叙事话语》,王文融译,北京:中国社会科学出版社,1990年,第12页。

[③] 〔匈〕卢卡奇:《小说理论》,燕宏远、李怀涛译,北京:商务印书馆,2013年,第111—112页。奥尔巴赫也认为,荷马史诗"很少介入主人公的成长和成长过程",比如,作品中的人物阿伽门农、涅斯托尔和阿基硫斯,像中国古代小说人物一样"出场定型",甚至人物奥德修斯"经历了漫长的时间,在漫长的时间内经历了诸多事件,它们都是展示成长的机会,但作品对此却几乎没有任何表述"(〔德〕奥尔巴赫:《摹仿论》,吴麟绶等译,北京:商务印书馆,2014年,第19页)。

在现代小说中,时间进入叙事之后,小说人物的成长才"克服了任何的个人局限性而变为历史的成长……这个成长同时伴随着旧人和旧世界的灭亡"①。也就是说,时间进入叙事对象的内部之时,才是现代小说兴起之日。

当然,三位理论家的观点有一定差异,但都强调了人物的内在时间,因为,在他们看来,人物是否获得内在时间是小说是否"现代"的关键。我们认为,把叙事时间的内面仅仅限定在人物内在时间有点狭窄,因为叙事对象不仅仅是人物,还有其他的一些叙事主体,如小说《中国未来记》的叙事对象不再侧重于一个人,而把焦点集中在一个乌托邦式的"国族"形象上,并且,"国族"这个历史主体已经"被时间所触动"。为了全面考察中国小说的现代转型,我们把叙事时间按照"内外两面"分为外在情节时间(叙事时间的外面)和内在主体时间(叙事时间的内面)。并且,我们认为,从古典小说"缀段"式的空间叙事到现代小说的时间叙事有一个大致的发展脉络:"缀段"叙事→外在情节时间叙事→内在主体时间叙事。具体地说,清末民初小说主要是"缀段"叙事向外在情节时间叙事转变,"五四"小说主要是内在主体时间叙事。当然,不可否认的是,清末民初小说中也有少量的内在主体时间叙事。

一、"缀段"叙事

中国古典小说的时间意识主要表现在一种散点式、网络式、以空间代时间的意识结构上,就像山水画一样,具有"写意"特征。正如浦安迪所说:"先秦时期重'礼'文化的影响,形成了中国自神话以来的'非叙述、重本体、善图腾'的空间化的叙事格局"②,具有无时间性的特征。小说家格非把这种"无时间"命名为"道德时间"。孔子有"朝闻道,夕死可矣"(《论语·里仁篇第四》)之说;古人也有"立德、立功、立言"的"三不朽"(《左传·襄公二十四年》)之说,并且,在"三不朽"中,"立德"是古人的最高价值标准。所以,"中

---

① 〔苏〕巴赫金:《巴赫金全集》第3卷,白春仁、晓河译,石家庄:河北教育出版社,1998年,第440页。
② 孙福轩:《中国古典小说叙事空间的文化论析》,《广州大学学报(社会科学版)》2008年第2期,第70—74页。

国人将人的生命过程视为价值实现的过程,是发展、延伸、成就'德性'的过程。中国人对时间限制性的思考,不是朝向物理线性时间的方向发展,而是朝向道德时间方向发展"①。忠孝两全、忠君报国、杀身成仁、舍生取义及其反面共同构成小说叙事的"善恶模式",相应地,古典小说的历史叙事也是循环的"治乱模式"。所以,"中国历史上只有一治一乱之循环,而不见有革命,即此盘旋不进之表露"②。这样,就形成了古典小说主体时间叙事的"难产"现象。到了近现代,随着西学影响的扩大,现代性时间意识逐渐取代了传统无时间(循环化时间)的时空意识,把个人、民族国家等历史主体放置在现代线性时间上加以考察成为一种新的思想模式,于是,也就形成了一种人类文明直线前进的、具有合目的、合规律的时间观念。就像有的学者所说,"中国最大的冲击是对于时间观念的改变,从古代的循环变成近代西方式的时间直接前进",而这种线性时间观念很快"变成了一种新的意识形态"③,从而对中国社会思想文化产生翻天覆地的影响。

清末民初的小说家往往会摇摆于时间叙事与"缀段"叙事之间。虽然,西学已经司空见惯,但新知识的接受却有一个渐进的过程,并且,当时的小说家大都认为,"大抵中国小说,不徒以局势疑阵见长,其深味在事之始末,人之风采,文笔之生动也。西洋小说专取中国之所弃,亦未始非文学中一特别境界,而已低一着矣……吾中国之文学,在五洲万国中,真可以自豪也"④。甚至认为,"《儒林外史》为吾国社会小说之开山"⑤。换言之,《水浒传》等章回小说"巨著"是树在晚清小说家面前的一座座丰碑,他们无法逾越,只能摹仿。即便是《孽海花》等比较优秀的小说,也大都是粗略袭用《儒林外史》的"缀段"结构,草草了事。

但是,晚清时期毕竟是一个现代转型的时代,小说家的新旧时间意识已经萌生。"无论意识形态的守旧或维新,各路人马都已惊觉变局将至,而必

---

① 格非:《文学的邀约》,北京:清华大学出版社,2010年,第142页。
② 梁漱溟:《中国文化要义》,上海:上海人民出版社,2005年,第41页。
③ 李欧梵:《现代性的追求》,北京:生活·读书·新知三联书店,2000年,第146页。
④ 侠人:《小说丛话》,《新小说》第十三号,1905年。
⑤ 解弢:《小说话》,上海:中华书局,1919年。

须采取有别过去的叙写姿态。"①清末民初小说的"缀段"叙事自然也有别于以前小说的"缀段"叙事,原因在于出现了两个时代新因素:"泰西之学"及新兴的公共媒体。阿英认为,《儒林外史》的"缀段"结构虽然是"晚清谴责小说最普遍采用的",但"仅说是学《儒林外史》,实际上是不够"的,因为,晚清小说受"报刊连载"和西洋小说的影响,有一些新的尝试②。这一判断是有道理的。

20世纪初期,伴随着中西政治、文化等方面的强烈碰撞,新旧思想的冲突也日益凸显出来,西学也就逐渐深入人心。1902年11月14日,《新小说》杂志在日本横滨创刊。《新小说》表现了维新派要借小说宣传维新变政的主张,同时也吹响中国小说改革的号角。从此,报纸杂志如雨后春笋一样涌现,如《绣像小说》(1903)、《新新小说》(1904)、《月月小说》(1906)、(小说七日报》(1906)、《小说林》(1907)、《中外小说林》(l907),等等。这些小说报刊的大量创办,必然带来新气象:一是可以学习西方小说理论,如梁启超凭借《新小说》杂志开辟"论说"等专栏探讨、梳理西方文学理论;二是这些期刊促使小说写作出现新的写作模式和叙事模式,也必然对小说的"缀段"叙事结构产生新的影响。众所周知,清末民初没有优秀长篇"巨著",报纸杂志是其中的一个重要因素。因为,这个时期的小说家不可能像曹雪芹那样"披阅十载,增删五次"(《红楼梦》第一回)。没有足够的写作时间,没有整体的艺术构思,以至于创作出很多"急就章"和"半卷残篇",甚至,"朝脱稿而夕印行,一刹那间即已无人顾问",因为,"盖操觚之始,视为利薮,苟成一书,售诸书贾可博数十金,于愿已足,虽明知疵累百出,亦无暇修饰"③。从另一方面来看,缀段结构可以"写到哪里算哪里",写起来得心应手,简便易操作。并且,这种写法有着巨大的写作"产能",可以使小说家"发财致富",自然也就风行一时,即使《官场现形记》《二十年目睹之怪现状》等名作也不能例外。

另外,清末民初小说虽然不能从整体上精心构思,但必须回回都要有精彩之处,以吸引读者。时人对此深有体会,他们认为:"寻常小说一部中,最为精采者,亦不过十数回,其余虽稍间以懈笔,读者亦无暇苛责。此编既按

---

① 王德威:《想象中国的方法:历史、小说、叙事》,第7页。
② 阿英:《晚清小说史》,上海:商务印书馆,1937年,第7页。
③ 寅半生:《〈小说闲评〉叙》,《游戏世界》第1期,1906年。

月续出,虽一回不能苟简,稍有弱点,即全书皆为减色。寻常小说篇首数回,每用淡笔晦笔,为下文作势。此编若用若用此例,则令读者彷徨于五里雾中,毫无趣味,故不得不于发端处,刻意求工。"① 这说明了两个问题:一是读者是小说家创作时必须考虑的一个重要因素,吸引读者是小说创作构思的关键;二是小说家对小说每一个章节都要均衡着力以吸引读者。这似乎有矛盾,既然对每一个章节都能够精心构思,应该可以消解或部分消解"缀段"结构,然而事情原非如此,因为他们吸引读者的"杀手锏"不是小说的精湛结构,而是小说的通俗趣味性——通过插入大量的轶闻趣事吸引读者的眼球,甚至,收集大量的轶闻趣事串联长篇者,也是常见现象。这样不仅不能消解小说的"缀段"结构,还有增加小说"缀段"化的可能。

为什么会出现这种反常的现象?读者是幕后的"推手"。清末民初小说的读者不同于"五四"小说的读者,"五四"小说的读者大多数是知识青年,清末民初小说的读者大都是旧式文人和下层市民。别士在《小说原理》一文把读者分为两类,对应的小说也有两种:"一以应士大夫之用,一以应妇女与粗人之用。"②对这类读者怎样做到故事"引人入胜"?别士没有说,轶闻趣事自然必不可少。例如,姚鹓雏的小说《龙套人语》"着重描写北洋军阀在江南的反动统治、官僚腐朽生活,以及苏省议会夺长风潮丑闻等等,与吴趼人《廿年目睹之怪现状》、曾朴《孽海花》殆相仿佛,皆品藻一时人物,批判当代社会现象,为现代史料的侧面记录"③。另外,有的小说家为了吸引读者,不惜抄袭而联缀成篇。《星期六》就记载了一个很有意思的现象,该杂志从第 10 期开始,有十几期都发表了"警告小说家"的"警示":"年来……抄袭家亦于是乎多……抄古人之作易署己名,或窃朋友之文登门求卖。"④甚至,像《孽海花》这样的成名作品,虽然借鉴了一些西方小说的写法,能够把主要人物作为小说的线索按照时间顺序组织故事,但仍然以串联"奇闻异事"为其艺术旨

---

① 《〈新小说〉第一号》,陈平原、夏晓虹编:《二十世纪中国小说理论资料》(第一卷)1897—1916,第 40 页。
② 别士:《小说原理》,《绣像小说》第 3 号,1903 年。
③ 龙公:《江左十年目睹记》,北京:文化艺术出版社,1984 年,"序"。
④ 《警告小说家》,《星期六》第 10 期,1914 年 8 月 8 日。

趣,目的是通过这些联缀起来的片断来呈现一个历史时期的社会全貌,然而,小说主人公的轶闻趣事很难支撑这个历史叙述框架,创作失败是不可避免的。

二、外在情节时间叙事

当然,曾朴不会承认《孽海花》艺术上的失败。曾朴以法文研习西方文学,自认为高人一筹,他"辛辛苦苦读了许多书,知道了许多向来不知道的事情……竟找不到一个同调的朋友"。虽然,大家对西学并不陌生,"但只崇拜他们的声光化电,船坚炮利",对外国文学艺术不甚了解,并且,"以为西洋人的程度低,没有别种文章好推崇,只好推崇小说戏剧"①。显然,晚清对西学也接受,但更多的是"器物"阶段,还没有到"思想"阶段。曾朴同时代的学人对西方小说的艺术懂得不多,而且还不屑一顾,不可能做到"读泰西之书,当并泰西之意",最后只能是"以古目观新制,适自蔽耳"②。相对而言,曾朴确实在艺术层面上进步一些,他能够借鉴一些西方文学资源,至少他领悟到西方小说时间叙事的"外面"——外在情节时间叙事。

随着西学的推进,有不少小说家逐步认识到西学的"线性时间",即"中国小说每一书中所列之人,所叙之事,其种类必甚多,而能合为一炉而冶之。西洋则不然,一书仅叙一事,一线到底。凡一种小说,仅叙一种人物"③。在晚清小说理论家看来,西方的一人之事、"一线到底"的小说技法就是外在情节时间叙事,很明显,他们只是认识到线性时间叙事的"外面",而且把这种潜在的理论认知运用到小说创作中。如《孽海花》"借用主人公做全书的线索,尽量容纳近三十年来的历史"④。应该说,抛去小说中大量的轶闻趣事,《孽海花》按照主要人物"一线贯穿",完成了"外在情节时间"的建构。相对而言,中国古典小说很少选择某个主要人物或事件来统合其他人事,也很少

---

① 时萌:《曾朴及虞山作家群》,上海:上海文化出版社,2001年,第16—17页。
② 周桂笙:《〈红星佚史〉序》,《红星佚史》,上海:商务印书馆,1907年。
③ 侠人:《小说丛话》,陈平原、夏晓虹编:《二十世纪中国小说理论资料》(第一卷)1897—1916,第76页。
④ 曾朴:《修改后要说的几句话》,《孽海花》(修改本)。

会把注意力集中于单个人物的塑造上,因此造成了"缀段"式空间结构。从这一点可以看出,曾朴的《孽海花》有一定的现代品格,因此效仿成风。

作为曾朴的同事,包天笑那时以一个人物为中心,把中国的革命女杰秋瑾作为中心人物,创作了小说《碧血幕》。很显然,这是受曾朴《孽海花》"外在情节时间叙事"影响。更有意思的是,包天笑在另一部小说《留芳记》第一回开头就坦白了这种写作资源的借鉴,他写道:"吾友东亚病夫,撰了一部《孽海花》,借着一个老妓赛金花的轶事,贯串史事不少……"这与包天笑后来的回忆录比较一致。青年时代的包天笑,在《小说林》出版部看见曾朴创作的《孽海花》,就想借鉴,"想把当时的革命事迹,写成小说"。包天笑在北京认识了张岱杉,他推荐梅兰芳可以作为主人公,"用他来贯串,比了《孽海花》中的赛金花,显见薰莸的不同",然而,包天笑写《留芳记》的"旨趣,目的并不在梅兰芳,只不过借他以贯串近代的史实而已"①。这和《孽海花》的结构非常相似。这段"夫子自道"告诉我们两层意思:一是包天笑创作的《留芳记》是一部摹仿之作,二是包天笑借鉴了曾朴的外在情节时间叙事:《孽海花》选了赛金花为贯串史事逸闻的人物,《留芳记》则选了梅兰芳。无独有偶,小说《海上活地狱》也借鉴了这种外在情节时间叙事,小说"以花界名妓为中心,穿插周围各人物的种种活动",描绘了上海社会种种"怪现状"。"这与晚清小说《孽海花》以名妓赛金花为纬,辐射出19世纪末期官场的黑暗内幕,有异曲同工之妙。"②可见,《孽海花》这种以人物为线索的外在情节时间叙事对后来的创作影响很大。更有意思的是,小说《春明外史》本来打算借鉴《儒林外史》《官场现形记》等小说的结构布局,但又觉得此类小说犯了"缀段"的毛病,即"说完一事,又递入一事,缺乏骨干组织",因此,在写《春明外史》的开始,"就先安排下一个主角,并安排下几个陪客……这样的写法比较吃力,不过这对读者,还有一个主角故事去摸索,趣味是浓厚些"③。这确实是一种高见,也道出晚清民初小说(也包括"五四"时期的通俗小说)写作的

---

① 包天笑:《钏影楼回忆录》,第451—453页。
② 魏绍昌:《编余赘言》,雷珠生:《海上活地狱》,沈阳:春风文艺出版社,1997年,第32页。
③ 张恨水:《写作生涯回忆》,张占国编:《张恨水研究资料》,天津:天津人民出版社,1986年,第33—34页。

真谛。具体言之,吸引读者是小说家必须要做到的创作准则,不然会被市场所淘汰;小说的情节离奇是小说家的一致追求,插入轶闻趣事也是必不可少的。但是,事物都有两面性,读者一方面是小说"缀段"叙事的"罪魁祸首",另一方面,读者也可能促成小说家按照"一个主角故事"去结构全篇,形成外在情节时间叙事。外在情节时间叙事有对西方侦探小说的创作借鉴。在清末民初时期,侦探小说非常受读者欢迎,曾经被大量翻译、引介到中国,这对当时的小说创作必然产生影响。小说《老残游记》就是吸收了侦探小说的艺术滋养,塑造一个"兼职侦探"老残的形象来。人物形象倒是其次,小说按照老残的游踪来结构全篇,情节整齐划一,必然能够部分拆解小说的"缀段"叙事。换一句话说,《老残游记》采取游记体,采用主要人物"一线贯穿"的写法,能够充分发挥外在情节时间的叙事功能。

当然,需要辨析的是,外在情节时间叙事古已有之,但难以否认的是,清末民初小说外在情节时间叙事的兴起得力于对西方小说"一线一事"理论的"误用"。另外,需要强调的是,外在情节时间叙事虽然不能完成中国小说现代转型的这个历史重任,但外在情节时间叙事为内在主体时间叙事打下了一个扎实的叙事基础,这至少能够说明,在清末民初时期,有一些小说家已经认识到或部分认识到"缀段"叙事的一些缺陷。

晚清小说家是时代转折时期的"过渡人",有一定的求新意识,自然对传统的缀段叙事有所警惕。吴趼人在《〈剖心记〉凡例》中说过:"《先正事略·循良传》,载有李明府死为栖霞城隍神之说。此为旧日小说家之绝好材料,兹以语近神怪,不合于近时社会,故略去之。"[1]可以看出吴趼人有一定的求新意识,能够自觉舍弃轶闻。黄小配也注意到"缀段"叙事的弊端,他曾经指出:"一篇之中,有散漫无结束,有铺叙无主脑,有复沓无脉络……见事写事,七断八续。"[2]这是典型的"缀段"叙事。为了避免这种写作弊病,他首先"立主脑"——确定核心人物,围绕这个"主脑"来结撰情节,"以一人遭际反映一

---

[1] 我佛山人:《〈剖心记〉凡例》,《竞立社小说月报》第二期,1907年。
[2] 陈平原、夏晓虹编:《二十世纪中国小说理论资料》(第一卷)1897—1916,北京:北京大学出版社,1997年,第316页。

个时期的社会生活进程,以一人的经历反映重大历史事件的始末"[1]。何海鸣也认为,当时不少长篇小说是"现形记""怪现状"之类,"无整个之情节,颇似十样杂耍,唱了一段又一段……故近来写小说,均只写一个整个故事……"[2]可见,当时不少小说家对"缀段"叙事已经很警觉,写作时自然避免这种弊端。

小说《廿载繁华梦》就是一部外在情节时间叙事的代表作,小说围绕周庸祐这个人物"主脑"来组织纷纭复杂的人物与事件,次第展开叙述,演说周庸祐本人二十年间由盛转衰的全过程。小说《宦海升沉录》也是以袁世凯这个中心人物结撰情节,贯穿故事的。而更有意思的是小说《邻女语》,小说后六回完全抛开线索人物的金不磨,"转而大写庚子事变的各种轶闻。从艺术角度考虑,这无疑是败笔;但若从补正史之阙考虑,连梦青的中途换马又很好理解"[3]。清末民初的小说家在现代转型中确实具有很大的过渡性,小说家在创作时,新旧思想在冲撞着,本意是按照外在情节时间布局故事,但传统的潜意识又促使他们转向了"缀段"结构。另外,张恨水所说外在情节时间叙事"这样的写法比较吃力"也可能是原因的一种。试想,散文化的"缀段"写法何等舒心,以至于这种"缀段"叙事的写作惯性很大,轶闻趣事不时在笔下游走也是可以理解的。

总之,清末民初的小说家用外在情节时间叙事方式结构小说具有一定的现代意义,但是,中国小说仅仅凭借外在情节时间的布局,还远远不能实现现代转型,必须靠内在主体时间叙事来完成中国小说的现代转型。陈平原说:"晚清作家与'五四'作家的距离不在具体的表现技巧,而在支配这些技巧的价值观念与思维方法",李伯元、吴趼人及鸳鸯蝴蝶派小说家"都以为可以借用西方小说的叙事技巧而撇开其思想内容。殊不知抛开对个人内心生活的关注而学第一人称叙事,抛开现代人思维的跳跃与作家主体意识的

---

[1] 寅半生:《小说闲评·叙》,阿英编:《晚清文学丛钞·小说戏曲研究卷》,北京:中华书局,1960年,第50页。
[2] 参见张赣生:《民国通俗小说论稿》,重庆:重庆出版社,1991年,第130页。
[3] 陈平原:《中国小说叙事模式的转变》,第222页。

强化而学叙述时间的变形,一切都成变换'布局'之类的小把戏"①。也就是说,清末民初的小说家"为了证明作品故事情节确实逼真所花的大量劳动,不仅是浪费了精力,而且是把精力用错了地方,以至于遮蔽了思想的光芒"②。或者说,他们根本想不到现代小说需要新思想的"灌注",更不可能"对小说坚持在时间进程中塑造人物"③。自然,他们不能够完成中国小说的现代转型。

三、内在主体时间叙事

外在情节时间不能够完全突破或者部分突破小说的"缀段"叙事,原因其实很简单,"一线一事"的外在情节时间叙事只是对小说"缀段"结构做些外在修正,还不是本质的小说结构嬗变。另外,外在情节时间叙事古已有之,李渔的"立主脑"理论就是例证。可见,要完成现代转型还需要小说的内在主体时间的"外突",由小说的空间意识转向时间意识。具体言之,外在情节时间是小说叙事时间的"外面",其叙事注重情节结构的修葺与整理;内在主体时间是小说叙事时间的"内面",其叙事注重对小说中的叙写对象的现代思想的灌注。茅盾说,(现代)"小说重在描出'情状',不重叙些'情节';重在'情状真切',不重'情节离奇'"④。而"情节"是小说结构的"外面","情状"是小说结构的"内面",古典小说及清末民初小说侧重于"情节离奇",现代小说侧重于"情状真切"。鲁迅也说:"专讲结构,布局,决不会做出什么好小说的。"并且,"小说的好坏,绝不能拿字数的多寡来定比例的。"⑤那么拿什么作为小说的艺术标准呢?显然,要有好的结构布局,更要有理想。那现代小说的理想是什么呢?它就是小说的现代时间意识,具体表现为小说的

---

① 陈平原:《中国小说叙事模式的转变》,第14—15页。
② 〔英〕伍尔夫:《论现代小说》,李乃昆编:《伍尔夫作品精粹》,石家庄:河北教育出版社,1990年,第339页。
③ 〔美〕伊恩·P.瓦特:《小说的兴起》,高原、董红钧译,北京:生活·读书·新知三联书店,1992年,第16页。
④ 晓风(沈雁冰):《杂谭》,《国民日报·觉悟》,1923年6月19日。
⑤ 衣萍:《枕上随笔》,北京:北新书局,1930年,第40—41页。

内在主体时间。

前文提到,陈平原一眼就洞穿了李伯元、吴趼人及鸳鸯蝴蝶派作家们"抛开现代人思维"和"主体意识"而学习时间叙事,结果都成了"变换'布局'之类的小把戏"。陈平原已经意识到叙事时间的"两面性",并且也强调了叙事时间的"内面"。在《中国小说叙事模式的转变》一书中,陈平原首先从叙事时间这个角度论证了中国小说叙事模式的现代转变,由于书中的"'叙事时间'参考俄国形式主义学派对'故事'和'情节'的区分",而不做"更为细致的分析"①,所以,该论著对外在情节时间的分析很精彩,对内在主体时间的分析没有充分展开。但对于现代小说来说,小说已不仅仅把时间当作物理时间的量词,当作情节推演的尺度,当作小说叙事的背景,而是把时间看成小说书写演绎的对象与手段。瓦特说:"小说分配给时间尺度的重要性的一个方面:它打破了运用无时间的故事反映不变的道德真理的较早的文学传统。"②虽然小说也可能展示善恶,但已经从善恶对立的模式中流出,走向"新旧"冲突的现代征程。所以,小说的内在主体时间取代古典小说中的空间(道德时间)的主体地位是中国小说现代转型的唯一途径。因为,"只有在一种特定时间意识,即线性不可逆的、无法阻止地流逝的历史性时间意识的框架中,现代性这个概念才能被构想出来"③。这种现代的内在主体时间,起源于生物进化论。

从严复翻译《天演论》开始,生物进化论逐渐被移植到社会、历史等发展问题上,从而产生了内在主体时间。内在主体时间不同于传统循环时间,它以"进化"维度将历史划分为过去、现在和未来三个线性阶段,其中,"未来"是作为"希望"来定义,"面向未来"也就具有了现代意义,而把"过去"看成承载"落后历史"的表征加以抛弃。正如鲁迅在《狂人日记》中所写那样:"凡事总须研究,才会明白。古来时常吃人,我也还记得,可是不甚清楚。我翻开历史一查,这历史没有年代,歪歪斜斜的每叶上都写着'仁义道德'几个字。

---

① 陈平原:《中国小说叙事模式的转变》,第4页。
② 〔美〕伊恩·P. 瓦特:《小说的兴起》,高原、董红钧译,第16页。
③ 〔美〕马泰·卡林内斯库:《现代性的五副面孔:现代主义、先锋派、颓废、媚俗艺术、后现代主义》,顾爱彬、李瑞华译,北京:商务印书馆,2002年,第18页。

我横竖睡不着,仔细看了半夜,才从字缝里看出字来,满本都写着两个字是'吃人'!"①这段话是现代小说"内在主体时间"觉醒的寓言与宣言,充分展示了"自我启蒙"的过程。"凡事总须研究"是理性的觉醒,"才会明白"是启蒙的目标。"古来时常吃人,我也还记得,可是不甚清楚。"这句话表面是写"狂人"内心意识的不清楚,实际上,隐喻了对古来历史审视后半信半疑的矛盾心理,对历史"吃人"判定的犹豫不决,所以要"翻开历史一查",继续研究。"这历史没有年代,歪歪斜斜的每叶上都写着'仁义道德'几个字。"这句话太重要了,"没有年代"是无时间性的,是空间化的,是一种朝代更替的循环时间,或者是一种"仁义道德"时间。"吃人"是旧社会最精确的时间表述,概括了旧的历史。

在小说《狂人日记》中,"狂人"已经发现了"历史",也曾经获得过自我的主体性,但他能否进入"历史"？怎样进入"历史"？这才是问题的关键。正如张均所说,"在启蒙现代性中,主体自由包含个人与自我,如强调以人义取代神义,主张个人人格独立、自我拥有与个人自决,但并不限于自我,因为个人自由需要恰当的国家政体的保障,需要现代民主政治下政府与公民之间的契约才能保证。主体自由因此包括两方面：个人主体与民族国家主体"②。在晚清"五四"小说中,"个人主体"与"民族国家主体"是被建构的两个历史主体,在晚清被表述为"民族国家",在"五四"时期被表述为"个体"。"在某种意义上,整个中国现代小说讲述的其实是同一个故事,这个故事对过去与现在的讲述,是为了讲述一个新的未来,是为了讲述'新人同新历史时代一起在新的历史世界中成长'。"③

"民族国家"的内在主体时间叙事是从晚清小说开始的。民族国家作为一个现代的神话,曾经激发了无数先行者的想象力。康有为称其为"大同世界",梁启超称其为"少年中国",孙中山称其为"三民主义",李大钊称其为

---

① 鲁迅：《狂人日记》,《鲁迅全集》第1卷,北京：北京日报出版社,2014年,第159页。
② 张均：《我们怎样进入历史——论中国现代文学的现代品格》,《东南学术》2006年第3期,第41页。
③ 李杨：《"人在历史中成长"——〈青春之歌〉与"新文学"的现代性问题》,《文学评论》2009第3期,第100页。

"青春中国",郭沫若称其为"凤凰涅槃"……在小说的世界里,梁启超的《新中国未来记》、陆士谔的《新中国》、蔡元培的《新年梦》和刘鹗的《老残游记》等小说讲述着"民族国家"的"过去"与"未来"。换一句话说,晚清"大批'未来小说'都以设想民主有序、人人自由的未来中国为内容"。甚至,"四大谴责小说也颇注意未来想象。《老残游记》中'破船'与'桃花山'之间的象征比照表明了作者对于政府与人民之间权限的理性设计,《官场现形记》对清官政治独出慧眼的批判包含了作者对新的国家政体的期翼"[1]。而小说《新中国未来记》中充满了"进化"之类的词汇突显了"现代""代表了一种新的时间观念",以"现代性的时间观"促使对"民族国家想象社群"的建构[2]。到了"五四"小说,"民族国家"的内在主体时间叙事似乎少了很多,小说家把塑造"个人主体"作为创作的重心。但"五四"小说对"民族国家"的想象一直存在。例如,《沉沦》在小说结尾设计了"祖国呀祖国……你快富起来,强起来罢"这一声"呐喊",不能说没有对现代"民族国家"的想象;《狂人日记》中狂人那句"要晓得将来容不得吃人的人"也是对未来"共同体"的想象。小说《故乡》更是"乡土中国"的寓言,小说的结尾映现的那个鲜明的"希望"愿景,就是一种民族未来的隐喻。

另外,我们认为,"民族国家主体"是一种群体想象的"共同体",它其实也应该涵盖"家庭""家族"这些群体概念。一直以来,"家庭""家族"往往被作为历史的包袱而加以抛弃。传统小说"家国同构",而现代小说"家国对立",当然,两个词组中"家"定义的边界没有多少改变,"国"却有新旧之别。虽然,新旧之"国"都是民众想象的共同体,传统专制国家离民众更远,在某种意义上,国家"只是一个文化,而不是一个国家。这不仅是说那时人民没有'国家'的观念……根本上是由于政府'鞭长莫及',人民不能自觉到政府的存在"[3]。中国现代小说讲述的是一个"破家立国"的故事,家庭、家族都是作为建构"民族国家"的反面而出现的,进入历史的机会很渺茫。但是,家

---

[1] 张均:《我们怎样进入历史——论中国现代文学的现代品格》,《东南学术》2006年第3期,第42页。
[2] 李欧梵:《中国现代文学与现代性十讲》,上海:复旦大学出版社,2002年,第12页。
[3] 金耀基:《从传统到现代》,第68页。

是人出发的地方，也是最终的归宿，必须作为历史主体加以叙述。鲁迅说："我作这一篇文的本意，其实是想研究怎样改革家庭；又因为中国亲权重，父权更重，所以尤想对于从来认为神圣不可侵犯的父子问题，发表一点意见。总而言之：只是革命要革到老子身上罢了。"①而《狂人日记》就是对此观点的印证，狂人那个"非吃人"的设想不单单是针对"民族国家"而言，家庭、家族似乎更贴切。很明显，小说家们已经把家庭作为历史主体纳入进化的现代时间的轨道上。早在1904年，蔡元培发表的乌托邦小说《新年梦》已提出家庭要"破旧立新"的设想。《二十年目睹之怪现状》中九死一生的表姐也有比较新的家庭观念。到了"五四"时期，家庭的改革是作为"问题小说"出现的。翻译小说《娜拉》(译作《傀儡家庭》)曾经风行一时就很能说明问题。另外，冰心的《两个家庭》、庐隐的《海滨故人》等小说都有对旧式家庭改造的意图，也有对新家庭的"愿景"。例如，在小说《两个家庭》中，小说把新、旧两个家庭做共时性并置，有新的历史性思考。所以，把家庭、家族从"民族国家"这个大历史主体单独提出来作内在主体时间叙事的研究，是有现代意义的。

但是，相对"民族国家"(包括家、家族)这个历史主体，"个人"主体似乎更为重要，特别是在"五四"时期。梁启勋在《个人主义与国家主义》中称："国家主义与个人主义，似相对待而实相乘，盖国家者，实世界之个人也。"②国家与个人本是一体，国家是为个人而存在的，重在个人。李杨提出的一个问题值得讨论。他说："类似于《新中国未来记》这样"的小说"为什么在具备了'时间'——'历史'意识之后，在民族国家——这一现代意义的'想象的共同体'已经成为了'新小说'中新的历史主体性之后，'新小说'仍然不像'现代小说'，甚至不像'小说'，其实，答案只有一个，那就是因为'新小说'中没有'个人'"③。显然，"'新小说'中没有'个人'"这个结论不太精确，就"个人"而言，《二十年目睹之怪现状》中九死一生的表姐、《孽海花》中的傅彩云、《玉梨魂》中的梦霞等人物，至少是半新半旧的"个人"。在小说《玉梨魂》

---

① 鲁迅：《我们现在怎样做父亲》，《鲁迅全集》第1卷，第64页。
② 梁启勋：《个人主义与国家主义》，《大中华》第1卷第1期，1915年1月。
③ 李杨：《"人在历史中成长"——〈青春之歌〉与"新文学"的现代性问题》，《文学评论》2009第3期，第99页。

中,主人公把解决个人情感困局的出路交付给民族革命,不能不说主人公有现代成长的意味。在何海鸣的小说《倡门之子》中,主人公阿珍被骗怀孕后,坚持生下孩子。当被强逼时,她喊出了"你们真敢在这青天白日之下打胎谋命吗?"这种对生命的珍视预示着主体生命意识的初步觉醒。甚至,在苏曼殊的小说中,"新与旧"(父与子)的现代时间冲突已经出现,虽然还不太自觉,但实际上"已经暗合了正在悄然兴起的'五四'新文化思潮,至少为这一新文化思潮提供了反证性的思想材料"①。小说《断鸿零雁记》的主人公三郎就是很好的例证,三郎那种伤感和飘零的时代心绪与小说《沉沦》中的"零余者"的现代个体体验是一脉相通的。

但是,在清末民初小说中,"个人"内在主体时间叙事还不是主流,只有到了"五四",才形成叙事主潮。张均认为,"个人自由、族群想象等现代要素在晚清文学中实已形成完整的轮廓,但被公认为'现代'文学形成之标志的仍是"五四"文学而非晚清文学"②。"五四"时代被称为个性解放的时代,"五四"小说被称为"人的文学"。"人的文学"突出了个人的中心地位。古代也有"以人为本"的思想,但归结点却是专制的国家,个人只有在不损害专制国家的情况下才可能得到重视,而近现代则逐步改变了这种从属关系。茅盾曾指出:"人的发现,即发展个性,即个人主义,成为'五四'期新文学运动的主要目标……个人主义成为文艺创作的主要态度和过程,正是理所必然。而'五四'新文学运动的历史意义,亦即在此。"③所以,"五四"小说重在书写"个人"主体苏醒的故事。在《呐喊》《彷徨》《沉沦》《梦珂》《海滨故人》等"五四"小说中,小说家都把展现人的"新旧意识"作为小说创作的着眼点,把暴露人物内在主体时间意识是否缺失作为叙事的突破口。在鲁迅小说中,鲁四老爷、赵七爷等小说人物都是没有主体时间的,因为他们只是借助空间秩序来维护稳定的循环的统治秩序;阿Q、孔乙己、单四嫂子、陈士成、祥林

---

① 朱文华:《中国近代文学潮流——从戊戌前后到五四文学革命》,贵阳:贵州教育出版社,2004年,第227页。
② 张均:《我们怎样进入历史——论中国现代文学的现代品格》,《东南学术》2006年第3期,第42页。
③ 茅盾:《关于"创作"》,《茅盾文艺杂论集》上,上海:上海文艺出版社,1981年,第298页。

嫂等人物也都是没有主体时间的,因为他们只想适应文化空间秩序,"做稳了奴隶"或者"做奴隶而不得"。这是内在主体时间叙事的反面书写,是对过去历史的审查和清理,恰恰表达一种潜在的未来怀想。相对而言,《沉沦》等小说则通过主人公"灵与肉"的冲突来演绎个体觉醒的故事;《梦珂》《海滨故人》等小说通过女性的独特体验来展现"新与旧"的时间冲突,从而获得现代品格。到了"五四"后期,《少年漂泊者》等革命小说的内在主体时间叙事越来越从正面"突围"。革命小说不仅表现生活的"新与旧"的对立,而且"寻出创造新生活的元素",激发"创造光明的力量"①。如小说《少年漂泊者》通过描述汪中漂泊而又短暂的一生,表达了对"旧"的抗拒和对"新"的召唤,从而完成了内在主体时间叙事。

1923年,茅盾曾经在《读〈呐喊〉》一文表达了对小说《阿Q正传》的激赏与兴奋。他认为,小说"作者不会把最近的感想加进他的回忆里去,他决不是因为感慨目前的时局而带了悲观主义的眼镜去写他的回忆;作者的主意,似乎只在刻画出隐伏在中华民族骨髓里的不长进的性质"②。在这里,"不长进"是一种否定式的内在主体时间的表述。很显然,这种叙事时间还不完美,几年之后,茅盾在《读〈倪焕之〉》一文表达了这种看法。他认为,小说"并没反映出'五四'当时及以后的刻刻在转变着的人心。……没有都市,没有都市中青年们的心的心跳……《呐喊》中的乡村描写只能表现了'五四'时代青年生活的一角……不能不使人犹感到不满足……郁达夫的《沉沦》,许钦文的《赵先生的烦恼》,王统照的《春雨之夜》,周全平的《梦里的微笑》,张资平的《苔莉》等作品所反映的人生还是狭小的,局部的;我们不能从这些作品里看出'五四'以后的青年心灵的震幅"③。"转变着的人心""青年们的心的心跳""青年心灵的震幅",这些都表达一个意思:人的主体时间的觉醒。很显然,在茅盾看来,"五四"一代小说家没有完成内在主体时间叙事。

也可能是有感于"五四"小说时间叙事的困境,一直在做理论批评的茅

---

① 蒋光慈:《关于革命文学》,《中国新文学大系·1927—1937 第二集 文学理论集二》,上海:上海文艺出版社,1987年,第45页。
② 雁冰(沈雁冰):《读〈呐喊〉》,《文学周报》第91期,1923年10月8日。
③ 雁冰(沈雁冰):《读〈倪焕之〉》,《文学周报》第8卷第20号,1929年5月12日。

盾在1927、1928年间完成了小说《幻灭》《动摇》《追求》(《蚀》三部曲),试图弥补"五四"小说时间叙事的缺憾。然而吊诡的是,这些小说并没有什么好的反响,更加激进的创造社和太阳社的批评家们把这三部小说看作小资产阶级小说而大加挞伐,对小说中人物的"矛盾""不长进"提出种种非难。在这些质疑者的眼中,三部曲中的人物和"不长进"的阿Q之流也许是一丘之貉。批评是否中肯,暂且不论,但毋庸置疑的是,时间叙事在逐渐成熟。"五四"以后,洪灵菲的《流亡》、丁玲的《韦护》等"革命+恋爱"小说,特别是《青春之歌》《红旗谱》等革命小说把"个体成长"和"民族国家"的想象结合起来,内在主体时间叙事才算真正完成。

第二章

小说结构的再空间化

上一章我们论述了"缀段"的消失,而实际上,从小说的外部看,由于西学、市场、政治等外部因素的渗透,中国近代小说的结构比古典章回小说的结构更散乱,小说结构的"缀段"化、空间化反而更为严重。具体言之,西方写作模式对近代小说家的写作形成了压力,但同时他们对西方小说的倒叙等叙事手段还不习惯,从而插入大量的叙事进行干预以维持叙事的平衡,造成了小说结构的再空间化;市场下的小说家在小说中植入大量的轶闻趣事造成小说结构的再空间化;政治小说中的演说、辩论、报章、条例被植入小说,小说的"非情节化"使小说结构再空间化。从小说的内部看,一方面,晚清、"五四"短篇小说逐步改变了唐传奇以来中国古典小说有头有尾的"满格时间"的结构模式,转向了现代小说书写"横截面"的结构模式,同时,晚清小说因插入过多轶闻趣事、议论等非情节因素造成晚清小说结构出现较多的"停顿","五四"小说大量借鉴西方小说的结构模式,却因"省略"过多而造成一种新的再空间化;另一方面,晚清、"五四"小说的"心理化转向"日渐明显,而小说的"心理化"必然漠视小说情节的存在,从而出现一种新的小说结构的再空间化。

第一节 近代小说结构的再空间化[①]

古典章回小说结构的"缀段"化、空间化,已经得到学界的确认,而作为

[①] 此节已发表。赵斌:《论中国近代小说结构的再空间化》,《学术探索》2017年第1期,第118—125页。

过渡阶段的近代小说的结构却有点"众声喧哗"的味道,似乎难以做整体性分析。用 M. D. 维林吉诺娃的话说:"从结构来诠释中国小说,中国'插话式'(episodic)的小说情节构造,不啻一项重大的挑战。"①此话不虚,道出了讨论的困难。就小说的现代转型来说,在古典章回小说向现代小说转变的过程中,古典小说的空间化叙事会逐渐向现代小说的时间性叙事转换,这是没有什么歧义的,因为,现代性本身就是一个时间问题。而问题的关键是,近代小说的"不中不西""不古不今"却很难归置到一种叙事上。只不过,我们习惯于按照"五四"的小说传统来处理问题,习惯于把近代小说归置到"旧小说"的"阵营"中,以显示"五四"小说的"新"的时间意义。正如周作人所说:"从《官场现形记》起,经过了《怪现状》《老残游记》到现在的《广陵潮》、《留东外史》,著作不可谓不多,可只全是一套版。形式结构上,多是冗长散漫,思想上又没有一定的人生观,只是'随意言之'。"因而把这些小说"放在旧小说项下",因为"旧小说的不自由的形式,一定装不下新思想;正同旧诗旧词旧曲的形式,装不下诗的新思想一样"②。这种看法具有一定的代表性,自然也有其时代认识的偏执。近代小说对古典小说的继承是不可否认的,小说结构的缀段化、空间化也随处可见。然而,相对于古典小说,近代小说的空间化却有一些新的嬗变,出现"再空间化"的新趋向。

一、"西学东渐"下的中国近代小说结构的再空间化

20 世纪初期,伴随着中西政治、文化等方面的强烈碰撞,新旧思想的冲突也日益凸显出来,西方小说的写作模式在一定程度上被近代小说家接受。并且,在对西学接受、拒绝的纠缠中,近代小说的丰富性令人惊叹,近代小说的书写方式也争奇斗艳,令人惊异,但诸多的表诉方式也许恰恰是没有合适的表诉方式的表现;近代小说家随处借鉴,随兴表达,也许恰恰证明了近代小说家写作的焦虑——不知道如何表诉?

---

① 〔加〕M. D. 维林吉诺娃:《晚清小说中的情节结构类型》,谢碧霞译,王继权、周榕芳编选:《台湾·香港·海外学者论中国近代小说》,南昌:百花洲文艺出版社,1991 年,第 74 页。
② 周作人:《日本近三十年小说之发达》,《新青年》第 5 卷 1 号,1918 年 7 月。

这种焦虑首先反映在对西学的认知上。时人认为,"大抵中国小说,不徒以局势疑阵见长,其深味在事之始末,人之风采,文笔之生动也。西洋小说专取中国之所弃,亦未始非文学中一特别境界,而已低一着矣……吾中国之文学,在五洲万国中,真可以自豪也"①。这是一种保守的声音。但是,不可否认,处在现代转型时期的小说家也知道求新,只是不知道皈依何处。如林纾,一方面认为,"西人文体,何乃甚类我史迁也!"另一方面又说:"欧人志在维新,非新不学,即区区小事之微,亦必从新世界中着想,斥去陈旧不言。若吾辈酸腐,嗜古如命,终身又安知有新理耶?"②而且他认为,西方小说在叙事上"往往于伏线、接榫、变调、过脉处,大类吾古文家言",有很多的妙处③。林纾以古文的眼光绳之西方小说自然有其认识的牴牾处,但他能够发现西方小说具有《史记》一样的严谨结构,并把这种认识贯彻到《剑腥录》等小说的创作中,收到一定的效果。在创作中,林纾一方面对小说的结构进行一番认真的熔炼改造,力避陷入"章回小说"集锦结构的窠臼中;另一方面又收编异闻趣事充实小说故事,破坏西式小说的严谨结构。但无论如何,西学观念下的"林氏小说"的结构已经有了新的变化。正如钱玄同在1906年3月4日的日记中所写:"《新小说》内之小说皆系译意,且自布结构,插入种种诙谐旁文,变成中国小说体裁,令人耐看,不若直译者之索然无味也。又小说总以白话章回体为宜,若欲以文笔行之,殊难讨巧。今之能此者仅林畏庐一人耳。"④钱玄同似乎道出了当时小说家内心的焦虑。翻译的"译意"选择透露了小说翻译家对西式小说结构的拒绝;"自布结构"与其说是自由的选择,不如说是不知道对中西小说观念如何取舍、如何熔炼;"变成中国小说体裁"是小说结构"中国化"的过程;"插入种种诙谐旁文""令人耐看,不若直译者之索然无味也"这些句子,表明时人的阅读趣味没有多少改变,这可能是小说观念西化的一个最大障碍。

---

① 侠人:《小说丛话》,《新小说》第十三号,1905年。
② 林纾:《译斐洲烟水愁城录序》,徐中玉主编:《中国近代文学大系(1840—1919)·第2卷·文学理论集(2)》,上海:上海书店出版社,1995年,第218页。
③ 林纾:《译撒克逊劫后英雄略序》,同上书,第219页。
④ 钱玄同:《钱玄同日记》上,北京:北京大学出版社,2014年,第26页。

第二章 小说结构的再空间化

不同于"林氏小说",梁启超的《中国未来记》等政治小说和东海觉我的《新法螺先生谭》、萧然郁生的《乌托邦游记》等科学小说虽然也是典型的西化小说,但小说结构的空间化已经有所不同。《中国未来记》等政治小说下文会有具体阐释,这里以《乌托邦游记》做点具体分析。

小说《乌托邦游记》发表在1906年11月间的《月月小说》第1、2号上。小说开门见山要写出探访"乌托邦"的奇遇。但小说只是"断章残卷",只写到在太空船上的种种境遇就戛然而止。也许是作者故意"吊胃口","太空船"也许就是作者设想的"乌托邦";但更大的可能是后继乏力,无力展开丰富的乌托邦想象。众所周知,科学小说是晚清的"新事物",这种纯粹的西式小说在创作中是无法从传统的文化资源中获得借鉴的;再说,近代的小说家对借鉴西方写作资源也"心有芥蒂",做不到"大刀阔斧"地借鉴。但值得肯定的是,这种西化的科学小说对传统章回小说"说书人"及其套语("说书人"及其套语是章回小说"缀段"化、空间化的一个重要因素)进行了最大限度的解构,在小说《乌托邦游记》中几乎看不见"说书人"的影子。这样,没有"说书人"及其套语随意插入、干涉文本,小说的"缀段"化、空间化势必减弱,然后令人意外的是,小说《乌托邦游记》又出现了一种新的"缀段"化、空间化。正如赵毅衡所说:"晚清白话小说一个明显的特征是叙述干预数量剧增,远超过以前的白话小说。晚清小说指点干预之增加,比评论增加更为醒目,原因在于在传统格局之内叙述不得不采取的种种变化造成的不安。"[①]例如,在小说《乌托邦游记》的开头作者没有让"说书人"说话,但小说一开始就用大篇幅的评论来代替章回小说"说书人"的道德干预,接着才缓慢入题。这与西式小说明显不同。

这种因小说结构的革新造成的种种不安,在《孽海花》等名小说中也大量存在。曾朴对西方小说了解很多,也借鉴不少,"他可能认为他在写一部与传统小说完全不同的全新的叙述作品,但是他写出的《孽海花》却是晚清在叙述技巧上比较保守的一部小说。他用又多又长的指点干预来解释新的

---

① 赵毅衡:《苦恼的叙述者》,成都:四川文艺出版社,2013年,第49页。

叙述技巧,不料正是这些干预把整个叙述拉回到传统程式中去"①。吴趼人也是如此矛盾重重,他在小说《上海游骖录》的《著者附识》中说:"以仆之眼观今日之社会,诚岌岌可危,固非急图恢复我固有之道德,不足以维持之,非徒言输入文明,即可以改良革新者也。"②其保守思想暴露无遗,但在写作中他对西方资源也"犹抱琵琶半遮面",在惊慌失措中"借鉴"。论者大都推崇小说《九命奇冤》,原因在于,该小说中倒叙的革新意义。但论者对倒叙造成叙述的不安、干预的急剧增多很少在意。小说《九命奇冤》在开始呈现一个惊心动魄的强盗打劫场面,对读者很有吸引力,接下来,小说自然要追叙事件的"来龙去脉",对于现代小说家这是很平常的事情,但近代小说家不习惯,也担心读者不习惯这种西式写法。所以小说在这个扭结处插入一个比较长的叙事干预:

> 嗳!看官们,看我这没头没脑的忽然叙了这么一段强盗打劫的故事。那个主使的甚么凌大爷,又是家有铜山金穴的,志不在钱财,只想弄杀石室中人,这又是甚么缘故?想看官们看了,必定纳闷;我要是照这样没头没脑的叙下去,只怕看完了这部书,还不得明白呢。待我且把这部书的来历,以及这件事的时代出处,表叙出来,庶免看官们纳闷。③

在现代小说中,倒叙的使用非常自然、顺畅,干预不多,但转型时期的晚清小说家却不能适应这种变化,他们会加入大量的叙事干预来交代清楚事情的来龙去脉,因此,"晚清小说成为典型的'干预小说'"④。干预的急剧增多也自然造成小说结构的再空间化,而这种再空间化很大程度上缘于中西文化冲突造成近代小说家表述的焦虑,他们在学习西方,但传统的文化观念

---

① 赵毅衡:《苦恼的叙述者》,第49页。
② 吴趼人:《上海游骖录》,章培恒等编:《中国近代小说大系》,南昌:江西人民出版社,1988年,第545页。
③ 吴趼人:《九命奇冤》,章培恒等编:《中国近代小说大系》,第283页。
④ 赵毅衡:《苦恼的叙述者》,第53页。

却又根深蒂固,以致"梁启超著小说当然不会忘记他那'笔锋常带情感'的'新文体'长于论辩;林纾著小说当然不会放下他那古文家的架子,得便总让你欣赏他那史迁笔法;苏曼殊著小说当然会发挥他的诗画之才;徐枕亚则相信他的尺牍绝对哀艳……"①但不可否认的是,近代小说结构的空间化已经有不少新的质素。

二、"市场驱使"下的中国近代小说结构的再空间化

前文论及近代小说的再空间化是受"西学东渐"因素的影响,这里阐述一下"市场驱使"因素对小说结构的冲击——再空间化。阿英认为,《儒林外史》的空间化结构虽然是"晚清谴责小说最普遍采用的",但"仅说是学《儒林外史》,实际上是不够的",因为,晚清小说受"报刊连载"和西洋小说的影响,有一些新的尝试②。这一看法是正确的。

1902年11月14日,《新小说》在日本横滨创刊。随之,在1903年到1907年间,《绣像小说》《小说七日报》《月月小说》《中外小说林》《小说林》等重要小说杂志都兴办起来了。这些小说期刊的创办为小说的革新创造了条件。一方面,可以集中引介西式小说理论,如《新小说》杂志设置了"论说"等栏目讨论西式理论;另一方面,期刊既为小说写作提供了平台,也改变了小说家的写作习惯及写作方式,对中国小说结构也造成了影响——再空间化。另外,近代没有优秀"鸿篇巨著",报纸杂志可能是问题关键。

正如近代高产小说家吴趼人所说,他所做种种小说,"皆一时兴到之作,初无容心于其间。惟《二十年目睹之怪现状》一书,部分百回,都凡五十万言"③。因为,近代小说家不能像曹雪芹等古典小说家那样有足够的创作时间,"急就章"式小说有很多,这与小说市场的推动关系密切。例如,周瘦鹃是典型的仅以卖文为生的小说家,小说质量参差不齐。"与那些坐拥学院文

---

① 陈平原:《中国小说叙事模式的转变》,北京:北京大学出版社,2003年,第150页。
② 阿英:《晚清小说史》,上海:商务印书馆,1937年,第7页。
③ 吴趼人:《近十年之怪现状·自序》,章培恒等编:《中国近代小说大系》,第5—6页。

化资本"的"五四"小说家不同,他必须"应报纸杂志之求,受周期性逼迫如赶火车时刻表,因此写小说信手拈来,如一道道心灵快餐,作品中不免陈腐的说教、廉价的煽情等成分"①。包天笑创作《上海春秋》也是如此,以致小说"在结构上较松散,节外生枝处颇多,首尾虽不乏呼应,情节却稍嫌芜杂。褒之者说它写法上很有点《儒林外史》的风味,贬之者则以为缺少设计,写到哪里算哪里"②。可以"写到哪里算哪里","缀段"化、空间化写法确实切实可行、得心应手,自然有极大的诱惑力。胡适在为小说《官场现形记》作序时就推测:"大概作者当时确曾想用全副气力描写几个小官,后来抵挡不住别的'话柄'的引诱,方才改变方针,变成一部摭拾官场话柄的类书。"并且,胡适认为这种艺术上的"迷误"是不可原谅的,是"作者的大不幸",更是"文学史上的大不幸"③。这似乎有点过了,但是,从今天的小说理论来看,胡适的推测也不是捕风捉影。纵观全书,小说"联缀话柄,以成类书"的成分确实不少。当然,结合当时的写作实践来看,也是可以理解的,因为,"这种松散的结构便于操作,而且当时的大部分小说是分期连载的,这种结构使作家能够把最近的历史以纪实的手法写入作品"④。另外,此技法很高效,能够使小说家很快"发财致富",自然风行一时,《官场现形记》等名作也不能例外。甚至,俞樾授权申报馆出版《右台仙馆笔记》等著作,还将《三侠五义》改编为《七侠五义》出版,也是利益驱使的结果。

因而,为了适应报纸期刊市场的需求,"报刊小说"(笔者把上文中提及的为了适应报刊发表之需而临时创作的小说称之为"报刊小说")和寻常小说的创作有着本质的区别。报刊小说家在创作时虽然不能从整体上精心构思小说,但报刊小说要做到回回有"闪光"之处,以吸引读者。因为,寻常小说"最为精采者,亦不过十数回",其余可以"稍间以懈笔",读者也不会求全责备,但报刊小说既然要"按月续出",每一回也"不能苟简,稍有弱点,即全

---

① 陈建华:《抒情传统的上海杂交——周瘦鹃言情小说与欧美现代文学文化》,《中山大学学报(社会科学版)》2011年第6期,第3页。
② 曹庆霖:《上海春秋·前言》,包天笑:《上海春秋》,上海:上海古籍出版社,1991年。
③ 胡适:《官场现形记·序》,《官场现形记》,上海:亚东图书馆,1927年。
④ 〔捷克〕普实克:《抒情与史诗——现代中国文学论集》,郭建玲译,上海:上海三联书店,2010年,第113页。

书皆为减色"①。显然,小说家考虑到读者,在创作时要均衡着力。这里似乎有一个困惑:对每一个章节都能够精心构思应该可以构造出完整的结构,不是可以消解或部分消解"缀段"结构吗?然而,事实并非如此,因为作品迎合读者的手段并不是靠塑造完整的艺术结构,而是通过插入大量的轶闻趣事来吸引读者的目光。曾朴创作的小说《孽海花》就是例证。

《申报》是比较早发表小说的报刊。《申报》也始终把吸引读者作为"立刊之基",故所载小说突出"奇异"的大众趣味。如《瀛寰琐纪》的宗旨是"广异域之谈资"②。很显然,吸引、满足读者是不断获取利润的重要途径,其借用的手段不外乎是轶闻趣事。如中土原已失传的《快心编》"所述之事俱新奇可喜,几令人拍案叫绝"③。吴趼人也曾经坦露过一次创作经历,他说:"一番乱事,逼出一个顽固寒酸的秀才来,闹出了多少笑话",足以给他提供"作小说的材料……所以我乐得记他出来"④。徐枕亚也说:"作小说者,洞悉阅者之心理,往往故示以迷离惝恍,施其狡狯伎俩时留有余不尽之意,引人入胜,耐人寻思。"⑤而小说结构的"缀段"化、空间化,他们是不会考虑的。

为什么会出现这种反常的现象?读者是幕后的"推手"。近代小说的读者不同于"五四"小说的读者,"五四"小说的读者是知识青年,近代小说的读者是旧式文人和市民。别士《小说原理》一文认为,晚清小说的读者有"士大夫"和"妇女与粗人"两类,并且,小说必须具备"以粗浅之笔,写真实之理,渐渐引人入胜"⑥。为了做到吸引读者,小说中的轶闻趣事是诱饵。包天笑写《碧血幕》时做过一个"天笑启事"的广告:"鄙人近欲调查近三年来轶闻轶事,为《碧血幕》之材料。"⑦广告明言表示要搜集"轶闻轶事"联缀成篇,可惜小说只写了几回就搁下了,可能是"轶闻轶事"的材料不足的缘故吧。姚鹓

---

① 《〈新小说〉第一号》,陈平原、夏晓虹编:《二十世纪中国小说理论资料》(第一卷)1897—1916,北京:北京大学出版社,1989年,第40页。
② 《刊行〈瀛寰琐纪〉自叙》,《申报》,同治十九年九月十三日。
③ 《新印〈快心编〉出售》,《申报》,光绪元年十一月十三日。
④ 吴趼人:《上海游骖录》,章培恒等编:《中国近代小说大系》,第487页。
⑤ 枕亚:《答索函玉梨魂者》,《民权素》第2号,1914年7月。
⑥ 别士:《小说原理》,《绣像小说》第3号,1903年。
⑦ 天笑:《天笑启事》,《小说林》第七期,1907年。

雏的小说《龙套人语》也"着重描写北洋军阀在江南的反动统治、官僚腐朽生活,以及苏省议会夺长风潮丑闻等等,与吴趼人《廿年目睹之怪现状》、曾朴《孽海花》殆相仿佛"①。而小说《孽海花》虽然借鉴了一些西方小说的写法,能够按照主要人物结构故事,但仍然以串联"奇闻异事""来展现前一个历史时期完整的社会画面",然而,"曾朴将主人公的个人故事与历史事件联系起来的手法,却很好说明了把性质不同的素材机械地罗织到一起是如何导致了艺术上的彻底失败"②。这是很有道理的。

另外,有的小说家为了吸引读者,不惜抄袭而联缀成篇,造成小说结构的再空间化。期刊《星期六》的记载反映了这一现象。该杂志从第10期开始,有十几期都发表了"警告小说家"的"警示"来警告那些抄袭者。时人对此抄袭也是大加挞伐,认为,"不料现市面充塞的恶劣小说……不但描写的'方法'是抄袭的,甚至于描写的字句也是抄袭的"③。甚至,有人认为,"近人的小说材料,只有三种:一种是官场,一种是妓女,一种是不官而官,非妓而妓的中等社会(留学生、女学生之可作小说材料者,亦附此类),除此之外,别无材料。最下流的,竟至登告白征求这种材料。做小说竟须登告白征求材料,便是宣告文学家破产的铁证"④。这种抄袭之风盛行的原因,还是"利字当头",愈明震早就有所洞见:"近年小说各书,译著竞出,其中不乏名著作,所异者于广告中恒见大书特书,为某某大小说家、某某大文学家。其互相标榜,冀其书风行以博蝇头之利者,吾无罪焉。"⑤可能是"利欲熏心"吧,笑梅1915年5月发表在《星期六》第48期上的小说《自由女乎!腥骽儿乎?》⑥与水心1911年6月21日发表在《小说月报》的小说《二十世纪之新审判》⑦在内容及结构体式上几乎完全雷同,也无怪乎《星期六》发布那么多期

---

① 常任侠:《常任侠序》,龙公:《江左十年目睹记》,北京:文化艺术出版社,1984年,第4页。
② 〔捷克〕普实克:《抒情与史诗——现代中国文学论集》,郭建玲译,第115页。
③ 冰(沈雁冰):《杂谭》,《文学旬刊》第65期,1923年2月日。
④ 胡适:《建设的文学革命论》,《新青年》第4卷4号,1918年4月15日。
⑤ 愈明震:《觚庵漫笔》,徐中玉主编:《中国近代文学大系(1840—1919)·第2卷·文学理论集(2)》,第243页。
⑥ 笑梅:《自由女乎!腥骽儿乎!》,《星期六》第48期,1915年5月。
⑦ 水心:《二十世纪之新审判》,《小说月报》,1911年6月21日。

"警告小说家"。

三、"政治渗透"下的中国近代小说结构的再空间化

前文论述了"西学东渐""市场驱使"等因素对中国近代小说结构的再空间化都产生了影响,其实,"政治渗透"的影响更不容忽视,而学界对此问题几乎没有论及。近代的谴责小说大都借鉴吴敬梓《儒林外史》的"缀段"写法,但是,在李伯元的《官场现形记》等小说中已经暴露了这种空间化写法的缺陷。原因在于,李伯元等近代小说家及士子学人都有政治激情,都需要一种批判工具来诉说封建官僚阶层的腐朽,以达到改良社会的目的。因此,"传统小说中客观的叙事者"已经无法满足他们的需求,他们只有"在小说中注入了自己的观点、评论、观察和个人经历,打破了传统叙事的客观性"①。普实克的看法是很富有洞见的,而问题的关键是,如何找到一种新的小说模式?

也许,可以从时人的政治心态中找答案。1902 年,一篇《东京新感情》的文章提供了一些"蛛丝马迹",该文写了"最得意二十一条",其中几条写道:"自由民权等议论倡言无碍最得意;痛骂官场最得意……听朋侪演说最得意;一动笔一开口觉新异议论名词满肚最得意;……闻李木齐去任最得意;闻中国停考最得意。"②这几条可以看出时人对祖国的关心及其政治诉求,并且可以看出,"民权""自由""演说"等"满腹新异议论名词"成为时尚,议论国政成了日常生活,"一动笔一开口"议论演说脱口而出。该文发表在梁启超创办的《新小说》杂志第 1 期上,作者具名"学生某",也有可能是梁启超拟写的。但无论怎样,此文与梁启超的政治小说《新中国未来记》具有一定的相关性。小说《新中国未来记》也充斥着"民权""自由""演说"等"满腹新异议论名词",小说结构破碎化、空间化,毫无艺术性。所以,小说《新中国未来记》写了五回就写不下去了,归于失败。汉学家

---

① 〔捷克〕普实克:《抒情与史诗——现代中国文学论集》,郭建玲译,第 113—114 页。
② 学生某:《东京新感情》,《新小说》第一号,1902 年 10 月 15 日。

M. D. 维林吉诺娃把小说《新中国未来记》与《狮子吼》归为一类，认为这些政治小说在艺术上是很糟糕的，主要是因为小说家们虽然都是杰出的、雄辩的政论家，"却未能把握论文和小说之间的根本艺术差别。他们在叙述中放进了过多的政治议论，几乎不注意情节的有机的完整"①。此分析可谓一针见血。失败的原因还有一个，就如梁启超所说："政治小说之体，自泰西人始也。凡人之情，莫不惮庄严而喜谐谑，故听古乐，则惟恐卧，听郑卫之音，则靡靡而忘倦焉。"②梁启超在引介政治小说时是很清楚国人的阅读习惯的，也知道读者对传统小说的"插科打诨""情有独钟"，因此，他对政治小说的前途有着隐忧之情。但是，随着国家临近危亡深渊，改良小说呼声渐起，政治诉说不得不发。再说，晚清小说家几乎没有不关心"改良群治"的，只不过立足点不同而已。"谴责小说"写时事与发议论，"言情小说"借男女情事写时代变革，"社会小说"富有政治激情，"以至在晚清大部分小说中都隐隐约约可见政治小说的影子"③，只不过没有《新中国未来记》那么直露、尖锐。

在小说《新中国未来记》中，开篇话表"西历1962年"，想象中国成为一个"联邦大共和国"，"国力之强，冠绝全球"。小说主人公黄克强和李去病，一个主张君主立宪，一个主张法兰西式革命，双方展开激烈交锋，形成漫长的辩论场面，造成小说结构的空间化。小说《新中国未来记》对当时的小说界来说是"横空出世"，引人关注也是必然。正如著者夫子自道，小说虽然有创新性，但"计每月为此书属稿者，不过两三日，虽复肆虑，岂能完善。故结构之必凌乱"；又加之，小说"往往多载法律、章程、演说、论文等，连编累牍，毫无趣味"，从而造成小说结构的空间化，"似说部非说部，似稗史非稗史，似论著非论著"④。《新中国未来记》这种构置空间辩论场景随意穿插在小说中的写法是中国小说的首创，其所借鉴的很难明晰是哪一种创作资源。与

---

① 〔加〕M. D. 维林吉诺娃主编：《世纪转折时期的中国小说》，胡亚敏、张方译，武汉：华中师范大学出版社，1990年，"导论"，第10页。
② 梁启超：《译印政治小说序》，舒芜等编：《中国近代文论选》上，北京：人民文学出版社，1999年，第155页。
③ 陈平原：《中国小说叙事模式的转变》，第147—148页。
④ 饮冰室主人：《〈新中国未来记〉绪言》，《新小说》第一号，1902年。

其说借鉴了美国1787年的"立宪大辩论"①的写法,不如说是从孟子论文、《盐铁论》等中国传统策论中汲取的灵感。正如孟子所说:"予岂好辩哉?予不得已也!"(《孟子·滕文公下》)孟子"好辩",是时代和残酷现实所逼迫的,《新中国未来记》何尝不是时代与政治的产物?所以,平等阁主人把小说比附《盐铁论》还是恰切的,有时代意义。他认为,小说"拿着一个问题,引着一条直线,驳来驳去,彼此往复到四十四次,合成一万六千余言,文章能事,至是而极。中国前此惟《盐铁论》一书,稍有此种体段"②。小说的议论很精彩,但大量的议论必然冲散小说严谨的结构,使小说结构再空间化。

晚清小说中出现了大面积的议论,时人对此诟病不少。海天独啸子在《女娲石》的"凡例"中认为:"今日所出小说颇多,皆传以伟大国民之新思想。但其中稍有缺憾者,则其论议多而事实少也。"③俞佩兰可能借鉴了海天独啸子的观点,他在《女狱花》的序文中也表达了相似的看法:"近时之小说,思想可谓有进步矣!然议论多而事实少,不合小说体裁。"④以小说体裁论之,议论是非叙述文字,属于小说人物的"非行动的言论",是情节构成的辅助部分。如果议论过多势必喧宾夺主,破坏人物行动的连续性,使小说结构涣散。但批评归批评,这种空间化的小说模式也受到不少小说家的推崇。小说《二十年目睹之怪现状》就是典型例证。在小说中穿插了"长篇大论的教诲之辞",主人公九死一生和王伯述、蔡侣笙、九死一生的堂姐、文述农都参与了这种讨论。如小说第22回展开了九死一生与王伯述关于"中国今昔读书和教育所扮演的角色"等社会发展问题的探讨、辩论;第21回展开了九死一生的堂姐与其他亲戚关于"中国家庭和社会里女人地位"的讨论。这些议论占用大量篇幅"不参与实际的行动;他们的言论通常是他们在小说发展中

---

① 黄安年:《决定美国发展方向的制宪大辩论——美国联邦宪法沿用至今》,邓蜀生、张秀平、杨慧玫主编:《影响世界的100次事件》,南宁:广西人民出版社,1995年,第162—166页。
② 等阁主人:《〈新中国未来记〉第三回总批》,《新小说》第二号,1902年。
③ 海天独啸子:《女娲石·凡例》,董文成、李勤学主编:《中国近代珍稀本小说·叁》,沈阳:春风文艺出版社,1997年,第9页。
④ 半生(钟八铭):《〈小说闲评〉叙》,《游戏世界》第1期,1906年。

的唯一参与,也是他们对小说本身意义的唯一贡献"①。

除了小说《二十年目睹之怪现状》,刘鹗的《老残游记》、陆士谔的《新中国》和吴趼人的《新石头记》《上海游骖录》,颐琐的《黄绣球》、无名氏的《痛定痛》、非非国手的《放河灯》②、小草的《婚姻鉴》③和铁樵的《新论字》④等小说都或多或少借鉴了《新中国未来记》的空间化写法,而借鉴的方法大概有两种,一种是演说、辩论场面的写法,一种是条例、章程穿插法。

演说、辩论场面的写法大都和国家的命运息息相关,政治是其动力。例如,小说《黄绣球》的主人公黄绣球本是一个本本分分的农村妇女,在法国罗兰夫人托梦后"如仙佛点化似的,豁然贯通",便一下子变得"侃侃而谈"。黄绣球为了向本村妇女宣传放脚的好处,竟然能够说整整一上午,她的丈夫黄通理都啧啧称奇:"怎么她竟变了一个人? 这些话竟讲得淋漓透彻。若是我家设一个讲坛,开一个演说会,请他演说演说,倒是一位好手。"⑤可见,演说、辩论深入人心,把演说、辩论作为写作资源融入小说也是顺理成章的事情。而且,演说、辩论还会有不少妙用。陈平原说:"吴趼人把各种辩论场面摆在辜望延面前,作为辜启悟的过程,这样,小说中的议论毕竟跟人物命运纠合在一起。"⑥而且,"不像传统小说的故事外加作者评述,'新小说'家更习惯于化身为人物,借小说人物的言谈表达作者的理想,抛弃那沿用上千年的说书人腔调。最后,但也是最重要的,作家不是为故事找教训,而是为'议论'而编故事——在作家眼中,那几句精彩的宏论远比一大篇曲折动人的故事来得重要"⑦。例如,在《上海游骖录》中,作者吴趼人在小说中比拟黄克强、李去病设置了李若愚(大智若愚的意思)和屠膊民(谐"徒有名")这两个

---

① 〔加〕M. D. 维林吉诺娃:《晚清小说中的情节结构类型》,谢碧霞译,王继权、周榕芳编选:《台湾·香港·海外学者论中国近代小说》,第 88 页。
② 非非国手:《放河灯》,《月月小说》第 19 号,1908 年 8 月。
③ 小草:《婚姻鉴》,《星期六》第 63 期,1915 年 8 月。
④ 铁樵:《新论字》,于润琦主编,程敏、杨之锋点校:《清末民初小说书系·社会卷》,北京:中国文联出版公司,1997 年,第 149 页。
⑤ 颐琐:《黄绣球》,章培恒等编:《中国近代小说大系》,第 260 页。
⑥ 陈平原:《二十世纪中国小说史》第一卷(1897—1916),北京:北京大学出版社,1989 年,第 109 页。
⑦ 陈平原:《中国小说叙事模式的转变》,第 180 页。

人物,思想保守、拥护立宪的吴趼人自然化身为李若愚,借李之口攻讦革命派,说革命派"只要有五十金一月,便马上转过风头,圣恩高厚、皇帝万岁的了"。又说:"看了两部译本书,见有些什么种族之说,于是异想天开,倡为革命逐满之说,装做了疯疯癫癫的样子,动辄骂人家奴隶,以逞骄人之素质……还是名士的变相罢了……妓女,真是大清皇帝的功臣……要革命的人,一见了妓女,没有一个不骨软身酥……"①攻讦的语言恶毒到了极点,而最关键的是,大量辩论造成小说结构的空间化。无名氏的《痛定痛》这篇小说与《上海游骖录》截然相反,作者化身一位老人表达"排满"的革命主张。如小说中的老人说:"你们不晓得住在直隶顺天府城内,有的叫做什么皇太后、皇帝,有的叫做什么庆亲王,还有什么亲王、郡主、贝子、贝勒等一班贼满人么?他们把持朝政,作威作福,敲剥我们百姓的脂膏,供给他们的淫乐。到了今日,那个不想把这一班贱种巢灭净尽,还我旧日山河,重新造了一个新中国来!"②另外,非非国手的《放河灯》、小草的《婚姻鉴》和铁樵的《新论字》等小说中大都构置一个少年人和老年人论辩的空间场景,而少年往往代表进步,显然有"少年中国"的象征意义。

另外,值得一提的是,陆士谔的《血泪黄花》、东海觉我的《新法螺先生谭》③、萧然郁生的《乌托邦游记》和丁竹园的《烂根子树》④等小说借用了条例、章程穿插法。例如,小说《血泪黄花》描绘了瑞澄、德馨等清朝旗人的色厉内荏、贪婪无能的腐朽形象,不仅揭示了晚清灭亡的历史命运,也揭示出辛亥革命爆发的历史必然性,这些从小说引用的大量的檄文、告示、誓词、宣言上可以洞察出一点端倪。据统计,小说《血泪黄花》仅有 12 回,却有 9 回穿插了条例布告等。第 2 回,穿插了 4 000 字左右革命檄文,几乎占满全篇;第 5 回,穿插中华国民军政府 2 800 余字的布告;第 10 回,穿插了《鄂军都督致满政府书》,有 2 100 多字;第 8 回,穿插了 1 500 余字的民军宣言书;

---

① 吴趼人:《上海游骖录》,章培恒等编:《中国近代小说大系》,第 525—526 页。
② 无名氏:《痛定痛》,《江苏》第 3 期,1903 年。
③ 东海觉我:《新法螺先生谭》,于润琦主编,于润琦点校:《清末民初小说书系·科学卷》,北京:中国文联出版公司,1997 年,第 18 页。
④ 丁竹园:《烂根子树》,于润琦主编,程敏、杨之锋点校:《清末民初小说书系·社会卷》,北京:中国文联出版公司,1997 年,第 102—107 页。

第 9 回,穿插了民军的祭文、民军告示,有 1 100 多字;第 12 回,摘录了《新汉报》的新闻报道,有 600 多字;第 7 回,穿插 500 字左右的革命诗词①。如此多的檄文、告示影响了小说文体的纯粹性,对小说结构的严谨性也造成了压力。无独有偶,小说《乌托邦游记》也引用了《乌托邦飞空艇章程》15 条,《阅小说书室章程》8 条②。小说引用条例、章程势必造成小说的再空间化。

由于西学、市场、政治等因素的渗透,中国近代小说的结构比古典章回小说的结构更散乱,小说结构的"缀段"化、空间化反而更为严重。具体言之,首先,西方写作模式虽然对古典章回小说中的"说书人"及其套语造成了很大的冲击,但近代小说结构又出现了一种新的"缀段"化、空间化,因为,借鉴西方小说的结构模式会对近代小说家的写作形成不必要的压力,他们不习惯也担心读者不习惯这种西式写法,只有插入大量的叙事干预,以缓解近代小说家表述的焦虑,但却造成了小说结构的再空间化;其次,市场下的小说家为了吸引读者,在小说中植入大量的轶闻趣事串联成篇,甚至不惜抄袭连缀成章,造成小说结构的再空间化;再次,政治小说一时间成为时尚,演说、辩论、报章、条例被植入小说,议论虽很精彩,但大量的议论必然冲散小说严谨的结构,使小说结构再空间化。很显然,近代小说结构的缀段化、空间化,一直被"五四"新文学作为挞伐近代小说的一个"罪证",虽然有其时代的偏执,却也不无道理。

第二节 晚清、"五四"小说结构的再空间化

上文我们主要从小说的外部分析了近代小说的"再空间化",本节及下一节主要从小说的内部分析晚清、"五四"小说的"再空间化"。晚清、"五四"小说的结构在现代转型的过程中呈现出新的特质:首先,晚清、"五四"短篇小说逐步改变了唐传奇以来中国古典小说有头有尾的"满格时间"(赵毅衡语)的结构模式,转向了书写"横截面"的现代小说结构模式;其次,晚清小说

---

① 王凤仙:《论陆士谔〈血泪黄花〉中的革命叙事》,《明清小说研究》2013 年第 2 期,第 190—191 页。
② 萧然郁生:《乌托邦游记》,《月月小说》第一、二号,1906 年 11 月。

因插入过多轶闻趣事、议论等非情节因素造成晚清小说结构出现较多的"停顿",割裂了小说的情节线,造成了小说结构的再空间化;再次,"五四"小说借鉴西方小说的结构模式,逐步抛弃了晚清小说插入过多的轶闻趣事、议论等非情节因素,避免了"停顿"所造成的空间化,但却走向了另一个极端,"五四"小说因"省略"过多而造成一种新的再空间化;最后,环境描写在晚清、"五四"小说中的逐步增多使小说结构的空间化也有所改变。

一、从"满格时间"到"横断面"

古典小说无论是长篇小说还是短篇小说都是一种连贯叙事、"满格时间"叙事,而晚清、"五四"小说的结构与之有区别。赵毅衡认为,任何小说,如果"没有省略,就不可能有叙述"。因为,"选择性是叙述加工中最基本的一环"。但是,"中国传统白话小说……似乎尽一切可能保持叙述线性的完整",而这种完整的线性叙述就是小说的"时间满格","即在叙述线上的所有的时间,不管有事无事都至少提及,不省略任何环节"①。这种理论认知得到学界的认可,只是表述略有差异。

实际上,小说艺术的形成与一个国家的传统文化有关。杨义认为,"时间的整体性观念以及大小相衔的时间表述体制,携带着丰富的文化密码"②。他从传统文化的角度来揭秘中国古典小说的"时间的整体性",寻找问题的根源,但这种论述不容易把问题说清楚。胡适的表述则更通俗易懂,他说:"《三国演义》最不会剪裁,他的本领在于搜罗,一切竹头木屑,破烂铜铁,不肯遗漏一点。"③胡适从材料剪裁方面阐释古典小说具有"不肯遗漏一点"的"满格时间"特征,不同于杨义的文化内部的剖析,却与茅盾的"记账式"的结构分析是一致的。茅盾说:"全书的叙述,完全用商家'四柱账'"的叙事方式,"笔笔从头到底,一老一实叙述",称之曰:"一笔不苟,一丝不

---

① 赵毅衡:《苦恼的叙述者》,第126—127页。
② 杨义:《中国叙事学》,北京:人民出版社,1997年,第129页。
③ 胡适:《中国章回小说考证》,上海:上海书店出版社,1980年,第391页。

漏。"①当然，这种以故事的完整性、曲折性作为叙事美学的小说旨趣在晚清长篇小说中仍存在。韩邦庆曾经自鸣得意地说，《海上花列传》"全书笔法自谓从儒林外史脱化出来，唯穿插藏闪之法则为从来说部所未有，一波未平，一波又起，或直接练起十余波，忽东忽西，忽南忽北，随手叙来，并无一事完，全部并无一丝挂漏"②。"无一丝挂漏"的"满格时间"叙述成了小说的特色。所以，陈平原总结说："到20世纪初接触西洋小说以前，中国小说基本上采用连贯叙述方法。"③"连贯叙述"是"满格时间"叙述。

上述理论都是针对明清章回长篇小说而言的，那么中国古典短篇小说有没有"满格时间"的叙述特征呢？答案无疑是肯定的。中国古典小说的长篇、中篇、短篇只是篇幅不同，小说结构、"套路"是一样的"满格时间"叙述，小说叙事结构按照故事的开头、发展、结局来安排。中国古典短篇小说从唐传奇开始定型，同时继承了"史传"叙事手法，在叙述故事时尽量保持情节线索的完整，人物的经历、事件的经过都力求连贯周密，"毋令一人无着落，毋令一折不照应"④，小说结构形成"一种完整、稳定的建筑美"⑤。时间似乎没有空格。

在中国古典短篇小说中，"满格时间"叙述随处可见，如唐传奇《古镜记》，就很注意时间的完整性。小说一开始就是"大业七年五月"这个表诉时间的句子，随着故事的发展，故事的每个片断都有时间，最后神秘的古镜消失在"大业十三年七月十五日"。不光古代短篇小说有"满格时间"叙述，近代前期的一些短篇小说，大概在梁启超"新小说"革命之前的不少短篇小说都是如此，例如，宣鼎的《麻风女邱丽玉》《蚌珠》，王韬的《因循岛》《何氏女》，吴芗厈的《公大将军延师》《金山寺医僧》，俞越的《邢阿金》，邹弢的《智女》，许叔平的《金钱李二》，狄楚卿的《新聊斋·唐生》⑥等。其中许叔平的小说

---

① 茅盾：《自然主义与中国现代小说》，《小说月报》第13卷第7号，1922年7月10日。
② 韩邦庆：《海上花列传例言》，《海上奇书》第三期，光绪壬辰三月朔日。
③ 陈平原：《中国小说叙事模式的转变》，第39页。
④ 王骥德：《曲律》，《中国古典戏曲论著集成》第4册，北京：中国戏剧出版社，1959年，第137页。
⑤ 方正耀、张菊如：《中国近代短篇小说选》，上海：华东师范大学出版社，1990年，"前言"。
⑥ 宣鼎的《麻风女邱丽玉》《蚌珠》，吴芗厈的《公大将军延师》《金山寺医僧》，王韬的《因循岛》《何氏女》，俞越的《邢阿金》，许叔平的《金钱李二》，邹弢的《智女》，狄楚卿的《新聊斋·唐生》，这几篇短篇小说都出自吴组缃、端木蕻良、时萌主编：《中国近代文学大系(1840—1919)·第9卷·小说集(7)》，上海：上海书店出版社，1992年，第463—509页。

《金钱李二》仅仅几千字,但在小说每一段几乎都交代故事时间,从故事的开始追述小说人物公子家世(这是典型的古典小说的开端,因而被胡适称为"某生体"),接着是"一旦薄暮""少选""时天色已黑""翌日""明日""越三载""越日"等时间作为各个章节的开头,连接成一个不断的情节时间线,直到故事结局:"夜间侍寝,果然处子也。"①这种"满格时间"叙述格局在晚清逐步被打破,当然,值得提出的是,民初复古型短篇小说还有一些"满格时间"叙述,例如,小说《财奴》开头就写道:"看官们……且听我把他的事实慢慢道来。"②然后铺展故事情节,清楚、完整地交代财奴的"来龙去脉",力求达成完整的情节线。

"横截面"写法能够打破中国古典小说的"满格时间"叙述。从理论上看,阐明短篇小说"横截面"写法的是胡适,在创作实践中能够很好运用"横截面"写法的是鲁迅,鲁迅小说大都是运用西方"横截面"式小说结构,力求避免中国古典的写人物由生到死、情节有头有尾的完整的小说结构模式。鲁迅小说选取、切割、组装时间的"横截面"写法,大大丰富了现代小说的结构模式,真正做到了"横面截开一段",截到了"要紧的所在",把这个"横截面"展现一个人,"或这一国,或这一个社会",这种可以代表全部的部分,便是"所谓'最精采'的部分"③。相对于古典小说的"满格时间"叙事,"横截面"小说对选材的要求很严格,对材料的裁剪力度更大。

从小说的类型学来看,小说结构的演变也符合从"满格时间"叙事到"横截面"叙事的发展趋势。高尔纯按照小说结构的衍变过程大致把短篇小说分为故事小说、性格小说、心理印象小说(或叫环境小说)这三种基本类型,还是有一定道理的。他说:"短篇小说结构的变异,从宏观角度看,在一定程度上反映出短篇小说结构发展的历史过程。"④其中,故事小说与古典小说对应,性格小说相当于近现代过渡性小说。性格小说在小说结构模式上不

---

① 许叔平:《金钱李二》,吴组缃、端木蕻良、时萌主编:《中国近代文学大系(1840—1919)·第9卷·小说集(7)》,第495—499页。
② 佚名:《财奴》,《申报》,1912年1月28日。
③ 胡适:《论短篇小说》,《新青年》第4卷5号,1918年5月15日。
④ 高尔纯:《短篇小说结构理论与技巧》,西安:西北大学出版社,1985年,第22页。

同于故事小说,性格小说的"情节与环境完全服从人物性格塑造的需要",而且,在性格小说中,"纵剖面写法不再是作品结构的主要表述方式,横断面写法受到作家特别的重视与强调。即使用纵剖面写法……在情节纵向进展中,横向的扩张面显著加大了"①,这与古典小说的连贯叙述不太一样。晚清短篇小说《卖路钱》《查功课》《入场券》《平步青云》《化外土》等是代表作。在小说《入场券》里,小说舍弃了对两个师范生人物经历的探索,对事件的始末也漠不关心,而只关注人物的活动场面,用一个有象征意义的场面来表达主题。小说《化外土》也在开头直接切入"报案"的行动场面:"走,走,走,急走!急走!吾将报案去!……走,走,走,急走!急走!吾亦将报案去!"②小说开头有戏剧性效果,非常有场面感,而两个防营却相互推诿、不接案,小说通过这个政府部门不作为的场面针砭时弊,有很重要的现实意义。小说《查功课》也描写了几个官员到学校以"查功课"为名搜查学生,学生巧妙掩藏躲避搜查的荒谬场面。小说从铃声开始,以对话结束,用一个"横截面"展现晚清的教育现状,与"五四"短篇小说没有多少区别。可以说,吴趼人的部分短篇小说"已开始相对淡化故事性情节,注重对生活横断面的截取,以具体的生活片断、场景构成其基本的叙事框架"③。小说突破了中国古典短篇小说"满格时间"的传统结构模式,而侧重于截取生活的断面,以部分暗示整体,"借一斑略知全豹"。

　　短篇小说的"横截面"写法到"五四"时期被普遍使用。鲁迅、叶圣陶、冰心、庐隐等小说家大都取用此法。也许"横截面"写法简便易行,创作门槛低,"五四"短篇小说也因此很繁荣,正如时人所说:"白话诗而外,殆为短篇小说所充满"④,且大都是"横截面"写法。例如,叶圣陶的小说《潘先生在难中》就是代表作。小说中的潘先生在避难过程中的各个场面都是经过精心挑拣的,然后再把这些场面重新组合起来,有较大的时间跨度,前者几十天,

---

① 高尔纯:《短篇小说结构理论与技巧》,第31—32页。
② 朱炳勋:《化外土》,《小说月报》第1卷第2期,1910年8月。
③ 王国伟:《吴趼人小说研究》,济南:齐鲁书社,2007年,第139页。
④ 吴宓:《评杨振声〈玉君〉》,严家炎编:《二十世纪中国小说理论资料》(第二卷)1917—1927,北京:北京大学出版社,1997年,第393页。

后者甚至达十余年,叙事时间可以自由斩断、组合,与中国古典小说的"满格时间"叙述截然不同。当然,"横截面"写法最得心应手的还是鲁迅。早在小说《怀旧》中,小说所写的事件是两次"长毛"军给一个乡村居民带来的骚动,而小说只靠几个场景连缀起来,却把相隔四十多年的两个事件并置起来在一天多的时间讲述出来。所以,小说具有蒙太奇电影镜头组接的技巧,叠映、跳跃,创造出很精彩的空间化效果。小说《示众》更是"横截面"写法的典型代表,下文"停顿与省略"部分有具体分析,这里不再赘述。

二、停顿与省略

在叙事学中,时距也被称为跨度,"是故事时间与叙事时间长短的比较",根据叙事时距,可以判断小说叙述的速度或节奏。巴尔将叙事时距分成四种类型:省略、概略、场景、减缓及停顿[1]。具体言之,省略的故事时间大于叙事时间,故事底本中有一些事件在叙事时间中被略去不写;概略也是故事时间大于叙事时间,故事底本的事件被浓缩在短暂的叙事时间里;场景是故事底本时间约等于叙事时间,两个事件的篇幅上差别不大;减缓是故事时间小于叙事时间,与概略相对,不常见;停顿,是故事时间小于叙事时间,让故事情节静止不动,插入轶闻趣事、议论等非情节因素,阻止故事时间的延伸。省略、概略会使叙事节奏加快,场景、减缓、停顿会使叙事节奏放慢。一般来说,"传统小说速度较快,'现实主义小说'速度明显减慢,现当代小说速度又明显加快,但现代小说速度快的原因是因为省略增多,具体的叙述并未加快"[2]。相对于晚清小说,"五四"小说省略明显增多,导致"五四"小说结构出现一种新的再空间化。

如果说,晚清小说因插入过多轶闻趣事、议论等非情节因素造成晚清小说结构出现较多的"停顿",割裂了小说的情节线,造成了小说结构的再空间化,那么,"五四"小说因大量借鉴西方小说的结构模式,逐步抛弃了晚清小

---

[1] 〔荷〕米克·巴尔:《叙述学:叙事理论导论》,谭君强译,北京:中国社会科学出版社,2005年,第120页。
[2] 赵毅衡:《当说者被说的时候》,北京:中国人民大学出版社,1998年,第98页。

说插入过多的轶闻趣事、议论等非情节因素，避免了"停顿"所造成的空间化，但却走向了另一个极端，"五四"小说因"省略"过多而造成一种新的再空间化。前文中提到赵毅衡持有任何小说"没有省略，就不可能有叙述"的观点。既然任何小说不可能没有停顿，那么，小说中的停顿是如何形成的呢？罗钢认为，"在停顿时，对事件、环境、背景的描写极力延长，描写时故事时间暂时停顿。叙事时间与故事时间的比值为无限大，当叙事描写集中于某一因素，而故事却是静止的，故事重新启动时，当中并无时间轶去，这一段描写便属于停顿"①。当然，这段关于停顿的表述不是特别精准，把停顿和减缓混为一谈。事件的无限拉伸，故事时间一定，叙事时间延长，就好像电影中的"慢镜头"动作一样，叙事时间大于故事时间，是一种减缓，因为，无论叙事时间如何拉伸，故事时间没有清零，没有造成故事时间的中断。而环境描写会导致故事时间中断，也就是故事时间为零，只有叙事时间，这是一种停顿。环境描写在古典小说很少，近现代小说才逐步增多。

就本质而言，停顿就是在故事情节线上无意或有意加入的一些说书人及其套语、轶闻趣事等"无事之事"、演说辩论场面、条例与章程、环境描写等非情节因素阻止了故事时间的逸出，中断了情节时间。并且，不同时段的小说家艺术旨趣的差异，小说停顿的多少、停顿的叙写方式也不一样。大致说来，明清章回小说中的停顿主要是说书人及其套语、轶闻趣事等"无事之事"等非情节因素的插入造成的，并且说书人及其套语在小说中的分量随着小说艺术逐步成熟而逐步减少，轶闻趣事等"无事之事"却插入越来越频繁；晚清小说中的停顿比明清章回小说明显增多，出现"非小说化"的倾向（"似说部非说部""似论著非论著"），晚清小说（主要是指晚清长篇小说）中的停顿主要是轶闻趣事等"无事之事"、演说辩论场面、条例与章程非情节因素的插入造成的。所以，赵毅衡说："五四小说中的叙述干预突然降到很低程度，这是因为整个叙述格局完全不同了。既然传统的叙述者与叙述接收者关系完全消失，大量叙述干预既无必要，又无可能。"②再加上"五四"小说舍去了轶

---

① 罗钢：《叙事学导论》，昆明：云南人民出版社，1994年，第150页。
② 赵毅衡：《苦恼的叙述者》，第53页。

第二章 小说结构的再空间化

闻趣事等"无事之事"、演说辩论场面、条例与章程、环境描写等非情节因素，"五四"小说中的停顿日益减少，其停顿主要是环境描写造成的。以上的具体论述可以参见第一章第一节"明清章回小说的'缀段'问题"和第二章第一节"近代小说结构的再空间化"这两节内容，这里不再赘述。

那么，"五四"小说舍弃了"停顿"，小说结构是不是不会出现空间化呢？答案是出乎意料的。晚清小说（主要是指晚清长篇小说）因为多写轶闻趣事等"无事之事"、演说辩论场面、条例与章程非情节因素而造成停顿过多，小说情节线时常中断，小说结构出现"再空间化"；与之相反，"五四"小说（大都是短篇小说）因为少写故事时间线上的事件造成很多"省略"，造成小说结构的"再空间化"。一多一少，形成鲜明对比，也体现出中国小说现代转型中的结构变化。

什么是省略？格非给出的看法是，"从广义的角度来说，'省略'在任何叙事性的文本中都会存在。作者讲述一个故事，描述一个事件，或者呈现一个场景，都必须有所取舍……作者对呈现出来的故事情节本身加以有意识的省略，尤其是当读者迫切需要知晓事件的来龙去脉和最终结果，而作者故意对它加以忽略；或者作者在某些事件的局部和技巧的呈现上给予读者以充分的满足，却将关键的内容隐藏起来，这就形成了形式和文体上的重要技巧和修辞方法"[①]。格非把省略看成"形式和文体上的重要技巧和修辞方法"是非常高明的。从晚清小说到"五四"小说，小说的艺术化程度越来越高，省略技巧的使用也越来越频繁。到了当代先锋小说，马原等先锋作家把这种形式化技巧推向了极致，完全割裂了故事的情节线，造成小说结构的"破碎化"。

省略是作者对故事时间上的一种设计和取舍，不同的安排体现着不同事件在叙事上的轻重。省略是一种空白的艺术，能给人留下想象的余地，与中国绘画艺术中的"留白"手法异曲同工。对于"五四""横截面"式的短篇小说来说，省略必不可少。鲁迅说："我力避行文的唠叨，只要能够将意思传给别人了，就能肯什么陪衬也没有"，这就好像"中国旧戏上，没有背景，新年卖给小孩看的花纸上，只有主要的几个人（但现在的花纸却多有背景了）"[②]。

[①] 格非：《小说叙事研究》，北京：清华大学出版社，2002年，第214页。
[②] 鲁迅：《我怎么做起小说来？》，鲁迅等：《创作的经验》，上海：上海天马书店，1933年，第4页。

例如,小说《孤独者》的故事时间跨度是三年半,以魏连殳祖母的葬礼开始又以魏连殳的葬礼结束。省略使整个故事在很短的叙事时间内完成。把叙事时间线梳理一下,故事时间的省略部分便一目了然。"我""失业"才与魏连殳认识……因对孩子看法的不同,"仇恨历了三个月才消释的"……"春天""他已被校长辞退"……"他被辞退那时大约快有三个月了"……魏成为师长顾问,"我""十二月十四日"收到魏的来信,"来信不到十日""我"看到报纸上魏的"逸闻"……"五月底"离开山阳……"一总转了大半年"……"春时的下午……见了死的连殳"……"我"已两年多没有魏连殳的消息了……通过梳理小说的叙事时间,省略的运用很明显。这篇小说使用了限制性的第一人称手法,而主人公魏连殳的生活状况是通过线索人物"我"(是否是小说主人公,可以思考一下:魏连殳是"孤独者",我是不是"孤独者"呢?)观察的,所以,小说中"我"的行动时间反而比魏连殳完整,魏连殳的行动时间省略较多。例如,"我"路过书店,看见《史记索隐》被变卖,此时距离魏连殳"被辞退"已经两三个月了,而小说并没有追述魏连殳这个时间段的行动状况,直接省略掉,留下"空白",仅用卖书这一个事实呈现魏连殳每况愈下的生活困境。小说结尾,魏连殳生前的境况通过大良的祖母略略提及,对"我"的辗转生活却反复提起,有意忽略魏连殳的交好运以及门庭若市、打牌、吐血等具体情节。但是,这种省略仍然有很细的情节线呈现,与"概略"近似。

其实,省略有两种:一是"断线式"省略,一是"独体式"省略。"断线式"省略有有头有尾的情节线,只不过这个情节线上的事件不是一一呈现,省略掉一部分事件,又没有用概略补全情节线,导致情节线中间出现几处断裂。上文提到的小说《孤独者》就是"断线式"省略,小说以魏连殳祖母的葬礼开始又以魏连殳的葬礼结束,小说有有头有尾的情节线,有三年半的时间跨度,但在这三年半的情节线上,魏连殳"落难"、打牌、吐血等具体情节都被省略或概略了。大部分小说的省略都是"断线式"省略。展现一段时间的"横截面"短篇小说也都是"断线式"省略。

还要一点很重要,近代短篇小说已经开始放弃了时间线的完整,开始用"扭曲时间"来结构小说,情节不再遵循故事时间的先后,而按照小说的艺术效果有意截取、重新组合,因此会有意无意地省略掉一些事件。即使一些似乎次序井然的事件,偏要切割成几个时间段,省略掉一部分事件,追求小说结构的艺术化。倒叙和插叙等叙述手段应运而生。例如,报癖(陶兰荪)的《警察之结果》、吴趼人的《黑籍冤魂》就是代表作。小说《黑籍冤魂》先写一个鸦片烟鬼临死前的一幕,再追叙他堕落的经过,在追忆的过程中省略很多情节。小说《工人小史》名为"小史",而只是截取了一名工人两天的行动,故事情节高度集中,用横截面式的生活片断浓缩了一个工人悲惨的一生。所以,陈平原认为,现代短篇小说"趋于片断化——短篇小说只表现个人生活历史或者社会变迁的'横断面',从理论上分析把握这两类短篇小说的结构形态,是从"五四"作家开始的,但有意识地模仿西洋短篇小说片断化的结构方式的,却有晚清作家在先"①。可见,省略在晚清小说中已经大量存在,在"五四"小说中日益成熟。

在"五四"小说中,《呐喊》《彷徨》中时间段的截取和选用最精彩。小说《祝福》叙述的是主人公祥林嫂的故事,作者有意识地对自然时序做了精心的选取、切割,小说只是选取祥林嫂鲁家打工、嫁到贺家、再到鲁家打工、走向死亡这四个时间段,再打破四个时间段的先后时序,再人为地省略了很多情节,大部分情节被"我"的回忆、联想随意撕扯着,甚至被编织在漫不经心的闲谈中。这样的叙述,遗漏一部分事件在所难免。《药》是极度使用省略手法的现代小说的代表作,小说运用蒙太奇的电影手段在几个场面来回切换,小说由买药、吃药、谈药、吃药无效四个情节构成。对华老栓的身世、小栓的病史、安葬等都没有叙述,夏瑜的革命行动及死亡等事件过程也都是只言片语,省略很多。《孔乙己》也只是孔乙己出场的场面组合,省略部分让读者去想象,填补情节的空白。《狂人日记》中的"狂人"因何事何人迫害致狂的? 没有怎么交代。而且,小说是日记体,又是疯子的"胡言乱语",小说故事时间的扭曲与省略在所难免。再说,日记体的文体与疯子的"胡言乱语"之间的冲突,形成了强烈的讽刺效果,使小说的叙述增添了不可靠性,叙述什么事件似乎没有一定的依据,省略自然会发生。

除了鲁迅,"五四"女性作家的省略叙述也很突出。陈衡哲的小说《一

---

① 陈平原:《二十世纪中国小说史》第一卷(1897—1916),第 179 页。

日》就是寝室、课室、图书馆和自餐室等一些空间的并置，几个空间之间也没有故事时间的交代。正如陈衡哲在小说的"题记"所写："在寄宿舍中一日间的琐屑生活情形。他既无结构，亦无目的，所以只能算是一种白描，不能算是写小说。但他的描写是很忠诚的，又因为他是我初次的人情描写，所以觉得应该把他保存下来。"①冰心的小说《遗书》也是书信体式的省略小说，小说"是十五封信做成的一篇小说，这在中国文中，实在是壮举，恐怕有许多人要诧异"②。因为，每一封书信都是独立的，它们之间的省略会造成故事情节线的断裂。

相对于"断线式"省略，"独体式"省略是几乎没有情节线的，或者说，情节线浓缩成一个点，一个空间的场面，也就是"借一斑略知全豹"，其中的一"斑"就是一个"横截面"，是故事情节线上的一个点，所以叙事时间几乎等于零。如，《示众》《入场券》《平步青云》《卖路钱》等小说是代表作。小说《卖路钱》只是写了一个被罢官回乡路上遭强盗抢劫的场面；小说《平步青云》只写了一个溜须拍马的人物为了谄媚上司赠送洋瓷器的一个小片断；《入场券》选取的是两个学生冒充失主骗领钱财的场面，两个学生的来龙去脉全都省略。"独体式"省略的代表作是鲁迅的《示众》。《示众》甚至都不算是小说。小说只是一个独立的围观场面，小说没有开头，也没有结尾，只是一个漫画式的空间呈现。对犯人的身世、犯案经过只字不提，对示众如何收场也没有任何明示。小说只是一个司空见惯的场面，却把国民心理中的无聊、卑劣活生生刻画出来了，而这一艺术效果必须读者参与小说中，用想象复原、填补小说的"留白"，也就是读者要进行再创造。因为小说没有写出事件经过，这样就会促使读者从这个独异的场面出发修补小说的情节线，把小说遗漏的情节找回来，做整体的思考。威廉·莱尔认为鲁迅小说的结构有"运用'封套'"③的特点。王富仁对此做了进一步阐释，他认为，"几乎鲁迅的每篇小说，都有一个严密的封套，它把小说敞开着的袋口密密缝住，使小说成为一

---

① 陈衡哲：《一日》，《小雨点》，上海：新月书店，1928年，第17页。
② 真（茅盾）：《读〈小说月报〉第十三卷第六号》，《时事新报·文学旬刊》第13期，1922年6月11日。
③ 乐黛云：《国外鲁迅研究论集》，北京：北京大学出版社，1983年，第33页。

个自有头尾、自给自足的一个严密的封闭系统"①,而这种"封套"式小说结构在小说《示众》中最明显。

三、环境描写

上文第二部分主要论述"省略"造成了晚清、"五四"小说(大都是短篇小说)的再空间化,这一部分主要论述晚清、"五四"小说中的环境描写造成小说结构的再空间化。因为,大部分环境描写都是非情节因素,其随意插入小说文本会造成小说结构的再空间化。从晚清到"五四",小说中的环境描写越来越多,其对小说结构的再空间化也必然加大。正如茅盾所说:"从近代小说发达的过程看来,结构是最先发展完成的,人物的发展较慢,环境为作家所注意亦为比较晚近的事。"②并且,茅盾强调:"小说的骨干却在有'人物的个性'和'背景的空气'。要一篇小说出色,专在情节布局上着想是难得成功的;应该在人物与背景上着想。"③而小说的环境描写会导致小说故事情节时间的中断,造成小说结构的空间化。

当然,论述环境描写之前,有必要把场景、场面和环境稍作区分,因为,这三个概念混用的现象很普遍。就拿米克·巴尔的《叙述学:叙事理论导论》这本书来说,巴尔在前文中把"场景"基本认定为故事底本时间约等于叙事时间,两个事件的篇幅上差别不大;而再后文中又说:"场景实际上是反直线的。"④两个"场景"是截然相反的。前文的"场景"是人物行动的场面,意义等同于"场面",这与利昂·塞米利安所界定的"场景"概念是一样的。利昂·塞米利安认为:"一个场景就是一个具体行动,就是发生在某一时间、某一地点的一个具体事件;场景是在同一地点、在一个没有间断的时间跨度里持续着的事件。它是通过人物的活动而展现出来的一个事件,是生动而

---

① 王富仁:《中国反封建思想革命的一面镜子——《呐喊》《彷徨》综论》,北京:北京师范大学出版社,1986年,第36页。
② 沈雁冰:《人物研究》,《小说月报》第16卷第3号,1925年3月。
③ 冰(沈雁冰):《杂谭》,《文学旬刊》第65期,1923年2月。
④ 〔荷〕米克·巴尔:《叙述学:叙事理论导论》,谭君强译,北京:中国社会科学出版社,2005年,第124页。

直接的一段情节或一个场面。场景是小说中富有戏剧性的成分,是一个不间断的正在进行的行动。"①而后文的"场景"是静态的,是小说的非情节因素,其实,也就是小说中人物的背景——环境。所以,简单地说,巴尔的"场景"包括场面和环境两个动、静相反的层面。

环境描写是一种干扰性叙述时间,插入环境描写会使故事时间处于停顿状态,使情节暂断。但是,环境描写对小说情节时间的中断不明显,因为,环境描写往往伴随着人物的心理变化,心理变化有时间的流逝,只是不是线性方向的,但能够减弱环境描写带来的停顿。晚清小说对环境描写有所忽视,只有少数人对此有所体悟。例如,小说《二十年目睹之怪现状》三十八回评语论述道:"他种小说,于游历名胜,必有许多铺张景致之处。此独略之者,以此书专注于怪现状,故不以此为意也。"②陈平原也认为,"新小说"中不乏记主人公游历之作,每遇名山胜水,多点到即止,不作铺叙。除可能有艺术修养的限制外,更主要的是作家突出人、事的政治层面含义的创作意图,决定了景物描写在小说中无足轻重,因而被自觉地"遗忘"③。这是一部分客观原因,从主观原因来看,小说家的所处的时代及其艺术旨趣是问题的关键。

到了"五四"时期,受西学影响,小说家开始注意、研究"环境描写"了。1922 年,瞿世英在《小说月报》上的《小说的研究》一文中也指出:"中国小说的病全由于两句话,即'能记载而不能描写,能叙述而不能刻画'。"④这似乎有点绝对,瞿世英大概没有对《老残游记》进行深入的研究。老残游记有很多环境(景物)描写:

　　不知不觉,那东方已渐渐发大光明了。其实离日出尚远,这就是蒙气传光的道理。(第一回)

---

① 〔美〕利昂·塞米利安:《现代小说美学》,宋协立译,西安:陕西人民出版社,1987 年,第 6—7 页。
② 吴趼人:《二十年目睹之怪现状》,吴组缃、端木蕻良、时萌主编:《中国近代文学大系(1840—1919)·第 5 卷·小说集(3)》,上海:上海书店出版社,1994 年,第 272 页。
③ 陈平原:《中国小说叙事模式的转变》,北京:北京大学出版社,2003 年,第 114 页。
④ 严家炎编:《二十世纪中国小说理论资料》(第二卷)1917—1927,北京:北京大学出版社,1997 年,第 274 页。

第二章 小说结构的再空间化

> 秋山红叶,老圃黄花,颇不寂寞……梵宇僧楼,与那苍松翠柏,高下相间,红的火红,白的雪白,青的靛青,绿的碧绿,更有那一株半株的丹枫夹在里面,仿佛宋人赵千里的一幅大画,做了一架数十里长的屏风……(第二回)

> 却当大雪之后,石是青的,雪是白的,树上枝条是黄的,又有许多松柏是绿的,一丛一丛,如画上点的苔一样。(第八回)

> 河面不甚宽,两岸相距不到二里。若以此刻河水而论,也不过百把丈宽的光景,只是前面的冰,插的重重叠叠的……(第十二回)

《老残游记》是一部新旧过渡性小说,这与作者刘鹗既接受传统艺术的熏陶又接受西方新思想有关。小说《老残游记》创作思想是比较古旧的,采用了传统的章回体,但小说引进了传统游记散文笔法是一个创举,改变了小说的结构和叙事角度。小说中千佛山、大明湖、四大名泉等环境描写都很精彩。正如第三回原评中说:"第二卷前半,可当《大明湖记》读。此卷前半,可当《济南名泉记》读。"正因为如此,《老残游记》的环境描写片段被选入中学课本里。胡适也对《老残游记》赞誉有加,他认为,《老残游记》的最大贡献不在思想,而在"描写风景"的能力,"无论写人写景,作者都不肯用套语烂调,总想熔铸新词,作实地的描写。在这一点上,这部书可算是前无古人了"[①]。这个评价不低。

另外,值得重视的是,近代短篇小说运用"环境描写"一类的"非情节要素",一开始便斩断情节时间线,以此扩展叙述时间的宽度,营造某种叙事氛围。因为,近代受西方小说的影响,环境描写在小说中烘托气氛、反衬人物心理的作用日益明显。吴趼人的《庆祝立宪》《新年之卖女哀》,萧然郁生的《彼何人斯》,徐卓呆的《入场卷》等是代表作。小说《庆祝立宪》的开头便是环境描写:"已凉天气未寒时,风和日丽,景物一新。散步于半城半廓间,则

---

① 胡适:《〈老残游记〉序》,刘德隆等编:《刘鹗及老残游记资料》,成都:四川人民出版社,1985年,第383—384页。

见盈丈之黄龙国徽,高矗于层楼之上,迎风招展。"①《申报》所刊《新年之卖女哀》也撷取了新年赌场的一个环境进行描写:新年的上海商铺林立,家家张灯结彩,户户爆竹声声,人们盛装艳服,到处都洋溢着新年的喜气。接着笔触一转,描写租界赌场内专注的赌徒们屏声静气,只听闻赌具发出清脆的碰撞声②。小说《彼何人斯》的开头也有"九秋天气,凉热宜人,橘绿橙黄,景物大佳……"③等环境描写的句子。刘铁冷的《空谷佳人》(又名《嫠妇血》)④也注重环境描写,小说开头将主人公的茅屋四周环境描绘一番,用萧瑟秋天的凄凉夜景衬托主人公孤寂凄然的心境。深受西方小说影响的苏曼殊,其小说中的环境描写也很丰富,这里不再赘述。总而言之,环境描写产生一种身临其境的效果,为人物提供了一个实在的活动空间,最重要的是,造成了小说叙述的停顿,小说结构出现了一种新的再空间化。

到了"五四"时期,环境描写有点常态化,鲁迅、郁达夫是代表。下面就是两个例证。

呆呆的看了好久,他忽然觉得背上有一阵紫色的气息吹来,息索的一响,道傍的一枝小草,竟把他的梦境打破了,他回转头来一看,那枝小草还是颠摇不已,一阵带着紫罗兰气息的和风,温微微的喷到他那苍白的脸上来。在这清和的早秋的世界里,在这澄清透明的以太中,他的身体觉得同陶醉似的酥软起来。(《沉沦》)

时候既然是深冬;渐近故乡时,天气又阴晦了,冷风吹进船舱中,呜呜的响,从蓬隙向外一望,苍黄的天底下,远近横着几个萧索的荒村,没有一些活气。我的心禁不住悲凉起来了。阿!这不是我二十年来时时记得的故乡?(《故乡》)

---

① 吴趼人:《我佛山人文集》第七卷,广州:花城出版社,1989年,第3页。
② 佚名:《新年之卖女哀》,《申报》,1910年2月13日。
③ 萧然郁生:《彼何人斯》,吴组缃、端木蕻良、时萌主编:《中国近代文学大系(1840—1919)·第9卷·小说集(7)》,第577页。
④ 刘铁冷:《嫠妇血》,《民权素二集》,上海:民权出版部,1914年。

鲁迅经常用环境描写来斩断小说情节线。早在民国小说《怀旧》中,为了表现乡村人的麻木、盲动,也用了别开生面的环境描写。小说《祝福》中的一段环境描写也很经典:"冬季日短,又是雪天,夜色早已笼罩了全市镇。人们都在灯下匆忙,但窗外很寂静。雪花落在积得厚厚的雪褥上面,听去似乎瑟瑟有声,使人更加感到沉寂。"[①]这里的描写使祥林嫂的故事暂时停止,对小说结构的再空间化增添了力量。

四、结论

晚清、"五四"短篇小说逐步改变了唐传奇以来中国古典小说有头有尾的"满格时间"的结构模式,转向了"横截面"式的现代小说结构模式;在进行"横截面"式小说创作实践中,又逐步舍弃了轶闻趣事、议论等非情节因素,避免了"停顿"所造成的再空间化,但却走向了另一个极端:"五四"小说情节因"省略"过多而造成一种新的再空间化。与此相反,"环境描写"作为小说结构"停顿"的力量日渐注入晚清、"五四"小说中,使小说结构出现了新的再空间化。当然,本节是围绕情节时间线的中断与否来论述晚清、"五四"小说的再空间化。这就必然带来了另一个问题:晚清、"五四"小说的"心理化转向"日渐明显,而小说的"心理化"必然漠视小说情节的存在,从而就会出现一种新的小说结构的再空间化。关于这个重要问题,在下一节中会展开论述。

第三节 小说结构的心理化转向

中国小说结构的现代转型很复杂。高尔纯把小说分成故事小说、性格小说、心理印象小说三种类型,似乎想告诉我们,从古典故事小说到近现代性格小说,再到近现代心理印象小说是小说演进的线索。但是这种从古典故事小说到近现代性格小说演进线索的论述,大致还是按照情节线去构建

---

① 鲁迅:《鲁迅全集》第2卷,北京:人民文学出版社,2005年,第10页。

小说结构，无论是从"满格时间"到"横截面"，还是从"停顿"到"省略"，也还是重情节与淡化情节的区别，仍然是小说情节时间范围内的讨论。但是，心理印象小说的出现，使小说的情节时间线几乎全面崩溃，小说结构从情节时间转向了心理空间，也就从外部转向了内部。心理印象小说以"展现人物心理、意识变动"为主要手段，"使读者获得对客观环境的最强烈的感官印象"，小说"不再着眼于故事讲述的完整性，更注重对情绪、心理的表现……不是着重故事的曲折有趣……而突出强调展示人的心理时间的态势，形成立体多维的时间模式"①。这样，中国小说便完成了从写故事到写人、从外部到内心的现代性转型。

在中国小说现代转型的过程中，小说结构由外在的情节向内在的心理的"向内转"是中国小说现代化关键的一步。陈平原曾经指出，小说的"心理化"转向有两个特点："一是小说结构的心理化，以人物心理而不是以故事情节为小说结构的中心；二是小说时空的自由化，按照人物'情绪线'而不是故事的'情节线'来安排叙事时间，可以倒装叙述，也可以交错叙述，而不必固守传统的连贯叙述。"②陈平原在这里分析了小说结构的现代化趋向——心理化转向。茅盾也根据当时的创作现状印证了这种创作倾向，他认为："最近因为人物的心理描写的趋势很强，且有以为一篇小说的结构乃不足注意者"，并且，他引述《近代小说》著者华纳的话来加以强调："近代小说之牺牲了动作的描写而移以注意于人物心理变化的描写，乃是小说艺术上一大进步。"③茅盾与陈平原的共见是小说结构的现代化有心理化趋向，但他们对推动小说结构心理化趋向的源动力很少分析，这给本节留下了阐释空间。

一、时代变迁与人的觉醒

晚清到"五四"是中国最为动荡、剧变的一个转折时期，在这样一个民族

---

① 高尔纯：《短篇小说结构理论与技巧》，第39—40页。
② 陈平原：《中国小说叙事模式的转变》，第26页。
③ 雁冰（沈雁冰）：《人物的研究——〈小说研究〉之一》，《小说月报》第16卷第3号，1925年3月10日。

自新改造的转型期,小说逐渐获得了独立的生命意识。一方面,小说从传统的"文以载道""游戏消闲"的桎梏中解放出来,成为一种独立的存在,也开始了它的政治使命:一个有责任感的小说家要以小说参与历史变革,发出自己的声音。另一方面,小说也反映人的心声,尤其在"个性解放"最强烈的"五四"时期,思想的解放使"我"从群体中分离出来,个人化的感官、情感、意识等心理活动成为小说盘踞的新领地。

晚清、"五四"时期的小说之所以能够成为现代小说,其最重要的标志是小说现代的思想意识特征。用孟悦的话说,小说现代化最重要的特征是"现代的思想主题获得了现代的存在形式","小说的形式和内容都发生了根本变化,两者之间结成新的有机联系"。言外之意是:小说要书写什么,怎么书写,都与时代思想有了关联。具体到"五四"时期,"许多小说是作家叙事人以自己的修辞方式和想象方式来演述的"①。在这里,孟悦强调"五四"小说的现代性表现在小说的思想性和个性化,有个人言说的味道,是一种"心理化转向"。而更为重要的是,"五四"时期与晚清不同,辛亥革命的胜利乃至民主共和国的建立与晚清的民族国家想象、国民权利诉求并不一致,这深深地刺激了"五四"先觉者们,他们在反思民族国家这个公共空间的同时,也更加关注个人空间。随着个性解放的扩大化,小说不可避免地进入"个人言说"的阶段,从关注民族国家的外在生活世界转向关注个人的内在心理世界。

当然,对人物心理世界的开掘古已有之,不足为怪。但各个时代人物的心理描写却有着不同的时代特征。中国古典小说大都是行动小说,心理描写不多,并且,中国古典小说大都是按照小说的时间情节线讲故事,偶尔的心理描写也都是为了推动故事情节发展的需要,一般不把心理作为讲述的目的,心理描写更多地是服从于连贯叙事的需要。例如,在《水浒传》"史大郎夜走华阴县,鲁提辖拳打镇关西"这一回中,花和尚鲁智深看见"镇关西"被打得"挺在地上,口里只有出的气,没了入的气,动掸不得",接下来有一句鲁智深的心理描写:"俺只指望打这厮一顿,不想三拳真个打死了他。酒家

---

① 孟悦:《视角问题与"五四"小说的现代化》,《文学评论》1985 年第 5 期,第 76—77 页。

须吃官司,又没人送饭,不如及早撒开。"就因为这个心理描写,人物的行动才连贯起来,才会有鲁智深"一头骂,一头大踏步去了……"①到了近代,随着"人"的理性的加强,人逐渐觉醒了,小说对人及人的心理世界也越来越关注了,小说中的心理描写逐渐增多,心理化转向日益明显,心理描写的现代性特征也更突出。这种"心理化"转向早在岭南羽衣女士的小说《东欧女豪杰》中就已经映现出来。该小说1902—1903年连载于《新小说》上,是未竟之作,仅有五回,但小说中的心理描写却有十几处,且篇幅很长。更为重要的是,这些心理描写和古典小说的心理描写明显不同,它除了具有推动情节的作用,还有突出人物现代性主体意识的作用。例如,在小说的第二回中,华明卿送走菽弥之后有了一夜的"冥思苦想",这段心理描写很长,有500字左右,既有对朋友的担心——"不知是吉是凶?"也有个人及民族意识的觉醒,"自由""平等"等现代思想充溢于字里行间②。

晚清小说与古典小说相比,心理描写不仅仅是增多了,《恨海》《老残游记》《中国现在记》《梼杌萃编》《邻女语》等小说的有些心理描写段落已经很精彩,这些心理描写推动了情节发展,人物行动的内在动机也日益明显。例如,吴趼人的小说《恨海》第二回描写了棣华想为伯和盖被子的为难心理:她"微舒俏眼,往伯和那边一望。只见他……把一床夹被窝翻在半边。暗想:……晓风最易侵人的……万一再病起来……待要代他盖好,又不好意思……又恐怕老人家醒了不能再睡……待要叫醒伯和的时候,又出口不得……"这段惟妙惟肖的心理描写道出棣华体贴伯和、又碍于礼节而手足无措的矛盾心理,很逼真。而更关键的是,因为小说家所处的时代不同了,他们眼中已经有了"人",以至于晚清小说的心理描写不再致力于古典小说以情节为中心的写法。有论者认为,小说中人物"棣华心中七上八下,想着伯和到底不知怎样了"……"因用被褥,而想到将来,心痒难挠"这种"痴念"的描绘,被时人评为"从来小说家所无"③,这也绝非虚言。

---

① (明)施耐庵、罗贯中:《水浒传》,北京:人民文学出版社,1990年,第68页。
② 岭南羽衣女士:《东欧女豪杰》,董文成、李勤学主编:《中国近代珍稀本小说·玖》,沈阳:春风文艺出版社,1997年,第408—409页。
③ 寅半生:《小说闲评·写情小说〈恨海〉》,《游戏世界》第1期,1906年。

相对于清末小说的民族国家的宏大叙事,民初小说已经转向了世俗叙事。晚清小说的民族国家的宏大叙事无视人的存在,对人的关注不多,心理描写也不多;民初言情小说的世俗叙事已经回到人的世俗生活中来,虽然与时代有点脱节,还有点复古的味道,但毕竟回到人自身上来了,写人的心理成为新的叙事中心。更为重要的是,哀情小说要表现青年男女的情感纠葛,心理描写必然增多,并且,民初哀情小说大都是在小说中突出人的情欲与环境的冲突,以展示人物的心理,可以看作是郁达夫等人"五四"写情小说的滥觞。例如,小说《玉梨魂》写了一个寡妇白梨娘,上有老下有小,还有一个小姑子。当爱情来临时,白梨娘愁肠百结,"因爱生恼,因恼生悔,因悔生惧,一刹那间,脑海思潮,起落不定,寸肠辗转,如悬线然"①。小说中的心理活动很细腻,与"五四"小说中的心理描写相比并不逊色。另外,民初小说的心理描写不仅频繁,还具有人的时代意识。例如,周瘦鹃的小说《真假爱情》对主人公郑亮看到情敌落水及在医院听到情敌张伯琴已经死亡之后的两处心理活动都做了很精细的刻画。郑亮在朋友张伯琴落水后想:"这人是吾情敌……他死了,也好使那负情侬心里悲痛悲痛……"但郑亮面对张伯琴这个战友,理智最终战胜了感情,他"长叹一声,颤巍巍然立起身来,跳入河中……"周瘦鹃捕捉郑亮大脑中的刹那间的心理活动,写出情感与大义的矛盾。与《真假爱情》相比,李定夷的小说《霣玉怨》②的心理描写很时尚,小说中的刘绮斋与史霞卿第一次公园约会很浪漫,主人公的心理活动也是"辗转席间,忧喜交并",描写很生动。可以说,民初言情小说从民族国家的宏大叙事中走出,聚焦于"人"的内心,这无意中的转变却有始料未及的价值——心理化转向,而且,他们的创作为"五四"小说的现代化积累了的经验。从这一方面看,民初言情小说对中国小说结构的心理化转向做出了一定的贡献。正如论者评价的那样:"鸳鸯蝴蝶派……实现了传统与现代的非对抗性转换……开始把传统小说的只重情节推向了情调化和情绪化,到了'五四'以后情调小说以及'自叙传'小说风行一时。对情感过多关注形成对感官的强

---

① 徐枕亚:《玉梨魂》,吴组缃、端木蕻良、时萌主编:《中国近代文学大系(1840—1919)·第8卷·小说集(6)》,上海:上海书店出版社,1991年,第454页。
② 李定夷:《霣玉怨》,上海:国华书局,1914年。

烈刺激，使读者在阅读中陷入'情'的氛围，而影响对'理'的关注，打破了情理调和的平衡状态。"①民初言情小说已经触及人的内心深处。而问题的关键是，民初言情小说家为了突出"情"的缠绵悱恻，必然精心编织离奇的故事，追求曲折的情节，这种复古"情调"消解了"心理化转向"，这与"五四"小说家的艺术旨趣迥然不同。因为，在"五四"时期，小说人物的心理及其内在冲突构成小说叙述的中心，小说也因此转向了人的"情感的长成变迁，意识的成立轻重，感觉的粗细迟敏，以及其他一切人的行为的根本动机等"②，小说的"心理化转向"日益明显。

这样看来，"五四"小说不能走民初言情小说的路，必须"重建另一种话语"，"重新找到那些从内部赋予人们所听到声音以活力的、无声的、悄悄的和无止息的话语"，既要突破民族国家的宏大叙事对叙述话语的垄断，又要打破世俗言情叙事的情感束缚及复古潮流的影响，要真正从个人的角度"重建细小的和看不到的文本"③。"五四"小说既描绘社会历史的变迁，也展现人的心灵状态。"五四"小说家普遍采用"内视角"表现人的个性及心理，这与古典小说不同。因为，现代小说描绘心理不是为了故事情节，而是为了表现人的内心，或者说，是为了表现人的个性，展示人的性格。小说中的人物心理描写已经变成人物本身的重要部分，心理描写是一个独立的存在。从另一方面看，"五四"小说家已经意识到：任何小说"为了证明作品故事情节确实逼真所花的大量劳动，不仅是浪费了精力，而且是把精力用错了地方，以至于遮蔽了思想的光芒"④。可以说，现代小说重思想，轻故事情节。换一句话说，在现代小说中，"以时间性特征为主的情节、故事等元素在现代小说文本和现代文学批判中备受冷遇"⑤。这里的"时间性特征"指的是情节

---

① 黄轶：《传统"体贴"与现代"抚慰"——鸳鸯蝴蝶派文学价值观论》，《河南社会科学》2007年第6期，第101—102页。
② 郁达夫：《小说的技巧问题》，《郁达夫全集》第12卷，杭州：浙江大学出版社，2007年，第195页。
③ 〔法〕福柯：《知识考古学》，谢强等译，北京：生活·读书·新知三联书店，1998年，第33页。
④ 〔英〕伍尔夫：《论现代小说》，李乃坤编：《伍尔夫作品精粹》，石家庄：河北教育出版社1990年，第339页。
⑤ 杨世真：《重估线性叙事的价值——以小说与影视剧为例》，杭州：浙江大学出版社，2007年，第70页。

时间(叙事时间),而非现代性时间。

鲁迅小说是中国现代小说的典范之作,其小说摒弃了古典小说的连贯的情节化叙事,其小说结构的动力来自"横截面"写法,来自大量的情节"省略",也来自小说人物精细的心理刻画。早在民国小说《怀旧》中,小说就着力挖掘人物的内心世界,细腻而深刻地描绘了秃先生的心理变化。而心理活动描写必然割断情节时间线,使小说淡化了情节时间。当然,"心理化转向"最成功的还是《狂人日记》,小说共13章,首尾不连贯,几个片断随意并置,没有明确的时间指向。主人公在"夜晚"和"白天"之间来回切换,纷繁复杂的思绪像电影镜头一样一一闪现:赵贵翁、"七八个人""一伙小孩""古久先生"、狼子村吃人、"割股疗亲"……各个片断处在变幻之中……错觉、幻觉、潜意识、回忆等干扰了情节时间的伸展。并且,情节时间失去了效力,不同的心理空间交织在一起制造出一种特殊的美学效果,这种心理化的空间呈现把觉醒后的狂人与环境之间的冲突做了尽可能的披露,显示出鲁迅小说艺术的高超。

虽然,"五四"小说家很难达到鲁迅式的心理化叙事,但他们的"自叙传"式心理化叙事也许更有时代气息。郁达夫认为,"文学作品,是作家的自叙传"①。郁达夫很多小说都是"自叙传"的形式,用第一人称书写,写的都是作者的化身,如于质夫、文朴等等。郁达夫小说几乎都直接取材于作者的遭遇和见闻,自然容易写自己的心理状态,也容易写出人与社会、时代的冲突。时人评价当时的创作情况时说:"新文学运动的短促的四五年内,好像已经有了由社会的倾向转入个人倾向这一种趋势……四年前的小说,十篇里总有九篇攻击社会中某种旧制度,现在的小说,十篇里总有九篇是作者发自己的牢骚。"②"发牢骚"自然偏向个人心理的披露。"自叙传"小说受日本"私小说"的影响,专写自己的琐事,一时的感想,写人的心理。郁达夫曾经在一篇小说的后记中写道:社会造成了人的苦闷,"我只求世人能够了解我内心的苦闷就对了",郁达夫创作小说的目的,不是为了做传记,而"只是要赤裸

---

① 郁达夫:《五六年来创作生活的回顾——〈过去集〉代序》,《郁达夫文集》第7卷,广州:花城出版社,1983年,第180页。
② 雁冰(沈雁冰):《杂感》,《时事新报·文学旬刊》,1923年5月22日。

裸的把"他"的心境写出"①。这样,郁达夫自然会对晚清社会小说的外在的呈现性叙事不感兴趣,他说:"纪实的新闻,精细的账目,说明科学的记载,从真实的一点点讲来,当然配得上称作小说",但是,"小说的表现,重在感情"②,小说表诉情感,描绘心理必不可少。

"五四"时期,像郁达夫这样的小说家为数不少。在新的时代精神和科学理性指引下,与民初小说家不太一样,他们更强烈地追求"个性解放",自觉、不自觉地改变了看待生活、介入生活的视角,他们的价值判断、个人情感体验、看待社会及人生的态度都具有新时代的风范。"五四"小说家从传统小说侧重于展现人物的外部生活世界转向个人的主观的心理世界,抒发主人公的情感,揭示人物的心理,因为这样可以"试图让读者进入人物的意识中去,'从内部'来讲述故事"③。陈衡哲在小说集《小雨点》的《自序》一文自我评价说:"我的小说不过是一种内心冲动的产品。"④茅盾在评价冰心的小说《笑》时也说:"这篇小说……只是一段印象与回忆的混合品。若照旧例看来,简直不算小说。……小说的内容并不一定要悲欢离合,一时的感想,一时的印象,都可作成小说。"⑤"五四"小说写个人内心的思想情绪是一种创作趋势。郁达夫说得更直接,他认为,一篇小说,"能够酿出一种'情调'来,使读者受了这'情调'的感染,能够很切实的感着这作品氛围气的时候,那么不管它的文字美不美,前后的意思连续不连续,我就能承认这是一个好作品"⑥。当时,清华研究社在编写的《短篇小说作法》中引用了胡维尔斯(Howells)的话来说明这个问题,胡维尔斯说:"一个真正的布局是是从人物中产生出来的;那就是说,人并不是从他所作的事中生出来的,是从人生出来的。所以布局是从人物生出来的,事前的布局是不形容人物的。"⑦不

---

① 郁达夫:《写完了〈茑萝集〉的最后一篇》,《郁达夫文集》第7卷,第155—156页。
② 郁达夫:《小说论》,《郁达夫文集》第5卷,广州:花城出版社,1983年,第6页。
③ 〔美〕里恩·艾德尔:《文学与心理学》,张隆溪选编:《比较文学译文集》,北京:北京大学出版社,1982年,第72页。
④ 陈衡哲:《小雨点》,上海:新月书店,1928年,"自序"。
⑤ 沈雁冰:《文学上各种新派兴起的原因》,《时事公报》,1922年8月12日。
⑥ 郁达夫:《我承认是"失败了"》,《晨报副镌》,1924年12月26日。
⑦ 清华研究社:《短篇小说作法》,严家炎编:《二十世纪中国小说理论资料》(第二卷)1917—1927,第126页。

管是"情调""情绪",还是人的心理,都根源于小说从故事转向了人物。

小说《将过去》中主人公的内心活动已不受情节时间的束缚,人物的潜意识活动是杂乱无章的。小说《花之寺》和《女人》也是如此,凌叔华在小说中以女性视角完成了小说的"新旧交替"。更为重要的是,小说"使见习的事,见习的人,无时无地不发生的纠纷,凝静地观察,平淡地写去,显示人物'心灵的悲剧'或'心灵的战争'"①。与之相似,庐隐的《海滨故人》也带有个人私密生活经验的"自叙传"特点。由于深受"人觉醒"的影响,"五四"小说表达了人的个性解放下的人的欲望和心理,从而进入了"个人言说"阶段,直抵人的心底。因此,"人的觉醒"是小说结构"心理化转向"的直接动力。

二、文体的融合与叙事视角

从文体学的角度看,晚清、"五四"小说融合、收编了游记、书信、日记等文体,以此来收缩叙事的视角与加强人物心理的揭示。本雅明曾经指出小说的现代化是从"讲故事的人"到"小说家"的转变开始的②。近代以来,在报纸、杂志等媒介的促动下,中国小说创作从"说书的"集体书写转向为"做书的"自由言说,小说慢慢从古典小说"演说前朝"、书写"过去",或者敷衍虚幻的奇闻异事转向了书写"现在",小说的现实感越来越强,随之,人的主体意识越来越强,人有了自我的思考,发出了自我的声音。而古典章回小说的说书人的全知视角很难平衡全面的社会书写与"自我言说"的矛盾,这种情况下,小说容纳游记体、日记体、书信体等散文体或其他的应用文体似乎是一种必然,因为,小说在兼顾书写"怪现状"的情况下,又能够适应"自我言说"的需要。而更为重要的是,游记体、日记体、书信体小说都把传统的全知视角拉回到变体第一人称限制叙事或者限制性第三人称叙事,慢慢回到人自身上来。只有回到人自身,才能更好揭示人的内心,才能够完成小说现代转型中的一个重要环节——心理化转向。

---

① 沈从文:《论中国现代创作小说》,《沈从文选集》第五卷《文论》,成都:四川人民出版社,1983年。
② 参〔德〕本雅明:《讲故事的人》,《本雅明文选》,北京:中国社会科学出版社,1999年。

（一）游记体小说

叙事学的核心问题关注的不是讲什么,而是怎样讲,并且,要能够适应时代的发展。到了近代,古典小说"说书人"讲述故事的方式慢慢不能够适应形势的发展,因为,"说书人"的全知叙事渐渐不能适应反映现实的需要。刘鹗的《老残游记》,吴趼人的《新石头记》《上海游骖录》《二十年目睹之怪现状》等游记体或近似游记体小说应运而生。这些小说很重要的特点是从全知全能的第三人称叙述转向"一人一事"的限制叙事,小说既有一种特殊的"真实感",又能够"自我言说"。

游记体小说中的旅行者是晚清小说中非常突出的形象,成长中的旅行者叙述自身、叙述世界,边走边思考。这样,在晚清小说中,旅行者的出现与现代个体之间就有了关联,这"是小说与社会之间修辞关系的一种体现",小说"怎样讲述故事,看似是一个可以自由选择的问题,实际上它关系到现代人对外部世界的理解,对自我的理解。当世界不再是凭借既有知识就可以进行判断的熟悉体,讲故事的人便不得不放弃那权威的声音,走向第三人称限制叙事。当外部世界越来越叫人失望,叙述者便开始转向'内面'生活,即为介入式第一人称叙述者"①。普实克注意到晚清小说中的"主观主义"和"个人主义"的倾向,并且,他通过对《浮生六记》《老残游记》和《二十年目睹之怪现状》等作品进行比较之后,得出这么一个结论:"对自我的意识,对个人的实体和意义的意识,往往随着一个特征,那就是对生活悲剧性的感受。"②而这种"对生活悲剧性的感受"是从人的内心中溢出的。

小说《二十年目睹之怪现状》的第一人称叙事显然增强了小说"主观性",也突出了"作者感情的直接表达,作者的世界观与所表现的现实的直接对立,主人公的世界或客观世界与作者的主观世界的矛盾"等等③,也就是

---

① 唐宏峰:《边走边唱——吴趼人小说中的叙述者与旅行者》,《文化与诗学》2008年第1期,第234页。
② 〔捷克〕普实克:《中国现代文学中的主观主义和个人主义》,《普实克中国现代文学论文集》,李燕乔等译,长沙:湖南文艺出版社,1987年,第2—3页。
③ 同上书,第107—108页。

有了人的思考。当然,也不能高估小说《二十年目睹之怪现状》的第一人称叙事,小说个人情感的表达,特别是"我"的私人情感的表诉会被小说中种种"怪现状"淹没。而《老残游记》《邻女语》《冷眼观》等晚清小说中的个人表述更丰满一些。《老残游记》中的老残、《邻女语》中的金不磨、《冷眼观》中的王小雅等旅行者能够承担起个人叙事的一部分功能。陈平原曾对晚清小说的"旅行者"形象做过很细致的分析,认为晚清小说家不能真正理解西方小说"一人一事"的因果联系,只是看到表面上的线性特征,就大量借用旅行者串联,构成"虚假的整体感"和初步的"限知叙事",同时在小说内容上,形成"启悟主题""补史之阙"和"旁观民间疾苦"的特点①。但令人意外的是,晚清小说家这种"误打误撞"却打破了"说书人"的全知叙事,把小说的一部分谋篇布局的动力释放在自我的感觉上,表现了巨变时代小说表述的焦虑。

另外,《二十年目睹之怪现状》中的"我"、《上海游骖录》中的辜望延、《新石头记》中的贾宝玉这几个旅行者都是成长型人物。他们不仅仅是各种见闻的记录者,也是现实生活的体悟者。这些旅行者相对于《老残游记》的老残,具有一定的成长进步性。《老残游记》的老残更像古典小说的理想人物——心忧天下,并且,老残"出场定型",毫无成长可言。但是,小说《老残游记》是游历的记录,刘鹗精心构思了独特的情景,也写出了独特的心理活动,这是小说结构的创新之处。另外,小说按照老残的所见、所思、所想,看似漫不经心的,却又张弛有度,把民族国家的想象与个人的情思融为一炉,不能不说这部小说对小说结构的心理化转向做出了贡献。小说的心理描写非常细腻。例如,《老残游记》中的"题诗引起的联想"(第6回)、"雪夜的思绪"(第12回)、"逸云诉说悟道"(第4、5回)等内心独白的片断表现了人物心理活动变化,很细腻生动。更为关键的是,这种"借鉴游记手法,把心理描写局限于旅人一人,把故事讲述隶属于旅人耳目,把景物呈现依附于旅人脚步——这样一来,中国长篇小说无意中突破了传统的全知叙事,采用了第三人称限制视角"。并且,这种游记体小说更具有心理叙事功能,因为,"旅人

---

① 参见陈平原:《二十世纪中国小说史》第一卷(1897—1916),第8章。

的主要功能已由记录见闻转为抒发情感,由旁观者改为当事人"①,更适宜书写人的内心感受。

(二) 日记体、书信体小说

相对于游记体小说,日记体、书信体小说更繁荣,也更具有形式革新的意义。陈平原在评价日记体、书信体小说时说:"如果说'新小说'家只是借日记、书信体小说实现中国小说叙事角度的转换,'五四'作家则是以之实现中国小说叙事时间、叙事角度、叙事结构的全面转变。"这是实情。日记和书信中的"我"更为鲜活,更容易直抵人的内心。在日记体、书信体小说中,小说故事被忽略,情节结构被瓦解,充盈其间的只是思绪的凌空飞跃和奔腾不息的情感变化。当然,日记体、书信体小说也能够解构传统小说中的"说书人"及其套语。陈平原还认为,"倘若注重人物思绪并突出作家审美个性,日记体书信体小说更可能因不再采用连贯叙述,也不再以情节为结构中心,而全面突破传统小说叙事模式"②,自然也就完成了小说结构的心理化转向。

民初情海泛滥,为了追求赏心悦目的情感修辞,为了表诉缠绵悱恻的内心活动,小说在创作上逐步深入男女的私密空间,运用书信、日记来加强主观心理描写。例如,小说《玉梨魂》结尾用日记体展现人物的内心世界,被人赞誉为:"这本书的结尾,如日记之引用,叙述者之爱莫能助,苍凉景象之描述等等,都预告着鲁迅小说的来临。"③更为有意思的是,为了适应时代的发展,也为了印刷媒介市场的需求,徐枕亚又把《玉梨魂》全面改成"日记体"小说《雪鸿泪史》,也应该算是一个创举。"日记体"小说《雪鸿泪史》进一步改造、丰富了中国长篇小说的结构模式。中国人记日记是生活日用,没有人会意识到日记也可以融入小说中去,而且能够展示人的"内生长"状态。所以,袁进说:"《玉梨魂》、《冤孽镜》等……小说又运用大量的篇幅通过人物的书信、诗歌、日记来剖白他们的灵魂,表达他们的心愿。这就使小说不再停留

---

① 陈平原:《中国小说叙事模式的转变》,第 155、192 页。
② 同上书,第 207、156 页。
③ 〔美〕夏志清:《〈玉梨魂〉新论》,欧阳子译,王继权、周榕芳编选:《台湾·香港·海外学者论中国近代小说》,第 381 页。

在故事情节上,而着重展示人物的主观世界。这种由外向内的小说技巧发展,符合小说进化的潮流。"①这种"小说进化的潮流"为"五四"小说结构的心理化转向蓄足了能量。

"五四"日记体、书信体小说结构的心理化转向更明显。"五四"小说家依据"自叙传"的创作理念,将所有的情感、情绪都灌注在了主人公"我"的内心独白上,并且,时常借助日记体、书信体小说袒露内心的焦虑与痛苦。另外,日记体、书信体小说的出现也是一种必然。"五四"小说家的创作水平不高,而日记和书信本来作为生活日用,不讲究多少规则,与艺术也关联不大,只要识字的人就可以创作。也就是说,"书翰和日记本是随时随事的段落的记述,既可随意抒发心里的感慨,复可不必要紧凑的结构",这似乎可以弥补小说家创作才力的不足,日记体、书信体小说家,只要捧出一颗心,"我手写我口",怎么想就怎么写,"所以浪漫主义者把这体裁当做几乎唯一的工具"②。这种看法有些保守,但鄙夷之中也有中肯之见。

"五四"日记体、书信体小说有很多,冯沅君的《隔绝》,石评梅的《祷告》,庐隐的《丽石的日记》,冰心的《疯人笔记》《一个军官的笔记》等是代表作。在小说《丽石的日记》中,因为丽石的死,"我"于是"将她的日记发表了",最后,"我看着丽石的这些日记……我什么话也不能再多说了",小说的主体部分完全是丽石的日记。庐隐的小说在故事的展开中也经常穿插日记或书信,如小说《海滨故人》。可能是因为日记或书信没有多少技术含量,一些学者对庐隐小说的评价不高,甚至批评她是"一个相当拙劣的短篇和长篇小说作家"③。这些学者没有估价出庐隐的日记体、书信体小说对小说结构的心理化转向的积极意义,有点遗憾。例如,小说《或人的悲哀》由几封信组成,通过信件直接进入主人公亚侠的内心世界,就是一种进步的写法;小说《海滨故人》也穿插了不少封书信展现人物心理,表现人处在动荡时代的踟蹰不前。王实味的小说《休息》也是由黄秋涵的友人写给实微的八封信组成。小

---

① 袁进:《民初小说再探索》,《学术研究》1987年第3期,第105页。
② 梁实秋:《现代中国文学之浪漫的趋势》,《梁实秋文集》第1卷,厦门:鹭江出版社,2002年,第47页。
③〔美〕夏志清:《中国现代小说史》,刘绍铭等译,香港:中文大学出版社,2001年,第66页。

说没有连贯的情节,只有主人公的思绪在漫溯。小说有作者的亲身经历,其情感意绪有作者的影子。这可以从作者的《自序》里找到证据:"你那锋利的笔,写出你那烈焰般的情感、怒涛般的血潮,必能使读者感受得更深切些。"这"烈焰般的情感"与第八封信的内容比较一致,信中写道:"我们青年的使命就是……拯救砧危的祖国,改造龌龊的社会……""五四情绪"跃然纸上。

鲁迅对日记、书信没有多少好感,却并不影响他创作日记体小说——《狂人日记》。《狂人日记》高于同时期和稍后的日记体小说。《狂人日记》表现的"深切"、格式的"特别",是人所共知的。《狂人日记》这篇所谓的日记体小说与其他日记体小说明显不同,小说没有明确的时间标示,"不著月日",只是勉强整理成13则逻辑不明、"错杂无伦次"长短不一的文字。一般来说,日记具有情感上的真实性和可信度,主要依赖于时间的准确性,而《狂人日记》却舍弃了这种可靠性,明确表示狂人的日记是"荒唐之言",只能作为"医家"研究的材料而已。可见,小说日记手法的陌生化造成了反讽效果,使小说产生了一定的警醒力量。如果仔细阅读文本,深入狂人的内心世界,会感到压抑感,狂人的"狂"是人的觉醒,是正常的,不"狂"却不正常了。正如普实克所说:"中国最伟大的现代作家鲁迅的作品在很大程度上也充满着忧郁的主观主义色彩。"[①]这个判断是准确的,只不过鲁迅对人内心的探索是深刻而隐晦的,没有同时代小说家的肤浅。

三、 心理学与意识流等现代主义艺术

除了上文所说的时代与文体这两个因素,意识流等各种国外艺术手段也是中国小说结构心理化转向的一个动因。20世纪以来,随着西学东渐的逐步深入,感觉主义、浪漫主义、柏格森与詹姆斯的心理学说、弗洛伊德精神分析学、意识流小说等各种文学思潮也纷纷被介绍到中国来,日益渗透到中国小说创作中。正如美国文学理论家里恩·艾德尔所说:"本世纪以来,文

[①]〔捷克〕普实克:《中国现代文学中的主观主义和个人主义》,《普实克中国现代文学论文集》,李燕乔等译,第5页。

学和心理学——尤其是精神分析学——已认识到它们有着共同的基础",并且,伴随心理学的影响的扩大,"文学对这方面知识的需要也日见增长"①。这是实话。

与清末民初小说相比,"五四"小说结构的心理化得益于西方心理学等的影响。清末民初时期的小说家对西方思想是半接受、半拒绝的过渡心态,而"五四"时期的小说家几乎是"拿来主义"。因此,受西方心理学的影响,"五四"小说逐渐出现了心理化转向,"小说把艺术表现的重点由人的外部生活世界转向人的内部精神世界,由重视表现外在的人的关系和行为转向重视表现内在的人的思想、感情、意绪和心理,这形成了小说艺术特质从古典到现代的重大变化"②,而小说的心理化转向是小说现代化的关键所在。

"五四"小说家大都是留学生或中国高校的学生,他们在学校里都接受过心理学等西方思想的教育。周作人、郁达夫、许钦文等"五四"学人都曾经谈及心理学对他们的影响,鲁迅、郭沫若、陶晶孙等"五四"学人更有系统的心理学训练,他们的创作受到心理学影响是不言而喻的。例如,精神分析学就是一个例证。精神分析学在"五四"时期传入中国,在精神分析学影响下,鲁迅、周作人、郭沫若、郁达夫、许杰、许钦文、张资平等人的小说对人的深层心理包括潜意识心理描写特别关注。中国小说对"意识流"一类新潮小说艺术的接受从"五四"已经开始。郭沫若的《残春》《喀尔美萝姑娘》,敬隐渔的《袅娜》,陈翔鹤的《See!》,林如稷的《将过去》,王任叔的《疯子》,王以仁的《神游病者》等都具有明显的"意识流"小说的特点。许杰曾经谈到他在当时受弗洛伊德的影响,他说:"文学是苦闷的象征,变态和被压抑的性的升华,下意识潜入意识阈的白日的梦。"③他的"意识流"小说《火山口》等作品是代表作。严家炎也说:"没有对弗洛伊德学说和现代心理学的了解,现代主义思想、现代主义艺术方法的接受也变得没有可能,鲁迅的《补天》《白光》以及借梦境来构思的大部分《野草》,郭沫若的《残春》《叶罗提之墓》《喀尔美萝姑娘》《Lobenicht 的塔》,以及像汪敬熙的《一个勤学的学生》,林如稷的《将过

---

① 〔美〕里恩·艾德尔:《文学与心理学》,张隆溪选编:《比较文学译文集》,第 70 页。
② 季桂起:《心理学的影响与"五四"小说的变革》,《文史哲》2004 年第 5 期,第 55—56 页。
③ 余风高:《心理分析与中国现代小说》,北京:中国社会科学出版社,1987 年,第 82 页。

去》,郁达夫的《青烟》这些小说或散文,恐怕都很难产生。"①这是很客观的评价。

上文我们把《狂人日记》当作"日记体"小说时就指出了它的卓异之处。显然,《狂人日记》以"狂人"的独特幻觉为线索,透过"狂人"的心理呈现出一系列意象片断,构成了一种心理化小说结构。在小说中,人物主观的心理运动是小说的主体部分。"狂人"的敏感、恐惧及对"吃人"原因的探索,都呈现出一个精神患者的心理病症。更进一步说,"五四"小说之所以能够塑造出具有现代人的精神气度,在很大程度上是因为这种心理学的探讨,因为,只有如此,小说才能直接深入人物的内心世界,才能够反映出人在新旧转化过程中的焦虑与抗争。例如,鲁迅在小说《白光》和《弟兄》中按照心理学来剖析小说人物的心理。陈翔鹤的小说《See!》也是由三个独立的心理片断组成:顾客带来的心理感受、单相思及人生幻想。小说整编了人物的联想、感觉、情绪、意识等种种心理活动,编织成一个独特的心理空间,以此来表现底层人物被压抑的欲望及其病态心理。

在西方现代派文学的影响下,浅草—沉钟社小说家大量借鉴现代主义的文学技巧,用联想、梦境、潜意识等展示人物的心理。例如,在林如稷的小说《将过去》中,主人公若水在梦幻般的时空结构之中,思绪纷杂、无所适从;《烽火嘹唳》的主人公雨京内心的惊恐中伴随着由受虐者变为施虐者的潜意识;《甜水》中葛罗静的大段心理独白,激情恣肆、浓烈。更值得一提的是,郭沫若的小说虽然不如他的诗歌戏剧名气大,但他在小说中对人物心理意识的描写常常被人称道,然而,小说刚一发表时,质疑声也不少。1922年,有人曾批评郭沫若的小说《残春》没有情节高潮,不像小说。郭沫若对此辩解道:"若拿描写事实的尺度去衡量它,那的确是全无高潮的。若是对于精神分析学或梦的心理稍有研究的人看来,他必定可以看出作意,可以说出另外一番意见","《残春》的着力点并不是注重在事实的进行,我是注重在心理的描写。我描写的心理是潜意识的流动——这是我做那篇小说时的奢望"②。

---

① 严家炎:《论五四作家的文化背景与知识结构》,《中国现代、当代文学研究》2002年第2期,第59页。
② 郭沫若:《批评与梦》,《创造》(季刊)第2卷第1期,1923年。

当然,时人对小说的心理活动刻画还是有认知的,并且是提倡的。瞿世英在《小说的研究》一文中认为,古典小说缺乏对"人的研究",对人的"内在精神"关注更少,其实,"人类生活不仅是物质方面的更有精神方面、心理方面。但我们所能客观观察的只是物质方面、身体方面,精神方面、心理方面,是为感觉所不及的"①。这是有远见的。但当时大多数小说家可能并不习惯于"意识流"等新潮艺术。

如果说西方的意识流等现代手法是从"五四"时期才被引进和借鉴的,可能并不是特别准确。我们知道,曾朴、林纾等晚清时期的小说家也早早开始了向西方学习,只不过他们对西方的借鉴不多,但不能因此否定有些晚清小说家已开始借鉴西方的写作技巧。如,夏志清就认为,《老残游记》采用了"意识流技巧"②,这是独到的看法,当然,是否准确,可以商榷,但小说注重心理描写确实是从近代就开始了。高行健曾经指出,根据现代心理学的发现,"人的心理活动并不总是合乎逻辑的演绎,思想与感情,意识与下意识,意志与冲动,激情、欲望与任性,等等,像一条幽暗的河流,从生到死,长流不歇,即使处在睡眠状态,也难以中断。而理性的思维活动则不过是这条幽暗河流中若干亮着的灯火航标。现代文学描摹人的内心世界的时候,不能不把握这个特点"③。"五四"小说家的反传统彰显出理性意识,而实际上,这种激进主义却是受非意识控制的,表现出更多的"五四情绪"。具体到小说中去,意识流冲击下的小说情节可能会全面崩溃。而小说"意识流"等心理世界的呈现,对小说结构的心理化转向起到了一个关键性作用。因为,"意识流小说的时间诉求与经典线性叙事的时间特性没有任何一致性,从某种意义上说,二者的性质还是相反的。因为经典线性叙事过程表现了对于牛顿时间的信赖,而意识流小说在表面上对时间的感怀则实实在在地表现了对时间的弃绝和对空间的喜爱"④。一句话,意识流等心理技巧对小说的

---

① 瞿世英:《小说的研究》,严家炎编:《二十世纪中国小说理论资料》(第二卷)1917—1927,第269页。
② 〔美〕夏志清:《〈老残辨记〉新论》,刘德隆等编:《刘鹗及老残游记资料》,第485页。
③ 高行健:《现代小说技巧初探》,广州:花城出版社,1981年,第27页。
④ 杨世真:《重估线性叙事的价值——以小说与影视剧为例》,第98页。

"心理化转向"的作用是根本性的,并且,更为关键的是,小说的心理化不仅仅是小说的形式问题,也是小说的内容主题问题,它不仅涉及小说的叙事时间,更关涉到小说的现代性时间,问题非常重要。本书的下半部分"内容篇"还会涉及这个问题。

第四节　长篇小说的衰落与短篇小说的兴起

从晚清到"五四",中国小说结构上的变化与长短篇小说之间的嬗变有密切关系,所以对长篇小说的衰落与短篇小说的兴起等文体问题进行探讨很有必要。并且,我们一旦把小说文体学与时代的转型关联起来,会发现一些重要的文学现象。普实克说:"在亚洲文学史中,恐怕没有哪一个主题像现代文学与传统文学的深刻决裂以及探讨其发生的原因和意义更吸引人的了。"①在中国小说的现代转型时期,从"晚清长篇小说的衰落"到"五四短篇小说的兴起"是现代文学与传统文学的一种"决裂"方式。这种"决裂"很复杂,似乎有紧跟"最近世界文学的趋势,都是由长趋短,由繁多趋简要"②的国际潮流,也有"西学东渐"(翻译)的影响;更有"时代政治""报纸杂志""作者、读者"等小说外部因素的影响。

一、长篇小说、短篇小说及其理论的兴起

金圣叹、脂砚斋、毛宗岗、张竹坡等明清小说理论家都对小说理论有所探索和建构,但是,由于古典长短篇小说的艺术界域不明晰,理论家们对长短篇小说之间的艺术差别关注不多。到了晚清时期,随着"新小说"革命的扩展,小说家对小说艺术的探索越来越勤恳,小说创作的理论意识也日益突出。"五四"时期,胡适、郑振铎、茅盾等小说理论家不再满足于晚清小说"只

---

① 〔捷克〕普实克:《抒情与史诗——现代中国文学论集》,郭建玲译,第101页。
② 胡适:《论短篇小说》,《新青年》第4卷5号,1918年5月15日。

第二章 小说结构的再空间化

言片语式"的艺术研究,他们系统地梳理了小说理论衍变的谱系,也理清了现代长短篇小说的艺术差别。这些艺术探索为"五四"短篇小说的繁荣起到了积极作用。

"五四"小说理论家是从古典小说开始着手,通过对西方小说理论的借鉴,结合时代的理论需求而进行理论建构的。郑振铎认为,中国古典小说,其篇幅的长短对小说形式的影响不大,因为,长篇、中篇、短篇小说"都只是一个形式的东西的放大或缩小而已"①,并且,中国的短篇小说应该"算作长篇小说的缩短的东西……都是一个长故事的节略"②。可见,古典小说类型的划分只是小说篇幅的长短而已。这种划分在当下也一直存在,有其实用性。现代的短篇小说与古典小说不同,与现代长篇小说也有差异,这些差异集中在艺术写法上。正如胡适在《论短篇小说》中所说:"短篇小说是用最经济的文学手段,描写事实中最精彩的一段……中国今日的文人大概不懂'短篇小说'是什么东西……西方的'短篇小说'(英文叫做 short story),在文学上有一定的范围,有特别的性质。"③根据胡适短篇小说"横截面"理论,茅盾、俞平伯、谢六逸、施畸、胡愈之和哈米顿等小说理论家都曾分别加以阐述。如,茅盾认为,短篇小说的创作宗旨是"截取一段人生来描写","这片段的'人生'或者代表了'全体',那就是社会生活的全体缩影"④。

当然,也有反对的意见。梁实秋对这些主流看法颇有微词,他说:有的"新文学"家认为,"短篇小说是最经济的体裁……也有的"新文学"家认为,

---

① 郑振铎:《郑振铎说俗文学》,上海:上海古籍出版社,2000 年,第 37 页。
② 郑振铎:《西谛书话》,北京:生活·读书·新知三联书店,1998 年,第 3 页。
③ 胡适:《论短篇小说》,《新青年》第 4 卷第 5 号,1918 年 5 月 15 日。
④ 茅盾:《蚂蚁爬石像》,《话匣子》,上海:上海良友图书印刷有限公司,1934 年,第 142—143 页。相似的论点还有不少。谢六逸认为:"长篇小说是描写人间生活的纵面……短篇小说则写人生的横断面。"(六逸:《小说作法》,《文学旬刊》第 16、17 期,1921 年 10 月 11—21 日)化鲁(胡愈之)评价当时的短篇小说是"截取人生的剖面"[化鲁(胡愈之):《最近的出产:〈隔膜〉》,《文学旬刊》第 38 期,1922 年 5 月 21 日]。汉弥尔顿接受了爱伦坡、马太斯等人对短篇小说的定义:"以最经济之法"发"独一之叙事文感应"([英]哈米顿:《小说法程》,华林一译,上海:商务印书馆,1924 年,第 152 页)。施畸认为:短篇小说是以"简单的机构""产生一种热烈而单纯的感效"(施畸:《小说概论》,《越光季刊》第 1 卷第 4 期,1924 年 3 月 10 日)。俞平伯认为:短篇小说"写为横剖面之人生",侧重于"事实中 Climax"(俞平伯:《谈中国小说》,《小说月报》第 19 卷第 2 期,1928 年 2 月 10 日)。

"短篇小说是最现代式的……我不以为然,所谓经济云者,系应指修辞学上避免冗词而言"①。显然,梁实秋试图剥离时代意识形态对小说的影响,从"纯文学"的角度看待短篇小说的文体特征——"修辞学上避免冗词"。更值得注意的是,在《小说月报》"通信栏"曾经有汪敬熙与茅盾的一次关于"为什么中国没有好小说出现?"的学术讨论。汪敬熙在《为什么中国没有好小说出现?》一文中认为,短篇小说"横截面"理论和"写实主义""人道主义"一样是小说家自我设置的三个写作"新镣铐",束缚了小说家们的创新意识,以至于"中国今日没有好小说出现"。因为,"近年出的小说全是短篇小说,木的截面固然能代表其一生的经验。但是真要知道他一生的全体,还是非要观察他自种子至成大树的历史不可"②。汪敬熙的看法令人耳目一新,也有点道理。显然,他对短篇小说充斥文坛、长篇小说迟迟不能上场非常不安,而把不能产出长篇小说(他心目中的"佳作")的"罪魁祸首"归结于短篇小说及其"横截面"写法,有"欲加之罪"之嫌。长篇小说不能产出的原因有多个,短篇小说"横截面"写法仅仅只是次要原因而已,因为,短篇小说与长篇小说有本质的区别。更有意思的是,茅盾在《为什么中国没有好小说出现——复汪敬熙》的信中把长篇小说衰落、短篇小说兴起简单归结于"现在创作者大都忙于生活问题,并不能专心去做长篇"③,似乎有点离题了。

茅盾还认为:"长篇小说的背景既是那么宽泛,布局又是那么复杂,里面自然有许多闲情闲笔。短篇小说不然,他是最讲究经济的。他的结构非常简单,一切不关紧要和阻碍进行的部分,都删去无遗。"④这是很实在的理论。当代作家红柯也说:"长篇小说的关键是结构,必须有一个科学合理的框架作支撑……更依赖于理性与哲学,其结构框架具有稳定性……长篇小说是在盖楼房,不管是摩天大楼还是小洋楼,墙角很重要,墙角有裂缝说明结构有问题,肯定是危楼,墙壁或窗台有点小毛病不影响整体效果,长篇可

---

① 梁实秋:《现代的小说》,《偏见集·现代文学论》,南京:正中书局,1934年,第184页。
② 汪敬熙:《为什么中国没有小说出现?》,《小说月报》第13卷第3号,1922年3月10日。
③ 雁冰:《为什么中国没有好小说出现——复汪敬熙》,《小说月报》第13卷第3号,1922年3月10日。
④ 清华研究社:《短篇小说作法》,严家炎编:《二十世纪中国小说理论资料》(第二卷)1917—1927,第109页。

以粗点……现代短篇不再依赖故事,截取生活的一个片段,捕捉某些细节、动作、情绪、场景,甚至一段独白都能筑起一个短篇小说。短篇小说写艺术,对结构对语言更挑剔,短篇小说是细活。"①这和茅盾的看法有点相似,意在强调短篇小说结构的重要性。

二、长篇小说的衰落与短篇小说的兴起

中国转型时期长篇小说的衰落、短篇小说的兴起这个问题很重要,但学界只言片语式的研究显然是不够的。胡适说:《儒林外史》《品花宝鉴》等所谓的"章回小说""其实都是许多短篇凑拢来的",而更为关键的是,"这种杂凑的长篇小说的"艺术创作,"反阻碍了白话短篇小说的发达"②。胡适从"章回小说"的内部结构分析了中国古典短篇小说不发达的原因,从相反的角度暗示了转型时期短篇小说兴起的缘由,似乎有点道理,但有点简单。转型时期短篇小说逐渐兴起的原因很复杂,是多种因素合力的结果。换句话说,中国现代小说的发生,包括民初"五四"长篇小说衰落、现代短篇小说的兴起,"显然不是一个改造各种外国文学成分,改造传统结构的渐进发展过程,而是一种本质上的突变,是在外部力量的推动下,出现了一种新的结构"③。普实克这种看法很有远见。下文从小说外部的几个因素做些具体分析。

(一) 时代政治的需求

古今、中外冲突下的晚清社会面临着分崩离析。在此形势下,晚清、"五四"短篇小说凝聚了时代的风云变幻,小说密切关注维新、革命等社会现实及社会历史的变迁,民族的救亡图存,个体的悲欢离合……更需要晚清、"五四"横截面式的短篇小说来表达。

横截面式的现代短篇小说是从"新小说"家开始的。如果说,晚清"新小

---

① 红柯:《短篇小说的结构艺术》,《东吴学术》2015年第2期,第61页。
② 胡适:《论短篇小说》,《新青年》第4卷5号,1918年5月15日。
③ 〔捷克〕普实克:《抒情与史诗——现代中国文学论集》,郭建玲译,第106页。

说家"有什么贡献的话,那就是他们更注意写与时代政治相关的当下生活,这是中国小说的新变。正如时人所说,新兴小说中"出现了不少专门描写下等社会苦难生涯的小说",而这些"主要是短篇小说"①。由于新小说家怀着强烈的揭露时弊的渴望,他们对于故事情节可能无暇顾及,只要能够宣传政治的走向就好,只要能够表诉政治激情就行,采用"似说部非说部""似论著非论著"的小说结构也在所不惜,只要能够及时反映社会现实就是好的。

晚清小说家从古典小说"演说前朝"的故事模式中走了出来,他们关注于当下。于润琦说,晚清"短篇小说能够结合当时的政治思想运动,及时反映当时社会的时事"②。如,《路毙》《工人小史》《庆祝立宪》《小足捐》《入场券》《孤儿记》《平步青云》《渔家苦》《地方自治》等就是这类小说的代表作。如,吴趼人的小说《庆祝立宪》设置了一个会场,一个人物在"预备立宪"会上发表演说,他认为立宪的时机还不成熟,由此揭穿官府借助立宪以达到剥夺他人自由权利的险恶用心。小说只选取了一个类似新闻现场的"横截面",有强烈的现场感及时效性,有鲜明的政治意义。所以说,长篇小说的衰落、短篇小说的兴起是与短篇小说传播新思想更为迅速密切相关的。具体地说,"短篇小说相对反映生活要迅捷得多……有时比长篇还容易叫座……急功近利的时代,短篇小说往往会更热"③。正因为如此,短篇小说的兴起势在必然。

相对于晚清小说家,"五四"小说家对时代的感受更敏锐,并且,他们有放眼世界的前瞻性。他们认为,世界文学发展的趋势都是由长趋短、由繁多趋简要,"五四"时期"抒情短诗""独幕剧""短篇小说"的流行也是顺应国际潮流的结果,这种看法虽有以偏概全的偏见,也不乏进步的思想。如果说,晚清长篇小说具有群体性的话语特征,着重描绘国族巨变的整体取向和宏大愿景,汲取了章回小说的"缀段"结构模式,那么,"五四"短篇小说却具有个体言说的话语特征。为了表现强烈的个体意识,"五四"短篇小说选择了"横截面"的"非情节化"结构模式。奥博托·莫拉维娅说:"长篇小说具有一

---

① 陈平原:《二十世纪中国小说史》第一卷(1897—1916),第 295 页。
② 于润琦:《清末民初的短篇小说》,《明清小说研究》1997 年第 3 期,第 212 页。
③ 王蒙:《长篇小说与短篇小说》,《读书》1993 年第 9 期,第 113 页。

种从头贯穿到尾的、使其各部分结为一体的骨质框架结构,而短篇小说,不妨说,是没有骨架的……思想意识正是长篇小说与短篇小说之分野所在。"①言外之意,短篇小说思想意识很强烈,自然能够迎合"五四"小说家的意趣。因为,"五颜六色的生活,喜怒哀乐的情绪,时时敲响了文学的心弦,变成了一曲又一曲的短篇小说"②。"五四"短篇小说流淌出的正是"喜怒哀乐"的"五四情绪"。

有一个文学现象非常有意思。如果一个小说家没有长篇小说作品,似乎是一个遗憾,不圆满。茅盾曾经为不能早早创作出长篇小说感到汗颜,他说:"直到一九二七年秋,我才开始创作,而且是中篇;但闻天同志则写长篇,并且比我早了三年,我自叹不如。"③从这个角度来看,作为文坛领袖,又凭借小说立足文坛的鲁迅留下不少短篇小说佳作,却没有创作出一部长篇小说,不能不说是一件大憾事。这个憾事也一直是学界的一个研究课题,不少学者先后探索考证这个憾事背后的主客观原因。据一些资料显示,鲁迅也曾有三次写长篇小说的打算,并已经有比较成熟的构思,但都功亏一篑,非常可惜。鲁迅身边的朋友及后辈学人都深感遗憾。杨之华 1961 年 8 月 30日给杨梦熊的一封信中说:"他(瞿秋白)期待鲁迅先生写长篇小说,暴露社会的黑暗,刻划阶级斗争必经的路程,以教育后代。"④冯雪峰也曾经回忆说:"鲁迅先生不大喜欢辛克莱式的东西,但以为长篇小说可以带叙带议论,自由说话……变成为社会批评的直剖明示的尖利的武器的。"⑤上述两则材料是真实可信的,从中也可以发现一些问题。

鲁迅能不能创作出长篇小说暂且不论,如果鲁迅创造出长篇小说,这种长篇小说是什么风格,也很难做明确断定,但可以结合材料及时代背景做一

---

① 〔美〕奥博托·莫拉维娅:《论长篇小说与短篇小说之异同》,邓中杰译,《英语广场(学术研究)》2012 年第 9 期,第 4 页。
② 王蒙:《长篇小说与短篇小说》,《读书》1993 年第 9 期,第 114 页。
③ 茅盾:《张闻天早年文学作品选·序》,程中原编:《张闻天早年文学作品选》,北京:人民文学出版社,1983 年,第 1 页。
④ 杨梦熊:《瞿秋白对鲁迅创作长篇小说的关注和期待——杨之华两封遗札所示的一段史实》,《新文学史料》1982 年第 4 期,第 103 页。
⑤ 冯雪峰:《过来的时代——鲁迅论及其他》,上海:新知书店,1948 年,第 23—24 页。

些推测:鲁迅在其生命的最后阶段(大概20世纪30年代)是打算写长篇小说的,并且,30年代已经有不少成熟的长篇小说,这些长篇小说可以作为写作现代革命史诗性长篇小说的资源,更为重要的是,30年代的革命如火如荼地开展,能够为长篇小说的创作提供一些叙事动力,因为30年代的历史有"明天"和"未来",而"五四"时期的"明天"却是灰暗的。但非常有意思的是,鲁迅的"带叙带议论、自由说话"式的长篇小说仍然有鲁迅式的"五四杂文笔法",长篇小说也是作为"社会批评的直剖明示的尖利的武器"。那也就是说,这种没有完成的"长篇小说"和鲁迅的"五四"短篇小说风格是一样的,和鲁迅的杂文也是一样的,具有社会的时效性。讲实话,在"五四"时期,鲁迅创作短篇小说和杂文似乎是一种必然。正如他自己说的,首先要生存,在短期的社会政治功利的影响下,鲁迅没有时间去写作反映一个时代风云的长篇小说。

另外,受到时代的影响,"五四"小说家目光很狭小,也必然带来一些弊端,如选材范围非常狭小。"五四""新文学"家批评近代小说的材料狭小且非常下流,他们认为,"近人的小说材料,只有三种:一种是官场,一种是妓女,一种是不官而官,非妓而妓的中等社会,除此之外,别无材料"①。但"五四"小说家似乎也没有走出这种材料选择的"怪圈",在男女恋爱的短篇小说中,"差不多都是叙述男女两个学生怎样的在公园相见,怎样的通信……人道主义的小说……一是写汽车碰死人,二是写工厂里工人的死,三是大洋房旁冻死叫花子"②。选材单一,且叙事方法和内容都非常相似。另外,"五四"短篇小说"难以表现广阔的社会画面与巨大的历史事变","即使间接表现了社会变革与历史事件,也是以小见大,且着重于人心而不是世事"③。受时代政治的影响,"新文学"家想创作史诗性长篇小说确实还不是时候。

(二) 短篇小说翻译的兴起

中国短篇小说在经历了唐传奇和明话本的辉煌之后,在晚清获得了新

---

① 胡适:《建设的文学革命论》,《新青年》第4卷第4号,1918年4月15日。
② 玄珠(陈望道):《"情节离奇"》,《文学旬刊》第35期,1922年4月1日。
③ 陈平原:《中国小说叙事模式的转变》,第222页。

生。时代给现代短篇小说提供了更多的写作动力,西方短篇小说则提供了新鲜的血液。无论是在思想内容还是艺术形式上,晚清、"五四"短篇小说的现代化及其繁荣都与西方短篇小说的翻译分不开。

西方小说的引进对中国小说的影响是多方面的。虽然说,早期翻译者大多在翻译过程中尽量保持中国风格,但有意无意的误译会逐渐改变原有的艺术宗旨,西化便在此潜移默化的过程中形成了,西方小说的题材、结构、语言等艺术特点也在翻译过程中慢慢被接受。前文已经论述,现代短篇小说最重要的特点是"横截面"写法,而这种写法是从西方短篇小说"舶来"的。

清末民初,报刊业的繁荣为短篇小说提供了更多的发表空间,但中国小说家自古以来就有"百回巨著"的小说创作理念,晚清小说家对短篇小说创作不大感兴趣,以至于短篇小说创作明显不足,满足不了报刊的市场需求。怎么办呢? 只有翻译。冷血、包天笑、周瘦鹃、马君武、刘半农、胡适等小说家译介了契诃夫、托尔斯泰等欧美名家的短篇小说。更值得一提的是"林译小说"和"周译小说"。"林译小说"是指林纾译介的欧洲小说,"林译小说"当时非常有名气,原因是翻译时间早和数量特别大,并且,很有意思的是,林纾不懂外文,是与别人合作翻译。"周译小说"也有些名气,鲁迅兄弟翻译的《域外小说集》代表当时对外国短篇小说认知的最高水平。

很显然,西方短篇小说令新小说家们耳目一新。他们开始认识到:"近代的短篇小说,是截取人生的某片段……使读者可以在这某片段之中,窥悉这人生全部大概",对情节之外的的部分,"没有'交代清楚'的必要"[①]。周桂笙在翻译《毒蛇圈》这篇法国小说时也曾经对中国小说进行批判,他说,中国古典小说"往往先将书中主人翁之姓氏、来历,叙述一番,然后详其事迹于后;或亦有用楔子、引子、词章、言论之属以为之冠者。盖非如是则无下手处矣。陈陈相因,几于千篇一律,当为读者所共知"[②]。周桂笙等一些有先见之明的小说家在中西对比中得出中国小说连贯叙事的不足,也就是这种点点滴滴的西学识见促使晚清短篇小说焕然一新。这一点我们可以在晚清短

[①] 徐国桢:《小说学杂论》,芮和师等编:《鸳鸯蝴蝶派文学资料》,福州:福建人民出版社,2010年,第97页。

[②] 知新室主人:《〈毒蛇圈〉译者语》,《新小说》第八号,1903年。

篇小说中找到证据,如,晚清短篇小说中的"奇峰突兀"的小说结构、淡化情节的"横截面"写法,这些西式小说写法远离了古典小说的"陈陈相因"。所以说,短篇小说的现代化与西方短篇小说的翻译是分不开的。

相对于清末民初的短篇小说翻译,"五四"对外国短篇小说的译介更是盛况空前。"五四"小说家对西方短篇小说的翻译非常卖力,各期刊杂志社都非常重视西方短篇小说的翻译。有论者发现了这种短篇小说翻译的盛况:"清光绪末年……撰译率皆长篇,蓬勃满汉……自新文化运动之起,乃提倡短篇小说……以俄国作者如乞可夫、郭尔克等奉为圭臬。"[1]梁实秋也说:"'短篇小说'的体裁在新文学运动里要算是很出色的一幕……短篇小说我们中国古已有之,有人远引庄子里的故事,有人近举聊斋……殊不知新文学里的短篇小说……绝不是聊斋的文学习惯之继续……近年来报章杂志里的短篇小说……那一篇是模仿莫泊桑,那一篇是模仿柴霍甫。"[2]

(三) 报纸杂志的助推

报纸杂志是短篇小说兴起的主要推力。在报纸杂志这块阵地上,长篇小说相对于结构紧凑、篇幅自由的短篇小说,没有什么优势可言。一般来说,读者都有单期读完相对完整故事的癖好,为了满足读者的这种心理需求,报纸杂志登载独立成篇的短篇小说是一种明智的选择,这就为短篇小说的兴起提供了空间。

1904年,《时报》创刊,冷血任主笔。《时报》在开始时就明确提出刊登"短篇"小说:"本报每张附印小说两种,或自撰或翻译,或章回或短篇,以助兴味而资多闻。"《时报》中的"短篇小说"的出现,具有一定的革新意义。《时报》每日刊登小说仅千言左右,这限制了长、中篇小说的发表,即使可以连载,效果也肯定不好,因为,长篇小说连载时间长,读者很难持续读完故事,很容易生出厌倦情绪,这时候,短篇小说的优势就很明显了。这从《时报》上的一则征稿启事中可以看出,该启事写道:"昨承冷血君寄来小说《马贼》一

---

[1] 吴宓:《评杨振声〈玉君〉》,《学衡》第39期,1925年3月。
[2] 梁实秋:《现代中国文学之浪漫的趋势》,《中国现代文学研究丛刊》1987年第2期,第248页。

篇,立意深远,用笔婉曲,读之甚有趣味。短篇小说本为近时东西各报流行之作,日本各日报各杂志多有悬赏募集者,本馆现亦依用此法。如有人能以此种小说投稿本馆,本报登用者,每篇赠洋三元至六元。"①这种专门募集短篇小说的征文启事在后来的报纸杂志上随处可见。

从1906年开始,报纸杂志刊登短篇小说出现了一个小高潮,这与吴趼人有很大关系。1906年,吴趼人主编的《月月小说》创刊。《月月小说》对短篇小说的兴起做了不少贡献。首先,吴趼人是较早创作短篇小说的小说家,他陆续在《月月小说》上刊出了《黑籍冤魂》《预备立宪》《立宪万岁》等一系列短篇小说,1908年结集为《趼人短篇九种》。其次,吴趼人在办刊的过程中发现短篇小说的发表很分散,不能有效发挥短篇小说的刊载优势,于是开辟了"短篇小说"专栏,产生了很好的效果。在吴趼人的带动下,加之西方短篇小说的译介,小说家创作短篇的兴趣日渐浓厚。1907年,《小说林》也开辟了短篇小说专栏,并在创刊号上登载启事:"篇幅不论长短",各种样式的小说都可以登载。

1910年7月,《小说月报》创刊,据统计,1910至1916年,《小说月报》每期都以长、短篇小说进行分类刊登,该刊对"短篇小说尤所欢迎"。恽铁樵选择鲁迅的短篇小说《怀旧》发表是其中的一个例证。《小说月报》也设置"短篇小说"专栏,刊载大量的短篇小说。并且,在《小说月报》第三卷第一号、第四卷第一号、五卷五号、六卷五号、七卷一号、八卷一号都一再强调:"本社征求撰稿译稿文言白话各种短篇小说。"

民国以后,报纸杂志刊登短篇小说更为普遍,从结集出版的短篇小说集就可以看出端倪。这个时段结集出版的短篇小说集有:《枕亚浪墨》《徐卓呆说集》《瘦鹃短篇小说》《天笑短篇小说》《铁冷碎墨》《定夷说集》《娟门红泪》,等等。这些创作实绩与报纸杂志集中刊登短篇小说分不开。到了"五四"时期,短篇小说已经兴起,报纸杂志刊登短篇小说是情理之中的事情,不再多言。

---

① 《征稿启事》,《时报》,1904年10月29日。

（四）作者、读者的观念

作者的创作态度也是短篇小说兴起的动力。1922年，谭国棠通过《小说月报》评价当时的创作情况时说，当时的"创作大都是短篇的，长篇很是寥寥，便是那些短篇中……其味甚淡，看惯刺激性极强的红男绿女的小说的中国人，一定觉得干枯无味……这些小说本来用意极浅薄，情节亦颇简单"①。谭国棠对"五四"小说没有长篇小说非常不满，对出现的短篇小说也不满，原因是短篇小说的情节简单，不刺激。显然，谭国棠自身的小说观念有其牴牾处：他对短篇小说"人生断片"（横截面）书写很赞赏，有所谓当时流行的"为人生"写作的进步观念，但同时又用传统的"刺激性极强的红男绿女的小说"标准来评价小说，有古典小说的"巨著"观念，这又是落后的。

我们知道，"直到19世纪末……在中国小说史上占主导地位的"还是"长篇章回小说"②。换言之，"晚清这一时期的作家似乎都迷恋于《水浒传》、《西游记》、《红楼梦》等一百至一百二十回的古典小说的'巨著'观念，因此，他们的小说本来只是松散的事件，他们却要把这些事件整合成一个均质的整体"③。这可以从曾朴1928年7月6日的日记中得到印证，曾朴说："我一向不大做短篇小说，偶一为之，未见特色，姑再尝试，看看成绩何如。"他还说："不过现在我在文学上的事业，却没有发展满足几部想做的书。"④可见晚清小说家曾朴即使到了1928年对短篇小说还是很鄙视。

"五四"小说家则没有之前小说家的那种"巨著"观念，他们对"巨著"型长篇小说很警惕，杨振声在《〈玉君〉自序》中说："《水浒》、《红楼》等长篇小说，都是偏于横面的写法，所以写了个全社会，写来又是那么长，作者终身只能作一部"⑤，有点得不偿失。1919年1月《新潮》出刊，主要发表了北京大

---

① 谭国棠：《来信》，《小说月报》第13卷第2号，1922年2月10日。
② 陈平原：《中国小说叙事模式的转变》，第39页。
③ 〔捷克〕普实克：《抒情与史诗——现代中国文学论集》，郭建玲译，第114页。
④ 马晓冬选注：《曾朴日记手稿中的文学史料》，《新文学史料》2015年第1期，第98页。
⑤ 杨振声：《〈玉君〉自序》，《杨振声文集》，北京：华夏出版社，2000年，第231页。

第二章　小说结构的再空间化

学学生自己创作的短篇小说。这些学生没有创作经验,他们的小说创作观念来源于胡适"横截面"短篇小说理论,也来源于对鲁迅短篇小说的摹仿,因而,《新潮》作家群的创作观念与晚清小说家们肯定不一样,他们对创作长篇小说可能无暇顾及,或者根本就不感兴趣。更值得一提的是,"五四"一些小说家,特别是冰心、陈衡哲等女性小说家,他们进行创作大都是无心而为之,甚至"从来没有学过写作的艺术"①,对创作长篇小说更是没有概念。更为有趣的是,他们对短篇小说和散文的文体界限也不是特别明晰。例如,陈衡哲后来回忆道:"我生平的第一篇文章发表在1916年的《中国学生季刊》上,那时候我已经是美国瓦特大学二年级的学生了。"②这"第一篇文章"就是短篇小说《一日》。作者记忆有误,此短篇小说发表在她丈夫任鸿隽和胡适编辑的《留美学生季报》上,而不是《中国学生季刊》。并且,在作者心目中它是"文章",接近于描绘日常生活的散文。有些评论家也把《一日》看成一篇散文。可想而知,这种"尝试"者的创作心态很难创作出长篇小说,只能在短篇小说与散文之间游离。冰心等小说家的创作理念与之相类似,这里不再赘述。

当然,短篇小说的兴起与小说的阅读者也有密切关系。由于"晚清小说的主要读者是'出于旧学界而输入新学说者',辛亥革命后的小说读者主要是小市民,而'五四'小说的主要读者则是青年学生"③,所以,晚清读者都有"巨著"观念,对短篇小说没有兴趣,以至于《域外小说集》刚刚出版就备受冷遇,"见过的人,往往摇头说,'以为他才开头,却已完了!'……读书人看惯了一二百回的章回体,所以短篇便等于无物"④。民初的小说读者是小市民,他们对世俗短篇言情小说自然偏爱;"五四"小说的读者是青年学生,他们有"个性解放"的思想,自然对写"人生"的短篇小说爱不释手。可见,作者、读者也是短篇小说兴起的幕后推手。

---

① 陈衡哲:《塑造我人生道路的影响》,陈衡哲:《一支扣针的故事》,哈尔滨:北方文艺出版社,2015年,第366页。
② 同上。
③ 陈平原:《中国小说叙事模式的转变》,第21页。
④ 鲁迅、周作人编译:《域外小说集》(影印版),北京:中央编译出版社,2014年,"序"。

三、结论

  在中国小说的现代转型中,长篇小说的衰落、短篇小说的兴起是一个非常复杂的文学现象。时代是最重要的因素。时代转型影响了小说的文体转型,这是根本原因。在时代转型的影响下,向西方学习成为必然趋势,其中,短篇小说翻译是重中之重。这些翻译的短篇小说为短篇小说的兴起注入了活力。为什么要大量翻译短篇小说?是为了满足报纸杂志的需要。早期的报纸杂志有一半文章都是翻译类作品。国内原创力不足,国内作品无法满足报纸杂志的需求,翻译也就日益兴盛起来了。从另一方面来看,转型时期的小说家群体发生了很大变化。一些毫无创作经验的青年小说家们日渐成为了创作主体,作为小说创作的"尝试"者,他们对创作长篇小说无暇顾及,也没有多少概念。他们一方面学习鲁迅等小说家,写出一些"横截面"式短篇小说;另一方面记录自己的日常生活,写一些类似散文的短篇小说。由此可见,转型时期的长、短篇小说之间的嬗变有其特殊性,也是暂时的。"五四"时期以后,随着中国现代小说文体的成熟和报纸杂志的多样化(逐渐出现了刊登中、长篇小说的杂志),这种"一枝独秀"的小说创作现象也自然就销声匿迹了。

内容篇

现代性时间及其历史化

现代小说的基本结构在形式上是"叙事时间及其空间化",在内容上是"现代性时间及其历史化",其基本结构是线性时间结构。当然,值得注意的是,形式化叙事时间与内容性的现代性时间不是完全割裂的。例如,本书"形式篇"中第一章第三节提到的"内在主体时间"与第二章第三节的"心理化转向"就有现代性时间的一些成分。小说中的现代性时间以进化论为基础,以新旧时间意识为小说的精神命脉,按照国家和个人两个历史主体构置"进步"维度的时间叙事。"现代性时间"是一种追求进步、价值单一的线性时间。这种整齐划一的"现代性时间"推动了社会的进步,却湮没了发展的丰富性。具体到晚清、"五四"小说,现代性时间整体上表现在新旧时间意识上,具体又表现在民族国家的历史时间上和人的个人时间上。基于此,"内容篇"围绕"现代性时间"分三章来论述:第三章围绕"新旧时间"对"现代性时间"做总体论述,第四章、第五章分别围绕"历史时间""个人时间"对"现代性时间"做具体论述。

第三章

新旧时间与中国小说的现代转型

近代伊始,中国小说逐渐形成了现代的新旧时间意识。在新旧时间转换的过程中,进化论是其理论根据。晚清、"五四"小说家都有进化论思想,有新旧时间意识,但是,受时代环境及文学自身演变的局限,小说家的新旧时间意识与文本表述出现了悖离。晚清、"五四"小说对新旧时间的书写都不成熟,晚清小说的过去时间与未来时间往往相互分离,单独呈现,没有过程感,只是出现一个"过去"或"未来"的空间。民初、"五四"小说家们面对辛亥革命下的新的民主共和国,越来越陷入时间的困境,无路可走。在此环境下,新旧时间叙事出现了新变化:第一,从社会的新旧转向人的新旧成长;第二,新旧时间叙事模式更加完整,只是对未来的想象不足;第三,新旧时间意识更明确和强烈。更为重要的是,晚清小说是用"白日梦"链接新旧时间,缝合"过去"与"未来",以便形成一个看似连贯的进化时间线;"五四"小说则无法呈现新的时间——未来,只有用"梦"迷醉自己。

第一节 新旧时间意识

现代时间意识是一种历史观念,有助于我们认识历史的本质;现代时间暗含人类进步发展的密码,规约着我们的思考与实践。现代时间意识是一种新旧时间观念,其在中国小说的现代转型中起到非常重要的作用。小说现代转型中的新旧时间问题很复杂,因为,进化过程中的小说嬗变"往往包孕着冲突、断裂、转折和飞跃，它甚至不局限于单线承递，却要在共时与历时各条线路的协同作用下交织成一幅多向分化与综合的复杂图景"①。晚清、"五四"小说中的新旧时间问题也具有这种复杂性，但这并不影响我们沿着新旧时间这条线索考察中国小说的现代转型问题。鉴于新旧时间问题的复杂性，我们大致从进化论与作家的新旧时间意识、新旧时间的过去-现代-未来、晚清小说中的"白日梦"与分离式的新旧时间、"五四"小说中的"梦醒了无路可走"与残缺的新旧时间等问题进行阐述，其他问题只是略有涉及。

一般来说，进化理论下的线性时间（新旧时间）意识是一种认为社会发展是直线前进的直奔终极目标的时间观念。在今天看来，这是一种偏执的时间观念，当代人对其认同度不高，但近代的进步知识分子却认为这是"时间公理"，他们普遍"以新胜过旧的逻辑将'新'置于经典之上，甚至将'新'神圣化、经典化"②。这是符合当时思想界的认知心理的。李欧梵也认为近现代以来对"中国最大的冲击是对于时间观念的改变，从古代的循环变成近代西方式的时间直接前进"，这种线性时间观念"导致一种新的历史观"，对中国社会各方面产生"惊天动地"的影响③。一句话，近代伊始，《三国演义》"分久必合、合久必分"的天道循环时间④转向了天演进化时间，形成了线性新旧时间。

线性新旧时间"不仅成为这个民族近代以来种种历史行动的理由和依据，也构成了他们对于自己历史发展目标的坚定信念。它不仅表现为思想家的基本理论预设，革命家的行动理由，实际上也是普通人忍受种种苦难，

---

① 陈伯海：《关于文学史进化的探讨》，《文学评论》1993年第6期，第83—84页。
② 耿传明：《〈天演论〉的回声：清末民初知识群体的心态转换与价值翻转》，《天津社会科学》2007年第5期，第102页。
③ 李欧梵：《现代性的追求》，北京：生活·读书·新知三联书店，2000年，第146页。
④ 美国学者浦安迪认为，中国古典小说的循环时间观念有其传统文化观念上的原因："在中国古代的原型观念里——静与动、体与用、事与无事之事等等——世间万物无一不可以划分成一对对彼此互涵的观念，然而这种原型却不重视顺时针方向作直线的运动，而却在广袤的空间中循环往复。"（[美]浦安迪讲演：《中国叙事学》，陈珏译，北京：北京大学出版社，1996年，第4页）也有小说自身的原因："官方历史编撰体例为新的小说文类提供了主要的传记体叙述视角，这转而使得小说在结构模式上较少关注直线性的叙事流程，而更多表现叙述视角万花筒式的千变万化。"（[美]浦安迪：《浦安迪自选集》，刘倩等译，北京：生活·读书·新知三联书店，2011年，第96页）

却对未来不完全失去信心的潜意识根据"①。线性新旧时间把"进步"绑架在直线向前的时间轨道上,把事物是否"发展"看成社会历史进步与落后的标志,而一旦发展受阻,便会产生种种关于转折时期新旧转换的焦虑,而"求新"似乎是唯一可靠的行动,否则,只能埋葬在"旧"的时间中。

一、进化论:作家的新旧时间意识

在中国小说现代转型中,进化论起着重要作用,其对中国作家的新旧时间观的形成有着重要的促进作用,这有其时代的驱动力。正如黄开发所言:"从戊戌变法到 20 年代中期"的"传统向现代的转型""并非中国文学内部发展的结果,而是由民族危难激发的",有其"救亡图存的外在动力。"②在这种"外在动力"下,国人亟需一种新的思想理论来解决现实问题。而 1898 年严复译的《天演论》犹如"雪中送炭",革新了一代人的时间观念。正如曹聚仁所总结的那样,在《天演论》熏陶下,"如胡适……以'适'为名,即从《天演论》的'适者生存'……陈炯明,名'陈竞存',即从《天演论》的'物竞天择,适者生存'……"③这是符合实际情况的。

R. 韦勒克曾经指出,只有当"进化论使用了诸如'适者生存'……等概念时,它才能被称为达尔文的进化论"④。实际上,进化论这种语言学式接受史在《天演论》早期传播史上十分常见。蔡元培曾说,严复译的《天演论》出版后,"'物竞'、'争存'、'优胜劣败'等词,成为人人的口头禅"⑤。这些进化论词汇也成了晚清、"五四"小说中常见的词汇。例如,梁启超的《新中国未来记》有"新旧相争……新的必先败而后胜,这是天演上自然淘汰的公

---

① 〔美〕杜赞奇:《从民族国家拯救历史——民族主义话语与中国现代史研究》,王宪明译,南京:江苏人民出版社,2009 年,第 213 页。
② 黄开发:《新民之道——梁启超的文学功用观及其对"五四"文学观念的影响》,《中国现代文学研究丛刊》1999 年第 4 期,第 137 页。
③ 曹聚仁:《中国学术思想史随笔》(修订本),北京:生活·读书·新知三联书店,2003 年,第 371—372 页。
④ 〔美〕R. 韦勒克:《批评的诸种概念》,丁泓等译,周毅校,成都:四川文艺出版社,1988 年,第 48 页。
⑤ 高平叔编:《蔡元培全集》第四卷(1921—1924),北京:中华书局,1984 年,第 352 页。

理";吴趼人的《痛史》有"优胜劣败,取乱侮亡,自不必说";包天笑的《空中战争未来记》有"世界文化日进,生民智慧日睿",等等。在当时小说评论中,进化论也是小说评论的理论依据,有人评论吴趼人的《新石头记》时认为,小说中的"文明""千奇百怪,花样翻新"都有很重要的现实意义,其"循天演之公例……为极文明极进化之20世纪所未有"①。这也是当时的肺腑之言。

  在新旧时间转换的过程中,进化论是其理论依据。杜赞奇对此做过富有创建性的回答,他说:"线性历史……最重要的手段便是进化的叙述结构,它通过历史主体为未来增加了一层稳定感:进化的事物在变化中保持不变。历史主体是一个形而上的统一体,用来对付线性时间经验的困境,即过去与现在的分离以及流动的时间与永恒的时间之间的脱节。"②我们知道,现代性概念来源于欧洲,现代性是一种直线向前、不可重复的时间观念,是一种面向未来的执念。中国原初的天道循环时间几乎没有"现代性"的质素。"人生代代无穷已,江月年年只相似","滚滚长江东逝水,浪花淘尽英雄……青山依旧在,几度夕阳红",时间反复循环,很难与"进步"的新旧时间意识关联起来。

  晚清、"五四"是个重要的转折时期。政治、经济、文化等接连不断的危机冲击着传统的天道轮回时间观,孕育出新旧进化时间观,其中,严复翻译的《天演论》贡献最大。《天演论》是西方的文明成果,代表西方的"先进时间",所以,新旧时间首先表现的是一种时间意识的空间转移。管豹认为,"新旧"有"时、空"上的差异,前者以"现在"为标尺,"过去"为旧而"未来"为新;后者则以中方为旧西方为新。因而,"吾国今日新旧之争,实犹是欧化派与国粹派之争"③,基本属于空间意义的新旧。耿传明也认为,近代先进知识分子把探寻与学习的目标瞄准了代表"先进时间"的西方,即完成了对"时间的空间化"的体认,"中西方的空间性差异开始转换成时间性的历史阶段

---

① 报痴:《说小说》,《月月小说》1906年第2期,第1页。
② 〔美〕杜赞奇:《从民族国家拯救历史——民族主义话语与中国现代史研究》,王宪明译,第29页。
③ 管豹:《新旧之冲突与调和》,《东方杂志》,1920年1月10日。

差异"①。而《天演论》在这场时空意识转变的革新运动中起着关键作用。

受时代意识的影响,晚清、"五四"两代小说家大都接受过进化论思想的洗礼。梁启超曾经说过:"竞争也,进化也,务为优强,勿为劣弱也,凡此诸论……莫不口习之而心营之。"②《天演论》以"世道必进,后胜于今"的进化时间观替换了"天不变,道亦不变"的传统轮回时间观,建立起面向未来的新旧时间观。

《天演论》犹如一场"及时雨",为现代新旧时间观的形成提供了思想动力,它第一次比较系统地"展示了一种统摄历史目的与自然规律于一体的现代时间-历史观",也为民族国家这个历史主体"提供了以线型进步时间——历史大势"作为本体根据的价值定位③,新旧时间成了判断进步/落后的标准。当然,"以进化论思路设计的人类进步仍然要以一往无前的时间之矢(the arrow of time)来对照自身"④,这样,进化的新旧时间观就遮掩了社会演进过程中退化、循环、交错的历史复杂现象,而且有将新与旧、现代与传统简单对峙起来的弊端,但是,进化论毕竟构建起一种新的时代视野和时间意识,促进了中国小说的现代变革。

晚清、"五四"时期,进化论影响深远。"'进化论'在新旧时间观的转换中起了决定性的作用。它不仅是摧毁传统文化时间观的利器,也是新时间观形成的内在依据。"⑤晚清、"五四"时期的小说也是在进化维度中展开其变革行动的。"欲新一国之民,不可不先新一国之小说。故欲新道德,必新小说;欲新宗教,必新小说;欲新政治,必新小说;欲新风俗,必新小说。"⑥晚清"小说革命"的宣言,句句落实在"新"字上。晚清小说改革也是建立在新旧时间观念上的,即使谴责小说也能够依照一种对旧现实彻底否定和批判

---

① 耿传明:《时间意识、现代性与中国文学的古今之变》,《文艺争鸣》2015年第9期,第66页。
② 梁启超:《天演学初祖达尔文之学说及其略传》,梁启超:《饮冰室合集·文集》十三,北京:中华书局,1989年,第12页。
③ 尤西林:《心体与时间:二十世纪中国美学与现代性》,北京:人民出版社,2009年,第28页。
④ 〔奥〕诺沃特尼:《时间:现代与后现代经验》,金梦兰、张网成译,北京:北京师范大学出版社,2011年,第22页。
⑤ 唐晓渡:《时间神话的终结》,《文艺争鸣》1995年第2期,第10页。
⑥ 梁启超:《论小说与群治之关系》,陈平原、夏晓虹编:《二十世纪中国小说理论资料》(第一卷)1897—1916,北京大学出版社,1989年,第33页。

的精神来表达对"新"的追逐。民初小说家大都是期刊编辑,他们也有新旧时间意识。例如,《小说新报》发刊词有"爱情读新装简册,伦理讽旧日文章"之语;《香艳杂志》声称"本编无新旧之偏见";王蕴章主编的《小说月报》以"缀述旧闻,灌输新理,增进常识"作为刊物宗旨;包天笑在《妇女时报》声称该刊"责任"在于"改良恶风俗、发扬旧道德、灌输新知识",其在另一个刊物《小说画报》的"短引"中更是提出了"借材异域求群治之进化"的呼喊声①。当然,清末民初时期的知识分子的时间观还残留着传统的时间意识,而"五四"时期的新旧时间意识更为强烈。例如,茅盾认为,陈独秀的《新青年》到底是一个文化批判的刊物,而新青年社的主要人物也大多数是文化批判者,他们的文学理论的出发点是'新旧思想的冲突'"②。可谓一语中的。

"五四"时期的知识分子对新旧进化时间都有深刻的认知。陈独秀认为,在进化论的时间链条上,欧洲文学思潮由"理想主义再变而为写实主义(realism),更进而为自然主义(naturalism)"③。胡适"以今世历史进化的眼光"把白话文学看成"中国文学之正宗","将来文学必用之利器"④。实际上,"五四"文学的"新"是一个社会历史时间的概念,它与古代文学的"旧"是相对的。并且,"'新'与'旧'以历时性的方式(diachronically)结合在一起,而且前者看起来总像是在向死者召唤一种暧昧的祝福"⑤。鲁迅也曾经回忆在南京水师学堂求学时对《天演论》迷恋的情景,他说,那时候"看新书的风气便流行起来,我也知道了中国有一部书叫《天演论》","一有闲空,就照例地吃侉饼、花生米、辣椒,看《天演论》","一口气读下去,'物竞''天择'也出来了,苏格拉第、柏拉图也出来了,斯多葛也出来了"⑥。总之,转折时期

---

① 期刊发刊词、编辑声明等。如,李定夷:《〈小说新报〉发刊词》,《小说新报》,1915 年;均卿:《新彤史》,《香艳杂志》,1915 年;《编辑室之谈话》,《妇女时报》1916 年第 18 期;包天笑:《〈小说画报〉短引》,《小说画报》,1917 年。
② 茅盾:《导言》,《中国新文学大系·小说一集》,上海:上海良友图书印刷有限公司,1935 年,第 2 页。
③ 陈独秀:《现代欧洲文艺史谭》,《青年杂志》,1915 年 11 月 15 日。
④ 胡适:《文学改良刍议》,《新青年》,1917 年 1 月 1 日。
⑤ 〔美〕本尼迪克特·安德森:《想象的共同体:民族主义的起源与散布》,吴叡人译,上海:上海人民出版社,2001 年,第 183 页。
⑥ 鲁迅:《鲁迅全集》第 2 卷,北京:人民文学出版社,2005 年,第 305—306 页。

的知识分子都有"求新"意识,也都具有"唯新主义"思想,"不管是胡适对白话正宗地位的论说,还是陈独秀对欧洲文学变迁态势的描述,都是放在了进化论的杠杆上","进化论框架下衍生出来的'新'与'旧',已经由两个原本中性的词演变为具有鲜明价值评判色彩的语汇,表达着进化与进步的意义指向"①。今天,我们对进化论也许不是特别地笃信,但是,处在现代转折阶段的晚清、"五四"知识分子对进化论却深信不疑,他们大都有很强烈的新旧时间意识。

二、新旧时间:过去、现在和未来

到底什么是新旧时间?新旧时间是以"进化"为人类社会的发展维度,将历史划分为过去、现在和未来三个连续的时间段,过去负载着落后和黑暗,反叛过去也就是"斥旧迎新";未来代表光明和希望,面向未来也就是"求新"。正因为如此,"理解时间意义的全部困难就在于理解过去、现在和未来的关系"②。新旧时间观的问题很复杂,其与时代密切关联,也与人们心中的现代化焦虑密切相关,政治革新、文化革新、思想革新,处于转折时期的人们在焦躁不安、迟疑不决中迎接一个个"新时代"。

彼得·奥斯本认为,"有意识的弃绝历史性现在本身,把它当作不断变化的过去和仍不确定的未来之间的永恒过渡这样一个正在消逝的点,换句话说,现在就是持续和永恒的同一"③。奥斯本把"现在"作为"过去"与"未来"之间的中介点,并且突出"现在"时间的独立意义,这样,很自然地把"过去"的"旧"与"将来"的"新"做了区分。

王一川认为:"进化论为新,为未来许诺和提供了价值、权力、崇拜与合

---

① 张宝明、褚金勇:《"唯新主义"与中国现代文学的发生》,《河北学刊》2011年第4期,第120页。
② 〔加〕埃利奥特·贾克斯:《时间之谜》,〔英〕约翰·哈萨德编:《时间社会学》,朱红文、李捷译,北京:北京师范大学出版社,2009年,第4页。
③ 〔英〕彼得·奥斯本:《时间的政治——现代性与先锋》,王志宏译,北京:商务印书馆,2004年,第31页。

法性。"①这一"未来性时间取向"与传统的"过去性时间取向"截然不同。因为,"过去"是传统时间的核心,人类一直从"过去"时间获取生存的意义,也以"过去"来评判社会发展的程度。在一个农耕社会里,老人比青年更有优势,老人身上蕴藏着"祖先所遗留的智慧与经验的库藏",因此,"权威常在老人手中",近代以前的"中国成为一'老人取向'的社会"②。黑格尔也曾经说过:"这个时代是一个新时期的降生和过渡的时代……成长着的精神也是慢慢地静悄悄地向着它新的形态发展,一块一块地拆除了它旧有的世界结构。"③黑格尔认为,这个时代正处于过去已经过去、未来尚未到来的过渡时期。但无论如何,具有现代品格的新旧时间已经到来,并且,人们也在不断地从"未来"时间挖掘意义,去构建人类新的时间体验。也就是说,与"向后看"不同,现代时间是一种"未来性取向"。

现代时间"不同于古代一般意义上的新变,而是明确设定了时间的前方模式",其"重心在于'未来'","现在是对于将来的一种开创,历史因为可以展示将来而具有了新的意义"④。现在是为未来的进步打基础,现在的价值意义必须经由对未来的超前想象才能得到确证,这就是现代的新旧时间意识。随着科技的发展进步,人们对"未来"的预测更为乐观,都在憧憬着美好的未来。

新旧时间是一种现代性时间。汪晖认为,现代性"首先是一种时间意识,或者说是一种直线向前、不可重复的历史时间意识,一种与循环的、轮回的或者神话式的时间认识框架完全相反的历史观"⑤。现代性形成了一种特定的时间感知方式:以西历为时间的标准,包含着时间向未来无限伸展的认知。当然,面向未来的生活并不是同质性的无限延伸,但是,在中国现

---

① 王一川:《文学革命:进化文学史观》,《涪陵师专学报》1999年第4期,第3页。
② 金耀基:《从传统到现代》,北京:中国人民大学出版社,1999年,第12页。
③〔德〕黑格尔:《精神现象学》上卷,贺麟、王玖兴译,北京,商务印书馆,1979年,第6—7页。
④ 此类成果有:詹冬华、占淑荣:《中国古代趋新派文变观中的时间之维——兼与现代进化论文学史观之比较》,《江西师范大学学报》2005第4期,第45页;尤西林:《现代性与时间》,《学术月刊》2003年第8期,第23—24页;李欧梵:《中国现代文学与现代性十讲》,上海:复旦大学出版社,2002年,第5页。
⑤ 汪晖:《韦伯与中国的现代性问题》,王晓明主编:《批评空间的开创:二十世纪中国文学研究》,上海:东方出版中心,1998年,第2页。

第三章 新旧时间与中国小说的现代转型

代社会转型时期的晚清、"五四",先觉者们对这种未来趋向的时间观念的进步性充满着无限的信任,并由此建构了一种过去、现在、未来的目的论史观,换言之,现代是"一个为未来而生存的时代,一个向未来的'新'敞开的时代"①。新旧时间是关于现代性的宏大理论建构的基础。问题是,现代性在中国的"安家落户"始终伴随着列强国家的入侵,这种对自身现代化落后的焦虑必然演绎出种种向往未来、持续进步的时间意识。

上文比较全面论述了晚清、"五四"小说家都有进化论思想,有新旧时间意识。根据刘永文编的《晚清小说目录》统计的数据,可以发现第一篇以"新"命名的小说是署名"饮冰室主人"撰写的小说《新罗马传奇》,发表在《新民丛报》第十号至第五十六号上,首载时间是1902年6月20日,而1902年到1910年这个期间《晚清小说目录》收录了以"新"命名的小说多达170篇,这一数字仅仅包括很少的几篇译文小说②。这一数据说明了进化理念下的《新中国未来记》《新石头记》《新纪元》《新年梦》等"新式小说"书写着小说家们对未来时间的热情与渴望。但是,受时代环境及文学自身演变的局限,小说家的新旧时间意识与文本表述出现了悖离。具体言之,第一,时代没有给小说家提供足够的"面向未来"的驱动力,小说家看不到希望,即使意识到危机重重,也无法突围"铁屋子";第二,小说新旧时间书写一定程度上借鉴了外国未来小说的写法,但中外境况明显不同,照搬照抄肯定不行,而中国古典小说又无法提供多少可供借鉴的写作资源。所以,作为过渡时期的晚清、"五四"小说对新旧时间的书写都不成熟,还处于摸索阶段。一般来说,小说现代转型中的新旧时间观念主要有两个时间面向,一个时间面向是晚清、"五四"小说作者或书中人物所持的进步时间观念,另一个时间面向是小说叙事艺术层面上的进步时间意识,两个时间面向有一定程度上的视域融合。本节侧重于对作者或书中人物所持的进步时间观念进行梳理、阐述,进而涉及一点叙事艺术上的时间面向。

---

① 汪晖:《韦伯与中国的现代性问题》,王晓明主编:《批评空间的开创:二十世纪中国文学研究》,第4页。
② 刘永文编:《晚清小说目录》,上海:上海古籍出版社,2008年,第7—391页。

三、晚清小说:"白日梦"与分离式的新旧时间

从小说的时间结构上看,晚清小说的过去时间与未来时间往往相互分离,单独呈现,没有过程感,只是出现一个"过去"或"未来"的空间。正如许纪霖所说:"时间的河谷出现了断裂,人们恰恰被抛弃在无可依傍的断层空间。"① 可以说,处在一个新旧杂陈、中外对峙时代的晚清小说家都有求新的意识,但他们在小说中的新旧时间的表诉却截然不同。谴责小说家痛快淋漓地暴露晚清官员的虚伪无耻和道德沦丧,控诉的是旧的文化价值观失落的现实,面对的是罪恶的过去或现在;政治小说家则抛弃陈旧的过去或现在,迎接崭新的未来。简而言之,晚清小说家都很难把新旧放置在时间线上做出符合现实、符合逻辑的推演,即使有点过程感也只是顿悟式的新旧转换,显得突兀而又牵强附会。

(一) 从野蛮到文明的新旧转化

在线性时间链条上,晚清先觉者们大都把新旧进化时间看成从野蛮到文明的转化。早在义和团"杀洋人,毁教堂"的时候,麦孟华在《清议报》上就说过:"排外之道有二,野蛮人之排外,排以腕力;文明人之排外,排以心力"②,这与陈天华《警世钟》中的"野蛮排外""文明排外"所做的区分是一样的,与邹容的《革命军》中的"文明革命""野蛮革命"也基本一致。另外,《东欧女豪杰》《文明小史》《苦学生》《乌托邦游记》《虞初今语·人肉楼》《新石头记》《中国进化小史》等晚清小说也都提出"野蛮""文明"的界分。在小说《东欧女豪杰》中,作者认为,"论那天演公理","使尽把世界上文明的大敌都扫清了",才能够进步,但是,"政府严办会党……说自由的,都被杀逐",以至

---

① 许纪霖:《无穷的困惑:黄炎培、张君劢与现代中国》,北京:生活·读书·新知三联书店,1988年,第1页。
② 麦孟华:《排外评议》,梁启超编:《清议报全编》第二卷,海口:新民社,1901年,第1—4页。

于,"野蛮政府,在今日开明之世,是有一无二的了"①。可见,文明、野蛮既是二元对立的,也是新旧时间转化的依据。

显然,野蛮/文明这种当时流行的时间界分源于西方的文明标准,实际上也是一种空间上的时间界分。并且,时人按照这种标准很容易看到:中国人在时间上是落后于西方的,并且,也深信中国人在时间上是可以追赶上西方的。例如,仅有两回的"未竟之作"《中国进化小史》论述了文明与野蛮的"人民"与"国度"是可以随着时间"进化"的,"世界上没有不进化的人民,没有不进化的国度……要晓得进步是由野蛮而之文明,进化是由今天到了明天"②。与之相似,蔡元培的小说《新年梦》也展望了未来黄种人战胜了白种人的乐观愿景,畅想着中国人会从野蛮逃离出来,并且,能够比西方更文明、更进步,因为,"新年了,到新世界了"③。

但是,晚清的谴责小说家对中国的现状却不乐观,他们通过比较,认为"我汉族对于蒙古、满洲、苗、瑶自然是文明的,对于欧美各国又是野蛮的",如果"不力求进步,使文明与欧美并驾齐驱",肯定会亡国"灭种",因为,"中国,一大死海也……自甲午以来,创深痛巨,二、三志士奔走号呼,亦已口瘏心瘁矣"④。这和李伯元《文明小史》的开头所写到的湖南永顺府是一样的"野蛮",在这个"苗汉杂处,民俗浑噩",上古朴陋的地方,"虽说军兴以来,勋臣阀阅,焜耀一时,却都散布在长沙、岳州几府之间,永顺僻处边陲,却未沾染得到"。所以,小说人物姚老先生认为:"民风保守,已到极点,不能革旧,焉望生新?"改革只能够多用些"水磨工夫,叫他们潜移默化,断不可操切从事,以致打草惊蛇,反为不美……以愚兄所见,我们中国大局,将来有得反复哩!"《文明小史》第一回批注者也持这种观点:"书曰文明,却从极顽固地方下手,以见变野蛮为文明,甚非易事。"⑤这些观点在亟需变革的时代确实有

---

① 岭南羽衣女士:《东欧女豪杰》,董文成、李勤学主编:《中国近代珍稀本小说·玖》,沈阳:春风文艺出版社,1997 年,第 397—405 页。
② 燕市狗屠:《中国进化小史》,章培恒等编:《中国近代小说大系》,南昌:江西人民出版社,1988 年,第 1—5 页。
③ 高平叔编:《蔡元培全集》第一卷(1883—1909),北京:中华书局,1984 年,第 242 页。
④ 郅志选注:《猛回头:陈天华邹容集》,沈阳:辽宁人民出版社,1994 年,第 22—88 页。
⑤ 李伯元:《文明小史》,章培恒等编:《中国近代小说大系》,第 3—9 页。

些不合时宜,结合中国现当代的改革、革命史,却是一种深远的预见。一方面,处于"千年所未有之巨劫奇变"的危险时刻,各类人物都意识到中国必须除旧布新,进行改革。例如,李伯元意识到他处在"黑暗和光明的交替处",处在"动乱的时代",所以,他要把现实"无情地揭露出来,希望能为改进的一助",从"朴陋"的湖南开场,是为了"要先写一个守旧的地方,以与维新的湖北、上海各处相对照"①。这样看来,李氏有依据进化论思想来构置小说的潜意识。安德鲁·琼斯认为,进化论虽然还不是"一个精确的术语",还"不足以表述发生在19世纪末20世纪初那不均衡的、复杂的并精微如毛细血管般的对社会科学与大众话语的渗透现象……这种思想的关键,便是其对于发展式叙事的确信。在这种叙事中……个人与国家一样,都被假定为是沿着一条连续的线索从'野蛮'向'文明'前进着"②。这是高明的看法。也许,在今天我们会对这种从野蛮到文明的新旧时间转化提出种种质疑,但当时的小说家们是深信不疑的。

当然,有些晚清小说家对野蛮、文明的理解有自己的看法,甚至,对"假文明者"充满愤慨。萧然郁生在科幻小说《乌托邦游记》中写道:"看见英国名士赫胥黎的《天演论》,也提起'乌托邦'三字,我便信以为真,记在心里,终日郁郁不乐。我自忖道:……文明的不过一个文明的面子,总道自己是文明的国民,看着别人都是野蛮,我暗暗的去侦探他们,哪知这文明国民,所作为的都是野蛮,不过能够行他的诈伪手段,强硬手段,就从此得了个文明的名声。那野蛮的不必说了。总之能够侵夺别人欺侮别人的,都是文明;被人家侵夺,被人家欺侮的,都是野蛮……所以我想游乌托邦的心愈热,志愈决。"③从这段文字可以看到:作者是按照《天演论》的进化时间来思考社会发展的,而社会、历史进化是依据野蛮到文明的新旧转化的。只不过,小说家对当前"侵略者文明、被侵略者野蛮"的看法非常愤怒、不满,所以要寻找

---

① 阿英:《晚清小说史》,北京:东方出版社,1996年,第11—15页。
② 〔美〕安德鲁·琼斯:《鲁迅及其晚清进化模式的历险小说》,王敦、李之华译,《现代中文学刊》2012年第2期,第10页。
③ 萧然郁生:《乌托邦游记》,于润琦主编,于润琦点校:《清末民初小说书系·科学卷》,北京:中国文联出版公司,1997年,第75页。

"乌托邦"——一个理想中的"文明"天堂。吴趼人也在小说《新石头记》写了贾宝玉从"野蛮社会"进入了"文明境界"的社会进化过程,通过贾宝玉对各种社会现象的深入研究,他发现,晚清的中国虽然已经有种种"文明"的表象,却仍然是那样的野蛮,不进步。而问题的症结是官场的极其腐败,"官场最恨的是新党,只要你带点新气,他便要想你的法子"。贾宝玉想起"自己在大荒山青埂峰下,清静了若干年,无端的要尝我那补天志愿,因此走了出来。却不道走到京里,遭了拳匪,走到这里,遇了这事,怪不得说是'野蛮之国',又怪得说是'黑暗世界'"。贾宝玉经历了种种磨难,下决心要寻找真正的"文明境界"。李伯元的《官场现形记》也是一样,小说的结尾暗示作者原计划写一百二十回,但只写了五十多回就死了,六十回的最后几回还是欧阳巨源续作的。针对这部"未尽之作",李伯元"夫子自道"地认为:"未作《官场现形记》之先,觉胸中有无限蕴蓄,可以藉此发纾。造一涉笔,又觉描绘世情,不能尽肖,颇自愧阅历未广。倘再阅十年而有所撰述,或可免此病矣。"①李伯元认为小说《官场现形记》有"此病",但"病"在何处?李伯元没有说,可以根据欧阳巨源续作的最后一回推之一二。小说结尾小说人物甄阁学的哥哥梦到一部教科书,查了半天,这部书,只剩得上半部。"前半部方是指摘他们做官的坏处,好叫他们读了知过必改;后半部方是教导他们做官的法子。"②很显然,由于受时代的局限,他把国家不能够新旧转化的原因仅仅归咎于官场的腐败,这肯定是很偏执的,但在这种执念中却有新旧进化思想。具体地说,李伯元等晚清谴责小说家认为,在新旧时间转化的过程中,腐败的官场是新旧历史转化的障碍,而改造好官场,野蛮的官场变成了文明的官场,社会也自然就进步了。这是很朴实的新旧进化思想,也是当时救治民族国家的一种方法。

根治官场、深化政治体制改革是当时提出的野蛮变文明的一条路径,"教育兴国"也同样是野蛮变文明的一条变革路径。例如,小说《学堂笑话》③(又名《学堂现形记》)按照谴责小说的理路去构思,表达了"教育兴国"

---

① 周钧韬:《中国通俗小说家评传》,郑州:中州古籍出版社,1993年,第393页。
② 李伯元:《官场现形记》,章培恒等编:《中国近代小说大系》,第1022页。
③ 老林:《学堂笑话》,上海:改良小说社,1909年,第1—6页。

的进化理念,把新旧时间的转化寄托于教育界的改革,他们认为:"何惧乎? 惧中国方在过渡时代,学务萌芽,栽之培之以底于成,庶人才日出,挽狂澜于既倒。何物怪物?乘此学务方兴之际为营私图利之地,演出种种怪现象……何喜乎?喜我中国尚有人在,求真学问、扫怪现象,大放学界光明。急起直追竟能慑服列强,使中国能有富强之一日。"很显然,作者把学界也当成"官场"加以谴责了,并且,也意识到社会进化的时间方向。这类教育小说很多,大都集中于中国传统的旧观念和新思想的矛盾。可惜的是,他们对新的政治走向还不太清晰,只能通过小说描绘种种"怪现状","为着暴露,为着寻找出路而出现的新与旧的矛盾斗争关系",其中最主要的是,"为着有话说,要说话,中国要亡了,有爱国心肠的人,不能不大声疾呼"①。例如,小说《学究新谈》《未来教育史》和《学界镜》是其中的代表作,这些小说无一例外地描述了从野蛮到文明这一新旧时间转换主题。

(二)"白日梦"对新旧时间的缓冲

在晚清小说中,在新旧时间的链条上,野蛮的意象是清楚的,小说家对中国的过去(旧)认识得很清楚,对民族国家的未来(新)却是模糊的。谴责小说重在暴露中国的"旧",对中国的"新"没有提出多少未来规划及可行性方案;政治小说与谴责小说形成补充,它重在想象中国的"新"(乌托邦)。而政治小说对民族国家"新"的想象大都是依据西方发达国家为模板而进行的科学幻想,有一定的现实基础,但缺少推理演绎的逻辑性。也就是说,千疮百孔的野蛮落后的旧中国如何能够踏进国泰民安的文明进步的"乌托邦"?似乎很难找到一个合理的解释。面对这种野蛮与文明、旧与新的时间断裂,晚清小说家找到了"白日梦"这个时间中介。处在过去(旧)时间的主人公会"黄粱一梦",然后进入未来(新)的时间轨道上。

"白日梦"是虚幻的,但也有一定的现实依据,"日有所思"才能"夜有所梦"。赵汀阳说:"白日梦是故意做的清醒梦,也就是梦想","梦想是对某种现实的不认可,它表达的不是'世界是这样的',而是'世界必须是这样的',

---

① 阿英:《小说三谈》,上海:上海古籍出版社,1979年,第19页。

同时也就意味着'世界不应该是那样的',这样它就成为一个引导社会行为的政治规划",也可以说,"社会理想、乌托邦或者社会制度设计就是最大的梦想"①。在小说中出现梦境是很正常的,在中国古代小说中就有大量梦境的描绘,这些梦境对于情节设置、人物心理以及小说艺术的构造等都具有调适功能。随着中国小说的现代转型,小说逐渐"向内转","梦"在小说中的表现更加丰富多彩。在晚清的小说中,"梦的社会性,则是对未来社会建制的一种理想性表达,人们把这样的梦境叫做'白日梦'……文学中的'乌托邦'被认为是典型的'白日梦'。而就文学社会性的'白日梦'而言,其幻想性常常是推动社会和历史前进的一种力量"②。但不可忘记"白日梦"的虚幻性,因为"梦是一个(受压制的或被压抑的)欲望的(伪装的)满足"③。当然,我们在这里不是想揭示晚清政治小说所展现的美好的未来,而是重点强调一些小说中用梦链接过去与未来、"旧"与"新"所展现的时间的虚幻性,也就是从野蛮到文明、从"旧"到"新"的时间进化过程中所展现出的虚幻性,其"白日梦"书写的现实依据不充分。

用"白日梦"链接过去与未来的写法大都是借鉴小说《回顾:2000—1887》的写法。《回顾:2000—1887》译介到中国题为《回头看纪略》,后改名为《百年一觉》。《回头看纪略》从1891年在《万国公报》连载,"由于《万国公报》和广学会出版的书籍都是当时先进知识分子渴欲一睹的书刊"④,小说在当时极受欢迎,这在"很大程度上与19世纪末叶深受经济危机频繁震荡的人们企盼社会变革的愿望有关"⑤。这正如康有为的《大同书》所说:"《百年一觉》……是大同的影子。"⑥晚清小说家也都和康有为一样把《百年一觉》当做一部政论,而很少看成小说,他们在民族国家危机的时刻被《百年一

---

① 赵汀阳:《美国梦、欧洲梦和中国梦》,乐黛云:《跨文化对话》第18辑,南京:江苏人民出版社,2006年,第143—161页。
② 高鸿:《探寻晚清的"中国梦"——晚清政治小说〈新中国未来记〉的法律想象和审美价值》,《学海》2013年第5期,第194页。
③ 〔奥〕弗洛伊德:《释梦》,北京:商务印书馆,1996年,第157—158页。
④ 袁进:《中国小说的近代变革》,北京:中国社会科学出版社,1992年,第56页。
⑤ 宋师亮:《论晚清政治小说中的乌托邦叙事》,《渤海大学学报(哲学社会科学版)》2010年第1期,第72页。
⑥ 方志钦、王杰:《康有为与近代文化》,郑州:河南大学出版社,2006年,第154页。

觉》中的乌托邦意象所吸引,这样的理想社会正是晚清先觉者们梦寐以求的,晚清乌托邦小说借鉴了《百年一觉》的写法也成了很自然的事情。尤其是,在晚清乌托邦小说中都有一个大致的情节:"我""忽然瞪目一看,自己恰睡在李医生家的床上,外面已经天亮了,我方才知道回到十九世纪的,恰是一梦,这二十世纪恰是真的"①。小说主人公威士在时间中穿越,有点庄生梦蝶的感觉。但这样一个"白日梦"链接了时间的过去与未来,使新旧时间的过渡顺其自然,增强了小说情节设置的合理性,同时也给故事增添了虚幻感,必定是一个"白日梦"而已。

晚清政治小说多采用这种"白日梦"的写法叙述未来,铺展故事。这些政治小说虚构的乌托邦社会,和《百年一觉》讲述的思想与方法如出一辙。如《大同书》所借鉴资源,"一个是中国传统的大同理想,另一个便是西方输入的空想社会主义思想"②。李伯元的《官场现形记》、梁启超的《新中国未来记》、吴汝澄的《痴人说梦》、陆士谔的《新中国》、碧荷馆主人的《新纪元》等小说都多多少少受到《百年一觉》的影响。

晚清的政治小说确实给焦灼无助的先觉者提供了想象未来的动力。华裔学者叶凯蒂认为,"政治小说总是关乎未来。即使它批评当下,也总是包含着对未来的憧憬。它预设了一个国家的发展方向"③。《新中国未来记》对六十年后社会的乌托邦想象,预示了中国前进的新的时间方向。这部"未完成"小说"在叙事时间上呈现了一种'跨越式'的表现,文本叙事上'半途而废'的《新中国未来记》,在故事时间上有过去、有未来,但在完成的过程却来了个'紧急刹车','丢失'了由旧转新这个重要过程"④。这是问题的关键,乌托邦小说在想象未来的时候必须处理好新旧时间的转化。那么,如何转化呢?引入"白日梦"。很多晚清小说(包括谴责小说)借鉴了这种写法。比如:

---

① 〔美〕爱德华·贝拉米:《回头看》,《说部丛书》第二十编,上海:商务印书馆,1914年,第144页。
② 熊月之:《西学东渐与晚清社会》,北京:中国人民大学出版社,2011年,第322页。
③ 季进:《"政治小说"的跨界研究——叶凯蒂访谈录》,《另一种声音:海外汉学访谈录》,上海:复旦大学出版社,2011年,第158页。
④ 陈天华:《狮子吼·楔子》,董文成、李勤学主编:《中国近代珍稀本小说·玖》,沈阳:春风文艺出版社,1997年,第196页。

甄阁学看了诧异忙问:"大哥怎么样?"只见他回道:"我刚才似乎做梦,梦见走到一座深山里面。这山上豺、狼、虎、豹,样样都有,见了人,恨不得一口就吞下去的样子……我心上想:'我如今同这一班畜生在一块,终究不是个事。'又想跳出树林子去。无奈遍山遍地,都是这班畜生的世界,又实在跳不出去。想来想去,只好定了心,闭着眼睛,另外生主意。正在这个档口,不提防大吼一声,顿时天崩地裂一般。这时候我早已吓昏了,并不晓得我这个人是生是死。恍恍惚惚的,一睁眼忽然又换了一个世界,不但先前那一班畜生一个不见……我梦里所到的地方,竟是一片康庄大道,马来车往,络绎不绝,竟同上海大马路一个样子。我此时顺着脚向东走去,不知不觉,走到一个所在,乃是一所极高大的洋房,很高的台阶。一头走,一头数台阶,足足有一十八级……"①

精神已倦,遂在椅上睡去了……原来此山有一只大狮,睡了多年,因此虎狼横行;被我这一号,遂号醒来了,翻身起来大吼一声。那些虎狼,不要命的走了。山风忽起,那狮追风逐电似的,追那些虎狼去了……转眼又不是山中,乃是一个极大都会,街广十丈,都是白石,洁净无尘;屋宇皆是七层,十二分的华美;街上的电汽车,往来如织;半空中修着铁桥,在上行走火车,底下又穿着地洞,也有火车行走。讲不尽富贵繁华,说不尽奇丽巧妙。心中想道:"这是什么地方?恐怕伦敦、巴黎,也没有这样。"又到一个大会场,大书"光复五十年纪念会"。②

("我")刚合上眼,只见外面走进一个人来……我就同着女士,走出门去。到马路上一瞧,不觉大惊,但见世界换了个样子……见马路中站岗的英捕、印捕,一个都不见,就是华捕,也都换了服式,都

---

① 李伯元:《官场现形记》,章培恒等编:《中国近代小说大系》,第 1019—1021 页。
② 陈天华:《狮子吼》,董文成、李勤学主编:《中国近代珍稀本小说·玖》,第 9—10 页。

穿着中国警察号衣,不像从前,戴着红纬大帽,穿着青呢号衫了⋯⋯女士笑道:"你怎么一睡就睡得糊涂了!现在,治外法权已经收回,外国人侨寓在吾国的,一例遵守吾国的法律,听从吾国官吏的约束。"我骇道:"行了已三十多年么?今年是什么年?"女士道:"怎么,你连年份都会忘记了?今年是宣统四十三年——庚寅岁呢!"我道:"岂有此理,岂有此理!哪有这样快的日子!"⋯⋯我道:"我与你不是都在梦里么?"女士道:"你疑是梦,你才在梦里呢!"⋯⋯①

我想乌托邦总不如此,所以我想游乌托邦的心愈热,志愈决;然而乌托邦在哪里,世界上也没有晓得乌托邦的人,世界上也没有遇着,怎样去法,我总想不出来。这日我想得过于困倦,不觉昏昏睡去。忽而背后来了一人,把我的肩上一拍道:"你要到乌托邦去么?你除非到何有乡乘船,方才好去。"我听了吓了一跳。我就信步出门,从那人同去。②

以上摘自《官场现形记》《狮子吼》《新中国》和《乌托邦游记》里面的"白日梦"片段都是新旧时间的过渡情节,由此人物由过去走向未来。正如陆贞雄(陆士谔之孙)说:"在《新中国》这部小说内,我的祖父以'梦'为载体,描绘了自己所憧憬的理想社会:上海浦东正在召开世博会('万国博览会'),中外游客都到上海来,为解决'过江难'和'乘车难'的矛盾,上海建起了地铁('地下电车')、越江隧道和浦江大桥。"温家宝在 2009 年世博国际论坛上也说道:"1910 年,一位叫陆士谔的青年创作了幻想小说《新中国》,虚构了一百年后在上海浦东举办万国博览会的情景。"③无独有偶,在吴趼人《新石头记》也有"白日梦"的写法。小说写道:贾宝玉在大荒山青埂峰下苦修,"不知过了几世几劫,总是心如槁木死灰,视千百年如一日"(第一回);焙茗在一

---

① 陆士谔:《新中国》,北京:九州出版社,2010 年,第 5—7 页。
② 萧然郁生:《乌托邦游记》,于润琦主编,于润琦点校:《清末民初小说书系·科学卷》,第 75 页。
③ 陆士谔:《新中国(节选)》,《北京文学·中篇小说月报》2010 年第 5 期,第 131 页。

座道观里,一睡不醒;薛蟠则是和朋友们逛陶然亭,吃醉了酒,就在那里睡到了 20 世纪。这些都是借助"白日梦"进行快速的时间转换。尤其在小说最后一回,借写宝玉的一场"白日梦"重返上海,崭新的未来世界呈现眼前:中国摆脱了帝国主义的侵略,收回了"治外法权",经济繁荣,各地大力开办商场,建设了无数的工厂,一篇和平气象。这与《新中国》的乌托邦想象是一样的。

如果吴趼人的《二十年目睹之怪现状》只是罗列了社会上种种"怪现状",没有谋划出救亡图存的可实施方案,那么《新石头记》则在前半部描述了过去的中国旧社会,后半部畅想了几十年后的未来世界,用"白日梦"链接起了新旧时间,还是很有积极意义的。换一句话说,"前半部是作者认识到的当时的社会现实,后半部是作者想象中的理想世界的刍形,它集中地展现了吴趼人对救亡图存的考虑"。因此,《新石头记》对于我们研究吴趼人的政治理想有着不可替代的价值和意义"[1]。这种"白日梦"新旧时间叙事也可以在《学究新谈》中发现,小说通过夏仰西的一个梦境想象了一幅理想的图景:在泰平乡里全面实行了义务教育,办起了小学堂,"一里地内,随便那家的小孩子,都可以进去读得书,不要学费","学生早半天放牛,下半天去读书"(第四回)。在总学堂里,操场上活跃着学生打秋千、盘杆子的身影,科学馆里,有各种供学生进行机械、电学、声学学习的先进设备(第五回)。这部小说用"白日梦"暂时实现了"教育救国"的乌托邦想象。

很显然,这种借助"白日梦"载渡新旧时间的写法只能够有限缓解新旧时间的断裂。王德威先生论述道:"乌托邦式的科学幻想,可把一个失败的国族空间投置在乌有乡中,重新构建其合法与合理性。"[2]这种难度是很大的。安德鲁·琼斯认为:"吴趼人的文本围绕着进化思想的核心悖论,特别是围绕着关于'文明'与'野蛮'的时空二元进行建构,他的文本试图在历史必然性的铁律之外幻想出一个未来,却被自己叙事逻辑的形式矛盾所粗暴地惊醒。"[3]正如詹明信(Jameson)指出的,这些叙事倾向,仍然无法逍遥于

---

[1] 〔韩〕南敏洙:《〈新石头记〉初探》,《东岳论丛》1999 年第 1 期,第 91 页。
[2] 王德威:《被压抑的现代性——晚清小说新论》,北京大学出版社,2005 年,第 309 页。
[3] 〔美〕安德鲁·琼斯:《鲁迅及其晚清进化模式的历险小说》,王敦、李之华译,《现代中文学刊》2012 年第 2 期,第 12 页。

历史因果律的线索之外。这就是说,作者固然能轻易通过制造叙事断裂来炮制一个截然不同的未来,固然"这个断裂……确保了新乌托邦的激进的与现存社会的不同",但"悖论在于,如何解释作者是身在现存的社会资源里想象出如此迥异的乌托邦来?"换言之,如何才可能做到,既成功达成了一个历史转型的完成,又成功挑衅或至少搁置了那被认为是统驭历史转变的进化论式法则和详细过程? 这个逻辑上的死胡同,常常导致不完整或断裂的叙事,或导致乌托邦叙事自身走向土崩瓦解——它无法承受自身的形式及意识形态上的断裂[①]。所以说,晚清小说的新旧时间叙事仍然是分离式的,无法完成新旧时间的现代转型。

四、"五四"小说:"梦醒了无路可走"与残缺的新旧时间

学界一般会把清末民初连在一起加以论述,实际上,在新旧时间的意识上民初小说家与"五四""新文学"家更接近。民初小说家相对于晚清"新小说"家有某种历史的退步,但民初小说家的新旧认识却有一定的进步性。一直以来,辛亥革命在中国近现代文学史中所起的作用有所忽视,应该说,辛亥革命在中国文学转型中所起的作用,特别是在中国小说的新旧时间叙事形成、转化的过程中所起的作用并不比"五四"新文化运动的作用小。因为,晚清"新小说"家们面对民族危机四伏仍然有极大的政治热情,畅想未来,而民初、"五四"小说家们面对辛亥革命下的新的民主共和国,越来越陷入时间的困境,无路可走。不可否认的是,受时代变迁的影响,民初、"五四"时期的作家思想越来越现代,但辛亥革命的失败却带来了新的创伤,使他们对时代更加焦虑,故而他们在小说中的新旧时间意识与晚清作家明显不同。

晚清到民初、"五四",新旧时间叙事有了新的转化:第一,从社会的新旧变迁到人的新旧成长;第二,新旧时间叙事模式更加完整,只是对未来的想象不足;第三,新旧时间意识更明确和强烈。而"五四"和民初的新旧时间

[①] 〔美〕安德鲁·琼斯:《鲁迅及其晚清进化模式的历险小说》,王敦、李之华译,《现代中文学刊》2012 年第 2 期,第 25 页。

叙事也有些区别,大致来说,"五四"的新旧时间意识更强烈;更为重要的是,虽然两个时期都是从民族国家的新旧时间转到人的新旧时间上来,但是,民初小说回到世俗言情中,人的现代性很大程度上被消解掉了,甚至沦落到退步的境地,相对来说,"五四""新文学"家要积极得多,要比民初小说家进步。其实,从深层次上看,民初小说世俗"人"的发现是"五四""人学"的基础,有不可否认的文学史意义。当然,"五四"的新旧时间叙事比民初更典型,所以,下文只选择"五四"小说来阐述这一时期的新旧时间特征。

"五四"小说的新旧时间叙事根源于辛亥革命所带来的历史困境。因为,民主共和国建立之后,新生的"民族国家"并没有按照晚清先觉者们的"乌托邦"设想发展,希望很快破灭了,人们对政治极度失望,也很忧虑。如果说,晚清先觉者们还可以满腔热情地设计各种"乌托邦"建国方案,完成各种形形色色的"梦想",那么,辛亥革命之后,面对如此复杂的民国现实,想要改弦更张、重新筹划未来,几乎没有可能。基于此,李大钊在《隐忧篇》中展露了他对新民国的"忧心忡忡":"其扶摇飘荡,如敝舟深泛溟洋,上有风雨之摧淋,下有狂涛之荡激,尺移寸度,原望其有彼岸之可达,乃迟迟数月,固犹在惶恐滩中也。"①鲁迅也说:"历史上都写着中国的灵魂,指示着将来的命运……试将记五代,南宋,明末的事情的,和现今的状况一比较,就当惊心动魄于何其相似之甚,仿佛时间的流驶,独与我们中国无关。现在的中华民国也还是五代,是宋末,是明季。"②鲁迅似乎有点偏执,却不无道理;鲁迅把民国看成旧历史的轮回确实有点过分,却符合他非常复杂的"五四情绪"——梦醒了无路可走。

如果说,晚清小说是用"白日梦"链接新旧时间,缝合"过去"与"未来",以便形成一个看似连贯的进化时间线;那么,"五四"小说却无法呈现新的时间——未来,只有用"梦"迷醉自己,却又是醒着的,因为"五四"先觉者对新旧时间的体悟更为强烈。茅盾说:"新文学就是进化的文学。"③可谓一针见血。"五四"小说家坚信不断进化的时间的前方必然有光明的未来,只是这

---

① 李大钊:《隐忧篇》,《李大钊文集》上,北京:人民出版社,1984年,第1页。
② 鲁迅:《鲁迅全集》第3卷,北京:北京日报出版社(原同心出版社),2014年,第10页。
③ 冰(茅盾):《新旧文学平议之评议》,《小说月报》,1920年1月25日。

种新的未来被复杂的现实"搁浅",暂时还找不到新的时间方向。他们也知道,在进化的新旧时间向度上,过去代表着"落后",将来代表着"进步"。这种新旧时间意识在鲁迅早期的《中国地质略论》《人之历史》等文中已经有所表述。在给周作人的一封信中,他说:"大学无甚事,新旧冲突事。"①这句话表明:第一,"五四"时期的鲁迅是用新旧观念看待问题的;第二,大学中的知识分子也都有界限分明的新旧观念。问题是,具有强烈新旧时间意识的鲁迅在思想中偶尔也会有消极情绪,但他一直对未来抱有信心,他说:"'将来'这回事,虽然不能知道情形怎样,但有是一定会有的,就是一定会到来的,所虑者到了那时,就成了那时的'现在'。然而人们也不必这样悲观,只要'那时的现在'比'现在的现在'好一点,就很好了,这就是进步。"②正如郁达夫评价鲁迅所说:"当我们看到一部分时,他看到了全般;当我们着急地要抓住现实时,他把握了古今未来。"③茅盾也在《中国新文学大系·小说一集·导言》一文指出:《新青年》到底是一个文化批判的刊物,而新青年社的主要人物也大多数是文化批判者,他们的文学理论的出发点是"新旧思想的冲突"。并且,"新旧思想的冲突,确是现在重大而耐人焦虑的问题。现在创作中描写新旧思想冲突的作品,虽都是短篇的,却也已经不少"④。可见,"五四""新文学"家有更强烈的新旧时间意识。

"五四"小说与《新中国未来记》等晚清乌托邦小说不同。颓废的现实不可能给"五四"知识分子提供晚清小说的那种走向富强的"乌托邦"想象力,因为,"五四""新文学"家对于辛亥革命后的新民国是悲观失望的。这样看来,"五四"小说虽然也是用新旧时间来结构小说的,但写法却不同。因为,晚清政治小说家对未来是乐观的,"五四""新文学"家却是悲观的,一悲观就会犹疑不定,新旧参半。有学者认为,"五四"新文化运动的"感情的成分多于思想的成分。其中还伴随着夸张和混乱,未能消化掉的智慧与荒谬的杂

---

① 鲁迅所说是指:1919年3月18日,《公言报》刊出《请看北京学界思潮变迁之近状》污蔑革新派,同时发表林纾的《致蔡鹤卿书》,蔡元培有《答林琴南书》进行反击,等等。
② 鲁迅:《鲁迅全集》第11卷,北京:人民文学出版社,1996年,第20页。
③ 〔日〕增田涉:《鲁迅印象》,北京师范大学中文系现代文学组译(内部资料),1976年,第19—20页。
④ 雁冰(沈雁冰):《创作的前途》,《小说月报》,1921年7月10日。

合,等等。一切都告诉我们,这场运动的开始阶段是太急功近利了"①。确实如此,新文学家们对"五四"新文化思想遗产的接纳需要一个吸纳的过程。所以,冰心小说在预设的新旧叙事框架中装上的却是很旧的理想;庐隐小说在新理想与旧现实的矛盾中宣泄纷乱复杂的情感;凌叔华小说在"新""旧"之间摇摆,不再有"新"与"旧"的对立,而是半"新"半"旧"间的尴尬与难堪。

"五四""新文学"家在新旧之间摇摆,他们也喜欢写梦,写"梦醒之后无路可走"的"彷徨"与沮丧。鲁迅的小说《狂人日记》是写"五四"梦醒、梦破的典范之作。小说有梦的荒诞性,狂人的梦中发出"从来如此,便对吗?"的疑问,说明狂人"梦醒了"。小说中的狂人醒来之后怀着对生活的美好理想与憧憬准备走向新的生命时间,但狂人个人所处的社会环境和传统的道德思想压抑和剥夺个体的自由,狂人只有回到旧梦中去——赴任去了。在《在酒楼上》中,吕纬甫的过去找不到了,未来也不知道在哪里? 吕纬甫说:"以后? ——我不知道……现在什么也不知道,连明天怎样也不知道……"吕纬甫的"现在"是毫无意义的时间向度,承担不了"中间物"新旧转换的作用。李欧梵说,"现在""是不稳定的",它"因叙事结束而消失,它并没有隐含向将来前瞻的意义"②。由此,梦醒后的吕纬甫的过去、现在与未来是断裂的,也就是新旧时间之间是断裂的,因此,吕纬甫不能在新旧转换中完成自我成长,只有在梦中死亡。其他小说《白光》《伤逝》《孤独者》等作品也都揭示了"梦醒之后无路可走"的时间主题。

和鲁迅写梦的风格有些不同,郭沫若和郁达夫等创造社同人也写"梦醒之后无路可走"这个时代主题,但他们会留下很明显的现代主义意识流的痕迹。郭沫若的小说《残春》借用意识手法编织了主人公爱牟、S 小姐相会的梦境,"梦"是小说的线索,展现了小说人物在现实生活中觉醒而又"无路可走",便在梦境中获得里比多的满足。在小说《南迁》中,小说中伊人的梦境中出现两个女人,代表了灵与肉的冲突,小说以梦境的形式表现了封建专制对青年人的迫害。"五四"青年无法获得自由,只有在梦中追求一种精神的

---

① 〔美〕微拉·施瓦支:《中国的启蒙运动》,李国英等译,太原:山西人民出版社,1989 年,第 10 页。
② 李欧梵:《现代性的追求》,第 147 页。

慰藉，但梦醒之后更加失落。在这一主题上，郁达夫的《沉沦》更能够表现人醒后在现实压迫下的虚无感，也是觉醒后"零余者"的沉沦。所以说，梦醒后的"五四"青年无法进入新的历史时间。

总之，在新旧时间的转换中，鲁迅等创作"五四"小说的人物大都处在"梦醒之后无路可走"的时间困境。只有到了20世纪30年代，革命小说《少年漂泊者》《流亡》《星》等作品才把进化论的时间叙事结构补全，小说人物才有新的时间方向——革命。例如，30年代的左翼小说《星》，小说主人公梅春经历了大革命失败、情人被杀、孩子夭折等种种不幸，最终离家出走，向着北斗星指引的"那里明天就有太阳"的东方走去，走向光明，走向了未来。

第二节 从"维新"到"伪新"[①]

在近现代小说中，时间不仅仅被看成是事物的自然秩序，它自身可以衍生种种变化，表诉着强烈的新旧意义，"时间在文化的交汇与冲突之处神秘地浮现出来，预示着旧的毁灭和新的降生，预示着对传统的反叛同时又是对传统的革新"[②]。换言之，"时间的本质是变化"，而"变化是一种否定性机制，它会将现在的状态带回过去，同时它又是一种产生机制，能够把将来带到现在。因此，变化就通过它的否定与产生机制在世界上产生了'过去'与'将来'，而现在、过去与将来的不断更替的系列，也就是时间"[③]。因此，"现代"本身含有时间意义，从"时间"的角度去探讨中国小说的现代转型可以看成是对问题本身的"探本求源"。

近代以来，时间已经作为一种外在的力量存在着，大的方面，时间成了

[①] 本节已发表。赵斌：《从"维新"到"伪新"——论中国小说现代转型中的时间困境》，《广西社会科学》2016年第10期，第171—176页。
[②] 吴国盛：《时间的观念》，北京：中国社会科学出版社，1996年，第4页。
[③] 维之：《精神与自我现代观——精神哲学新体系》，北京：社会科学文献出版社，2004年，第453—454页。

社会进步和人的发展的重要尺度;小的方面,时间以"崭新的面目"参与到近现代小说的构建中。然而,"新"的时间观念在移植的过程中并不是那么顺利,因为,"我们中国本不是发生新主义的地方,也没有容纳新主义的处所,即使偶然有些外来思想,也立刻变了颜色"①。"新思潮者,在外国已是普遍之理,一入中国,便大吓人;提倡者思想不彻底,言行不一致,故每每发生流弊(1920年5月4日鲁迅致宋崇义的信)。"②也就是说,在"求新"的时间链条上会推演出各种"伪新"的怪现状来,"新"的时间意义在实践中会被"征用""扭曲"和"还原"。

一、从"维新"到"伪新"

新时间观念要及时地发生效力是不太容易的,即使"到五四时期,再到二十年代,在中国的城市中已经接受了新的纪元。但是中国人的文化潜意识中仍然保留了一些旧有的观念"③。实际情况更为复杂,因为,不同的时间观念并不是那么泾渭分明的,时间观念的新旧交织令人真假难辨。当然,这并非坏事。时间的多样化为小说的书写提供了更多的可能性,也促使小说形态更加多姿多彩。"伪新"就是其中的一种。

我们知道,现代性是一种时间意识,国人对这种现代时间的接受是从近代中国遭遇前所未有的种种危机开始的。首先,国人日益感觉到:"在西方的入侵和东方民族意识觉醒这二者之间,存在着一个相当大的时间滞差。"④其次,在"天道循环"向"天演进化"转换的过程中,进化论成为了不二选择,如龚自珍、康有为、严复、梁启超、陈独秀和鲁迅等启蒙思想家都热衷于进化论。当然,不可否认的是,"进化论在中国的传播比它的诞生晚了近四十年。但中国新文学的先驱者最初仍是选择了进化论作为文学革命的思想武器……民族与文化的双重危机,需要的正是一种求新求变的哲学,推翻

---

① 鲁迅:《鲁迅全集》第1卷,北京:人民文学出版社,2005年,第371页。
② 鲁迅:《鲁迅全集》第11卷,北京:人民文学出版社,2005年,第382页。
③ 李欧梵:《晚清文化、文学与现代性》,《中国现代文学与现代性十讲》,第6—7页。
④ 〔英〕埃里·凯杜里:《民族主义》,张明明译,北京:中央编译出版社,2002年,第15页。

旧的建立新的不仅可以拯救知识分子的意识危机,同时也为解救民族危机所迫切需要"①。看来,接受进化论是大势所趋。进化论渗透到当时的整个社会,在政治、经济思想领域变成了求强、求富的社会进步观念,在文学领域被赋予了进步之义。另外,进化的时间观把历史看成是一个新旧交替的整体,人类社会沿着过去、现在、将来不断演进,过去的时间代表黑暗和陈旧,理所当然成为批判的对象,未来的时间象征光明和希望,理所当然成为追慕的目标。因而,进化的时间观构成了近代中国的时代精神、历史意识,并进而影响了近现代小说的时间书写。在小说中,作别过去、立足现在、奔向未来和塑造"新人"成为小说现代性的基本色调。简而言之,"求新"的时间意识是小说现代性的一个根本标志。

一般来说,"求新"是从"维新"开始的。"维新"取自《诗经》中"周虽旧邦,其命维新"之义。"戊戌变法"期间康梁以"维新"为口号,他们在奏章中经常用"破除旧习,咸与维新""舍旧图新"等词汇,表达一种"求新"的时间观念。"五四"时期的"求新"意识更强。陈独秀在《一九一六年》一文的开头就大声呼唤:"世界之变动即进化……人类文明之进化,新陈代谢,如水之逝,如矢之行,时时相续,时时变易。"②李大钊也说:"新纪元来!新纪元来!……这个新纪元是世界革命的新纪元,是人类觉醒的新纪元。"③以"新世纪""新纪元"等"新"的时间词汇向国人发出召唤。所以,现代的时间观"立足于'新的东西正在到来'"④,"求新"也自然成为一种的创作趋向。

有论者认为,"时间意识是叙事文学的基础,不同时代产生不同的时间意识类型,不同类型的时间意识又会产生不同的叙事文学以及不同的意义感觉"⑤,而问题的关键是,转型时期的人们在接受"新"的时间观念上会衍生出各种"伪新"时间来。"伪",一般释义为"欺诈、假装"及"虚假"等意思。

---

① 孟繁华:《进化论与西学东渐——百年文学思潮研究之一》,《中国文化研究》1994年冬之卷,总第6期,第58—60页。
② 陈独秀:《一九一六》,《青年杂志》第1卷第5号,1916年1月15日。
③ 李大钊:《李大钊文集》上,北京:人民出版社,1984年,第606—607页。
④ 〔英〕威廉姆·奥斯维特:《哈贝马斯》,沈亚生译,哈尔滨:黑龙江人民出版社,1999年,第137—138页。
⑤ 孔建平:《时间意识类型与叙事文学的意义生成》,《江西社会科学》2003年第10期,第23页。

鲁迅所说的"伪士"之"伪"有此种意义,意在鞭挞某些言行不一的人,也指"轻才小慧之徒"。鲁迅说:"中国人无感染性,他国思潮,甚难移殖",即便强行植入,也会面目全非,"中国学共和不像,谈者多以为共和于中国不宜;其实以前之专制,何尝相宜?"鲁迅还有一个染缸比喻更形象,他说,中国"像一只黑色的染缸,无论加进什么新东西去,都变成漆黑"①,凡进入中国的"新"思想都变得不伦不类,失其本真,衍生出各种"伪新"来。

二、"新"被征用与流氓实用主义

中国人的适应能力很强,"上有政策,下有对策",会随着形势的发展,做出有利于自己的实用行为。鲁迅曾经说过:"无论古今,凡是没有一定的理论,或主张的变化并无线索可寻,而随时拿了各种各派的理论来作武器的人,都可以称之为流氓。"流氓实用主义者,毫无定见,对世事的选择依时势而动,他们用"'托尔斯小'的无抵抗主义一同抹杀'牛克斯'的斗争说",用"'达我文'的进化说一并嘲弄'克鲁屁特金'的互助论"②。最常见的是,"前几年谓之'中学为体,西学为用',这几年谓之'因时制宜,折衷至当'"。换个形象的说法,"早上打拱,晚上握手;上午'声光化电',下午'子曰诗云'"③。所以,鲁迅意味深长地说:"谁说中国人不善于改变呢?每一新的事物进来,起初虽然排斥,但看到有些可靠,就自然会改变。不过并非将自己变得合于新事物,乃是将新事物变得合于自己而已。"④这种情形是时常看到的。换句话说,这种流氓实用主义都带有一定的功利目的,"伪新"是其一种策略,其"伪新"表面上是不脱离时代,但没有什么进步可言,只是"假改革公名,而阴以遂其私欲者",以至于"教育界的清高,本是粉饰之谈,其实和别的什么界都一样,人的气质不大容易改变,进几年大学是无甚效力的",甚至,"无论

---

① 鲁迅:《鲁迅全集》第11卷,北京:人民出版社,2005年,第383、20页。
② 鲁迅:《鲁迅全集》第6卷,北京:人民文学出版社,2005年,第304—305页。
③ 鲁迅:《鲁迅全集》第1卷,第352—353页。
④ 鲁迅:《鲁迅全集》第3卷,北京:人民文学出版社,2005年,第109页。

是专制，是共和，是什么什么，招牌虽换，货色照旧"①。货色虽然"照旧"，但换了"招牌"，于进化没有益处，对操作者却有实际用处，以至于"中国迩日，进化之语，几成常言，喜新者凭以丽其辞"②。流氓实用主义者满口新名词，装成新式人物，骨子里却没有变化，仍然"照旧"。更深入地分析，可以看出：流氓实用主义很多时候是对历史的反动，它常常装扮成顺应进步历史潮流的样子，实际上却是社会进化的障碍。这些在近现代小说中有不少描绘。

在小说《东欧女豪杰》中，人们已经意识到"自由""平等"等现代思想是"天赋人权"的，这些"公理渐明，但可惜都是能知能言而不能行，不过单靠着这些外面的文明，混乱了一时的耳目"③，其"伪新"的面目很明显。在小说《文明小史》中，无论是银行买办、趋时的纨绔子弟和瞎混的知识分子，还是不学无术的留学生、假洋鬼子等都"趁维新之风日盛，到处投机取巧，招摇撞骗"，他们满口新名词，"平权""自由"等新词汇不离于口，但是他们只是演说、喊口号，骨子里还是"旧"的，没有什么进步可言，把"伪新"发挥得淋漓尽致。吴趼人的小说《上海游骖录》也揭示了流氓实用主义对"新"的"征用"。小说主人公辜望延在上海"游骖"的过程中，见到一些革命党人，然而大失所望。这些所谓的"革命党人"满口新名词、无所事事。他们的名字就很有讽刺性：《革命军》的藏书主人王及源是"忘其源"，留学生谭味新是"谈维新"，高谈革命的留学生屠牖民是"徒有名"，屠辛高是"徒心高"。这些人把"新"挂在嘴上，以此装"新"，甚至认为："一般守旧的老头子，那里懂得什么新学问，你只要把几句新名词放在嘴里说几句，说得他不懂，包他问也不敢问你。"④这句话很有意思：一方面，表明"新"有功用，可以唬人；另一方面，"伪新"有市场，似乎是解决新旧冲突的武器，实际上，却是"一丘之貉"。这正如汪叔潜所说："一切现象，似新非新，似旧非旧，是谓新旧混杂之时代。明明旧人物也，彼之口头言论则全袭乎新目号为新人物也。"⑤这是转折时期落

---

① 鲁迅：《鲁迅全集》第11卷，北京：人民出版社，2005年，第459—470页。
② 鲁迅：《鲁迅全集》第1卷，第8页。
③ 岭南羽衣女士：《东欧女豪杰》，董文成、李勤学主编：《中国近代珍稀本小说·玖》，沈阳：春风文艺出版社，1997年，第408—409页。
④ 吴趼人：《上海游骖录》，章培恒等编：《中国近代小说大系》，第497页。
⑤ 汪叔潜：《新旧问题》，《青年杂志》第1卷第1号，1915年9月15日。

下的病灶。

吴趼人的另一篇小说《大改革》①对做"伪"的讽刺更是入木三分。小说揭示了妓寮、赌馆和烟馆是社会的沉疴,在进化时间的链条上,这些东西必须清理掉,否则会阻碍社会的进步。但是,当小说中的"我"劝朋友改掉这些陋习时,朋友却说"这是他的自由权"。用"新"来为"旧"进行诡辩,并且警告劝诫者这是侵犯他的自由权。后来,这个朋友似乎是"大改革了",但却是"伪改革",仍然"照旧",只是换了一些新名词:鸦片烟改成滋补药,钱庄招牌换成"有进庄",妓寮改成公馆,妓女"便是内人",嫖客成了老爷。这正如雷瑨回忆吴趼人向他所述的"伪改革"的情形:"当烟禁最严厉时,人尚多未戒尽者。士子入场夹带烟泡之法,有携牙柄团扇,空其柄以内之者;有为夹底水烟管以藏之者……诡异之制不一。"②作"伪"的手段应有尽有。茅盾也说:"享乐主义的潜势力正在一天一天增加;我们试看主张自由结婚者的言论都以自由能得快乐为第一义,而毫不讲究到人格独立问题。"③鲁迅也批判过这种"换招牌"冒充"新"的现象,他说:"在北京常看见各样好地名:辟才胡同,乃兹府,丞相胡同,协资庙,高义伯胡同,贵人关。但探起底细来,据说原是劈柴胡同,奶子府,绳匠胡同,蝎子庙,狗尾巴胡同,鬼门关。字面虽然改了,涵义还依旧。"④这种现象在教育界也大量存在。"1901年8月,清政府明令变通科举章程,废八股,改试策论,并将全国书院改为学堂。"⑤一瞬间,办学堂成了社会时尚,投机者更是风起云涌。本来"新政并非所乐",但是,"改书院为学堂之旨甫下",有人就在"禺山书院门首,高悬番禺县中西学堂七字匾额,入内观之,则仍课时文试律,旧章丝毫未改也"⑥。陶安化的小说《小足捐》的人物巡检借着"放足"的维新思想巧立名目——小足捐。其略曰:"缠足之害,世所公知,历代相沿,一时颇难禁尽,不如倡立小足捐……"并且,"此等捐项,足以改良恶俗,启发新机,国

---

① 趼:《大改革》,《月月小说》第3号,1906年。
② 雷瑨:《蓉城闲话》,《文艺杂志》第5期,1914年。
③ 雁冰(沈雁冰):《创作的前途》,《小说月报》第12卷第7号,1921年7月10日。
④ 鲁迅:《鲁迅全集》第3卷,北京:人民文学出版社,2005年,第10页。
⑤ 郑方泽:《中国近代文学史事编年》,长春:吉林人民出版社,1983年,第194页。
⑥ 李伯元:《南亭笔记》,上海:上海古籍出版社,1983年,第213页。

计民生,交相裨益"①,而实际上,却是借助新名词"筹款"而已。天僇生的小说《学究教育谈》也揭示了这种"挂羊头卖狗肉"的奇异现象。主人公为了适应时代改革的需要,"忽得奇策,即旧塾门首,署以榜,榜曰:'某某高等小学堂'"。于是,旧日蒙师成为学堂校长。而校长为了迎接上级官员的评估验收,在创作禀词时,"因向人假得新名词字典遍翻之,属稿数日方就",故先生禀词中"满纸皆堆砌'自由'、'平等'、'流血'、'独立'诸字"②。实际上,《三字经》等依然是教育法宝。与之相似的是,在饮椒的小说《地方自治》③中,立宪时代的"新裁判所"门首高悬虎头牌两块,虽是洋式摆设却仍然是旧式衙门的派头。

总之,"伪新"有很多的欺骗性,是进步历史的障碍,因此,它也很难进入历史,更不可能成为书写进步历史的动力,必然被历史所抛弃。

三、"新"被扭曲与腐化时间

"为什么现代化滋生腐化呢?"亨廷顿说,其中一个原因是"现代化开辟了新的财富和权力来源"④。言外之意,社会转型更容易滋生腐化。这是很高明的观察,但不能够涵盖所有的腐化现象,尤其是小说中的腐化叙事。亨廷顿的"腐化"针对的是国家,而小说中的"腐化"更多针对个人,不可同日而语。虽然,国家和个人都是现代社会的历史主体,但个人相对复杂些,原因在于,"我们每个人既生活于具体的生命时间之中,也生活于历史的时空或流动变化的符号化时空之中。这是一个重迭的复杂的时空,是交集着大历史(政治的、社会的、文化的)和小历史(日常生活的、个人的、心理的)的生命与符号相互纠缠的时空"⑤。个人时间是"重迭的",有"大我"和"小我"之

---

① 陶安化:《小足捐》,吴组缃、端木蕻良、时萌主编:《中国近代文学大系(1840—1919)·第9卷·小说集(7)》,上海:上海书店出版社,1992年,第571—572页。
② 天僇生:《学究教育谈》,《月月小说》第12号,1907年12月。
③ 饮椒:《地方自治》,《小说林》第2期,1907年3月。
④ 〔美〕亨廷顿:《变化社会中的政治秩序》,王冠华等译,北京:生活·读书·新知三联书店,1989年,第55—56页。
⑤ 黎湘萍:《时间与叙述——观察"殖民地"文学的一种方法》,《福建论坛(人文社会科学版)》2014年第10期,第114页。

分,而个人的历史进步性主要体现在"大我"方面。也就是说,"时间不止是个人生命体验的时间,而是无限延展的社会历史时间。个人的价值只能生成于社会历史过程"①。

与此相似,巴赫金则把个人时间分成两种——自然的生物时间和社会的历史时间。人的自然的生物时间是一种循环时间,它不可逆转,且是均速、单调的,对人的成长作用不大。人只有进入人类的社会生活中,在文化等社会价值的介入下,人才能"在历史中成长"。换言之,"主人公本身的变化具有了情节意义……时间进入人的内部,进入人物形象本身"②。巴赫金通过对小说人物的考察,找到了小说从古典到现代的演变轨迹,发现了现代小说人物的时间出现了分裂,或者说,历史时间"进入人的内部",传统的单一的封闭的时间被打破了。但"自然的生物时间和社会的历史时间"的二分法还是有些驳杂。抛开人的自然生物时间不说,作为历史主体的个人还有两种时间:"大历史(政治的、社会的、文化的)和小历史(日常生活的、个人的、心理的)",我们把它们称为:历史时间和日常时间(需要补充的是,不是所有的个人都有历史时间)。

在中国近现代小说中,人物的历史时间和日常时间一直都是冲突的,且与意识形态具有相关性。并且,以社会进化、进步为要求的历史时间和描写凡夫俗子的日常生活时间分别代表着不同的意义趋向,前者代表进步,在现当代小说中得到大量的书写,后者则是落后的象征,被大大压缩,甚至被剔除。值得一提的是,在延安小说、十七年小说和"文化大革命"的"样板戏"中,"小资情调"一直是争论的焦点,"小资情调"也因此成为人物先进/落后的一个评判标准。"小资情调"是一种日常生活时间,其与革命阶级的历史发展似乎是背道而驰的,其被打压自然是意识形态使然。樊星认为,"小资情调"是"政治需要生造成的词",而实际上,"小资情调"是"人性的证明。因为热爱自由,个性突出,情感丰富,是常人的天性"③,这是显而易见的。其

---

① 马大康:《向死而生:悲剧的时间结构》,《学术月刊》2009年第5期,第101页。
② 〔苏〕巴赫金:《巴赫金全集》第3卷,白春仁、晓河译,石家庄:河北教育出版社,1998年,第230页。
③ 樊星:《关于"小资情调"的再思考》,《扬子江评论》2006年第1期,第6页。

实,"小资情调"并不是腐化堕落的,它在今天仍然是年轻人追慕的对象。

无论如何,在社会主义现实主义的小说创作中,"小资情调"是作为人的日常生活中的腐化时间被政治建构起来的,是作为人的历史时间的对立面而出现的。这样看来,在现代小说中,人的日常时间并不简单,其间会渗透着政治的审判及思想、道德的批判。另外,人的日常生活时间可以按照正反两面分为庸常生活时间和腐化生活时间。我们先论述腐化时间。

腐化时间一直是作为反面的、反动的面目出现的,这是不太合理的。实际上,"小资情调"(腐化时间)大都是人的庸常时间,是正面的人性写照。这个话题暂且不论,需要注意的是,除了上述的"小资情调"这种腐化叙述,在中国近代小说中也有腐化时间叙事。与社会主义现实主义的"小资情调"叙述有些不同,近代小说中的腐化时间叙事似乎有点"真人真事"的味道,相同的地方是都与政治脱不了干系。1905年,同盟会机关报《民报》创刊后,公开宣布"建设共和政体",呼唤民权,走向共和,《民报》迅速占领了进步舆论的中心。这引起了以康有为、梁启超等改良派的注意,随之,他们向同盟会发难。1905至1907年间,革命派与改良派之间的论战达到了高潮,同盟会的机关报《民报》和改良派的主要喉舌《新民丛报》是双方论战的主要阵地。当然,不可否认的是,革命派和改良派的分歧不全是这次论战形成的,并且,争论的范围也不仅仅出自这两个政治集团,也有第三方的参与,但可以确定的是,两派的政治论争对小说的创作产生了影响。此外,在小说政治化、工具化的"小说革命"的时期,小说更有理由参与这种政治角逐。那么小说如何发挥这种政治的"不可思议之力"呢?

一般认为,革命派和改良派都有历史进步性,其人物都是新式人物。而要否定这些新式人物的历史发展的合法性,从正面否定其革命或维新的落后性不容易做到。所以,小说家们大都改变了写作策略,通过描述人物日常生活中的腐化时间来审判人物。在小说中,人物由于过度地追求腐化生活,因有极强的物质欲望而堕落,从而放弃了更为广阔的时代空间,人物露出"伪新"的面目,从而失去进入历史的合法性。这种通过书写人物的腐化时间以达到揭示"伪新"的叙事在晚清小说中有不少。小说《文明小史》《上海游骖录》《大马扁》《温泉浴》和《烂根子树》等是其中的代表作。

吴趼人的小说《上海游骖录》是攻击革命党的代表作。小说通过主人公辜望延的眼睛透视"革命党人"的种种腐化生活,以达到否定革命派的目的。在小说中,《革命军》的藏书主人王及源(谐音"忘其源")是一个大烟鬼,留学生谭味新(谐"谈维新")则是赌徒加酒疯子,高谈革命的留学生屠牖民(谐音"徒有名")、屠辛高(谐音"徒心高")则是不学无术、沾花惹草之徒,甚至从家中骗取戏资酒资嫖资。这些人生活腐化,抽鸦片烟、赌牌、喝酒、狎妓,"五毒俱全",并且,立场不坚定,"只要有五十金一月,便马上转过风头,圣恩高厚、皇帝万岁的了",即使"有一两个名士,想到从此以后不能以旧学问骄人了,无奈肚子里却没有一些新学问,看了两部译本书,见有些什么种族之说,于是异想天开,倡为革命逐满之说,装做了疯疯癫癫的样子,动辄骂人家奴隶……还是名士的变相罢了。……要革命的人,一见了妓女,没有一个不骨软身酥"①。吴趼人也曾对其友人说:"革命党之至沪者,虽无腰缠十万,而所谓运动之费,大率丰赡,以入福州路则未有不倾囊以尽者。"②可见,革命党人腐化堕落也不是捕风捉影,同时,也表现了作者吴趼人对革命党人的否定态度及其坚持改良的保守立场。另外,值得补充的是,吴写这篇小说也可能出于对梁启超的帮助,属于私人情谊,吴的《二十年目睹之怪现状》等小说都发表于梁启超创办的《新小说》杂志上,这可以作为一个推论的依据。

但是历史的发展趋势毕竟不可扭转,维新改良派日渐式微,慢慢退出历史的舞台,又加之,排满的民族主义情绪日益高涨,对维新派的挞伐也猛烈得多。这又可以分成两种情况。一种情况是,李伯元的小说《文明小史》写于两派论战之前,是立足于传统的保守立场来看问题的,李伯元也因其保守立场而对革命派有所攻击;另一种情况是,黄小配的《大马扁》等小说是从革命立场来攻击康梁等维新派的,攻击得很过分。但这两种情况所使用的攻击方式和吴趼人的《上海游骖录》是一样的,都是通过人物的腐化时间叙事揭示人物的"伪新"特征,以达到否定人物历史合法性的

---

① 吴趼人:《上海游骖录》,章培恒等编:《中国近代小说大系》,第525—526页。
② 雷瑨:《滑稽诗话》,《文苑滑稽谈》卷四,上海:扫叶山房,1914年。

目的。

在小说《文明小史》中，银行买办、纨绔子弟、留学生和假洋鬼子们都整日混迹于茶馆、酒楼和妓院等厅堂馆舍，"把抽鸦片说成'讲卫生'，嫖妓女称作'主张男女平权'，表面上忧国忧民，到处集会，其实对国事一窍不通，只想赚钱混饭吃"①，其腐化堕落可见一斑。更过分的是黄小配的小说《大马扁》，小说站在种族主义立场上，把康有为写成伪圣人、大骗子、大流氓，腐化堕落，不成人形，更多的是人身攻击。实际上，按照历史发展的观点来看，康有为、梁启超在戊戌变法中是进步的，后来他们成为保皇党，阻碍了历史的进步，也是事实。卓呆的小说《温泉浴》可以看成是《大马扁》的注脚，小说借鉴《邻女语》的写作手法，通过"我"听到隔房某某改良会长的"夫子自道"，而了解到会长腐化的嫖娼艳史。并且，具有反讽意味的是，人物不是在改良的社会进步历史中成长，却在嫖娼的经历中成长。会长"未到日本时，听说日本嫖娼一事，颇不容易，须书明姓名、籍贯、职业等于簿上，发备警察查验"，这似乎是在接受嫖娼知识的"启蒙"。后来"在上海，曾经嫖过日本妓院"，人物逐步成长起来了，所以，"此次趁此公干，很想也嫖他一嫖"。人物的历史时间和腐化时间似乎融合了："公干"是历史时间，嫖娼是腐化时间，但两者的融合似乎更具有反讽意味，腐化时间完全消解了人物的"公干"的历史合法性。更荒唐的是人物还有"嫖得多……资格老"的嫖娼理论②。更有寓意的是丁竹园的小说《烂根子树》，小说写了一个老而无能的贾大爷，"率领着一群吃惯穿惯花惯乐惯又可恨又可怜又可叹的少爷们"，他们都是维新派，却都是贾维新（人名，谐音"假维新"，也就是"伪新"之义）。这些人不学无术，毫无作为，却又腐化堕落。如"贾维新他有一口烟瘾……贾自强是好嫖"。并且，他们喜欢弄虚作假，贾振作说："明天我捏几个假人名儿，作几篇《秋园赋》，把咱们哥儿四个颂扬颂扬，把上海、北京的贾家果子店夸赞夸赞，登登报宣扬宣扬，你们看好不好？"贾自强笑着说道："还是咱们宦家子弟善

---

① 北京大学中文系：《中国小说史》，北京：人民文学出版社，1978年，第335页。
② 卓呆：《温泉浴》，《小说林》第7期，1907年8月。

于弥缝掩饰呀!"①"伪新"的本性暴露无遗。

四、"新"被还原与庸常时间

无论是腐化时间,还是庸常时间,都具有"夜以继日、日以继夜"的"日常性",缺少进化的历史性,而"只有当人的生命整体处在世代生存的序列之中的时候,人才能在严格意义上有所'叙述'"。换言之,人只有"在历史中成长"。所以,追求进步的个人会对庸常时间加以拒绝。因为,"值得记忆的各种故事以及'历史',首先是在某种对日常生活的间距化进程中形成的,也就是说,它们是在摆脱了日常生活保存的压力的自由时间中形成的。在欧洲传统中,这种自由时间被称为'闲情逸致'"②。

鲁迅是将别人喝咖啡闲聊的时间都用在一生的启蒙事业中,他说:"与其不工作而多活几年,倒不如赶快工作少活几年的好,因为结果还是一样,多几年也是白白的。"鲁迅这样一个有着进化思想的人对庸常时间是拒绝的。朱自清也是如此,在散文《匆匆》中,对洗手、吃饭等无限循环的庸常时间占用生命感到无比的痛心和无奈。但是,庸常时间是人的生命的一部分,小说不可能不涉及。而且,小说的庸常时间有时候是作为一种"祛魅"的现代精神在时间领域表诉,是对"伟岸的英雄主角,巨大的险情,壮阔的航程及其远大的目标"③的摒弃,还原人的本来面目,反而表达一种更清醒的理性认识。因为,"庸常时间本身就是一把双刃剑,它既对某种宏大叙事构成了解构,从而获得自己激进的哲学美学意义,甚至,在'意识形态'上也获得了自己稳定的立场",同时,"庸常时间本身就是一个巨大的陷阱,对庸常生活时间的正面描绘既是一种突破,也饱含着巨大的意识形态隐忧"④。这种

---

① 丁竹园:《烂根子树》,于润琦主编,程敏、杨之锋点校:《清末民初小说书系·社会卷》,北京:中国文联出版公司,1997 年,第 102—107 页。
② 〔德〕克劳斯·黑尔德:《时间现象学的基本概念》,靳希平等译,上海:上海译文出版社,2009 年,第 106 页。
③ 〔法〕让-弗朗索瓦·利奥塔德:《后现代状况:关于知识的报告》,王岳川、尚水编:《后现代主义文化与美学》,北京:北京大学出版社,1992 年,第 26 页。
④ 孙鹏程、马大康:《关于当代文学庸常化的美学思考》,《扬子江评论》1999 年第 5 期,第 36 页。

"隐忧"在激进的"五四"时期尤其明显,因为,看似新的人物在庸常时间的包裹下,也只是"伪新"而已。

在鲁迅的小说中,庸常时间就是被鲁迅审判且时刻警惕的对象,如在《伤逝》中:

> 子君竟胖了起来,脸色也红活了;可惜的是忙。管了家务便连谈天的工夫也没有,何况读书和散步。我们常说,我们总还得雇一个女工。
>
> 这就使我也一样地不快活,傍晚回来,常见她包藏着不快活的颜色,尤其使我不乐的是她要装作勉强的笑容。幸而探听出来了,也还是和那小官太太的暗斗,导火线便是两家的小油鸡。

"我是我自己的,他们谁也没有干涉我的权利"是"五四"一代子君们的"呐喊",但是,在庸常的琐事中,在"生白炉子、煮饭、蒸馒头"中,子君"日渐显出不快活的神色来"。子君的"不快活"是其不满足于日渐庸常的日子吗?还是庸常生活时间消解下的个体不再具有历史进步性的"绝望"呢?答案并不是一目了然的,但不可否认的是,首先,这是一种绝望的"沉沦","正是在庸常生活日复一日年复一年的循环中,主体失去了其自身本在的自由"①。激进的个体在庸常时间中失去了进步性,人物被还原了。这是一种通常看法。

反过来,重新思考一下,答案也许不同。处在庸常时间中的子君的"不快活"更多来自庸常生活中的"家长里短",设想:如果除去这些庸常琐事的烦恼,子君也许会快活起来。也可以这么说,子君们的思想中原本就含有很多"旧"的成分,她们口号式的呐喊恰恰是一种自我标榜,且带有自我炫耀的色彩,骨子里依然有千年父权专制主义思想。在《伤逝》中,子君谈平等,谈自由,谈伊孛生,谈雪莱时,"总是微笑点头,两眼里弥漫着稚气的好奇的光泽"。但当她瞧见雪莱半身像时,却低下了头,纯真自然的表情中暴露出

---

① 孙鹏程、马大康:《关于当代文学庸常化的美学思考》,《扬子江评论》1999 年第 5 期,第 36 页。

"旧"来。冯沅君小说也有"伪新",在小说中,作者常常用一些删节号模糊性关系。小说的女主人公能勇敢地走出家门,与男友浪漫旅行,却不敢相互依偎,甚至,同居一室、同床共枕,却不越雷池一步,"除了拥抱和接吻密谈外,没有丝毫的其他关系"①。这就是"五四"时代的子君们,高谈科学、民主和自由,但一回到日常生活中,"伪新"的真面目就泄露无遗了。这一现象在庐隐的小说《海滨故人》②中表现得更丰富。小说写了几个年轻人的爱情生活。露沙、莲裳、宗莹、玲玉、云青等青年学生是经受过"五四"新思想洗礼的,可她们依然和封建传统藕断丝连。明明知道,"那消沉的夜已经将要完结了,东方已经发出清白色了",预示着光明即将到来,她们依然犹豫不决,甚至回到旧的时间中。宗莹结婚后重新做回了旧式太太,以至于,经常谈及和某某先生去看电影,某某夫人举办了一场声势浩荡的舞会,过上了腐化生活,满足于"小资情调",离学识越来越远。走进围城后,庸常时间会消解人的知识理性。所以,鲁迅说,这实在是"五四"运动以后,"将毅然和传统战斗,而又怕毅然和传统战斗,遂不得不复活其'缠绵悱恻之情'的青年的真实写照"③。鲁迅对此是非常警醒的,因为,"在吹响时代号角的启蒙英雄笔下,理想的文学时间不应该是对日常生活的妥协,而是反抗"④。

但反抗确实很难,这从冰心的小说《两个家庭》⑤中可以看到一点端倪。《两个家庭》是短篇,思想浅显,但却能反映"五四"新旧混杂的时代特征,对此评论很多,却都不够深入。小说《两个家庭》的设计很巧妙,以李博士来学校启蒙教育开始,又以李博士启蒙教育结束,首尾呼应,结构严谨。在小说中,作者并置了两个相邻的家庭——亚茜家和陈家,两个家庭在空间上形成鲜明的对比:陈家"很黑",是"旧"的象征;亚茜家西式设置,"洁净规则,在我目中,可以算是第一了",是"新"的象征。而人物亚茜和陈太太的"新旧"对比更明显。就好像论者所论述的那样,在小说《两个家庭》中,作者"否定

---

① 冯沅君:《沅君卅前选集》,上海:女子书店,1933年,第33页。
② 庐隐:《庐隐文集》,北京:华夏出版社,2000年,第18—68页。
③ 鲁迅:《鲁迅全集》第6卷,第253页。
④ 孙鹏程、马大康:《关于当代文学庸常化的美学思考》,《扬子江评论》1999年第5期,第37页。
⑤ 冰心:《冰心文集》,北京:华夏出版社,2000年,第1—10页。

了封建官僚家庭培育出来的女子,她们游手好闲,不事家政,影响丈夫的事业,摧毁丈夫的身心;但她肯定的也不过是受过资产阶级教育的治家教子有方的亚倩(茜)。这是镀上一层薄薄的西方文明的金液的中国封建式的贤妻良母主义"①。这一评论还是比较中肯的,但还是有点简单。丁玲说,冰心"因为有些受了新思想的感召……开始她的文学生涯的,但她只感染了一点点气氛……也如她自己所说'歇担在中途'"②。那也就是说,冰心是按照新思想来组织故事的,这些从小说字里行间的"新旧"对比中很容易找到依据,由此,也可以认定冰心想塑造的是一个新式的女性亚茜。但问题是,亚茜是如何被还原的? 答案很简单:亚茜也是子君。亚茜、小说中的"我"和子君等都是曾经受过"五四"精神洗礼的新人,但她们很难进入时代的大潮,只能回到狭小的家庭生活中,而相夫教子的庸常时间无形中消解了人物的进步性。并且,亚茜和小说中的陈太太没有本质的区别:陈太太与时代隔绝,生活在腐化时间之中,而庸常时间和腐化时间都是日常生活时间,在本质上是相同的。所以,亚茜也是"伪新"的。

从晚清到"五四",可以看到中国小说演变的丰富性;从"维新"到"伪新",可以观察到中国小说现代转型的时间转变的复杂性。但无论问题怎样复杂,总能够找到一个阐释视角,找到一些可以分析的转型规律。在晚清、"五四"这个重要的转型期,沿着进化论的踪迹,透过人物的历史时间和日常时间,走进人物的腐化时间和庸常时间,新旧时间仿佛就在眼前,人物的进步与落后也就日益清晰。进化的时间观构成了近代中国的时代精神、历史意识,并进而影响了近现代小说的时间书写。在近现代小说中,时间不仅仅被看成是事物的自然秩序,时间也以"崭新的面目"参与到近现代小说的构建中,表诉着强烈的新旧意义。然而,"新"的时间观念在移植的过程中并不是那么顺利,从"维新"到"伪新",在"求新"的时间链条上,"新"的时间意义在实践中会被"征用""扭曲"和"还原"。在现代小说中,人的日常时间并不简单,其间会渗透着政治的审判及思想、道德的批判。日常时间都具有"夜

---

① 范伯群、曾华鹏:《论冰心的创作》,《文学评论》1964 年第 1 期。
② 丁玲:《"五四"杂谈》,《文艺报》第 2 卷第 3 期,1950 年 5 月 10 日。

以继日、日以继夜"的"日常性",缺少进化的历史性,而人只有"在历史中成长"。人的日常生活时间分为庸常生活时间和腐化生活时间。人过度追求腐化时间,露出"伪新"面目,从而失去进入历史的合法性。庸常时间是作为一种"祛魅"的现代精神在时间领域的表诉,是对"伟岸的英雄主角,巨大的险情,壮阔的航程及其远大的目标"的摒弃,是对人的"伪新"面目的还原,反而表达一种更清醒的理性认识。

第四章

历史时间：晚清、"五四"小说的"未完成性"

新旧时间具体到民族国家是历史时间。按照巴赫金现实主义成长小说"双重时间"理论，沿着"历史时间"这条线索考察中国"匆忙而多变"的晚清、"五四"小说，会发现：无论是谴责小说还是乌托邦小说，都不能为清末提供一个"必然"的历史叙述。清末的谴责小说和政治小说都无法完整叙述现实主义的进步历史时间，谴责小说是无历史时间(循环的历史时间)书写，政治小说是乌托邦历史时间书写，它们的共同特点是不能找到实实在在的历史时间。而民初时期和"五四"时期都是"革命后的第二天"，革命固然在于摧毁旧秩序，但无法建立新秩序，实现 state building(政治建国)。民初时期与"五四"时期处在"破"和"立"之间的两难处境，使民初小说家与"五四"小说家都产生了一种幻灭感，感觉历史的入口被堵死了，无法进入历史。

第一节 巴赫金的"双重时间"及其应用界域

一、晚清、"五四""顿悟式"成长小说

有一个看似顺理成章却充满悖论的现象：一般我们会把"成长小说"看成是"现代小说"的标志，以前习惯于"从五四谈起"，现在习惯于从晚清谈起，这是否意味着晚清、"五四"小说可以被纳入"成长小说"加以论述，以突出晚清、"五四"小说的现代性？然而，出人意料的是，学界成长小说的

第四章　历史时间：晚清、"五四"小说的"未完成性"

研究大都是"从'五四'以后"开始的。借助巴赫金的成长时间理论，李杨认为，晚清、"五四"小说无法形成完整的成长叙事，具体言之，"巴赫金对'成长小说'的定义——人(个人)在历史中成长'，实际上包含了三种基本要素，分别是'个人'、'历史'与'成长'……如果说'个人'是'五四'时期被发现，'历史'意识则始于晚清，而在'历史'与'个人'被'发现'——'发明'之后，小说才可能表现或想象'个人'在'历史'中的'成长'"①。按照李杨的见解，巴赫金的成长时间"三要素"在晚清、"五四"小说中都不完全具备，自然也就无法形成"圆满性"的"成长小说"，李杨心目中的成长小说是《青春之歌》。

李杨的见解是否全面暂且不论(下文会有具体分析)，但他对成长小说的认知还是富有洞见的，他认识到晚清、"五四"小说在转型中的成长困境。正如徐秀明所说，晚清小说已经"出现'成长维度'的萌芽"，但"其特点是多写先知人物类型化、理想化、顿悟式的精神成长"②。人物的成长还很拘谨，只是一种萌芽状态。正因为如此，晚清小说的"新人"会出现了"难产"现象。在早期的小说《东欧女豪杰》中，作者在小说开端设置了"造人运动"这一情节，因为，"惊天动地的大事业"是需要"新人"来做的，但是，当时的"时势"还塑造不出"中国苏菲亚"——华明卿，所以，华明卿的"降生"就具有"梦幻性"，缺少现实基础。华明卿的母亲没有丈夫，到了七十多岁，已经过了生育年龄，"忽然发了一个梦，梦见看了一部甚么蟹行鸟书的册子，和一幅甚么倚剑美人的图画。看了一会，那画中美人蓦地一扑，扑到她身上便不见。谁知梦醒起来，身体发病，腹中渐动。过了十个月零十五日，忽然生下一个孩子"③。小说家虽然袭用了旧小说家的惯用伎俩，但不仅仅是为了吸人眼球，这个模仿耶稣的降临(处女怀孕)的情节设置，一方面有"救世"的用意，从另一方面看，也说明了革命"新人"的"难产"。所以，论者认为，"从梁启超

---

① 李杨：《"人在历史中成长"——〈青春之歌〉与"新文学"的现代性问题》，《文学评论》2009年第3期，第98页。
② 徐秀明：《20世纪中国成长小说研究》，上海：上海大学出版社，2007年，第39页。
③ 岭南羽衣女士：《东欧女豪杰》，董文成、李勤学主编：《中国近代珍稀本小说·玖》，沈阳：春风文艺出版社，1997年，第399页。

《新中国未来记》中的黄克强到鲁迅《狂人日记》中的'狂人'……这些新人……作者在时空构造上没有采取线性时间的构造方式,而是采取一种时间共时化变形的修辞手法……这种时间共时化的修辞手法在中国式成长小说中出现,就是对中国现代性进程时间追新悖论困境的一种深切体认和尝试解决。在表面上追新的线性时间观下面可能隐藏着传统——现代回环反复的时间体验"①。正因为晚清、"五四"小说中大多是这种"顿悟式的精神成长","回环反复的时间体验",所以,晚清、"五四"小说的成长时间叙事研究大多也语焉不详,原因大概有两个:一是成长不明显,容易被人忽略;二是在传统向现代转型的关键时期,成长复杂多变,研究起来困难重重。这样一种研究困境使研究者对晚清、"五四"小说的成长书写要么只是只言片语式评价,要么避开——"从'五四'以后谈起",如陈建华、施战军、顾广梅等研究者就是如此。陈建华在研究茅盾的小说《虹》时说:"《虹》标志着重要的突破,即梅女士能够'因时制宜地用战士的精神往前冲!'这样与现代性相'适应'的个性,对于现代中国小说的特殊意义在于摆脱了'五四'的绝望阴影。"②"绝望"一词表明了"五四"小说人物的"非成长性"。

  应该说,以上研究者对晚清、"五四"小说的成长性的考察和判断还是较准确的,只是研究明显不足。基于此,我们认为,相对于"五四"以后的成长小说模式的单一化,晚清、"五四"小说的成长性更为丰富多彩,也更有研究的必要。本章拟把巴赫金的成长时间理论与晚清、"五四"小说相互关联起来,试图梳理出此过渡阶段小说的成长书写未完成的原因,理清从晚清到"五四"成长时间叙事的嬗变过程。

---

① 桂琳:《中国现代成长小说的两个基本特征》,《中国青年政治学院学报》2009年第5期,第124页。
② 陈建华:《"青年成长"与现代"诗史"小说——茅盾〈虹〉简论》,《茅盾研究》第11辑,新加坡:新加坡文艺协会,2011年,第349—350页。施战军把《西游记》看成"中国式成长小说",看法很新鲜,并且,他认为,"到了现代,中国成长小说已经完全着陆行走","五四"时期的"问题小说"和"零余者"小说,都有成长小说的质素,而"最有影响和代表性的应该是茅盾的早期作品《蚀》三部曲"。此观点和陈建华大同小异(施战军:《论中国式的成长小说的生成》,《文艺研究》2006年第11期,第6页)。顾广梅把"五四"看成成长小说的开端,但却从"五四"以后的小说《小小十年》(叶永蓁:《小小十年》,上海:上海春潮书局,1929年)开始论述(顾广梅:《中国现代成长小说研究》,北京:人民出版社,2011年)。

二、巴赫金"圆满性"成长小说

概括地说,成长小说是专门记述人物在成长过程中身心所经历和遭遇的一种小说样式。按照 M. H. 艾布拉姆斯在《欧美文学术语词典》中的界定,成长小说也叫"主人公成长小说"或"教育小说","这类小说的主题是主人公的思想和性格的发展,叙述主人公从幼年开始所经历的各种遭遇。主人公通常要经历一场精神上的危机,然后长大成人并认识到自己在人世间的位置和作用"①。艾布拉姆斯和巴赫金对成长小说的界定都来源于对德国成长小说的认知,但两人的观点明显不同。从两人所使用的词汇来看,艾布拉姆斯把"主人公成长小说"(德语 Bildungsroman)和"教育小说"(德语 Erziehungsroman)所属德文义域加以区分;而巴赫金则认为"教育小说"就是" Erziehungsroman 或 Bildungsroman ",把 Erziehungsroman、Bildungsroman 合并起来②。当然,这不是问题的关键,最重要的是,艾布拉姆斯成长小说的定义比较宽泛,学界很少拿它作为论述标准,而巴赫金对成长小说做了非常精细的区分,其见解容易被接受。

为了找出心目中伟大的成长小说,巴赫金首先按照"人的成长"把教育小说分为非成长小说和成长小说。在非成长小说中,"事件改变着他的命运,改变着他的生活状况和社会地位,但他本人在这种情况下则一成不变、依然固我"③。这类非成长小说与艾布拉姆斯的"主人公成长小说"非常接近,而"主人公成长小说"是按照"思想和性格的发展",叙述主人公"所经历的各种遭遇"和"命运",并突出主人公"在人世间的位置和作用"或"他的生活状况和社会地位"。可见,艾布拉姆斯所强调的恰恰是巴赫金所要抛弃的。当然,巴赫金大浪淘沙式的寻找还在继续,接着他把成长小说归纳为纯

---

① 〔美〕M. H. 艾布拉姆斯:《欧美文学术语词典》,朱金鹏等译,北京:北京大学出版社,1990 年,第 218 页。
② 〔苏〕巴赫金:《巴赫金全集》第 3 卷,白春仁、晓河译,石家庄:河北教育出版社,2009 年,第 223 页。
③ 同上书,第 224 页。

粹的循环型成长小说、与年龄保持着联系的循环型成长小说、训谕教育小说、传记型小说、现实主义的成长小说这五类。并且，他认为，前四类小说的成长性还不圆满，这几类小说中的"人的成长被置于静止的、定型的、基本上十分坚固的世界的背景上"，而世界上发生的变化对人很少触及，人只是"在一个时代的范围内成长、发展、变化的"，"成长着的是人，而不是世界本身"，换句话说，"人的成长，不妨说是他的私事……世上的一切依然原封不动"。这里，个人的成长与世界的变化并无关联，这样，个人成长时间也无法进入历史时间的序列。相比之下，《巨人传》等第五类成长小说与前四类有质的区别，这类成长小说的"人的成长带有另种性质"，成长"已不是他的私事。他与世界一同成长，他自身反映着世界本身的历史成长"，个人成长时间与世界变迁的历史时间达到了完美的融合。并且，人物"处在两个时代的交叉处，处在一个时代向另一个时代的转折点上。这转折寓于他身上，通过他完成的。他不得不成为前所未有的新型的人"，人物担负起推动或重构历史的使命。所以，"未来在这里所起的组织作用是十分巨大的，而且这个未来当然不是私人传记中的未来，而是历史的未来。发生变化的恰恰是世界的基石，成长中的人的形象开始克服自身的私人性质，并完全进入另一种十分广阔的历史存在的领域……人在历史中成长这种成分几乎存在于一切伟大的现实主义小说中；因而，凡是出色地把握了真实的历史时间的地方，都存在着这种成分"[①]。最后这一种现实主义型的成长小说才是巴赫金所要寻找的伟大的"圆满性"成长小说。

三、巴赫金的"双重时间"及其应用界域

上文提到，李杨从巴赫金"圆满性"成长小说找到了"个人""历史"和"成长"三个要素，其实，这三个要素包蕴在"个人成长时间"和"历史时间"这两种时间里。"成长"本来就是一种面向未来的进步时间，就如巴赫金所强调的是"未来在这里所起的组织作用是十分巨大的"，未来既是"历史的未来"，

[①] 〔苏〕巴赫金：《巴赫金全集》第3卷，白春仁、晓河译，第227—229页。

也是个人的未来,两者结合起来才构成成长小说的完整性、圆融性。换言之,"成长与'进步'同义,是一个带有鲜明的目的论色彩的现代性概念",个人的成长也不仅仅是"生理学意义上的长大",而是在"历史中成长","在线性历史中从某个设定点向某个理性方向的发展",更为关键的是,"'成长小说'代表的现代小说与传统叙事文体最重要的区别是小说主人公与时间和空间的关系发生了根本的变化"①。很显然,巴赫金把西方成长小说归结到个人成长时间和历史时间问题上来,并且重点阐释了历史时间。他认为"历史时间"有三个层次:一是斗转星移、四季更迭、生老病死等自然与日常生活的变化;二是城市、艺术作品、社会组织等人类创生能力的成果;三是社会矛盾所推动的社会的变迁,这些矛盾将可见的时间推向未来,并且,"这些矛盾揭示得越深刻,那么在小说艺术家所描绘的形象身上,可见时间的圆满性程度就越现实,也越广阔"②。很显然,巴赫金执着于他伟大的史诗性成长小说的理论建构,力求在现实主义小说中寻求到把个人的成长融合到波澜壮阔的历史中的成长叙事,在他看来,只有兼具这两种时间意识的小说家才能真正描绘出世界与人的成长。

卢卡契也是一样。卢卡契曾经多次强调:现实主义小说中的人物能够聚焦社会矛盾,成为影射社会历史的窗口,比如在托尔斯泰的小说中运用了"事物的整体"的方法,这种整体性表诉"总是用直接的、自然的和显而易见的方式表现个人命运和周围世界之间的密切联系"。概括地说,"伟大的现实主义杰作"用"那些基本的社会因素的集中的整体,不需要、甚至也不容许精细入微地或者故作高深地把构成社会纠葛的一切线索都包括进去;在这样一部杰作中,最基本的社会因素可以从少数人的命运的分明偶然的结合中找到全部的表现"③。卢卡契秉持马克思主义进步历史观,致使他的人物形象也拥有成长性——通过人物描写表现一种进步的价值倾向。并且,卢

---

① 李杨:《成长·政治·性——对"十七年文学"经典作品〈青春之歌〉的一种阅读方式》,《黄河》2000 年第 2 期,第 25 页。
② [苏]巴赫金:《巴赫金全集》第 3 卷,白春仁、晓河译,第 230—231 页。
③ 中国社会科学院文学研究所编:《卢卡契文学论文集》二,北京:中国社会科学出版社,1981 年,第 341—383 页。

卡契用马克思主义的"整体性"观念把人物成长与社会历史变迁融为一体，使人物的行动与现实生活融为一体，这一点和巴赫金现实主义成长小说是一致的，同时，也印证了成长小说的现代品格。因为，从现代性的角度看，"历史有一个特定的方向，它所表现的不是一个超验的、先定的模式，而是内在于各种力之间必然的相互作用。人因而是有意识地参与到未来的创造之中：与时代一致(而不是对抗它)，在一个无限动态的世界中充当变化的动因"①。换言之，"我们的同一性发展有其时间性，或者说有两种时间：一是个人生命的发展阶段，一是历史的时期……生命史和历史是互为补充的"②。个人成长时间与其身处社会转折的历史时间紧密地交融在一起，形成了独特的"双重时间"。

巴赫金"双重时间"叙事理论为成长小说谋划出一个完美的范型，突出了这类小说的现代(时间)特征。巴赫金用历史的整体时间观，把人与世界、人与历史关联起来，用历史主义的眼光突出作为动态统一体的人物形象，由此，人的成长时间进入了社会变迁的历史时间。应该说，巴赫金的成长小说理论是富有洞见的，但此理论也不是无懈可击，就好像历史主义本身一样，进化式的线性时间发展观会遮蔽历史发展的丰富性。李杨说："在历史主义批评中，文学作品都是在一种线性的历史中获得位置的……只有在线性的历史中，才会有发展的观念，才会有传统与现代的对立……'历史'有几个特定的含义：有延续性、内在规律，人是历史的主人，进步是从低到高的。"③大概与巴赫金的史诗性情怀密不可分的是，巴赫金的成长小说理论带有浓厚的理想主义成分，他也和卢卡契一样，追求的是一种波澜壮阔的现实主义成长小说，因而，巴赫金的成长小说理路自然狭窄，适用范围很有限。上文中提到的李杨等学者跳过晚清、"五四"，把《青春之歌》《虹》等作为理想的成长小说，也是受巴赫金这种成长时间观念的影响。当然，追求一种积极的、完

---

① 〔美〕马泰·卡林内斯库：《现代性的五副面孔：现代主义、先锋派、颓废、媚俗艺术、后现代主义》，顾爱彬、李瑞华译，北京：商务印书馆，2002 年，第 27—28 页。
② 〔美〕埃里克·H. 埃里克森：《同一性：青少年与危机》，孙名之译，杭州：浙江教育出版社，1998 年，第 298 页。
③ 李杨：《"以晚清为方法"——与陈平原先生谈现代文学研究中的晚清文学问题》，《渤海大学学报》2007 年第 2 期，第 17 页。

美的成长小说范型本身无可厚非,追求艺术的完美也是理论家的工作,但人的现代化和历史的发展具有丰富性,人的回环成长、短暂成长、否定性成长等更是成长的普遍性,历史的发展也是一样,回环往复的历史更真实。

第二节 晚清、"五四"小说的"未完成性"

巴赫金的圆融性成长小说在晚清、"五四"小说中很难找到完美贴合的例子,但并不影响我们对此理论资源的借鉴。巴赫金的小说理论着眼点是时间模式和时间观念的嬗变,即时间意识是随人类实践和生存状态的变化而变化的,随社会的变迁而变迁,这与古代的自然时间观或循环时间观截然不同。到了近代,西方工业文明以"船坚炮利"的方式强行侵入中国,致使中国无论从政治、经济,还是从文化、教育上都处于一种转型甚至断裂当中,并由此逐步打破古代社会的静止状态,强力推动社会的新旧转换。"人的活动不再只是追随自然节律的活动,人的每一活动都在明显改变着社会生活,和社会发展紧密联系在一起","时间开始成为一根重要标尺,担当起衡量人的价值创造和社会生活变化程度的重任",因此,"历史时间的生成,是时间在小说中真正出场并获得应有地位和实质性意义的决定性因素,同时,也为现实主义文学的产生奠定了基础"[1]。

按照巴赫金现实主义成长小说"双重时间"理论,沿着"历史时间"这条线索考察"匆忙而多变"的晚清、"五四"小说,会发现:个人成长时间无法逃离他所处的变迁的时代,历史时间投射到个人成长时间里,个人时间也在参与着历史时间的建构。"人的成长是在真实的历史时间中实现的,与历史时间的必然性、圆满性、它的未来、它的深刻的时空体性质紧紧结合在一起。"[2]只不过,晚清、"五四"小说往往只停留在单一的时间上,或无视个人时间,或无视历史时间,以致时间走进了封闭的"铁屋子"里。但是,晚清、

---

[1] 马大康:《拯救时间:叙事时间的出场》,《文艺理论研究》2009年第3期,第130页。
[2] 〔苏〕巴赫金:《小说理论》,白春仁、晓河译,石家庄:河北教育出版社,1998年,第232页。

"五四"小说这种"欲说还休"的成长言说却真实反映了那个动荡的历史时代,也不失丰富性:"一方面使得'个人性'与'历史'通过主人公的成长达成了既对抗又共生的结构关系,另一方面更让'成长史'成为社会变革史或者说'历史大事年表'的文学注解。"①但是,更为重要的是,我们如何找到真实的历史? 因为,历史不是想象出来的,现实与任何完美的历史理论之间都有缝隙,而我们所要做的恰恰是尽力贴近历史。正如陈晓明所指出的那样:"把中国现代以来的历史看成是一个现代性的必然过程,看成是中国面对西方挑战所选择的必然道路,那么,我们可以从中既看到历史的合理性,也看到历史的偏激;既看到历史掩盖的那些苦难,也看到倔强而放纵的狂热。理解历史,不是判断历史或设定历史,而是去探究历史为什么会这样,历史这样究竟意味着什么。"②当然,不可否认的是,晚清、"五四"小说都没有完成个人成长时间和历史时间的完美融合,原因何在? 清末、民初和"五四"三个阶段的成长"未完成性"有何特点? 下面围绕"历史时间"做点具体分析。

一、清末: 乌托邦的历史时间

清末小说包括批判社会弊政的"谴责小说"和充满想象力的"乌托邦"的未来小说,分别以李伯元的《官场现形记》与梁启超的《新中国未来记》为代表,而谴责小说和乌托邦小说可以看作是事物的正反面。"基于对当下时弊的不满,才有了对未来的美好想象;对美好未来的乌托邦想象,恰恰构成了对当下时弊的批判。这种理想和现实的距离使得小说难以找到叙述历史发展'必然'的现代形式。"③也就是说,无论是谴责小说还是乌托邦小说,都不能为清末提供一个"必然"的历史叙述。而没有历史的民族国家是没有希望的,没有历史的人民也很快会"被挤出历史舞台,因为他们无法形成群体团

---

① 施战军:《论中国式的成长小说的生成》,《文艺研究》2006 年第 11 期,第 5 页。
② 陈晓明:《〈讲话〉的方向与当代文学的断裂性革命——中国当代文学对现代启蒙传统的突变》,《文艺争鸣》2007 年第 12 期,第 65 页。
③ 刘保庆:《辛亥时期女性形象书写与女性公共空间的展开——评析陆士谔〈血泪黄花〉》,《北京社会科学》2012 年第 5 期,第 77 页。

结对付来犯之敌"。近代中国人的文化心理发生巨大转变,唯我独尊的"帝国"意识和优越感消失殆尽,面对本位文化的"倒塌",先觉者们进行了历史性的反思,也就是"从那时起,中国知识分子中的许多人迅速地发展了一部线性的、进化的中国史,基本上以欧洲从中世纪专制制度获得解放的经验为样板……世界性的社会达尔文主义话语与共和革命的反满政治共同制造出一个纯粹由汉族构成的民族群体的理念"①。但在这样的进化时间的影响下,清末的谴责小说和政治小说都无法构造出现实主义的进步历史时间:谴责小说是无历史时间(循环的历史时间)书写,政治小说是乌托邦历史时间书写,它们的共同特点是不能找到实实在在的历史叙述。

(一)谴责小说:无历史时间(循环的历史时间)

早在1893年,梁启超在一封信中就曾经说道:"中国人士寡闻浅见,专己守残,数百年若坐暗室之中,一无知觉。创一新学,则阻挠不遗余力;见一通人,则诋排有如仇雠。"②这个"暗室"应该就是鲁迅"铁屋子"的滥觞。这句话也说明了鸦片战争之后的中国确实没有历史前进的动力。晚清的谴责小说大都是写这种没有历史希望的民族国家的存在状态。

谴责小说是鲁迅给出的界定。鲁迅说:"谴责小说之出特盛……有识者则已翻然思改革,凭敌忾之心,呼维新与爱国,而于'富强'尤致意焉。……群乃知政府不足与图治,顿有掊击之意矣。"③鲁迅认为,晚清小说家创作谴责小说的动机与小说创作过程及创作结果出现了"背离",谴责小说家开始的创作意图也有"改革"之意、"富强"之目的,但政府"不足与图治",又加之写作"以合时人嗜好"的市场需求,以致谴责小说成了只是"揭发伏藏,显其弊恶",却没有描绘出民族国家的出路。

谴责小说是"社会小说"("social novel")的一种,"谴责小说虽然揭露了社会的黑暗和丑陋,却仅止于'仅足供闲散者谈笑之资而已',成为名副其实

---

① 〔美〕杜赞奇:《从民族国家拯救历史——民族主义话语与中国现代史研究》,王宪明译,南京:江苏人民出版社,2009年,第34—35页。
② 梁启超:《致汪康年书》,《梁启超选集》,上海:上海人民出版社,1984年,第1页。
③ 鲁迅:《鲁迅全集》第9卷,北京:北京日报出版社(原同心出版社),2014年,第266页。

的'社会小说'"①。社会小说"强调社会状况和经济条件对人物和事件的影响,也时常具体地表现含蓄的,或是明确的对社会改革的论述"②,但谴责小说对社会改革的叙述不多,即使有也大都是伪改革或没有希望的改革。一句话,谴责小说是死沉沉的静态的历史呈现,没有历史的动力。但是,"要使我们对生命体的描述是活生生的——不管是个人还是社会过程——所需要的并不是使活的东西变成死的东西的那种横切面的空间抽象,而是对生活事件的一种纵向的时间抽象"③。谴责小说是"横切面的空间抽象",而没有对历史的"纵向的时间抽象"。

当然,谴责小说家也一直在寻找历史的出路,只不过没有找到正确的历史方向。吴趼人曾经这样评价李伯元,他认为,李伯元"恶夫仕途之鬼蜮百出也,撰为《官场现形记》,慨夫社会之同流合污不知进化也,撰为《中国现在记》,及《文明小史》《活地狱》等书"④,看到了李伯元小说通过批判腐败的官场来寻找历史出路的意图。这与容闳对当时社会的认知不谋而合,他说:"予意当时即无洪秀全,中国亦必不能免于革命……恶根实种于满洲政府之政治,最大之真因为行政机关之腐败,政以贿成。上下官吏,即无人不中贿赂之毒……所谓政府者,乃完全成一极大之欺诈机关矣。"然而,处在动荡的转型的历史时刻,人们即使都有改变民族国家现状的思想,但由于思想还是守旧的,他们所谓的进化思想可能也是变味的,因为,"人人心中咸谓东西文化,判若天渊,而于中国根本上之改革,认为不容稍缓之事。此种脑筋,无论身经若何变迁,皆不能或忘也"⑤。如小说《文明小史》的开头:

> 诸公试想:太阳未出,何以晓得他就要出?大雨未下,何以晓得他就要下?……只索看那潮水,听那风声,便知太阳一定要出,大雨一定下……请教诸公:我们今日的世界,到了什么时候了?

---

① 田敏:《茅盾"社会剖析小说"与晚清谴责小说》,《求索》,2010年第11期,第211页。
② 〔美〕M. H. 艾布拉姆斯:《欧美文学术语词典》,朱金鹏等译,第219—220页。
③ 〔加〕埃利奥特·贾克斯:《时间之谜》,〔英〕约翰·哈萨德编:《时间社会学》,朱红文、李捷译,北京:北京师范大学出版社,2009年,第4页。
④ 吴趼人:《李伯元传》,《李伯元研究资料》,上海:上海古籍出版社,1980年,第10页。
⑤ 容闳:《西学东渐记》,长沙:岳麓书社,1985年,第98、144—145页。

有个人说:"老大帝国,未必转老还童。"又一个说:"幼稚时代,不难由少而壮。"……这几年,新政新学,早已闹得沸反盈天,……人心鼓舞,上下奋兴,这个风潮,不同那太阳要出,大雨要下的风潮一样么?

从这段话可以看出,很难说李伯元具有现代性的进化历史时间意识,循环的历史观仍然是他思想的底色。正如论者所说:"在以描摹世相为主的谴责小说中,那种具有现代救赎意义上的历史时间意识尚未确立,因为人们对未来会如何尚无定见,对于未来,人们多是如李伯元所言'大雨要下、太阳要出'而已,带有某种听天由命的宿命论色彩。"①这是晚清一代小说家的悲剧。他们可能有改革的念头,但保守的思想不知不觉会占领思想的高地。因为,现实不能为"进步"提供足够的动力,"思想认识随着时代而进步……由于社会条件和思想的局限,只能从朴素的正义感出发给封建礼教一点讽刺罢了"②。梅兰芳的这句话用在这里形容晚清谴责小说家的历史思想是非常合适的。

晚清谴责小说家虽有一些进化的思想,但其思想的底色还是守旧的,这是毋庸置疑的。翻开晚清谴责小说,小说中的旧官场和新学堂这两个空间意象很多,也是小说家们批判的对象,那么,晚清谴责小说家批判这一新旧两个空间意象的目的是什么呢? 简单地说,是着眼于民族国家的进步。民族国家是晚清小说的历史主体,他们怀着"官场救国"、"教育救国"的思想,认为当时的官场与学堂是阻碍历史的障碍,那么根源是什么呢? 是人心。他们按照儒家的传统思想绳之官场和学堂中的人,他们认为传统政治、文化体制问题的根源是人的道德的堕落。正如袁进所说:"尽管他(李伯元)在小说中表达了对官场腐败的憎恨,却未能展示出腐败的官场如何扭曲人性,'异化'了'人',未能从人生的意义上去深入发掘官场腐败的更深层内涵。"③足见晚清谴责小说家历史认识的短处。

---

① 耿传明:《时间意识·现代性与中国文学的古今之变》,《文艺争鸣》2015 年第 5 期,第 66 页。
② 梅兰芳:《梅兰芳谈艺录》,长沙:河南大学出版社,2010 年,第 48—49 页。
③ 袁进:《近代文学的突围》,上海:上海人民出版社,2001 年,第 281 页。

正因为晚清谴责小说家有如此思想,因而他们笔下的官场就是人性堕落的"动物世界"。在小说《官场现形记》中,第一回王仁的"做了官就有钱赚"的至理名言与六十回黄二麻子的"统天下的买卖,只有做官利钱顶好"的为官之道如出一辙,就是这样一群道德堕落的人组成了一个牛鬼蛇神俱全的"动物世界"(第六十回),这与小说《二十年目睹之怪现状》开头所呈现的"蛀虫鼠蚁……豺狼虎豹……魑魅魍魉"(第二回)所组成的"动物世界"具有高度的一致性。晚清谴责小说能够展现一部分的历史真实,能够通过自身的体验对错综复杂的现实做出一些具体分析,他们认为如果能把官场中的官员改造好,民族国家就还有希望。例如,在《文明小史》第五回批注就有如此暗示:"柳知府存了一个丢官的念头,忽然大胆起来,倘人人能如此大彻大悟,则世界上的好官,将不可胜数矣。"①但他们受时代的局限,很难发掘出历史前进的真正动力。就拿曾朴的《孽海花》来说,"曾朴曾受到 19 世纪欧洲史观的影响,视历史为一种充满变化和斗争的直线进化过程。当个人被卷入这种汹涌澎湃的历史流变中,他(她)的命运必须由历史决定。任何人,无论好坏,都不能置身事外,兴衰成败的标准亦因此有了改变。"②小说《孽海花》的雄心是铺衍出中国"近三十年新旧社会之历史",试图通过描述中国救亡图存的演进历史来为将来的历史进步寻找出路,后来证明是徒劳的。"曾朴的革命性进化史观很奇怪地受到一种非进化性的,甚至是轮回性的,报应观念的限制。"③为什么会出现如此结果? 首先,由于时代的局限性,谴责小说家没有晚清政治小说家那种严肃的历史态度,他们的小说"可以看作社会资料"④,却没有多少历史发展的探索。其次,谴责小说家都是旧式文人,生存的压力、报刊市场的驱动会消解他们那点有限的历史进步性。作为中国第一批"下海"的旧式文人,给《新小说》《绣像小说》《世界繁华报》《游戏报》等商业性浓厚的刊物撰稿就是一种"金钱的游戏的消遣的"人生态度,他

---

① 李伯元:《文明小史》,章培恒等编:《中国近代小说大系》,南昌:江西人民出版社,1988 年,第 46 页。
② 王德威:《想象中国的方法:历史、小说、叙事》,北京:生活·读书·新知三联书店,1998 年,第 40 页。
③ 同上书,第 41 页。
④ 陈子展:《中国近代文学之变迁》,上海:中华书局,1929 年,第 73 页。

们不可避免地落入"仅足供闲散者谈笑之资而已"的媚俗世界。正如论者所评价的那样:"吴敬梓把小说当儒林笑话写,吴趼人、李伯元把小说当官场、社会笑话写不过瘾,而且真的让书中人一再讲起官场、社会的笑话来。"①人如其文,"娱乐至死"怎能驱动历史的进步?

相对于谴责小说中的旧官场意象,后来的新学堂意象多少有点历史进步性,但是,惯于批判官场的晚清谴责小说家们无法改变陈旧的历史叙述策略,即使怀有"教育救国"的历史进步思想,他们在书写、反映教育改革的历史现状时依然以谴责为主调。例如,吴蒙的小说《学究新谈》以谴责的笔调呈现晚清新学堂的混乱不堪,对"新学"中的众生相及各种投机行为不遗余力地予以暴露,对维新改革下的鱼龙混杂的"怪现状"予以披露:"教育界的故态与时代需求极不适应,除少数留学生和开明人士外,多数教职员思想保守,知识陈旧,言行迂腐,极大地限制了学生的觉悟和求知。"②小说家虽有匡救的进步历史理想,却被小说家谴责的思想所遮掩。正如小说中所写:"你道这还算个学堂吗?……有些教员学生是自己关切的人,就分外含糊过去。有些教员学生和自己不对,便设法开除了,他那教员既然不佩服他,几个学问好些的,相率去了,柔软的人要捧牢这个饭碗,只得将顺他、恭维他,一个学堂弄得像官场一般。"③这种"不新不旧,不中不西,青黄不接"的历史现状是"过渡时代之悲哀",人"立于过去遗骸与将来胚胎之中间,赤手空拳,无一物可把持,徒彷徨于过渡之时期中而已"④。历史很难有多少改变。

(二)乌托邦的历史时间

相对于晚清谴责小说家对历史的消极态度,政治小说家却是积极的。晚清谴责小说家看不到历史的未来,只关注各种陈旧不堪的"怪现状",政治小说家却大胆地畅想历史的未来,进行美好的乌托邦想象。

晚清乌托邦小说虽是虚幻的,却有一定的现实基础,能够给人以安慰。

---

① 陈平原:《中国小说叙事模式的转变》,北京:北京大学出版社,2003年,第163页。
② 桑兵:《晚清学堂学生与社会变迁》,上海:学林出版社,1995年,第381页。
③ 吴蒙:《学究新谈》上册,上海:商务印书馆,1908年,第94—95页。
④ 黄远生:《想影录》,《黄远生遗著》,台北:华文书局,1968年,第126页。

汉斯·布鲁门贝格(Hans Blumenberg)说:"在面对未来这一时间维度时,它是最能给人以安慰的。"①民族生存危机的重压之下,晚清小说家的民族国家的美好想象与现实的发展出现较大的裂痕,乌托邦小说就成了缝合想象和现实之间裂缝的一种补偿工具。而更为关键的是,"以往人类社会对于灾难是有所准备的,即有着从经验中积累起来的稳定信仰……传统上的稳定信仰就是宗教",但随着传统的宗教信仰不再具有指示力量,乌托邦便取替了宗教②。丹尼尔·贝尔的话是有道理的。乌托邦小说为中国的现实困境打通了一条出路,发掘了时间的巨大潜能。晚清小说家憧憬未来,似乎看到了历史的发展方向。但是,"当晚清作家迫不及待地铭刻他们对未来的欲望及理想时,他们预先'消费'或'消耗'了未来。当那神秘的天启时刻提早降临,当那缈远的不可知成为想象的必然,晚清小说家把未来变成了一种乡愁。他们的预言作品不是迎向,而是回到未来。果如此,这些作品纵然肯定线性史观,却暗暗散播着天道循环论,也就可以理解了"③。一句话,乌托邦不能完成现代性时间叙事,它不能迎向未来,只能回到过去。

乌托邦小说是从梁启超开始的,梁启超能够在小说中想象"未来",是因为他率先发现了"历史",但如何进入历史,他虽有历史的激情,还是有些无所适从。梁启超认为,要改变历史困境,首先要认识历史。在梁启超看来,历史叙述是从低级向高级开始的,它是以人类为主体的历史进化。梁启超在整理历史的同时,按照这种历史进化的思想创作了乌托邦小说《新中国未来记》,但小说无法完成对现代历史时间的叙述,因为,民族国家的未来成了转瞬即逝的浮云,小说"失去的不单是前进式的叙述,还有使未来可以理解、可以达到的历史性时间"④。晚清乌托邦小说家对历史困境无法解决时,似乎祈求于历史的彼岸时间。《月球殖民地》《乌托邦游记》《新石头记》等乌托

---

① 参见〔奥〕诺沃特尼:《时间:现代与后现代经验》,金梦兰、张网成译,北京:北京师范大学出版社,2011年,第33页。
② 〔美〕丹尼尔·贝尔:《资本主义文化矛盾》,赵一凡等译,北京:生活·读书·新知三联书店,1989年,第74页。
③ 王德威:《想象中国的方法:历史、小说、叙事》,第58页。
④ 同上书,第112页。

邦小说"设计理想国度、假托世外桃源,是为空间的位移。而更重要的,晚清作者自西方科幻小说里借来'未来完成式'的叙述法,得以自未来角度倒叙今后应可发生的种种"①。《新石头记》前半部分借贾宝玉的经历来反映晚清陈旧的历史现状;后半部分描绘作者理想的历史蓝图",从而显示出历史突变的可能性。但是,如何填补"现在"与"未来"中间那段历史鸿沟,成了问题的关键,这是乌托邦小说永远无法完成的棘手问题。正如王德威所指出的那样,小说《新中国未来记》"在第五回突然中止,留下了一个叙事结构的空当。我们一开始就知道了故事的开端与结尾,却找不到原应承接两端的中间的部分。未被写出的不单是前进式的'叙述'时间,还有未来可以理解、可以达到的'历史'时间"。梁启超对未来充满期盼,早早预定了历史发展的愿景。但遥远的未来不但不能够成为历史发展的动力,还可能掏空历史存在的基础。因为,"他有关未来的观点,只不过是'昔日'或现时情怀的重现而已……他的作品并未真正地发现一个新的未来,而是中国传统时间、历史观的复辟……甚至新发现的直线进行式时间,也可能只是套在传统时间巡回圈上的障眼法"②。总而言之,梁启超对新历史的未来是什么样子尚缺乏足够的想象资源。

乌托邦小说是晚清小说家对新历史的一种集体性想象,具有面向历史未来的前瞻性和改造历史现实的可能性,因而"对处于重大历史拐点、被未知和不确定谜团包围着的中国人来说具有极强的吸引力"③。而大部分小说时间上的"未完成性","表现出作者的对晚清步态停滞的焦虑感和中国被掉落宇宙中心的失落感,而叙事上的多重声音的复调形式更是作者对未来不确定性的又一种表达"④。可见,乌托邦历史时间很难完成小说历史叙述的完整性。

---

① 王德威:《想象中国的方法:历史、小说、叙事》,第 15 页。
② 王德威:《小说作为"革命"——重读梁启超〈新中国未来记〉》,王吉、陈逢玥译,《苏州教育学院学报》2014 年第 4 期。
③ 耿传明:《清末民初"乌托邦"文学综论》,《中国社会科学》2008 年第 4 期。
④ 高鸿:《探寻晚清的"中国梦"——晚清政治小说〈新中国未来记〉的法律想象和审美价值》,《学海》2013 年第 5 期,第 196 页。

二、民初：虚无的"革命"历史时间

晚清的谴责小说和乌托邦小说到了辛亥革命之际都慢慢烟消云散了。因为，辛亥革命的胜利，民主共和国的建立，晚清王朝退出了历史舞台，成了历史的背景，小说所痛骂的满清官场自然不复存在，谴责小说也自然随之消失了；而民主共和国的建立，似乎补偿了晚清政治小说家对民族国家的乌托邦想象，也把国人从虚无缥缈的历史时间拉回了现实。

但是，辛亥革命后，民主共和思想并没有使民初知识分子找到历史前进的动力，反而大失所望，甚至他们将目光重新转到中国历史的传统上来。康德曾经指出，一场革命也许能够"推翻个人专制以及贪婪心和权势欲的压迫，但却决不能实现思想方式的真正改革"，因为，"新的偏见也正如旧的一样，将会成为驾驭缺少思想的广大人群的圈套"①。这很符合辛亥革命后的中国社会现状。一直以来，国人们按照历史进化论的思想思考民族国家的出路，也一致认为，改革和革命是历史发展的动力，但残酷的历史现实让他们迷失在鬼魅的历史之中。"民国成立，新学流行，在这当儿，大约无论什么人都知道文明发达……近年来更觉风发云涌，文化所被，渐渐由南而北，虽荒僻所在，囿于一隅，有几个丑陋之夫，野蛮成性，他们也窥探得其中奥妙，知道不改头换面，不足以逃天演而竞生存。"②甚至，有人认为，"老实说，现在社会上恐怕还是需要旧有的皇帝，辫子与缠足，并不需要共和与新文化"③。在这种历史语境下，复古、复辟浪潮反反复复、层出不穷。就连"袁世凯要做皇帝"，也不是痴心妄想，可能袁世凯也看到了这是"民意所在"，后来，袁世凯死了，但"袁世凯所利用的倾向君主专制的旧思想，依然如故。要帝制不再发生，民主共和可以安稳，我看比登天还难！"④由此可见，革命驱

---

① 〔德〕康德：《答复这个问题："什么是启蒙运动"》，何兆武译，江怡主编：《理性与启蒙：后现代经典文选》，北京：东方出版社，2004年，第3页。
② 李涵秋：《魅镜》，济南：国平书局，1922年，第1页。
③ 周作人：《周作人集外文》上，海口：海南国际新闻出版中心，1995年，第354页。
④ 陈独秀：《旧思想与国体问题》，《新青年》第3卷第3号，1917年5月1日。

第四章　历史时间：晚清、"五四"小说的"未完成性"

动历史前进的神话也破灭了。

所以,民初革命小说很多都是书写革命神话破灭的主题。例如,在冯天真的小说《悔教夫婿觅封侯》中,小说主人公支持其丈夫赴武昌参加革命,当丈夫为民国牺牲时,妻子却十分后悔。从这篇小说可以看到,民初小说对革命有着明显的不信任。丹尼尔·贝尔曾提出"革命的第二天"这个历史现象,他说:"真正的问题都出现在'革命的第二天'。那时,世俗世界将重新侵犯人的意识。人们将发现道德理想无法革除倔强的物质欲望和特权的遗传。人们将发现革命的社会本身日趋官僚化,或被不断革命的动乱搅得一塌糊涂。"①处在"革命的第二天"的民初小说家对民族国家的未来忧虑比晚清小说家更迫切,晚清小说家还有乌托邦可以想象,民初小说家则已经是穷途末路,找不到历史的出路。

刘纳在研究民初小说时,对"革命的第二天"的历史现象有很深的体悟,刘纳说:"置身于时代风云的激荡变幻中,亲历了历史所演出的仿佛命定的悲喜剧,这一代人所领受的人生的空茫感、飘忽感和悲凉感,很可能引发出对生存意义的诘问。"②在这种历史现实面前,民初小说的辛亥革命叙事都是消极的历史叙述。例如,在小说《伤心人语》中,一个曾经为革命鞠躬尽瘁的志士,看到革命后的历史景象,他非常失落,他感觉革命后的今天"人心不善终难大同","这种世界,就是不陆沉,天地间何曾有一日清明……日日想,实在终久是个空"③,革命并不能驱动历史的发展。徐枕亚的小说《白杨衰草鬼烦冤》写了一个家国"革命惨史",作者突出一个"惨"字。小说中陈家两个儿子主动投身革命,然而,革命却是一场空。小说以"枕亚曰"作结束:"革命革命,一次二次,成效安在?徒断送小民无数生命,留得尘世间许多惨迹而已。"④对革命的质疑之声不绝于耳。与之相似,小说《花开花落》作者吴双热也在小说结尾写道:"共和之魂,亦似昙花一现。我见其开,我且见其落

---

① 〔美〕丹尼尔·贝尔:《资本主义文化矛盾》,赵一凡等译,第75页。
② 刘纳:《民初小说的情感取向与文体特色》,《海南师院学报》1996年第3期,第30页。
③ 孙璞:《伤心人语》,《南社小说集》,上海:文明书局,1917年。
④ 徐枕亚:《白杨衰草鬼烦冤》,《小说丛报》第11期,1915年。

矣。"①历史就如"花开花落",时间的循环而已。

当然,也有人看到辛亥革命的历史作用。胡适在谈到辛亥革命时曾经说过,辛亥革命"虽然不算大成功",但是,它可以作为新的历史出发点,因为,那个阻碍历史进步的"大本营若不颠覆,一切新人物与新思想都不容易出头"②。像这种对辛亥革命在历史中的清醒定位,确实是空谷足音。梁启超对辛亥革命后的历史进程也很失望,他认为,辛亥革命以来的"革命成功将近十年,所希望的件件落空,渐渐有点废然思返,觉得社会文化是整套的,要拿旧心理运用新制度,决计不可能,渐渐要求全人格的觉悟"③。这是当时普遍的看法。大部分人对辛亥革命都有一个从积极到消极的转变过程。鲁迅在革命时积极"分发各地去演说,阐明革命的意义和鼓动革命情绪等"④,积极投身到辛亥革命浪潮中去,带领师生组织武装演说队,宣传革命,书写传单,甚至让师生携带体操时用的木棍、大刀等上街演讲。鲁迅还积极参与筹划和创办《越铎日报》,对新政府进行舆论监督,他还执笔写了报纸的《出世辞》,"纾自由之言议,尽个人之天权,促共和之进行,尺政治之得失,发社会之蒙复,振勇毅之精神"⑤。然而,光复后的实际情形却令人大为失望。因为,"满眼是白旗。然而貌虽如此,内骨子是依旧的,因为还是几个旧乡绅所组织的军政府,什么铁路股东是行政司长,钱店掌柜是军械司长"⑥。革命后的民国仍然是旧的,历史并没有被改写。

三、"五四": 迷失的历史时间

"五四"小说家与民初小说家思考历史的起点是相同的,这个历史的起

---

① 吴双热:《花开花落》,《民权素》第12集,上海:民权出版社,1915年。
② 胡适:《中国新文学大系·建设理论集》,上海:上海良友图书印刷有限公司,1935年,"导言"第16页。
③ 李华兴:《梁启超选集》,上海:上海人民出版社,1984年,第834页。
④ 周建人:《鲁迅任绍兴师范学校校长的一年》,乔峰:《略讲关于鲁迅的事情》,北京:人民文学出版社,1954年,第15页。
⑤ 鲁迅:《集外集拾遗补编·〈越铎〉出世辞》,《鲁迅全集》第8卷,北京:人民文学出版社,1981年,第40页。
⑥ 鲁迅:《集外集拾遗补编·中山大学开学致语》,同上书,第159页。

第四章　历史时间：晚清、"五四"小说的"未完成性"

点就是辛亥革命。上文我们提到了"革命后的第二天"这个历史背景，"五四"时期和民初时期都属于这个历史背景。辛亥革命犹如一场突如其来的暴风雨，摧毁了几千年的中国封建专制统治，它"为一些人所期盼，然而真正的难题不在于革命本身，而是'革命后的第二天'，革命固然在于摧毁旧秩序，但更重要的是建立新秩序，实现 state building（政治建国）。假如'破'了之后，'立'不起来，无法实现国家的认同与秩序的整合，那么，革命之后未必是光明，反而是更沉重的黑暗"①。历史现状确实如此，"五四"时期与民初时期都是"革命后的第二天"，处在"破"和"立"之间的两难处境。

辛亥革命之后，晚清时期的"乌托邦"的革命理想与民国后种种社会乱象之间的巨大反差，使人们措手不及，产生了幻灭感，感觉历史的入口被堵死了，无法进入。但是，两代小说家对历史书写的态度是截然不同的。民国建成之后，民初小说家处在一个自由、多元的文化氛围，一部分小说家可以选择远离历史，回到世俗言情中去麻醉自己；另一部分政治思想浓厚的小说家在共和乱象中控诉革命，一方面表达对政治的失望，追忆辛亥革命的"惨史"，另一方面，对社会历史现实的绝望使他们把书写个体情感与命运作为反思革命失败的角度。而"五四"小说家与民初小说家的历史起点虽然相同，但历史语境却有很大不同。汪晖通过比较、鉴别"'五四'文化转向"形成的诸因素后认为，"'五四'文化转向""不仅是从器物、制度的变革方向向前延伸的进步观念，而且更是再造新文明的'觉悟'"，并且，第一次世界大战和中国的共和危机及俄国革命的背景是"五四"文化转向的主要动因②。汪晖在"'五四'文化转向"中用的是"觉悟"这个关键词，而没有用"觉醒"这个一般用法，这非常巧妙。在这里，"觉悟"比"觉醒"更具历史能动性，更能够描述出"五四"知识分子比民初知识分子更具有积极的历史姿态。

具体到小说家，"五四"小说家的历史能动性（觉悟，也是启蒙理性）具体

---

① 许纪霖：《革命后的第二天——中国"魏玛时期"的思想与政治（1912—1927）》，《开放时代》2014年第3期，第68页。
② 汪晖：《文化与政治的变奏——战争、革命与1910年代的"思想战"》，《中国社会科学》2009年第4期，第118页。

表现在两个方面：一是"五四"小说从民初小说的"控诉革命"到理性分析辛亥革命不能驱动历史进步的根源，并且开始寻找新的进入历史的方式，《药》《阿Q正传》《将过去》等小说是此类代表作；二是"五四"小说把民初小说中的象征历史堕落的"言情"等世俗之事转化成"恋爱自由""结婚自由"等"个性解放"的能量，以此反传统，推动历史文化的进步，《伤逝》《海滨故人》等小说是此类代表作。

"五四"时代是人性觉醒的时代，人的个体意识很强。"人性解放"的时代精神会激发高扬的改革意识，但同时也容易走向反面，一旦改革受挫，就会颓废起来。1917年，杜亚泉在一篇文章中强调："战后之人类生活，必大起变化，已无疑义，改革时代，实近在眉睫之前。"①这与"革命的第二天"理论大体上是一致的。因为，"革命的第二天"预示着一场精神危机，"新生的稳定意识本身充满了空幻，而旧的信念又不复存在了。如此局势将我们带回到虚无。由于既无过去又无将来，我们正面临着一片空白"，那么，如何化解这种"革命的第二天"的精神危机，"文化领域就被赋予变革先导的功能"②。并且，所谓的精神危机是人的精神危机。

但是如何化解人的精神危机，推动历史不断前行？首先，必须回到辛亥革命历史现场，清理阻碍历史发展的各种垃圾，理性分析辛亥革命不能驱动历史进步的根源。当然，民初小说家将革命历史融入个体命运的叙述框架之中，同时，又把这种叙述策略运用到民初思想文化的建构之中，对个体命运及个体存在做出了一定程度的思考，这是民初小说家对辛亥革命历史的清理工作所做出的贡献。但是，这项纷繁复杂的工作特别庞大，不是一代人就能够完成了的，直到今天也仍然是一个重要的研究课题。

"五四"小说家及先觉者对辛亥革命的理性分析要深入得多。也许是旁观者清的缘故（"五四"一代也有一些是辛亥革命的亲历者、参与者，如鲁迅等），但是，富有理性的清醒的"五四"一代也并没有找到历史的出路。夏志清说："现实与乌托邦式的未来之间的鸿沟，不是梁启超或任何小说家所能

---

① 伧父：《战后东西文明之调和》，《东方杂志》第14卷第4期，1917年4月。
② 〔美〕丹尼尔·贝尔：《资本主义文化矛盾》，赵一凡等译，第74、79页。

跨越的。"①受时代的局限,梁启超无法解决中国未来发展问题,同样的道理,民初小说家无法解决辛亥革命之后的历史难题。那么,"五四"小说家呢?"五四"小说家及先觉者同样很迷茫,陈独秀很失落地说:"国政巨变,视去年今日,不啻相隔五六世纪……自国会解散以来,百政俱废,失业者盈天下……生机断绝,不独党人为然也。国人唯一之希望,外人之分割耳。"②这透露出辛亥革命之后知识分子的巨大心理反差,也透露出辛亥革命之后的历史更难以发展。但"五四"知识分子毕竟不同于民初知识分子,他们很快就恢复了历史的自信,这从"五四"时期陈独秀与杜亚泉的一场思想论战中可以看出。还是汪晖说得好,他说:"事件总是依存于人们对于事件的认识、判断和感觉,以及基于这些新的认识、判断和感觉而产生的行动。战争与革命在这个时代紧密相联,但不同的人对于这些事件的意义的理解未必一样。"《东方杂志》与《新青年》面对同样的"战争与共和的双重危机",两者对建立怎样的历史叙述差异很大,何况"五四"小说家与民初小说家之间呢?今天来看,《东方杂志》与《新青年》谁是谁非无关紧要,关键是,思想论战明确了"从革命所带动的历史变动和价值指向中探索摆脱战争与共和危机的道路"③。一直对进化论都很感兴趣的鲁迅也在寻找一条通向历史的道路,鲁迅说:"其实'革命'是并不稀奇的,惟其有了它,社会才会改革,人类才会进步,能从虫到人类,从野蛮到文明,就因为没有一刻不在革命……凡是至今还未灭亡的民族,还都天天在努力革命,虽然往往不过是小革命。"④正是"革命"的不断发生,历史的车轮才能够不停地向前推进。鲁迅关于辛亥革命的理性分析有《阿Q正传》《头发的故事》《药》《风波》四篇小说。在小说中,革命的影响像水的波纹一样转瞬即逝(如小说《风波》),在农村等下层人心中并没有多少时间留存,这种革命历史不可能把人从束缚中解放出来,也

---

① 〔美〕夏志清:《新小说的提倡者:严复和梁启超》,张汉良译,王继权、周榕芳编选:《台湾·香港·海外学者论中国近代小说》,南昌:百花洲文艺出版社,1991年,第42页。
② 陈独秀:《陈独秀致〈甲寅〉记者》,水如编:《陈独秀书信集》,北京:新华出版社,1987年,第2页。
③ 汪晖:《文化与政治的变奏——战争、革命与1910年代的"思想战"》,《中国社会科学》2009年第4期,第121页。
④ 鲁迅:《革命时代的文学》,《鲁迅全集》第3卷,北京:人民文学出版社,2005年,第437页。

不可能改变农村等下层人的生存状态和历史命运。杜赞奇说:"鲁迅比他们高明之处在于,他承认历史的当代性,视历史学为谱系学。把历史视为谱系学要求我们不仅从历史的横断面看其'适当的散失',而且把历史看成是我们目前的位置向过去的纵向投射。"①这是比较新颖的看法。杜赞奇认为鲁迅的高明之处是"向后看"回到"过去",然后才能够"向前看"展望"未来",历史犹如水管中的水缓缓流淌,当水流停滞不前,可能是后方的管道出问题了,必须要做好疏通工作。但是,鲁迅考察历史的视点是空间式的,有"向过去的纵向投射",也有从"历史的横断面看其'适当的散失'",也就是上下移动,从农村等下层人看革命之后的民主共和国。

考察的结果是:"中国必须进行一场彻底改造人的价值观的革命……辛亥革命原本为民族自尊、个人自立提供了一个发展机会,但是正由于民众心理中的劣根性,才使得广大民众没能把握好这个机会。"②例如,小说《风波》描写一个"日出而作,日落而息"的"临河土场"。辛亥革命降临了,这个闭塞的乡村却无动于衷,仅仅是剪掉了七斤的辫子。"皇帝坐了龙庭"也只是掀起了一场小小的"风波",其他一切照旧。小说《阿Q正传》和《药》也都是这一主题的表达。这在"五四"时期是对辛亥革命历史最有远见的理性分析。但也有不足,小说并没有指出历史的未来。

"五四"小说家对历史的考察是透彻的,这是这一代小说家的高明之处,但"五四"小说家也有"只问病源,不开药方"的短处,"到了问题是'将来如何'的时候,意见就很分歧了。然而也不是没有比较最有势力的一种意见,这就是所谓'只问病源,不开药方'。这是对于'将来如何'问题的一种态度——或者也可以说躲避正面答复的一种态度"③。这是很实在的评价。1951年,冯雪峰也根据新的历史标准认为,小说《阿Q正传》"对于农民群众的革命性和革命力量,在前期是有些估计不足的,并且有过某种程度的悲观

---

① 〔美〕杜赞奇:《从民族国家拯救历史——民族主义话语与中国现代史研究》,王宪明译,第46页。
② 〔美〕维拉·施瓦友:《中国的启蒙运动:知识分子与五四遗产》,李国英等译,太原:山西人民出版社,1989年,第7页。
③ 茅盾:《中国新文学大系·小说一集·导言》,上海:上海良友图书印刷有限公司,1935年,第3页。

和怀疑"①,这与毛泽东1939年对鲁迅的评价基本一致。毛泽东认为:"鲁迅表现农民看重其黑暗面,封建主义的一面,而忽略其英勇斗争、反抗地主,即民主主义的一面,这是因为他未曾经验过农民斗争之故。由此,可知不宜把整个农村都看作是旧的。"②可见,处在不同历史阶段对革命历史的思考是截然不同的。另外,"五四文学,不再象辛亥革命时期文学那样自觉、有力地为实际的政治斗争摇旗呐喊。代替着辛亥革命时期文学的强烈的政治兴趣的,是五四文学的浓郁的哲学兴趣"③。这种哲学兴趣是对历史的感悟,也是对历史的躲避,更是民族国家无望之下的人生思考。

这种哲学思考为如何化解人的精神危机找到另一条历史路径——回到人自身。具体地说,"五四"时期"普遍渴望埋葬旧的东西,但又不知道将要诞生的新东西是什么,即使在观念上明白,但究竟未能化为代表历史方向的真人真事的现实存在。结果经历了多次探索历史道路的失败之后产生了国民性格和价值观念自我更新的文化运动"④。其实,民初小说已经开始从民族国家的宏大叙事转向个体情感及命运的审视。这一点对于"五四"时期人的思想启蒙是有益的,并且,在民初言情小说中,反封建专制已经有所表现,只不过没有"五四"激进罢了。"五四"小说家的高明在于,几乎完全把传统的一切看成是阻碍历史进步的绊脚石,必须清除干净,与民初小说中主人公困窘于自由结婚与遵从孝道的两难处境截然不同,"五四"小说主人公已经"离家出走",走向新的历史征途。如果把《玉梨魂》与《伤逝》对比一下就可以看出这种转变。

这还不是问题的关键,更为重要的是,"五四"小说家有"化腐朽为力量"的现代转化手段。民初小说家沉迷与情感、欲望的温柔乡里,书写哀怨与堕

---

① 冯雪峰:《冯雪峰选集·论文编》,北京:人民文学出版社,2003年,第317页。
② 毛泽东:《致周扬》(1939年11月7日),中共中央文献研究室编:《毛泽东文艺论集》,北京:中央文献出版社,2002年,第259—260页。
③ 刘纳:《从皈依政治到注重思想:从一个方面看辛亥革命时期至五四时期我国文学的变革》,《北京社会科学》1986年第3期,第119页。
④ 刘再复、林岗:《西方文艺复兴运动和"五四"运动对人的不同认识》,《人文杂志》1988年第5期,第65页。

落,"五四"小说家却把情感、欲望作为反抗陈旧历史的力量。例如,《旅途》①《沉沦》《海滨故人》等小说。张闻天的小说《旅途》写了青年知识分子钧凯与蕴青、安娜、玛格莱之间的恋爱来反映"五四"退潮时期的苦闷、仿徨、奋发的成长历程,这与民初小说的"恋爱"书写有很大区别。郁达夫《沉沦》等小说书写性变态、同性恋等畸形的情感和欲望都具有现代个性解放的色彩,表达人与社会环境的冲突,表诉人无法进入历史的焦虑。

其实,无论是鲁迅对辛亥革命的理性分析,还是小说家们对民初言情小说的"情感"与"欲望"的现代转化,都表诉了"人"迷失在历史之外。"五四"小说中没有历史的存在感。1925年,鲁迅在致许广平的一封信中说:处在人生的"岐〔歧〕路","倘若墨翟先生,相传是恸哭而返的。但我不哭也不返,先在岐〔歧〕路头坐下,歇一会,或者睡一觉,于是选一条似乎可走的路再走……但是不问路,因为我知道他并不知道的"②。可见,鲁迅对"五四"末期的无历史存在的感受是很深刻的。另外,"五四"知识分子也往往用"社会"这个词虚指历史的去处。1917年,陶履恭敏锐地感觉到,"社会"一词已经成为"近来最时髦之口头禅"③。这一现象的根源是,处在转型时期的"五四"知识分子最迫切的历史认知是重新"造社会",他们"觉得当时中国除了'德先生'与'赛先生'之外,还有比这两者更为迫切的社会问题"④。但这个"社会"在哪里? 小说《海滨故人》的主人公很彷徨。蔚然说:"我最近心绪十分恶劣,事事都感到无聊的痛苦,一身一心都觉无所着落,好像黑夜中,独驾扁舟,漂泊于四无涯际,深不见底的大海汪洋里,彷徨到底点了呵!"⑤人物只能够在历史之外彷徨。正如茅盾所评价的:"几乎全是一些'追求人生意义'的热情的然而空想的青年在那里苦闷徘徊,或是一些负荷着几千年传统思想束缚的青年在狂叫着'自我发展',然而他们的脆弱的心灵却又动辄多

---

① 张闻天:《旅途》,上海:商务印书馆,1925年。
② 鲁迅:《鲁迅全集》第11卷,北京:人民文学出版社,1996年,第15页。
③ 陶履恭:《社会》,《新青年》第3卷第2号,1917年4月1日。
④ 王汎森:《傅斯年早期的"造社会"论——从两份未刊残稿谈起》,《中国文化》1996年第14期。
⑤ 庐隐:《海滨故人》,《中国新文学大系·小说一集》,上海:上海良友图书印刷有限公司,1935年,第66页。

所顾忌。这些青年,是'五四'时期的'时代儿'。"①这与激情澎湃的"五四"先觉者形象不太一样。实际上,"五四"先觉者有"一体两面",他们的积极思想、消极思想一直相互纠缠着。

在我们看来,"五四"先觉者的消极思想还突出些,因为无法进入历史,消极彷徨,才会有很多"天问"。"五四"小说有很多"天问"。庐隐说:"世上既是找不出究竟来,人间又有什么真的价值呢?努力奋斗,又有什么结果呢?"②冰心的小说《一个忧郁的青年》的主人公彬君满脑子问题。例如:"为什么有我?""我为什么活着?""人"彻底迷失了。这难道仅仅思考个人问题吗?显然不是。"在'五四'人的心灵深处,更大的命题仍然不是'个人'而是民族"③,是如何进入历史。但是,如何进入历史?他们仍然只是作为"问题"在思考中、彷徨中……

---

① 茅盾:《庐隐论》,肖凤编:《庐隐》,北京:人民文学出版社,1984年,第247页。
② 庐隐:《或人的悲哀》,《庐隐文集》,北京:华夏出版社,2000年,第3—17页。
③ 程文超:《一九〇三:前夜的涌动》,《程文超文存》2,北京:中国社会科学出版社,2009年,第37页。

第五章

个人时间：人如何走进历史

现代性时间观也表现为一种个人时间意识，而个人时间意识的觉醒是现代小说发生的根本动力。中国现代小说中的个人时间大致会依次出现"立""破""重建"三种叙述模式。个人时间的"立"是个人从传统的专制的无时间中解放出来，获得个人时间；个人时间的"破"是人获得个人时间之后，人的个人时间就分裂为个人公共时间和个人自由时间；个人时间的"重组"是指小说家对小说人物的生活时间也会注意到"分配、调整"。从晚清到"五四"，小说大致沿着从"新国民"到"新人"、从"个人公共时间"叙事到"个人自由时间"叙事转变。从"个人公共时间"来看，在小说中，只有个人公共时间能够进入历史，并且，也不是所有的人都能够进入历史。革命派小说中的正面人物参与革命的生活时间是一种个人公共时间；"五四"小说人物化身"社会活动家"，想象性地参与社会活动的时间也是一种个人公共时间；工人在工厂劳动的时间也是一种个人公共时间。并且，革命时间、社会时间具有积极的现代意义；劳动时间却具有批判性，有点反现代性。从"个人自由时间"来看，个人自由时间与个人公共时间是相对的。小说家可以选择人物的公共生活时间以表现他的英雄形象及他对历史的积极作用，也可以从反面选择他的自由生活时间。选择人物的公共时间还是自由时间自然有多种因素的限制，而问题的关键是，由于时代不同，作家态度的迥异，个人自由时间所呈现的效果千差万别，会呈现出"落后""进步""异化"等特征。

第五章　个人时间：人如何走进历史

第一节　个人时间的"立"与"破"

作为现代历史的主体，人的个人时间可以作为现代性时间的一种。伊夫·瓦岱认为，"现代性的价值表现在它与时间的关系上。它首先是一种新的时间意识，一种新的感受和思考时间价值的方式"①。新的时间意识是一种个人时间意识，小说人物时间意识的觉醒是小说的现代性特征。中国现代小说的产生与个人时间意识的觉醒密切相关，在现代小说中，个人时间叙述能够将个人生活时间纳入普遍历史时间中去，小说人物的个人时间能够映射时代的转折变化。更为关键的是，伴随着现代小说的产生，小说中的个人时间大致会依次出现"立""破""重组"三种叙述模式。所谓个人时间的"立"是个人从传统的专制的无时间中解放出来，获得个人时间；个人时间的"破"是人获得个人时间之后，人对个人时间的调配有了"自决"权，会重新调配人参与群体（历史）与个体（私下）的时间，人的个人时间就分裂为个人公共时间和个人自由时间；个人时间的"重组"是指随着时代的不断变化，小说家对小说人物的生活时间也会注意"分配、调整"，并且，从晚清到"五四"，一些具有现代特征的小说对个人时间的书写有很大变化，大致沿着从"新国民"到"新人"、从"个人公共时间"叙事到"个人自由时间"叙事的转变。

一、个人时间的"立"

个人时间的"立"是个人时间意识的觉醒，是人获得现代性品格的标志，并且，只有在现代社会生活中，才能够"存在着一种人人都离不开的本征时间——个人时间(proper time)。它的出现相对较晚，而它在政治上的表达能力尚待发展。在几乎不存在符号的早期社会中，也不存在对某种个性化

---

① 〔法〕伊夫·瓦岱：《文学与现代性》，田庆生译，北京：北京大学出版社，2001年，第42页。

时间的需要。群体的(部落的)社会时间适用于所有成员"①。个人时间的获得也就是"人的发现",是近期的事件,大致以西方的文艺复兴时期、中国的"五四"时期为时间标志,这是有道理的。但值得注意的是,历史不是断裂的,个人时间的觉醒从近代已经零零落落地出现了,到"五四"时期达到了一个小高潮。

在个人时间获得之前,人是传统的无时间的人。瓦西里耶夫曾经指出过,在中国文化中,"存在和意识的问题一般说来不是结合个人和个人知觉提出和解决的",传统的中国人,有很强的义务感,一个人"必须按照一定的社会与伦理规矩行事",而"不是某个个人的精神潜力、智力丰富和全面发展",他(她)"必须符合一定的社会角色"②。换言之,在传统的中国文化中,"自我的起点和归宿都是自明的,源出于天道,复归于天道,并不为自我争个性和独立性。"③这样,人不可能有"自决"权,也不可能获得个人时间。因此,在古典小说中,由于儒家"仁学"的影响,小说"关注的不是人的灵魂,而是人的道德规范",因而,"对人的理想人格的关注与追求"必然成为小说家艺术塑造的"审美取向"④。传统的人无法获得"进入时间的入口",也不可能成为掌握"自己生命进程的主人"⑤,更谈不上如何进入历史。

中国古典小说的个人是不自由的,古典小说也相应地被周作人归为"非人的文学",与"人的文学"相对。周作人的"人的文学"是以西方的人道主义为哲学基础,糅合"人性""博爱"的人道主义元素,建构个性主义的人间本位主义,侧重于个性主义。周作人认为,传统的中国人不知道"世上生了人,便同时生了人道"这个道理,"偏不肯体人类的意志,走这正路,却迷入兽道鬼道里去,旁皇了多年,才得出来",换言之,中国"人的问题,从来未经解

---

① 〔奥〕诺沃特尼:《时间:现代与后现代经验》,金梦兰、张网成译,北京:北京师范大学出版社,2011年,第24页。
② 〔俄〕科恩:《自我论》,佟景韩等译,北京:生活·读书·新知三联书店,1986年,第84页。
③ 邴正:《当代人与文化——人类自我意识与文化批判》,长春:吉林教育出版社,1998年,第104页。
④ 蔡梅娟:《中国古代小说人物的审美演进》,《山东理工大学学报(社会科学版)》2005年第4期,第75页。
⑤ 〔英〕艾勒克·博埃默:《殖民与后殖民文学》,盛宁、韩敏中译,沈阳:辽宁教育出版社,1998年,第224页。

决……如今第一步……从新要发见'人',去'辟人荒'"①。周作人认为中国文学缺乏"人"的存在,因而,要把利人利己结合起来,激活人的自觉意识。当然,中国人获得个人时间的路径与西方有很大的差别,中国人主要反抗的是"礼教对个人的压迫和桎梏,而不是神权,所以他们所获得的个人时间,不是与彼岸世界相对立,而是与侵害个人自由的社会因素相对立。'五四'文人们强烈地希望能够掌握自己的今生……鲁迅一辈子都在反抗黑暗,在帮助人们逃出'铁屋子'"②。其实,逃出"铁屋子",获取个人自由时间这一启蒙工作在鲁迅之前已经开始。

早在戊戌变法期间,近代知识分子就提出了"鼓民力、开民智、新民德"的"新民"主张,目的是将人从传统的束缚中解放出来,重建自主、独立的"新民"。梁启超认为,中国人要摆脱奴隶的本性,"中西文明结婚","育宁馨儿"是造就"新民"的一条路径。1908年,鲁迅在《文化偏至论》一文中认为,"个人一语,入中国未三四年",只有"国人之自觉至,个性张,沙聚之邦,由是转为人国",换一句话说,"角逐列国是务,其首在立人,人立而后凡事举"③。鲁迅倡导"个人的自大",反对"合群的爱国的自大"④。"五四"知识精英从人的个性意识出发,将目光转向民族国家下的个体的思想意识。"五四"时期的"个人"是自主的,也是自足的主体,有独立的价值判断意识和"自决"能力。陈独秀在《敬告青年》一文中主张:人要"自主的而非奴隶"的,他说:"解放云者,脱离夫奴隶之羁绊,以完其自主自由之人格之谓也……盖自认为独立自主之人格以上,一切操行,一切权利,一切信仰,唯有听命各自固有之智能,断无盲从隶属他人之理。非然者,忠孝节义,奴隶之道德也。"⑤可见,个人时间意识的觉醒,是人从蒙昧到文明的精神进化表征,是人的现代化的重要标志。这些进化的痕迹从小说中可以找到。

早在1909年,陈景韩在《小说时报》创刊号上刊登了小说《催醒术》⑥,

---

① 周作人:《人的文学》,《新青年》第5卷第6号,1918年12月15日。
② 肖百容:《个人时间的发现与五四文学》,《广东社会科学》2006年第3期,第155页。
③ 鲁迅:《文化偏至论》,《鲁迅全集》第1卷,北京:人民文学出版社,1981年,第56—57页。
④ 鲁迅:《热风·随感录·三十八》,《鲁迅全集》第1卷,第311页。
⑤ 陈独秀:《敬告青年》,《青年杂志》第1卷第1号,1915年9月15日。
⑥ 陈景韩:《催醒术》,《小说时报》第1期,1909年10月14日。

用一种戏谑的象征手法描绘主人公"予"个人时间觉醒的过程,虽然有些简单,却很生动。小说开头写道:"世传催眠术,我谈催醒术……催眠术为心理上一种之作用,催醒术亦为心理上一种之作用。中国人之能眠也久矣,复安用催?所宜催者醒耳,作催醒术。"这表明作者对当时国人仍然处于蒙昧状态的焦虑,所以,想用"催醒术"让国人获得个人时间。接下来,自然写"予"被催醒的经过:一天"予"在路上被一个"竹梢"者一指,"予"就神奇般地从此心明、眼亮、耳聪……一切都变得"豁然开朗","予"获得了独立的个体意识。随着"予"自身的成长,"予"眼中的世界都变得浑浊不堪了,到处"秽气触鼻",蝇、蚊、臭虫、飞蛾满天飞,而百思不得其解的是:身边的人却"安之若素",谈笑自若。可见,改造国民性势在必行,具有"独异"意识的"予"开始"行动"起来,因为,只有"通过行动,人与他人区分开来,成为个体"①。小说中"予"赶快洗清了自己,洗清友人们;见一老妇手鞭一十五六岁女儿,"予"忿恨地"夺妇手中鞭,扶女儿起"……但,这无异于"以卵击石","予"在众人也成了"狂人",自然不能改变什么。小说最后,"予"喟然叹曰:"至今日而身体手足耳目口鼻之感觉,灵敏于他日,灵敏于他人,予方以为予之幸也。不意予有此灵敏之感觉,而予乃劳若是,予乃苦若是。""予"原以为自己觉醒了,获得了独立的思想意识,可以按照自己的想法设计未来,结果却是痴人说梦,没有人会听一个"疯子"的。这与鲁迅的《狂人日记》中的狂人非常相似。

范伯群慧眼识珠,他把小说《催醒术》与《狂人日记》做一比较,他认为,小说《催醒术》运用象征手法,写出了近代先进知识分子"觉醒后的孤军奋战与内心苦闷",这些"与鲁迅的《狂人日记》以及有关杂文也不无相通之处"。陈景韩《催醒术》及其他作品"证明中国文学的现代化进程早在19与20世纪之交就开始了",陈景韩所谈中国文学的"狂人谱系",或是作"匪徒颂"时,"都应该有他的一席之地,那么他也就实实在在地'入史'了"②。这个评价不低,也符合实际。《狂人日记》的狂人与《催醒术》的"予"都是"狂人谱系"人物,都是觉醒的一代。狂人为了获得个人时间,必须积极应对外界空间的

---

① 〔捷克〕米德·昆德拉:《小说的艺术》,董强译,上海:上海译文出版社,2011年,第3页。
② 范伯群:《〈催醒术〉:1909年发表的"狂人日记"》,《江苏大学学报(社会科学版)》2004年第5期,第6—7页。

第五章 个人时间：人如何走进历史

疏离和围剿，从时间上突围和自救，必须在铁板一块的"铁屋子"里发出自我的呐喊，凿开一扇个人成长的时间之窗。狂人依托"现在"的自由联想对外界他者时间进行了拷问和质疑："从来如此，便对么？"狂人的时间意识不再消弭于一种"时间不以任何方式改变它们"[①]的静止状态，而是从传统的无时间意识中解放出来，将过去和将来两种时态进行现代性观照，按照自我的时间意识把过去、现在、将来连接起来，形成了现代性的个人时间，当然，狂人对个人成长的设计最终是"胎死腹中"。

现代性是时间问题，人的现代化首先是个人时间问题。刘小枫曾经指出："现代性不仅是一场社会文化的转变，环境、制度、艺术的基本概念及形式的转变，不仅是所有知识事务的转变，而根本上是人本身的转变，是人的身体、欲动、心灵和精神的内在构造本身的转变；不仅是人的实际生存的转变，更是人的生存标尺的转变。"[②]按照这一论断，现代性的首要问题就是现代人的产生，人的个人时间的获得。并且，只有"当人的自觉、人的尊严感苏醒之后"，"开始思索自己作为人的生存价值之后"，人才能够"摆脱了传统的思维方式……开始了具有现代意义的自我认识"[③]。这还不是问题的关键。因为，个人时间的获得必然打破传统的静止的"道德时间"，必然会产生新旧时间的冲突。小说家格非把传统的中国人"将人的生命过程视为价值实现的过程，是发展、延伸、成就'德性'的过程"命名为"道德时间"，这与现代的中国人"朝向物理线性时间的方向"[④]，面向未来的时间追求截然相反。小说《狂人日记》与《催醒术》中的"道德时间"是指人按照传统的儒家伦理秩序生活，没有自我的生活设计，没有未来。这样，小说中的众人的"道德时间"与狂人、"予"的个人时间就产生了新旧冲突。《催醒术》中的朋友们根本看不到自己身上的污泥浊水，反而"群笑予为狂"；他们听不到屋外可怜人的哀号，反而"窃窃私语曰，彼殆病神经"；他们对老妇人手鞭女儿视而不见，以至

[①]〔英〕彼得·奥斯本：《时间的政治：现代性与先锋》，王志宏译，北京：商务印书馆，2004年，第151页。
[②] 刘小枫：《现代性社会理论绪论》，上海：生活·读书·新知三联书店，1998年，第19页。
[③] 赵园：《五四时期小说中的知识分子形象》，《文学评论》1984年第3期，第28页。
[④] 格非：《文学的邀约》，北京：清华大学出版社，2010年，第142页。

于"予"发出"何人人咸聋若此"的感慨。与《催醒术》相比,《狂人日记》把这种新旧时间冲突抽象为个人时间与家族伦理制度下的"被吃与吃人"的循环的"道德时间"之间的纠缠,包孕了鲁迅对人与社会、个体与群体的哲学思考。"狂人"意象是一个包含着自我与社会、传统与现代的"中间物","个人"是"群体"的也是"个体"的,"个人"是"家庭"与"国家"的"中间物"①,充满了个体生命对家庭、国家的矛盾与紧张。这种基于"现在"的时间哲学是"一种全新的时间意识,是'个人时间'发现和觉醒的现代性观念,是符合自身逻辑系统的对'主观时间'的绽出和确信,突出体现了鲁迅所把握到的20世纪中国独特的现代美学品质"②。个人时间是全新的现代性时间。

当然,个人时间不仅仅在《催醒术》和《狂人日记》中出现,在《孽海花》《玉梨魂》及民初言情小说中都有多多少少成长的痕迹。到了"五四"时期,《沉沦》《伤逝》及冰心、庐隐等小说家的作品都有反封建专制、挣脱封建专制、离家等"个性解放"的现代主题。周作人说:"我想现在讲文艺,第一重要的是'个人的解放',其余的可以随便。"③于是,周作人便把欧洲文艺复兴的人道主义、启蒙运动的"个性解放"的思想介绍到中国来。胡适也在《易卜生主义》一文中说:"社会最大的罪恶莫过于摧折个性不使他自由发展。"④可见,个人自由、个人时间的获得是"五四"时期最重要的时代主题。因为,"五四运动的最大的成功,第一要算'个人'的发见。从前的人,是为君而存在,为父母而存在的,现在的人,才晓得为自我而存在了"⑤,可以按照自我的想法筹划未来。

二、个人时间的"破"

获得个人时间是人能够按照自我的想法筹划未来的前提。"个人将自

---

① 汪晖:《历史的"中间物"与鲁迅小说的精神特征》,《文学评论》1986年第5期。
② 吴翔宇、陈国恩:《论鲁迅小说的时间意识》,《鲁迅研究月刊》2010年第10期,第24页。
③ 周作人:《文艺的讨论》,《晨报副刊》,1922年1月20日。
④ 胡适:《易卜生主义》,《新青年》第4卷第6号,1918年6月。
⑤ 郁达夫:《〈中国新文学大系·散文二集〉导言》,《中国新文学大系·散文二集》,上海:上海良友图书印刷有限公司,1935年,第5页。

我从群体里区分出来,这时,他惊喜地发现时间也属于自己的了,比如他可以自由地掌握时间,通过自己的努力赢取时间。"①当然,需要指出的是,这里的"群体"仅仅指称的是不能够为"个人"提供未来的群体,如封建家族。"时间属于自己",人可以"自由地掌握时间",更主要的可以自由调配个人时间,个人时间就会分裂成两个部分。具体言之,个人时间的"破"是人获得个人时间之后,人对个人时间的调配有了"自决"权,会重新调配人参与群体(历史)与个体(私下)的时间,个人时间就分解为个人公共时间和个人自由时间。个人公共时间是现代社会中的人参与社会发展进程的集体生活时间,包括个人参与政治革命的生活时间,参与社会文化改革的生活时间、参与社会经济建设的生活时间等;个人自由时间与个人公共时间是相对的,主要包括个人融入家庭、娱乐等私下的世俗生活时间。

其实,把时间二分是很普遍的做法。周作人说:"古人的思想,以为人性有灵肉二元,同时并存,永相冲突。肉的一面,是兽性的遗传;灵的一面,是神性的发端。人生的目的,便偏重在发展这神性;其手段,便在灭了体质以救灵魂。"②周作人这里是按照西方的思想把古人的时间分成神性时间和世俗时间,而上文中的格非则把中国古人的时间分成道德时间和世俗时间,和周作人的观点略有不同,但有一个共同点:古人的二元时间不是特别明晰,是混为一体的。现代人的时间分裂更为清晰。前文提到埃里克森把人的时间分成人的生命史和历史,这与巴赫金把现代人的时间分成个人时间与历史时间基本一致。本文没有采用巴赫金的个人时间和历史时间。原因有两个:第一,巴赫金的两个时间还是比较含糊,并且两个时间还有很多重合处;第二,我们认为历史时间是指人类社会进步发展的群体时间,与个人参与历史的个体时间有区别。

当然,个人公共时间与历史关系密切。在巴赫金现实主义成长小说中,巴赫金强调了两点:第一,现实主义成长小说是现代小说产生的标志;第二,现实主义成长小说的主要特征是人与世界一同成长,小说中的成长人物

---

① 肖百容:《个人时间的发现与五四文学》,《广东社会科学》2006年第3期,第153页。
② 周作人:《人的文学》,《新青年》第五卷第六号,1918年12月15日。

"自身反映着世界本身的历史成长"①,"人在历史中成长"。这样看来,巴赫金的人的历史时间是从历史看人物,人只是反映历史的成长,而淡化了人的历史能动性,而个人公共时间则强调人主动参与历史的建构及其所做的历史贡献。另外,个人公共时间更具有现代性,而个人自由时间则常常具有反现代性。张华说:"具体来说,现代性的标志是:一是建立在工业技术基础上的物质文明创造,二是建立在民主与法制基础上的制度文明创造,三是建立在个性自由基础上的精神文明创造。"②这与个人参与社会经济建设的生活时间,参与政治革命的生活时间,参与社会文化改革的生活时间这三种个人公共时间类型具有高度的一致性。很显然,现代性舍弃了个人自由时间的内容。这与现代主义的时间体验有所不同。

卡林内斯库认为,现代性中蕴含着两套价值相互对立的时间观念:一是"资本主义文明客观化的、社会性可测量的时间";二是"个人的、主观的、想象性的绵延,即'自我'的展开所创造的私人时间"③。"文明客观化的、社会性可测量的时间"把时间作为一种可以交换的商品,人抽调出"个人公共时间"(相似于"社会必要劳动时间")参与到社会文明的建设中去,以获得可供"个人自由时间"("自由时间",或"私人时间")消费的基础。卡林内斯库所做的社会性可测量的时间和私人时间的文化分析与马克思的劳动时间与自由时间的政治经济学分析具有一致性,一个强调"时间与自我等同"的现代主义的审美现代时间观,一个强调"自由时间"的"人的解放"的政治经济学的时间观。按照马克思主义时间观,人的生命活动主要由劳动时间和自由时间两部分时间组成。劳动时间是人为了生存而付出的生命损耗,自由时间是扣除社会必要劳动时间之后的可供个人自由支配的闲暇时间,可见,劳动时间和自由时间是成反比的。用马克思的话说:"从整个社会来说,创造可以自由支配的时间,也就是创造产生科学、艺术等等的时间。"④因

---

① 〔苏〕巴赫金:《小说理论》,白春仁、晓河译,石家庄:河北教育出版社,1998年,第233页。
② 张华:《现代性与文学性:关于中国现代文学研究的反思》,《文史哲》2006年第6期,第75页。
③ 〔美〕马泰·卡林内斯库:《现代性的五副面孔:现代主义、先锋派、颓废、媚俗艺术、后现代主义》,顾爱彬、李瑞华译,北京:商务印书馆,2002年,第11页。
④ 《马克思恩格斯全集》第46卷上册,北京:人民出版社,1979年,第38页。

而,马克思主义历史时间观把劳动时间看成"必然王国"的基础,又把缩短劳动时间、扩大自由时间看成"自由王国"的基础。总之,马克思主义历史时间观"的最终目的正是为了人类的自由和解放。自由时间的充裕是人类进步的主要标志,自由时间的利用程度和利用方式是衡量人们生活质量的新的尺度"①。人的自由时间富有解放意义。

从上文可以看出,本节提出的个人公共时间、个人自由时间与马克思主义的二元时间有一定的对应性。同时,个人公共时间、个人自由时间与两种截然不同且又激烈冲突的现代性(卡林内斯库:资产阶级现代性与审美现代性)也有关联性:资产阶级现代性倾向于个人公共时间;审美现代性更倾向于个人自由时间。卡林内斯库说:"资产阶级的现代性……坚持了……进步的信条、对科学技术带来裨益的可能性的坚信、对时间的关切、理性崇拜、限定在抽象人道主义框架内的自由的理想,而且还有对实用主义的重视以及行动和成就崇拜……另一种现代性……自其浪漫主义之初,就倾向于激进的反资产阶级态度。它厌恶中产阶级的价值标准,并通过种种迥然不同的方法宣泄这种厌恶感。"②在中国近现代小说中,"资产阶级的现代性"的"进步的信条"一直召唤着"个人公共时间"的力量。因为,在20世纪初的社会动荡的危机时期,启蒙进步主义的客观矢量时间具有很大的魔力,民族国家要诉诸未来,就要以个人公共时间为生存根基来构建民族国家。例如,清末民初革命派小说《自由结婚》《洗耻记》《宦海升沉录》《五日风声》等小说都刻画出了具有进步倾向的革命英雄,他们已经具有现代人的一些特征。也就是说,这些进步的革命者已经获得了个人时间,并且,在刻画这些进步人物的时候,小说家会把叙述人物的个人公共生活时间作为重点,以突出人物对建构民族国家所付出的努力,而把人物的个人自由生活时间作为人的堕落、落后性加以批判,小说人物的个人自由生活时间变成了庸常时间,甚至

---

① 马惠娣、成素梅:《关于自由时间的理性思考》,《自然辩证法研究》1999年第15卷第1期,第35页。
② 〔美〕梅泰·卡利内斯库:《两种现代性》,顾爱彬译,《南京大学学报(哲学·人文·社会科学)》1999年第3期,第50页。

腐化时间①，成为消解人物的英雄性、进步性的因素。

在"五四"时期，胡适等人对个人时间有"大我""小我"之别。胡适在论述他的"社会的不朽论"时说："种种过去的'小我'，和种种现在的'小我'，和种种将来无穷的'小我'，一代传一代……一线相传……便是一个'大我'。'小我'是会消灭的，'大我'是永远不灭的……每一个'小我'的一切作为，一切功德罪恶……都永远留存在那个'大我'之中。那个'大我'，便是古往今来一切'小我'的纪功碑……冠绝古今的道德功业固可以不朽，那极平常的'庸言庸行'，油盐柴米的琐屑，愚夫愚妇的细事，一言一笑的微细，也都永远不朽。……社会是有机的组织，那英雄伟人可以不朽，那挑水的、烧饭的，甚至于浴堂里替你擦背的；甚至于每天替你家掏粪倒马桶的，也都永远不朽。"总而言之，"个人造成历史，历史造成个人"②。这里引用胡适的这一大段话主要是为了说明以下几个问题：

首先，"大我""小我"时间与个人公共时间、自由时间没有多少相同点，这里的"小我"是一个完整的个体，几乎包括整个个人时间，而"大我"是整个人类，"大我"时间就是整个历史；其次，胡适有进化论思想，无数"小我"时间构成源源不断的"大我"时间（历史）；再次，胡适有"众生平等"的历史观，消解了传统的英雄史观，并且，人无论善恶，都能够进入历史，历史仿佛是一个大箩筐，破铜烂铁都装得下。胡适夸大了"愚夫愚妇"等凡夫俗子的历史作用，与真实的历史可能不相符合。雷蒙·阿隆指出："人只能认识或利用自然，却不能改变或创造它；历史则不同，它来源于每一个有意向性的人的行动。"③"有意向性的人"这一说法可能更为恰当。

其实，中国最早区分"大我""小我"这一个人时间概念的是梁启超④。早在1900年，梁启超在《中国积弱溯源论》一文中就谈到"大我"是"一群之

---

① 关于"腐化时间消解进步人物的英雄性、进步性"的论述可以参见赵斌：《从"维新"到"伪新"——论中国小说现代转型中的时间困境》，《广西社会科学》2016年第10期。
② 胡适：《不朽——我的宗教》，《新青年》第6卷第2号，1919年2月15日。
③ 参见郝春鹏：《作为一种社会学建构的历史学——雷蒙·阿隆的社会历史学》，《世界哲学》2016年第4期。
④ 许纪霖：《个人主义的起源——"五四"时期的自我观研究》，《天津社会科学》2008年第6期。

我"，"小我"是"一身之我"①，但梁启超的"大我""小我"观与胡适有很大区别，他的"大我""小我"时间不是人类时间与个体时间的关系，而是人的一体两面，与本节的两种个人时间比较接近，因为毕竟都回到"个人"身上，但也有区别：本节的两种个人时间是并列关系又是横向组成关系，两者构成一个完整的生命时间；梁启超的两种时间是重合关系，在群中是"大我"，私下里是"小我"；胡适的两种时间是包含关系又是纵向组成关系，一代代"小我"组成"大我"的历史。"大我""小我"的区分在胡适之后也一直争论着。高一涵曾经借用鲍桑葵的话说："自治者，勉小己以赴大己，克私利群之谓也。"在高一涵看来，"小己者何？离群独处之身，偏颇奇特之用，孤立而外于群者也；大己者何？由历史以观，即立国以来世世相承之民族性；由人道以观，则人类众生心心相印之公同"②。高一涵的"小己""大己"时间比较接近两种个人时间。

在现代小说中，具有现代品格的小说人物的生命活动都会出现个人时间的分裂。特别是在"革命+恋爱"的小说中，人物进入革命活动的时间是个人公共时间，进入恋爱活动的时间是个人自由时间，两种时间在小说中的胶着、冲突增强了小说的艺术张力，也为对小说的评价带来了难题。例如，小说《玉梨魂》《爱妻与爱国》《爱国鸳鸯记》《巾帼阳秋》《崇拜英雄》《五日风声》。这个问题很重要也很大，会有专文来论述，这里不再赘述。

三、现代小说中的个人时间的重组及流变

一个非常重要的文学现象是：如果小说把人的个人公共时间作为历史的进步力量来书写，那么，个人自由时间就是堕落、落后的。当然，这还要看小说家如何裁剪个人公共时间和个人自由时间。伊莉莎白·鲍温说："从某个角度上看，小说家在写书时可以像一把扇子似地把时间打开或者折拢。

---

① 梁启超：《中国积弱溯源论》，《梁启超全集》第2卷，北京：北京出版社，1999年，第417页。
② 高一涵：《自治与自由》，《青年杂志》第1卷第5号，1916年1月15日。

既然每一篇故事根据自己的轻重缓急,都需要一种特殊的计算时间的方法,所以作者如何计算时间是非常重要的。小说家必须善于分配、调整时间;时间起着突出、加强的作用,这一点用不着多说。"①这段话意在强调小说家在编制故事时对情节时间要精心构思。其实,随着时代的不断变化,小说家对小说人物的生活时间也会注意"分配、调整"。从晚清到"五四",一些具有现代特征的小说对个人时间的书写有很大变化,大致沿着从"新国民"到"新人"、从"个人公共时间"叙事到"个人自由时间"叙事的转变。具体言之,清末民初时期,在以维新、革命等为时代主题的小说中已经发掘了小说人物个人公共时间的历史能动性,而小说中的个人自由时间却往往是堕落的、落后的,成了"五四""新文学"家批判的对象;到了"五四"时期,晚清小说的民族国家的"宏大叙事"逐步转向个人的"私语化叙事",个人自由时间成了"五四""新文学"家主要的书写对象,但与民初小说的个人自由时间叙事截然不同,"五四"小说中的个人自由时间具有"个性解放"的启蒙功能,完全具有个人公共时间的叙事功能,个人自由时间也成了社会改革、进步的行动力量。

前文提到:个人公共时间偏向于群体时间概念;个人自由时间偏向于个体时间概念,相应的,晚清的"新国民"偏向于群体概念;"五四"的"新人"偏向于个体概念。相应的,"国民"与"人"也是有区别的,"人"表达的是"个体"范畴,"民"属于"群体"的范畴。"国民"是在拯救、建设新的"民族国家"的过程中产生的,因此,它剥夺了"人"的个性自由、取消"人"的独立性和自我意识。换一句话说:"国家因为要达到这兵强国富的目的,就不惜牺牲个人,或牺牲一群人,来作它的手段,所以在国家之前,个人就不能主张他的权利。"②"五四"时期,个人被置于中心地位,人的个性、权利等问题成了小说的中心问题。"五四"对个人主义的伸张使"五四"成为"人的发现"的时代,这个新"人"比晚清新"国民"更具有独立自由的个性。例如,鲁迅推崇尼采式的孤独的个人,将易卜生《国民公敌》所表达的观点——"世界上最强有力

---

① 〔英〕伊莉莎白·鲍温:《小说家的技巧》,傅惟慈译,《世界文学》1979年第1期。
② 郁达夫:《艺术与国家》,《创造周刊》,1923年7月14日。

的人就是那最孤立的人"——作为信条。"五四"时期虽然仍强调国家民族的终极性,但"人"在"五四"新文学运动中具有根本性。周作人曾经借用马庆川的话来论述"人"的根本属性:"人类或社会本来是个人的总体,抽去了个人便空洞无物。"①周作人一直反对把文学当作实现国家、种族和家庭目的的工具,主张文学的目的是把个人从国家、种族和家庭中解放出来。胡适虽然也非常认同个人的最终目标仍然是发展社会,但是,个人的自由是发展的前提,"争你们个人的自由,便是为国家争自由!争你们自己的人格,便是为国家争人格!自由平等的国家不是一群奴隶才建造得起来的"②。个人的发展是国家发展的前提和基础,这和晚清时期有很大的不同。

晚清时期,一部分中国先进的知识分子虽然摆脱了"家族"的束缚,具有现代特征,但"仍然自觉地将人的个体附属、服从、以至消融于以'国家'形态表现出来的'群体'('类')之中",相对来说,到了"五四"时期,"个体"不再一味地消溶在社会、国家、民族、家族等类之中,"而作为实在的独立存在受到了尊重。而且在理论上确立了:个体的存在与发展,是社会、民族、国家、家族存在与发展的前提与基础"③。晚清小说在刻画一些具有现代特征的人物时,往往会把正面人物参与改革、革命等个人公共时间作为主要描写对象;而"五四"小说则刻画人的恋爱等个人自由时间,宣扬"个性解放",反抗封建专制,推动社会文化的改革和进步,这里的个人自由时间也就转变成人的个人公共时间。更为重要的是,"五四"小说中革命人物虽然很少见,但"五四"小说人物会化身为"社会活动家",宣传、参与各种社会改革活动,这样,社会时间往往成为个人公共时间的形式。可见,两种个人时间的边界也不是固定的,随着时代的变化、作家思想态度的不同,两种个人时间会相互转化,这一点非常关键。关于晚清、"五四"小说中两种个人时间叙事的具体情形,下面两节会分别论述。

---

① 周作人:《自己的园地》,石家庄:河北教育出版社,2002年,第25页。
② 胡适:《介绍我自己的思想》,《胡适文集》第5卷,北京:北京大学出版社,1998年,第511—512页。
③ 钱理群:《试论五四时期"人的觉醒"》,《文学评论》1989年第3期,第5—6页。

第二节　个人公共时间叙事

上文我们提到了雷蒙·阿隆与胡适的历史观,雷蒙·阿隆的"有意向性的人"进入历史的观点显然比胡适"愚夫愚妇"的历史观要合理得多,但两者也有共同点:都谈到了"人的历史主体意识",都强调在历史的发展过程中,人要有明晰的自我认知,并要积极地进入历史。历史的前进并不是神的推动,而是人自身的创造力,人才是历史的"缔造者"。但是,在小说中,人的整个生命活动并不都进入历史的叙述,只有个人公共时间才能够进入历史,为历史的进步注入活力,并且,也不是所有的人都能够进入历史,"只有在当很大一群人能够将自己想成在过一种和另外一大群人的生活相互平行的生活的时候——他们就算彼此从未谋面,但却当然是沿着一个相同的轨迹前进的,只有在这个时候,这种新的、共时性的崭新事物才有可能在历史上出现"①。人进入历史、参与历史建构的时间也有很多想象的成分,想象为了一个前方的共同目标而融入一部分生命时间。那么,在晚清、"五四"小说中,具有现代品格的人物有哪些进入历史的方式? 人物参与公共历史活动的时间有哪些类型? 当然,进入的历史方式也许有多种,本节只是选取几个主要类型。清末民初的革命派小说中有不少具有进步性的正面人物,他们的共同目标是革命,目的是建立一个新的民族"想象共同体",所以,他们参与革命的生活时间是一种个人公共时间;辛亥革命之后的"五四"时期,民主共和国已经建立起来了,进入历史的革命路径暂时关闭了,小说就从民族国家的"宏大叙事"转向了"个人化叙事",批判封建专制等社会腐朽思想成为新的时代主题,小说人物化身"社会活动家",他们想象自己会进入社会参与各种改革活动,而这种想象性地参与社会活动的时间也是一种个人公共时间;另外,在晚清、"五四"小说中,《工人小史》《灵魂可以卖吗》等描写了工人

---

① 〔美〕本尼迪克特·安德森:《想象的共同体:民族主义的起源与散布》,吴叡人译,上海:上海人民出版社,2001年,第184页。

生活时间的小说,工人在工厂劳动的时间(马克思所说的社会必要劳动时间)也是一种个人公共时间。更为重要的是,通过比较革命时间、社会时间、社会必要劳动时间这三种个人公共时间,会发现:革命时间、社会时间具有历史的进步性,具有积极的现代意义;社会必要劳动时间却具有批判性,有点反现代性。

一、革命时间

革命生活时间是人参与构建历史的个人公共时间,当然,有时候这种时间的公共性带有一定的想象性。哈耶克说:"当我们将进步与我们个人的努力或有组织的努力结合起来讨论时,'进步'乃是指一种趋向于某一已知目标的发展。"①当然,很多时候"某一已知目标"是想象的,并不是自明的,并且,在历史转折时期,人们对"某一已知目标"的追逐为改革、革命提供了动力。按照陈晓明的观点,"整个现代性的历史也可以说就是变革、革命的历史"②,这无疑是富有洞见的。在晚清、"五四"一些进步的革命性小说中,进步人物的革命生活时间是小说展现时代进步的具体表现,革命是作为推动时代进步的重要力量而出现的。进步的革命性小说按照线性进步时间组织故事时,必然把人物的革命生活时间(个人公共时间)作为小说描写的重点,人物的自由生活时间却尽量少写或者不写,即使写也是为了起到反衬作用。

那么,晚清、"五四"革命性小说中的人物是如何进入革命时间的呢?也不是特别简单,因为,人物的革命目的不同,革命时间也不相同。大致有两种情况:政治民族革命下的公共时间与性格革命下的时间错位。正如小说《女娲石》中的"四贼论"对这二重革命所做的分析,在小说中女子革命团体花血党拟定了"灭四贼"的清规戒律。(1)灭内贼:"三纲五常"压制妇女,使她们没有丝毫自由,所以,党内"同志""要绝夫妇之爱,割儿女之情";(2)灭外贼:"'外'字是对世界上国际种族讲的",党内"同志""第一要斩尽奴根",

---

① 周为民、周熙明主编:《进步的常识》,北京:现代出版社,1999年,第178页。
② 陈晓明:《现代性与文学研究的新视野》,《文学评论》2002年第6期,第99页。

勿要"媚外",最紧要的是"自尊独立";(3)灭上贼:"'上'字是指人类地位讲的",我国的封建专制君主制"敬的是君父,便是独夫民贼,专制暴虐",所以,党内"同志"勿要做"死奴忠鬼",要剔除"独夫民贼";(4)灭下贼:"这'下'字是指人身部位讲的",人"有了个生殖器,便是胶胶粘粘",为情所困,为情误国,所以,党内"同志""务要绝情遏欲,不近浊物雄界"(第七回)。很显然,花血党人是追求进步的,而"进步表现为现存事物的否定"①。所以,他们的革命"包括三个任务:民族革命(灭外贼)、政治革命(灭上贼)和性别革命(灭内贼、灭下贼)"②。其实,主要是两个方面,"灭外贼""灭上贼"是对新的"民族国家"的想象;"灭内贼""灭下贼"是对"自我成长"的想象。而问题的关键是,两者都关注人如何进入革命这个公共时间,但进入的方式不同:政治民族革命下的人是为时代形势所迫,从各种专制压迫中觉醒,从无时间中走向革命公共时间,或是从自由时间走向革命公共时间;性别革命下的女性还有一种进入革命公共时间的独特方式,即剥夺男性进入革命的合法地位,让他们回到腐化时间(一种个人自由时间)中去堕落、毁灭。

(一) 政治民族革命下的公共时间

政治民族革命下的人的时间轨迹是多样的。但前提是,人无论在何种情况下,都必须首先获得个人时间,个人时间已经觉醒,人是自由的。晚清革命派小说中的革命者都有很强的自立能力,能够周游各地:"游骖"上海(《上海游骖录》),不受任何限制;"窈窕之东洋美人"能够游历欧洲,而且"彼美孑然一身,绝无行李"(《新舞台》)。因为,革命的目的是"造出世界真正的文明","专望求得平等自由之乐"(《东欧女豪杰》)。这样,他们不再局限于小小的家庭,不再囿于家族伦理、儿女情长,他们为国家牺牲个人,为革命放弃爱情,夫妻也"为着革命而离散",甚至,革命女性还要忍辱负重,周旋于各种欢场掩护革命活动,"不知道的都当她是个倚门卖笑的"(《珊瑚美人》),他们奋不顾身地投入到实际的革命行动中去,从自由时间进入革命公共时间。

---

① 《马克思恩格斯选集》第3卷,北京:人民出版社,2012年,第908页。
② 李萌昀:《男性想象中的"国女革命"——论晚清小说〈女娲石〉》,《沈阳师范大学学报(社会科学版)》2009年第5期,第114页。

第五章 个人时间：人如何走进历史

纵观晚清革命派小说，小说主要写了革命对人特别是女性的召唤，具有强烈的时代性，"戊戌、辛亥主要从政治变革目的出发，号召妇女参与启蒙和救亡运动。在反封建主题下进行的妇女运动又具有反抗民族压迫，争取社会进步的特殊性"①。当然，一般情况下，革命的召唤是无性别之分的。在民族危机的关键时刻，民族国家的话语具有革命力量，能够把觉醒后的个体整编到革命时间序列中，人也就从自由时间进入革命公共时间。即使是言情小说，主人公死亡了，也会发出这样一种声音："梦霞死矣，梦霞殉国而死矣。"②这种革命时间叙事在晚清小说中有不少，如，在义侠的小说《铁血男儿》中，主人公黄振武从小就立下"必有以救我国而拯我民"的革命志向，武昌起义爆发后，黄振武毅然进入革命队伍，奋勇作战，为国捐躯；《吴禄贞轶事》的主人公吴禄贞也是在武昌起义爆发后，暗中策应，后来被袁世凯秘密雇凶杀害，孙中山曾经亲撰祭文："代有伟人，振我汉声。觥觥吴公，盖世之杰，雄图不展，捐躯殉国"③；小说《悔教夫婿觅封侯》也写了武汉起义令小说人物剑魂激动不已，借游学为由，告别新婚妻子柳影，奔赴战场，为国捐躯。另外，小说《血鸳鸯》《征鸿泪》虽然标明是"哀情小说"，也都有革命英雄的大义凛然的场面，意在表明革命者已经从个体自由时间进入革命公共时间。

当然，小说中的人物在从自由时间向革命时间的转换过程中，内心是很复杂、纠结的。1912年，李定夷的小说《湘娥泪》开始刊载，小说开头以清晨乡间村馆的景物描写引出主人公陈次强。陈虽富有文韬武略，却也有私塾先生的古旧，陈以家贫故，在乡间教书糊口，过着还算自由自在的生活。但是，"课蒙糊口"的庸常时间与人物的成长产生了较大的叙述张力，怀才不遇，时代之浇漓是陈走向革命的主要原因。小说第一章设置了武昌起义这一重大历史事件作为人物进入革命时间的动力。时代用人，历史和个人追求高度融合起来了。与之不同的是，一些晚清革命派小说放弃了传统的革

---

① 郑必俊：《关于中国妇女史学的理论与实践》，李小江、朱虹、董秀玉主编：《批判与重建》，北京：生活·读书·新知三联书店，2000年，第113页。
② 徐枕亚：《玉梨魂》，吴组缃、端木蕻良、时萌主编：《中国近代文学大系（1840—1919）·第8卷·小说集（6）》，上海：上海书店出版社，1991年，第586页。
③ 张海赴等：《中华英烈词典》（1840—1990），北京：军事译文出版社，1991年，第394页。

命资源,从西方获得革命动力。小说《新茶花》塑造了一位个性独立、追求爱情自由的妓女武林林。如果把武林林和陈次强做一比较,可以看到,两人反差特别大:一男一女,一教书先生一妓女。更为重要的是,武林林从西方小说受到启蒙,她爱看《巴黎茶花女遗事》,立志要学玛格丽特,"那一本小说书,从头到尾,背都背得出",以至于她是"马克无双,武林艳绝,散出自由种子",并且,她"思想出众",即使夹在一群留学生当中也可以口若悬河,"思想很高尚,议论很透癖",让人惊服。唯一的不足在于,武林林虽然反对缠足,关心国事,但是最后为了项庆如不惜牺牲了自己,因为她"想起巴黎茶花女,因要保全亚猛名誉,仍为冯妇,我此刻为庆如的性命,也另嫁他人,情事十分相类……又想马克当决绝亚猛时,已将自己当做已死,我此刻何尝将死的人,然则今天便是我的死期"①。为爱牺牲,有新女性的特质,却不是纯粹的革命者,还没有从自由时间完全进入革命时间。剑花的《邯郸新梦》用一个梦进入革命时间的情景也表明了从自由时间向革命时间的转换不是那么容易。小说写主人公某女士铁花"尝以左良玉、花木兰一流人物自许,誓以身酬国",但是,民族的危机让她"痛祖国之陆沉,愤朝政之窳败,身切嫠妇之忧,力乏回天之术"。无计可施之际,挑灯夜读,"涉猎泰东西爱国妇人传多种",猛然觉醒,不禁拍案叫绝,大声急呼说:"中华之弱,至于斯极。彼人也,我亦人也,何遽不如彼哉?"人物的启蒙完成了,自然也就进入革命时间。铁花从家到军营战场的空间转换,也就是从自由时间融入革命时间,"女士终日奔波国事,学务倥偬,劳于笔政",直到有一天奔赴沙场,与敌人短兵相接,"女士睹兹,怒不可遏,攘臂挥戈,挺身直前。倭以为果中伏,胆落夺路奔……我国未有之大胜也"。但是,革命时间叙事的结局却出乎意料:女士"忽床足折,坠而苏"②,结果是黄粱一梦。

小说《湘娥泪》《新茶花》《邯郸新梦》中的革命时间叙事还有不少瑕疵,铁花则综合了陈次强和武林林两个人的特点:铁花"花木兰式"的英雄观与陈次强参与革命活动的想法是相同的;铁花"涉猎泰东西爱国妇人传"与武

---

① 《新茶花》,《中国近代孤本小说精品大系》,呼和浩特:内蒙古人民出版社,1998年,第7—153页。
② 剑花:《邯郸新梦》,《妇女时报》第12期,1914年1月。

林林受《巴黎茶花女遗事》的启蒙也是相同的,但是,梦想毕竟不能够代替现实。相对而言,海天独啸子的小说《女娲石》要革命一些。被时人称为"伟人小说"①的《女娲石》描写了一个现代的"女儿国",这群女子有知识有抱负,都是新女性。他们被称为"伟人"是由于她们惊世骇俗的暗杀革命。女主角金瑶瑟为了实现自己的暗杀理想,假扮歌妓"在京城妓院学习歌舞。又加之姿色娟丽,谈笑风雅,歌喉舞袖,无不入神",她以妓女的身份从事革命活动,刺杀胡太后失败而不得不亡命天涯。后来,金瑶瑟被卖到"天香楼"妓院,结识了"花血党"首领秦夫人,走上了革命道路。更有意思的是,小说提出了"女子进行革命更容易成功"这个所谓的革命真理。小说开篇就说:"都说男子无用了,要想我国自尊独立,除非是女真人出世方可。"女人纷纷设立女子革命会,"鼓吹革命风潮,真个波涛掀舞,风云变色"。而金瑶瑟是女子革命会首领,曾留学美洲三年,能通几门外语。她们革命的目的是"想把那些亡国奴隶鼓舞起来,却又是些麻木痿痹,拉扯不动的,心中好不悲愤"②。小说《女娲石》展现了近代女性追求平等的政治思想诉求,她们选择暗杀的方式,其思想源于俄国的女虚无党。

当然,晚清革命派小说中的革命者也有从革命时间转向自由时间的,这意味着人的逆成长。例如,小说《崇拜英雄》中的主人公吕佩华被人称为"当之无愧"的"女国民"。武昌起义之后,她做女侦探、做救护妇、做募饷员,接着,她又组建女子北伐军队,为革命奔走效劳、不辞辛苦。但在筹集经费时与卢某产生感情,自由结婚,人物进入凡俗的自由时间。后来,卢某提出分手,吕佩华完全堕落为传统女性,她认为,"女子从一而终,当兹女德堕落时代,尤不可予人以口舌"③,最后自尽而亡。另外,在革命中也有自由时间叙事。如,半侬的小说《南山情碣》写了一个战时军事俱乐部中军人们吸烟、喝香槟的闲暇时间。小说人物脱利大佐说:"我们当军人的,在这国家多事之秋……今天有这个盛会,说不定明天"就中弹身亡了……所以,"军情无定,盛会不常,明日开赴前敌,恐怕再要找在座诸君会在一起,吸些雪茄,喝些香

---

① 广告:《伟人小说女娲石》,《国风报》,1910 年 5 月 11 日。
② 海天独啸子:《女娲石》,北京:中国戏剧出版社,2002 年,第 3—12 页。
③《崇拜英雄》,《小说新报》第 1 期,1915 年。

槟,已办不到的了……什么家庭细故,男女爱情,尽可随便谈谈……"①吸烟、喝香槟、家庭细故、男女爱情等自由时间更反衬出战士们革命的艰辛和悲壮。

另外,谈到革命派小说,"革命+爱情"的小说叙事模式一定不能错过,一般认为,这种小说起源于左翼小说,蒋光慈首开其功。其实不然,"革命+爱情"小说晚清已经出现不少,如《玉梨魂》《崇拜英雄》《湘娥泪》《东欧女豪杰》《金陵秋》《女露兵》《血泪黄花》《瓜分惨祸预言记》《易簀语》《断雁哀鸣》《莫教儿女误英雄》《真假爱情》《救得相如渴病无》《为国牺牲》《爱妻与爱国》《爱国之妻》等。与传统的才子佳人小说相比,"革命+爱情"小说有丰富的现实性。"小说主人公不再是远离人间疾苦的公子小姐,而是社会和时代大潮中的普通国民,主人公的爱情不再囿于封闭的'小我',而是在'小我'与'大我'的互动中流动,从而表现出丰富的精神内涵。"②"小我"时间是个人自由时间,"大我"时间是个人公共时间,也就是革命时间。一般情节演绎模式是革命者经由爱情抵达革命,也就是革命者从自由时间转向革命时间。例如,周瘦鹃的小说《为国牺牲》写某将领在中、日交战之际别妻离子,投身抗敌前线,最后"为国牺牲"。小说《易簀语》的男女主人公投笔生、绡君恩爱无比,绡君临死嘱托投笔生:"英雄造时势,君能储其伟大之才,异时旋乾转坤。"激励投笔生投身革命,立功扬名。海沤的《爱国鸳鸯记》也写了一对恩爱的异国情侣,他们能够舍弃儿女情长,奔赴沙场,为国捐躯。可见,在"革命+爱情"小说中,"爱情的力量转化为革命的力量,'小我'支撑起'大我'"③。《玉梨魂》《断雁哀鸣》《救得相如渴病无》等都是此类"革命+爱情"的叙述,它颠覆了传统的"儿女情长英雄气短"的叙述模式,革命者由爱情生活走向革命生活,从自由时间转向了革命公共时间。

(二) 性别革命下的时间错位

到了近代,革命有很强的召唤力量,能够给人带来美好的希望,能够给

---

① 半侬:《南山情碣》,《中华妇女报》第 1 卷第 3 期,1915 年 3 月。
② 王凤仙:《论〈小说丛报〉中的辛亥革命叙事》,《东岳论丛》2014 年第 4 期,第 167 页。
③ 同上,第 166 页。

焦虑中的人想象民族国家的方向。对于女性来说,她们需要的还有性别的平等,甚至颠覆。这样,晚清小说"关于革命的思考和表现呈现出丰富多样的形态,同时又都具有一定的性别文化内涵。女子从殉夫到殉国,绵亘多年的传统积淀展露出不同的意义阐释"①。而更为先锋的性别意义是,在革命历史时间里,她们要剔除男性,留下女性"唯我独尊"。

这种"阴盛阳衰"的性别叙事从小说《先烈祠前》就可以看出一点门道。小说写娼门出身的姨太太的优胜之处是认字,这种认字的本领是一种力量,以至于"所有衙门中公事呈报镇守使,请他主持和吩咐的,都一切由她过目,看完后也就由她主持……差不多镇守使就是她,她就是镇守使"②。这种男女性别移位预示着:小说叙事进程由妓女出身的姨太太把控,姨太太的才华与知识构成了对男性的优势。这个姨太太有《孽海花》中傅彩云的影子,其"阴盛阳衰"的叙述模式也基本相似。小说人物傅彩云也出身娼门,却能够成为"救国英雄的旷世奇女子",傅彩云精力充沛,"经历了多种不同的社会地位,其中包括妓女、侍妾、(金沟居留国外时的)挂名官太太、交际花和情妇。她社会地位的多变与她道德尺度的弹性,形成了有意义的呼应",并且,小说这样叙述的目的是"明白地揶揄金沟是家里的乌龟,官场上的笨伯。金沟和小老婆傅彩云上演的绿色卧房闹剧因此可以被视为嘲弄晚清官场无能不举的政治讽刺"③。从这两部小说可以看到,即使在旧的官场里,男性也有被驱逐的危险,女性的历史主体地位已经开始出现了。

在晚清女性革命小说中,性别革命一时间很流行。1903 年,小说家金一在《女界钟》中倡导女权运动,倡导女性以"慧剑""纤手""妙舌""裙衩"投入"革命风潮",同时,夸大女性的革命作用,推崇女性价值:"汝之价值,千金之价值也;汝之地位,国民之母的地位也。吾国民望之久矣!"④这种过激的言论反映出晚清小说家在女性解放问题上虽然有些浮躁且不符合实际,但

---

① 〔韩〕李贞玉:《晚清革命书写中的烈女想象》,《妇女研究论丛》2016 年第 1 期,第 84 页。
② 范伯群、范紫江:《倡门画师何海鸣代表作》,南京:江苏文艺出版社,1996 年,第 114 页。
③ 王德威:《想象中国的方法:历史、小说、叙事》,北京:生活·读书·新知三联书店,1998 年,第 38 页。
④ 金一:《女界钟》,上海:大同书局,1903 年,第 94 页。

把女性的革命能量投入民族国家想象中,也不失为一种有益的启蒙话语策略,至少表明了女性进入革命历史的可能。无独有偶,小说《女狱花》中的沙雪梅等觉醒后的女性很激进,立志要改变现状。当她的丈夫秦赐贵让她涂脂粉、缠小足时,在两人言语冲突中,雪梅骂丈夫秦赐贵为"男贼",并且一拳将他打死。作为"狱花",她在牢里还发表演说:"男人,正是我们千世冤家万世仇。只可以杀,不可以嫁的。"从此以后,我们女人要"手执钢刀九十九,杀尽男贼方罢手。"这种性别革命确实火爆。雪梅认为不把这个男权制度彻底推翻,不可能有男欢女爱。所以,"夫妇专制时代……做女子的,应该拼着脑血、颈血、心血,与时代大战起来。一战胜后,自然是光明世界了"。《女狱花》里表现女性们纷纷主导世界,大张旗鼓发动"驱男"革命,这是性别革命的极端形式,也是比较早的女性主义书写。

小说《女娲石》可看作是《女狱花》的续篇,沙雪梅们在《女娲石》中十分活跃。魏水母声称:"擒贼须擒王,杀人须杀男",一副要将男子置之死地而后快的女子复仇心态。她们以妓院为掩护,建立了一个"女儿国"。他们组织强大,拥有百万党人,两千支部,分布在山路、渡口和城市,专门截杀"野猪"式男人,声称不允许世上"有半个男子"。那么,女性凭什么来领导中国的革命潮流?在小说《女娲石》的序言中给出了答案:"我国山河秀丽,富于柔美之观,人们思想多以妇女为中心,故社会改革以男子难,而以妇女易。"另外,"今世界之教育、经济,皆女子占其优势。各国妇女势力方膨胀于政治界,而我国之太太小姐,此时亦不可不出现于世。各国革命变法皆有妇女一席,我国今日亦不可不有阴性之干预"。这样,女性在革命的浪潮里"摸爬滚打",男性却成了"闲云野鹤",无法进入革命时间中。"这样看来,什么革命军,自由血,除了女子,更有何人?况且,今日时代比十九世纪更不相同。君主的手段越辣,外面的风潮越紧,断非男子那副粗脑做得到的。从今以后,但愿我二万万女同胞,将这国家重任一肩担起,不许半个男子前来问鼎。咳!我中国或者有救哩!"完全把男子从革命时间中剔除。男性主体被剥夺合法性,除了女性的排挤,男性自身的彻底堕落也是主要原因。一般来说,能够成为革命主体的男性主要是政府官员和留学生。但在女革命者的眼里,政府官员"日日吃花酒,玩相公,或是抱着姨太"(第二回),沉迷于纸醉金迷的腐化时间里;留学生整日"虚唱革命,假谈自由,其实所想的是娇妻美妾"(第十回),也是腐化堕落,不可能在革命中做出一番事业。可见,男性精英在醉生梦死的自由时间中堕落,失去了进入革命时间的智慧和勇气。男性从革命时间中撤离,为女性进入革命公共时间提供了空间,女性终于成长起来了。于是,性别革命的结果出现了性别的换位,男性退出历史舞台,女性成为新的历史主体;随之,男女在线性时间中也出现错位,男性由革命公共时间滑向了自由时间,甚至腐化时间,女性由自由时间转向了革命时间,历史的性别主体出现了翻转。

二、社会时间

上文我们论述了清末民初革命性小说中的人物对进入革命时间的狂热,其实,事物都有两面性,从民国建立之后,人们对革命是否能够让我们获得平等、和平、幸福的新生活越来越怀疑起来。例如,1912年,李定夷的小说《湘娥泪》虽然写出了陈次强在革命时期积极参加革命的历史情景,但小说也从家破人亡的现实境况反思革命。因为,故事的悲剧源于陈次强的离家与参加革命。这种对革命的反思在《白杨衰草鬼烦冤》等小说中有所展现,处处都有对革命的质疑声:"革命革命,一次二次,成效安在?徒断送小民无数生命,留得尘世间许多惨迹而已……"①到了"五四"时期,革命性小说几乎没有了,直到20世纪20年代末期,蒋光慈等人的革命小说才大量出现。

"五四"时期,革命性小说为什么会突然大量消失?我们认为,主要有两个原因:一是民国已经建立,革命已经完成;二是革命后的乱象让人无所适从,对革命颇感绝望。这从鲁迅的几部反思辛亥革命的小说中可以看出一些端倪。在《阿Q正传》《药》《风波》《头发的故事》等小说中,国民自足的静止时间消解了革命时间,革命无法驱动历史的车轮。例如,在小说《阿Q正传》中,革命时间被麻木的国民消解了。人们对于"宣统三年九月十四日三

---

① 徐枕亚:《白杨衰草鬼烦冤》,《小说丛报》第11期,1915年5月。

更四点"这个伟大的革命时刻没有多少印象,因为,未庄的"乡下人睡得熟"。这很有象征意义,与国民对革命时间的无意识是一致的。所以,革命对未庄造成的影响不大。革命只引起名称的改换、招牌的更换,稀里糊涂的革命者阿Q被人稀里糊涂尊为"老Q""阿······Q哥",尼姑庵的"皇帝万岁万万岁"的龙牌被砸烂······其他,一切照旧。可见,革命不能为人提供进入历史的动力。

从"叙事转向"来看,从晚清到"五四",小说逐渐从民族国家的"宏大叙事"转向了"个体言说"的个人化叙事。但是,"五四"小说中的个人化叙事并不纯粹,"个体本位论所强调的是个人的精神单异性,不是和个人财产联系在一起的、自我掌握未来的个人主义,不具有实践的性格,因为它缺乏世俗的资本主义运动作为基础",并且,"五四"时期仍然是一个以实践为主题的救亡图存的时代,"个体本位论"只能够成为"激发个人热情、挽救民族群体的工具",而不能提供进入历史的通道。因为,"在实践中,在思想价值目标上,民族群体的生存却是本位的,根本的东西"①,也就是说,"五四"时期的个人仍然需要重新寻找一条进入历史的路径——社会时间。索罗金和默顿认为:"社会时间是质的,而不完全是量的······这些性质来自于由群体所共有的信念和习惯······它们服务于呈现它们在其中被发现的各种社会的韵律、跃动和节拍。"②虽然说,社会时间比革命时间更具有想象性,但只是暂时缓解了"五四""个人"无法"实践"、无法进入历史的焦虑。

时代不同,小说对个人公共时间的书写也是不同的。恩格斯认为,历史"不过是追求着自己目的的人的活动而已"③。相对于革命时间,人参与的社会活动的时间(社会时间)也能够构建历史,人的社会活动是推动历史进步的重要力量。换言之,个体的人参与社会活动的时间(社会时间)也是个人公共时间的一种。当然,人进入社会时间的叙述,在《学究新谈》《未来教

---

① 李佑新:《"五四"启蒙运动的反思——个体与群体:究竟以谁为本位》,《湘潭大学学报(社会科学版)》1989年第2期,第4页。
② 〔英〕约翰·哈萨德编:《时间社会学》,朱红文、李捷译,北京:北京师范大学出版社,2009年,"导论"第5页。
③ 《马克思恩格斯全集》第2卷,北京:人民出版社,1957年,第118页。

育史》《黄绣球》等晚清教育改革小说中已经有了。小说《黄绣球》的主人公黄绣球,在丈夫影响下突然顿悟,一时化身为"社会改革家""社会活动家"。黄绣球自己率先放足,还向村人宣传放足,推动社会改革,又自主创办女学,她从"一家四个人再慢慢的推到一个村",进而"绣成一个全地球"。小说中的黄绣球从家庭主妇到社会活动家的角色转变完成了人物进入社会时间、进入历史的成长叙述。所以,论者认为,在"当时产生的妇女问题小说,最优秀的要推颐琐的《黄绣球》"①,这不是虚夸之论,因为,小说《黄绣球》比起晚清那些浮夸的革命小说更具有现实意义,甚至可以说,这部小说还是20世纪三四十年代"左"翼小说中女性叙事的滥觞。

到了"五四"时期,先进的知识分子已经从晚清的"革命者"向"社会活动家"的身份转变。作为"五四"运动的亲历者,傅斯年曾经总结性地说:"五四运动可以说是社会责任心的新发明,这几个月黑沉沉的政治之下,却有些活泼的社会运动,全靠这社会责任心的新发明……所以从5月4日以后,中国算有了'社会'了。"②"社会"给辗转反侧的"狂奔者"提供了想象历史的依据。在"五四"知识分子看来,晚清革命精神的沉沦,恰恰需要社会责任心来拯救。傅斯年在《〈新潮〉发刊旨趣书》中说:"西人观察者恒谓中国有群众而无社会,又谓中国社会为二千年前之初民宗法社会,不适于今日。寻其实际,此言是矣。盖中国人本无生活可言,更有何社会真义可说?"并且,中国一般的社会是群众的集合,"有群众无社会"。而"有能力的社会"要有"密细的组织,健全的活动力"③。可见,在"五四"时期,所谓的"个性解放"仍要归结到社会的解放与改革。这个"社会"是"民族国家"的扩大化,进入社会,也是进入一种集体时间,所以,个人参与社会活动的时间也是个人公共时间。

随着社会的不断发展,个人的公共时间与自由时间的边界越来越清晰,人的自我筹划能力也越来越强。古登斯说:"在现代社会中,至少对于大多数男性来说,家和工作场所构成两个重要的中心,每天的活动都往往集中在

---

① 阿英:《晚清小说史》,北京:东方出版社,1996年,第121页。
② 傅斯年:《时代与曙光与危机》,《傅斯年全集》,长沙:湖南教育出版社,2003年,第355页。
③ 傅斯年:《〈新潮〉发刊旨趣书》,《新潮》第1卷第1号,1919年1月1日。

这两个中心里。"①依据吉登斯的洞见,"家""工作场所"等场域空间能够成为个人时间分界的显在标志。诺沃特尼也说:"在资产阶级社会里,公共的工作时间与家庭内部的私人时间是相对立的。两种时间有着各自的规则,互相之间的转换有着明确的仪式。……随着工作生活的强度增加和时间压力的增大,尤其是越来越多的妇女从家庭的私人时间里走出来,并在公共时间从事职业活动,人们拥有自己可支配时间的愿望越来越强烈。"②诺沃特尼是从现代、后现代的角度看待人的公共时间("公共的工作时间")与自由时间("家庭内部的私人时间")的经济矛盾,也分析了现代妇女从自由时间走向社会公共时间之后对自由时间的追逐,希望有越来越多的"自己可支配时间"供自己娱乐。"五四"小说中的知识分子也有"个人"与"社会"、自由时间与公共时间(社会时间)这样最为普遍意义的矛盾。

我们一般都认为,"五四"主体精神是个人主义的,这是没错的,但怎样落实个人主义却很难,当子君喊出:"我是我自己的",然后走出家门,"个人时间"获得了,个人自由时间也有了,个人主义似乎完成了。然而,出乎意料的是,"五四"小说中的个人"苦闷感"与日俱增。这是为什么? 因为,"五四"青年的"离家出走"不是纯个人的行动,它事先预设了一种社会改革意义,也就是说,"五四"的个人主义不是纯粹的个人主义,"个人"必须走向"社会"。所以,"五四运动作为一次社会改革运动,作为一个社会革命过程的先导,它的本质和趋向规定了知识者的思考,不但要向内探索'自我',更要向外,探寻'自我'与时代的联系,探寻个人、知识者在历史生活、社会整体结构中所处的位置。"③这是高见,把"个人"与"社会"、个人自由时间与公共时间的复杂关系揭示出来了。

"五四"时期,个人主义是外在的、张扬的,能够显示出"人"的个性精神,而实际上,"五四"时期的"人"是苍白的、脆弱的。从傅斯年、赵园等人对"五

---

① 〔英〕吉登斯:《社会的构成:结构化理论大纲》,李康等译,北京:生活·读书·新知三联书店,1998年,第222页。
② 〔奥〕诺沃特尼:《时间:现代与后现代经验》,金梦兰、张网成译,北京:北京师范大学出版社,2011年,第6页。
③ 赵园:《五四时期小说中的知识分子形象》,《文学评论》1984年第3期,第28页。

四"新文化运动的观察可以看出,个人主义容易宽泛,缺少"实践"品格。这一点冰心也观察到了,她说:"第三时期的女学生的'目的'、'思想',渐渐的从空谈趋到实际;她们的'言论'、'行为'渐渐的从放纵趋到规则;他们的'态度'渐渐的从浮嚣趋到稳健。"并且,要进行"艰苦卓绝的事业……就是要得社会的信仰。怎样方能得社会的信仰?就不能没有我们自己修养的工夫",然后去"改换社会的眼光","挑那'实用的'、'稳健的'如'家庭卫生'、'人生常识'、'妇女职业'这种的题目,去开导那些未得着知识的社会妇女。不但可以收实效,并且也是积极的治本办法"①。很显然,"个人"要去其"个人主义"锋芒,走向"社会"。

而问题的关键是,社会时间只能够暂时缓解"人"不能够进入历史的焦虑,却不能解决根本问题。罗家伦主张"五四"及以后的革命应该趋向于俄式的社会革命,而不取法式的政治革命,理想的历史图景"并不是要以雷厉风行的手腕,来摧残一切的个性,乃是以社会的力量,来扶持那班稚弱的人发展个性"②,这样,"社会"才能成为个体存在、发展的力量源泉。李劼刚的小说《前途》的主人公周聆拒绝了杜民的求爱,选择赴美留学,其目的是"将来从美国回来之后,怎样开几个重大的演说会,自己要作痛快淋漓的演讲,指陈同胞历年来的恶习;怎样联合同志与办女学,普及女子教育,又提倡女权,作积极的运动,好稳固女子在社会里的地位;怎样设办报馆,造国中正当的兴论;又怎样创立改良社会的各种机关,好变化那些家庭制度,婚姻制度,教育制度,以及宗教制度里的恶习陋俗……"③周聆俨然是一个社会活动家、改革家,对自我的人生规划信心满满,而现实到底如何?也许这只是周聆这类青年学生的一腔热血罢了,其可行性还是很可疑的。

小说《海滨故人》中的主人公也是把"社会"想象成将来的时间归宿。云青在给露沙的信中说:"他日共事社会,不难旧雨重逢,再作昔日之游,话别情,倾积愫,且喜所期不负,则理想中乐趣,正今日离愁别恨有以成之。"玲玉也说:"现在我们都是做学生的时代,肩上没有重大的责任,尚且要受种种环

---

① 谢婉莹:《"破坏与建设时代"的女学生》,《晨报》,1919年9月4日。
② 罗家伦:《今日之世界新潮》,《新潮》第1卷第1号,1919年1月。
③ 李劼刚:《前途》,《小说月报》第12卷,1925年。

境支配,将来投身社会,岂不更成了机械吗?"但是如何进入社会? 似乎也是一种乌托邦式的"社会想象":"吾辈于海滨徘徊竟日,终相得一佳地,左绕白玉之洞,右临清溪之流,中构小屋数间……只待鸠工造庐,建成之日,即吾辈努力事业之始。以年来国事蜩螗,固为有心人所同悲。但吾辈……当携手言旋,同逍遥于海滨精庐……"①"五四"的新人们逃出封建专制的"铁屋子",又要拘束于自制的"海滨精庐"。鲁迅说:"人生最苦痛的是梦醒了无路可以走。做梦的人是幸福的;倘没有看出可走的路,最要紧的是不要去惊醒他。"②但,梦醒了的人又如何呢? 鲁迅没有说,独有"彷徨"罢了!

这是一种对历史的焦虑,而"焦虑的爆发出现在个人不能实现或被制止实现某一行为的时候"③。伴随着这种时代的焦虑,"五四"青年都有一种历史"落伍者"心理。例如,小说《落伍》④的主人公龚强是一位立志于研究文学的大学生,雄心是"触动这麻木的社会,改造一番",他也相信文学是"改造社会的利器"。然而,社会现实毁灭了他的理想,"偌大的宇宙,竟没有他底容足之地",在绝望之中自杀,成为一个时代的"落伍者"。所以说,"'五四'实在是一个矛盾的时代……一方面'五四'知识分子诅咒宗教,反对偶像;另一方面,他们却极需偶像和信念来满足他们内心的饥渴;一方面,他们主张面对现实,'研究问题',同时他们又急于找到一种主义,可以给他们一个简单而'一网打尽'的答案,逃避时代问题的复杂性"⑤。所以,"五四"新人们往往只是社会的"漂泊者"。

20世纪20年代是民族危亡的社会转型的时代,"五四"新人们要"为人生"奋斗,找到一条民族生存之路,却又不能够很快找到,一直在"社会"游荡,化身为社会"漂泊者"。"漂泊者"是半进入社会时间的状态。蒋光慈对

---

① 庐隐:《海滨故人》,《中国新文学大系·小说一集》,上海:上海良友图书印刷有限公司,1935年,第59—60、95页。
② 鲁迅:《娜拉走后怎样——一九二三年十二月二十六日在北京女子高等师范学校文艺会讲》,《鲁迅全集》第1卷,北京:北京日报出版社(原同心出版社),2014年,第81页。
③ 〔英〕吉登斯:《现代性与自我认同》,赵旭东等译,北京:生活·读书·新知三联书店,1998年,第49页。
④ 张维祺:《落伍》,《小说月报》第14卷第2号,1923年。
⑤ 张灏:《重访五四——论"五四"思想的两歧性》,许纪霖编:《二十世纪中国思想史论》上,上海:东方出版中心,2000年,第4页。

社会"漂泊者"的刻画特别成功。在《少年漂泊者》《鸭绿江上》《菊芬》等小说中,"漂泊者"的孤独与使命感相伴随。"漂泊"象征着对传统生活模式的反叛和逃离,对新的社会时间的"寻找"。小说《少年漂泊者》的人物汪中一路漂泊,在社会中遭受种种的命运遭际,但始终以理性的眼光审视这个有点病态的社会,希望寻找到历史的出路。最后,他找到了革命反抗这一历史入口。不过,"由于作者落笔粗直,匆匆忙忙地支使他的人物浪迹江湖,谋食于各行各业,遂使小说在开阔中未免浮泛,急进中缺乏坚实,因而革命的鼓动性压倒了审美的感染力"[1]。但是,作为成长型小说的真正开拓者,蒋氏的系列小说不容小觑。另外,"漂泊者"的形象在《海滨故人》《沉沦》《将过去》《狂奔》《流霰》等小说中已经出现,只不过没有蒋光慈小说中"漂泊者"更多的成长意义,因为,"五四"小说的"漂泊者"还没有找到社会时间的入口——阶级革命。例如,小说《将过去》中的主人公周若水就是处在"漂泊"状态,"在路上"的状态。作为一个有理想的热血青年,黑暗的社会现实无形中加剧了他对"社会"的焦虑,于是不得不"漂泊",到处游荡,希望找到"溶溶春意",进入社会时间中。小说《狂奔》的C君、《流霰》的亦维、《婴孩》的S、《海滨故人》中的五个女孩子、《沉沦》中的"他"、《茫茫夜》中的于质夫、《银灰色的死》中的"Y"等小说人物也都是"零余人""漂泊者"的形象。

"五四"时期为什么会出现这么多"零余人""漂泊者"?简而言之,是时代造成的。茅盾曾经尖锐批评"蒋光慈的作品,总觉得不是'革命生活实感',而是想象"[2],这也是实情。但蒋光慈还能够"想象"社会时间的入口,"五四"热血青年却不能够,蒋光慈的"漂泊"也是一种进步。直到茅盾的社会剖析小说出现,蒋光慈的小说才相形见绌。茅盾的社会剖析小说描写的主要对象已经由"人"转向了"社会"。小说不是从"人"出发,而是从"社会"出发进行创作的,人自然就在社会时间中。茅盾的社会剖析小说是把"五四"小说"寻找"的理想结果作为小说创作的已知条件,写人也不是小说的重要目的,而是作为描写社会的必要手段,这样,人物自然就进入社会公共时

---

[1] 杨义:《中国现代小说史》中,北京:人民出版社,1998年,第67页。
[2] 茅盾:《关于"创作"》,《茅盾全集》第19卷,北京:人民文学出版社,1984年,第278页。

间里了。例如,小说《子夜》虽然塑造了一个民族资本家的形象,但小说主要是通过主人公吴荪甫事业的兴衰成败展示社会历史的变迁。可见,"五四"小说人物还没有完全获得社会这个公共时间。

三、劳动时间

工厂里的工人的劳动时间也是个人公共时间的一种。如果革命时间、社会时间作为人的公共时间具有人的成长性质,具有现代性品格,那么,工厂里工人的劳动时间却具有反现代性特征。因为,在小说中,人物把个人进入革命时间、社会时间看成是进入历史的重要途径,看成是自我成长的重要标志,但在为数不多涉及描绘工人的晚清、"五四"小说中,工人的劳动时间却是人物急于摆脱的、作为人痛苦的渊薮的生活时间。《工人小史》《灵魂可以卖吗》等小说描写了工人生活时间,以此揭示资本家对个人劳动时间的榨取,批判社会的落后,所以说,小说中个人的劳动时间具有反现代性特征。

按照马克思主义时间观,人的生命活动主要由劳动时间和自由时间两部分组成。"劳动本身的量是用劳动的持续时间来计量,而劳动时间又是用一定的时间单位如小时、日等作尺度。"[1]劳动时间是人为谋生存而付出的生命时间;自由时间则是扣除劳动时间之后的可供个人任意消费的闲暇时间。诺沃特尼说:"一个人的自我时间感,既受到基督教年历的节日循环的控制,也受到社会习惯和农业生产所要求的劳动节奏的制约,这种自我时间感在当时充分决定着普遍有效的、社会的时间。只有当资本主义到来,时间能够转化成金钱之时,典型的工业社会的时间态度才出现,对生命时间的拆解(detachment)过程也才开始,当时的生命时间已经变成可以用工作时间来测量的。"[2]但是,人类社会的发展主要体现在人的自我解放上,所以,"以现代劳动时间度量生命,是现代化历史对人类心性结构最深刻的塑造之一。

---

[1] 〔德〕马克思:《资本论》第1卷,北京:中国社会科学出版社,1983年,第51—52页。
[2] 〔奥〕诺沃特尼:《时间:现代与后现代经验》,金梦兰、张网成译,第25页。

现代时间所包含的现代劳动时间与人体生命时间的矛盾,成为现代性的深层矛盾之一"①。《工人小史》《灵魂可以卖吗》等小说的劳动时间叙事就是反现代性的。

在恽铁樵的小说《工人小史》中,小说中的工厂具有时代进步的现代特征,但同时它又是资本主义盘剥工人的劳动时间的机器。每天天还不亮,工人们就进入了工厂,领取工牌正式上班,工人的劳动时间正式开始,"时则引擎声、机轮声、金铁击触声,同时并作,工人耶许声和之,对面互语,不能闻也"。工厂不允许工人有一刻喘息,使得工人"不敢从容为之,意态张皇"②。工厂午饭时间只有45分钟,接着上工,直到下午5点才能放工,星期日也没有休息。从这里可以看到,《工人小史》中的工人劳动时间几乎占满了人的个人时间,个人自由时间几乎没有了。小说主人公韩蘖人经熟人引荐破格入厂,十年来拼命劳动,没有须臾自由时间,依然一贫如洗、无法生存。《工人小史》通过韩蘖人的故事虽不能深刻地揭示出工人悲剧的社会根源,但小说对个人的社会必要劳动时间的真实记述已经部分介绍了"官僚制的时间"。"官僚制的时间统治建立在准时性的(punctuality)基础上,而准时性是在军队、学校及后来的工厂内部维护纪律所必须的。时间统治象征着进步和经济腾飞。"③《工人小史》中的"官僚制的时间"并没有多少社会的进步性。

与晚清小说《工人小史》相比,"五四"时期小说家庐隐的小说《灵魂可以卖么》更具有反现代性特征,与革命时间、社会时间的启蒙现代性截然相反。《灵魂可以卖吗》继续了《工人小史》反映工人悲惨生活的主题,反思了人被机器异化等现实问题,对资本主义展开了批判。庐隐从人性的角度,反思工业文明对人的异化。在小说《灵魂可以卖吗》中,主人公荷姑本来是一个天真活泼、思维敏锐的学生。当荷姑从学校这个空间转向工厂这个空间之后,一切都改变了。作为热血青年,她相信科技的现代力量,初入工厂她就投入对机器的学习和研究中,她希望凭借人的智慧可以发挥人的主观能动性,但

---

① 尤西林:《现代性与时间》,《学术月刊》2003年第8期,第28页。
② 恽铁樵:《工人小史》,吴组缃、端木蕻良、时萌主编:《中国近代文学大系(1840—1919)·第9卷·小说集(7)》,上海:上海书店出版社,1992年,第691—692页。
③〔奥〕诺沃特尼:《时间:现代与后现代经验》,金梦兰、张网成译,第15页。

工头阻止她,并且警告她:"这个工作便是你唯一的责任……不是叫你运用思想,只是运用你的手足,和机器一样。"这是人被机器异化的开始,"灵魂已经出卖了!"这样,进入工厂的荷姑对劳动时间充满厌恶感,在工厂四年里,荷姑"两颊红得真像胭脂,头筋一根根从皮肤里隐隐地印出来,表示那工厂里恶浊的空气,和疲劳的压迫"。"听见轧轧隆隆的声音……实含着残忍和使人厌憎的意思。"这时候,她对《海滨故人》中女孩子散步、游玩的自由时间充满向往。正如波德里亚所说:"'自由'时间的深刻要求就在于:为时间恢复其使用价值,将其解放成空闲范畴,并用个体的自由将其填满。"①"五四"时期,"个性解放"下的新青年只是从字面上理解"自由",而工厂中的工人对自由时间的理解带有血泪般的体悟。荷姑说:"放了一天工……我们出了城……天空也是一望无涯的苍碧,不着些微的云雾,只有一阵阵的西风吹着那梧桐叶子,发出一种清脆的音乐来,和那激石潺潺的水声,互相应和……斜阳射在那蜿蜒的荷花池上,照着荷叶上水珠,晶晶发亮,一个活泼的女学生,围绕着那荷花池,唱着歌儿……今天的荷花香,正是前五年的荷花香,但是现在的我,绝不是前五年的我了!"②这真是"年年岁岁花相似,岁岁年年人不同",因为,人进入工厂的这种劳动时间丧失了人的自由,小说表达了对底层工人的同情及对此类社会问题的思考。所以,庐隐说:"创作家对于这种社会的悲剧,应用热烈的同情,沉痛的语调描写出来,使深受痛苦的人,一方面得到同情绝大的慰藉,一方面引起其自觉心,努力奋斗。"③当然,恽铁樵、庐隐小说中的劳动时间叙事还是很肤浅的、粗糙的,但其开创性不可忽视。

第三节　个人自由时间叙事

在《中国小说现代转型中的个人公共时间叙事》一文中,笔者把"现代的

---

① 〔法〕让·波德里亚:《消费社会》,刘成富、全志钢译,南京:南京大学出版社,2001年,第16页。
② 庐隐:《灵魂可以卖吗》,《小说月报》第12卷第11号,1921年。
③ 庐隐:《创作的我见》,《小说月报》第12卷第7号,1921年。

第五章　个人时间：人如何走进历史

个人时间分为个人公共时间和个人自由时间。个人公共时间是现代社会中的人参与社会发展进程的集体生活时间，包括个人参与政治革命的生活时间，参与社会文化改革的生活时间、参与社会经济建设的生活时间等；个人自由时间与个人公共时间是相对的，主要包括个人融入家庭、娱乐等私下的世俗生活时间"①。具体言之，个人自由时间与日常生活结伴而行，赋予人"按照自己的思想""筹划生活"②的权力。从人类学、社会学来看，个人自由时间是私人时间，是"可以自由支配的时间"③，它不能作为创造财富的源泉，也与人类的历史时间不太一致。但在小说时间美学中，这种表面上缺少历史能动性的自由时间却被赋予多副面孔，它留给读者的不只是"映象或摹本"，更是"包含着一个创造性的和构造性的过程"④，小说家会根据创作的需要对小说人物的个人自由时间赋予不同的时间意义。

在现代小说中，小说家析取个人公共生活时间以达到建构英雄、重塑历史的目的，析取个人自由生活时间则截然相反。这一时间塑形策略往往受制于时代环境。例如，民国初期，世俗之流漫溢，各类期刊杂志对拿破仑的个人自由生活时间的塑形特别卖力，出现一个不大不小的拿破仑书写热潮。《礼拜六》《小说时报》《中华小说界》《小说丛报》《女子世界》等所谓的"鸳鸯蝴蝶派"的杂志"都加入了拿破仑文本的生产，不约而同地沿着大众文化'反英雄'的路向"，"专注其私人生活，对他的婚姻家庭与风流韵事津津乐道"⑤。从拿破仑英雄式的个人公共时间书写滑向"婚姻家庭""风流韵事"等"反英雄"的个人自由时间塑形，是与民初"情"潮泛滥密切相关。拿破仑被通俗化了，英雄被"还原为一个血肉之躯的'人'"，其"迎合了渐高渐涨的张扬女权的潮流，另一方面与袁世凯倒行逆施而引起的政治幻灭相关，借暴

---

① 赵斌：《中国小说现代转型中的个人公共时间叙事》，《云南社会科学》2018 年第 4 期，第 178 页。
② 郝春鹏：《作为一种社会学建构的历史学——雷蒙·阿隆的社会历史学》，《世界哲学》2016 年第 4 期，第 151 页。
③ 《马克思恩格斯全集》第 31 卷，北京：人民出版社，1972 年，第 103 页。
④ 〔德〕恩斯特·卡西尔：《人论》，甘阳译，上海：上海译文出版社，1985 年，第 65 页。
⑤ 陈建华：《拿破仑"三戴绿头巾"——民国初期都市传播文化的女权与民主倾向》，《学术月刊》2013 年第 3 期，158 页。

露或丑化拿翁隐私破除对于'伟人'的幻想"①。这确实是高见。作家选择人物的公共时间还是自由时间自然有多种因素的限制,而问题是,由于时代、作家的迥异,个人自由时间塑形千差万别,甚至截然相反。周作人说:"写非人的生活的文学……与非人的文学相溷,其实却大有分别",西方小说《一生》"写人间兽欲的人的文学;中国的《肉蒲团》却是非人的文学",其区别在于作家态度("一个严肃,一个游戏"),与"材料方法"毫无关系②。在小说的现代转型中,小说中的个人自由时间会被塑形为"落后""进步""异化"等时间意义。

一、"人性论""阶级论"之争

鲁迅把别人喝咖啡、聊天的个人自由时间用在了学习、工作上,周作人工作之余,有"无用的游戏与享乐",也有"看花""听雨""喝不求解渴的酒"③等闲暇时间。周氏两兄弟处置个人自由时间的方式截然不同,但他们的生活时间观念没有绝对的好坏之分。鲁迅把"喝咖啡、聊天"的自由时间纳入"学习、工作"的公共时间里,有其积极的时间意义,周作人"小资情调"式的自由时间观却很受当下"80后""90后"的推崇。"小资情调"本属于一种审美范畴,没多少政治倾向,后来,它对无产阶级的政治理想构成了某种威胁,因而被人为地加以批判。"小资情调常常表现在旅游、服饰打扮、居室布置、音乐等方面"④,把人置于游戏娱乐的自由时间之中,毫无进取精神。而在现代转型时期,追求进步性的小说要展现堕落的、浪漫的自由时间似乎是不合时宜的。

实际上,如何塑形个人自由时间,小说家的创作观念很关键。小说人物

---

① 陈建华:《拿破仑"三戴绿头巾"——民国初期都市传播文化的女权与民主倾向》,《学术月刊》2013年第3期,158页。
② 周作人:《人的文学》,《新青年》第五卷第六号,1918年12月15日。
③ 周作人:《北京的茶食》,谢冕主编:《中国百年文学经典文库(散文卷)上(1895—1949)》,深圳:海天出版社,1996年,第565页。
④ 包晓光:《小资情调:一个逐渐形成的阶层及其生活品味·序言》,长春:吉林摄影出版社,2002年,第1页。

第五章 个人时间：人如何走进历史

的时间意义"在很大程度上取决于他们当下的理念、利益和期待"①。百年的中国现代小说对个人自由时间如何塑形展开过多次讨论，争议颇多。从"小说革命"的新"国民"，"人的文学"的新"人"，经过"左"翼文学的"革命者"、延安文学的"工农兵"、十七年文学的"人民"、"文革"文学的"三突出"式的"革命英雄"，到新时期的"知青""土匪"及"新写实"小说的"小市民"……人物形象在不停转换，对人的个人自由时间的塑形也迥然不同。

晚清写情小说备受冷落。其原因在于，晚清"新小说"被作为建构新国家的重要工具，小说抨击"官场"，宣传新思想，以至于"两性私生活描写的小说，在此时期不为社会所重，甚至出版商人，也不肯印行"②。因为，在亟须重建历史的晚清，书写爱情等个人私下生活的时间必然是落后的。为了彰显杂志的时代进步性，《新小说》《小说林》《绣像小说》《月月小说》等小说期刊所刊载的小说几乎都与社会的进步相关，其小说人物的个人公共时间会被大量书写。换言之，"晚清革命小说主要把个人参与革命政治活动的时间作为建构进步历史的主要力量加以叙述"③，以突出他们参与、建构历史的作用。需要指出的是，晚清小说具有现代特征的人物不多，而人只有在现代历史时间里才可能谈及个人的公共时间与自由时间。

"五四"时期，"人的发现"成了时代主题，"个性解放"下的小说人物书写为个人自由时间披上了合法的外衣。因为，个人自由时间具有反抗力量，离家出走、自由恋爱等个人自由时间具有了个性解放的进步意义。当然，在"人学"兴起的时代，对恋爱等自由时间的塑形也会有所抵制，时人熊熊说："为被压迫民族求解放的神圣斗争……我们不应自私，更不应把这神圣的责任为恋爱之魔所击碎！"④人的恋爱生活时间是把双刃剑，有时候对革命也有消解作用。当恋爱与革命发生冲突时，恋爱必须让位于革命，革命则更需要个人公共时间。正如恽代英所说："今日的世界……还有功夫讲什么恋

---

① 〔韩〕李贞玉：《晚清革命书写中的烈女想象》，《妇女研究论丛》2016年第1期，第84页。
② 阿英：《晚清小说史》，北京：东方出版社，1996年，第5页。
③ 赵斌：《中国小说现代转型中的个人公共时间叙事》，《云南社会科学》2018年第4期，第185页。
④ 熊熊：《介绍共产主义者的恋爱观》，《中国青年》第66期，1925年2月14日。

爱?……在要吃饭的世界里,要恋爱纯洁,一大半是梦想罢!"①这里的恋爱等个人自由时间就是落后的。

"五四"之后,"人性论""阶级论"逐渐形成对峙。"人性论"下的小说对恋爱等个人自由时间的书写不遗余力,"阶级论"下的小说却要尽力挖掘个人参与集体(阶级)的公共时间的意义。以至于从20世纪30年代开始,梁实秋等自由主义者与"左"翼革命阵营发生多次论争。梁实秋把"人性"看成"恋爱的力量,义务的观念,理想的失望,命运的压迫,虚伪的厌恶,生活的赞美"②,其目的是"企求身心的愉快"③。梁实秋的"人性论"虽不否定"义务观念"下的个人公共时间的集体意义,却过分强调了个人自由时间的"愉快"意义,这与阶级革命对个人公共时间意义的挖掘背道而驰,其被"左"翼革命派批驳则是必然的。到了1942年,毛泽东《在延安文艺座谈会上的讲话》中主张阶级的人性,试图综合"阶级"与"人性",否定抽象的人性,书写"工农兵"参与革命的个人公共时间的阶级意义,形成"人民文学"的历史建构。这样,"五四""人的文学"传统"都将扫清,而'人的自觉''人的文学'的旧口号也将全部被'人民的自觉''人民的文学'的新口号所代替"④。此时的"人民"存在于阶级革命中,是个集体概念,"人民文学"下的"人民"存在于集体时间之中,"人民"的个人自由时间不太容易"溢出"。当《我们夫妇之间》等少数小说伸向了人的个人自由时间中,虽然小说不像"解放区的小说""读起来很枯燥,没趣味,没'人情味'"⑤,但还是不合时宜,受到了很多批判。当时的"人民文学""人情味太少",是"机械地理解了文艺作品上的阶级论"⑥的结果。这种政治意识下的"人民文学"派"反对那种目光只在个人的生活琐事旁边打转,把个人幸福、个人利益看成高于一切的资产阶级人情味的"⑦。于是,

---

① 恽代英:《青年的恋爱问题》,《学生杂志》第11卷第1号,1924年1月5日。
② 梁实秋:《文艺批评论·绪论》,《文艺批评论》,上海:中华书局,1934年,第1页。
③ 梁实秋:《文学是有阶级性的吗?》,《新月》第2卷第6、7号(合刊),1929年9月10日。
④ 周扬:《"五四"文学革命杂记》,《周扬文集》第1卷,北京:人民文学出版社,1984年,第483页。
⑤ 萧也牧:《我一定要切实地改正错误》,《文艺报》第5卷第1期,1951年10月26日。
⑥ 巴人:《巴人杂文选》,北京:人民文学出版社,1985年,第526页。
⑦ 姚文元:《批判巴人的"人性论"》,《文汇报》,1960年2月10日。

"个人的生活琐事"等自由时间从小说中剥离出来。"三突出""革命样板戏"的文艺创作应运而生,"塑造正面英雄人物是一切文学艺术的根本命题"[1]。"革命样板戏"竭尽所能挖掘正面英雄人物的公共时间,尽力摒除人物的自由时间,即使写人物的自由时间,也让它具有公共时间的积极意义。如,电影《艳阳天》,在原小说中,老贫农马老四为了养好合作社里的牲口,自己吃野菜,把自己的口粮省下来喂集体的小牲口。拍摄电影时,为了"为了突出肖长春,这个细节情节被改成:肖长春吃野菜,省下来的半袋小米送给马老四喂牲口"[2]。按照"三突出"的艺术标准,英雄的日常的个人自由时间也具有进步性。可见,从"左"翼到"文革",小说人物的个人自由时间很难得到大量书写。

到了新时期,"五四""人的文学"的传统得到了恢复,人物的恋爱等自由生活时间得以大力铺展。尤其是新写实小说,它试图将"某种庸俗琐碎的时间意识发挥到极致,生活特地以庸常的形式出现",小说不仅仅以个人庸常的自由时间展示生活,还为这种个人庸常的自由时间叙事"正名",意在"对英雄时间的消解",也是"对 50—70 年代文学中时间观念的一种反拨"[3]。通过对小说人物自由生活时间的正面描写,一种可能被认为是虚假的个人公共时间意识得到了消解,目的是恢复人物个人自由时间的塑形意义。

二、 个人自由时间的落后性塑形

小说人物的个人自由时间具有落后性,源于个人生命中惰性的一面。在晚清、"五四"小说中,成长人物的个人自由时间会按照道德和现代性两个标准来审视人物的这种落后性。

晚清小说有不少进步人物,小说中的"新女性"比比皆是,但小说对新女性的个人自由时间塑形会受制于道德判断,很难呈现"五四"小说的那种启

---

[1] 文化部批判组:《评"三突出"》,《人民日报》,1977 年 5 月 18 日。
[2] 《毛主席革命文艺路线的伟大胜利——革命文艺工作者畅谈学习革命样板戏的体会》,《人民日报》,1974 年 7 月 29 日。
[3] 孙鹏程、马大康:《关于当代文学庸常化的美学思考》,《扬子江评论》1999 年第 5 期,第 35 页。

蒙意义。晚清小说对处于恋爱等自由时间中的男女会以礼教设防,要"始而相识,继以礼交,后以情合"①。"自由结婚"本来是男女走进个人的自由时间里,但是,"两人虽订定了终身,同在一处,却断没有丝毫苟且的事体"②。个人很难突破传统的伦理道德的限制。小说《新石头记》中的新人物贾宝玉来到上海,当他听说黛玉坠入腐化生活时间里,完全接受不了这种变化:"上海粉头中最有名气的'四大金刚',头一个竟是林黛玉,宝玉猛然听了,犹如天雷击顶一般,又是气忿,又是疑心:'气忿的是林黛玉冰清玉洁的一个人,为甚做起这个勾当来?'"③传统道德审判了个人自由生活时间。

　　曾朴的《孽海花》本来是按照"历史小说"来构思,然而,历史时间与人物的"琐闻逸事"的自由时间出现了错位。小说的原意是通过对男女情欲等庸常的自由生活时间塑形来影射、解释政治历史时间的变数,"书写政治,写到清室的亡,全注重在德宗和太后的失和,所以写皇家的婚姻史,写鱼阳伯、余敏的买官,东西宫争权的事,都是后来戊戌政变、庚子拳乱的根源"④。但是,作者习惯于传统叙述模式,把德宗和太后失和的政治历史叙述引向了男女婚恋庸常生活时间中,并做了道德判断。例如,庄仑樵兵败发配,堕落到娶妾、女色、诗酒等腐化生活时间里;祝宝廷囿于船上妓女的圈套,自请去职,在腐化生活时间里堕落。傅彩云借着"自由"名词堕落于姘居孙三、勾搭向菊、权肉交易、婚外恋、偷情等私生活时间里,有冲破封建伦理藩篱的时间意义,但对其的道德审判会消解个人自由时间的意义。另外,李定夷的《霣玉怨》、詹公的《自由误》、瘦鹃的《押邪鉴》、花奴的《钓上鱼儿》、剑秋的《女总会》、秋梦的《车夫语》、恨人的《意外缘》等写人物私生活的小说都有一定的道德谴责。囿于道德的限制,小说人物会拒绝进入正常的感情生活时间。如,《泥中玉》的主人公"冷观先生"对着女学生装的女郎爱慕有加,后知女子有夫,却大惊失色,不敢与女郎共同走进甜蜜的个人爱情生活时间里⑤。

---

① 是龙:《自由女之新婚谈》,《申报》,1912 年 9 月 19 日。
② 仙源苍园:《家庭现形记》,上海:文振学社,1907 年,第 34 页。
③ 吴趼人:《新石头记》,郑州:中州古籍出版社,1986 年,第 20 页。
④ 曾朴:《修改后要说的几句话》,《孽海花》(修改本),上海:真善美书店,1928 年,第 1—2 页。
⑤ 治世之逸:《泥中玉》,《新聊斋》,上海:上海改良小说社,1909 年,第 68 页。

第五章　个人时间：人如何走进历史

从现代性审视个人自由时间与道德审判不一样。道德审判比较传统，现代性审视则是按照是否符合现代历史发展的眼光而做出的理性判断。例如，《未来教育史》①的主人公萍生是个进步人物，有教育救国的抱负，却又挣脱不了生活中的儿女情长、亲人兄弟的枷锁。儿女情长等自由生活时间会阻止人物的进步。小说家为了突出人物的进步性，会增加小说人物的公共时间的篇幅，压缩人物的自由时间。《玉梨魂》改编为《雪鸿泪史》是个例证。《玉梨魂》是"革命+恋爱"小说的滥觞。在《玉梨魂》中，人物的恋爱自由时间几乎覆盖全篇，人物的革命生活时间很少；而在《雪鸿泪史》中，人物的革命生活时间与恋爱自由时间基本持平。《雪鸿泪史》有14章，从己酉年梦霞离家写起，到庚戌年离家东渡结束，文本中革命时间与恋爱时间此消彼长，变化多端，不像《玉梨魂》中的革命时间在结尾处才出现，给人牵强附会之感。《雪鸿泪史》前半部分主要写革命时间：梦霞与石痴的交往，志趣相投，石痴东渡时，石痴的革命理想影响了梦霞；梦霞与梨影结识，梨影屡劝梦霞东渡，革命时间与恋爱时间相互交织。接着，革命时间与恋爱时间发生冲突：梦霞、梨影难舍难分的儿女情长与革命的召唤混为一体，但革命时间已经有了优势，因为，"男儿以报国为职志，家且不足恋，何有于区区儿女之情而不能自克？"最后，梨影、筠倩相继死去，进一步激发革命时间的出现。那么为什么做如此改编呢？徐枕亚在《自序》中指出："近小说潮流，风靡宇内，言情之书，作者伙矣。或艳或哀，各极其致，以余书参观之，果有一毫相似否？"②革命时间的进步性与恋爱时间的落后性形成鲜明的对比。另外，在吴趼人的《上海游骖录》、李涵秋的《巾帼阳秋》等小说中，革命党新人抱着"非曰经天纬地之勋人，即旋乾转坤之烈士"远大理想，却在日常生活时间里打麻将、逛妓院，花天酒地，无所担当。人物在自由时间中腐化堕落，其落后性非常明显。

"五四"小说人物的自由生活时间也具有落后性。《海滨故人》的五个女

---

① 悔学子：《未来教育史》，章培恒等编：《中国近代小说大系》，南昌：江西人民出版社，1988年，第27页。
② 吴组缃、端木蕻良、时萌主编：《中国近代文学大系(1840—1919)·第8卷·小说集(6)》，第598页。

学生把个人自由时间消耗在公园里。她们"在公园里吃过晚饭,便在社稷坛散步,她们谈到暑假分别时曾叮嘱到月望时,两地看月传心曲,谁想不到三个月,依旧同地赏月了!"露沙和宗莹、云青、玲玉"总是四个人拉着手,在芳草地上,轻歌快谈。说到快意时,便哈天扑地地狂笑,说到凄楚时便长吁短叹,其实都脱不了孩子气"①。她们虽是"五四"新式人物,却在悠闲的自由时间颓废了。小说《伤逝》中子君也满足于安宁和幸福的生活,在饲养油鸡、喂阿随等日常自由时间中堕落。张闻天在小说《恋爱了》②中不再坚持自由恋爱的"个性解放"的新思想,而是用嘲讽的笔法,对沉醉于恋爱、失恋自由时间中的男女学生进行不无辛辣的讽刺。胡适也在《一个问题》③中发出一个疑问:"象我这样养老婆、喂孩子,就算做了一世的人吗?"小说对自我成长的重新思考,显示了人物对处在碌碌无为的自由时间的焦灼,为人物的重新行动提供了思想动力。陈衡哲的小说《洛绮思的问题》④的主人公是留美女博士洛绮思,她认为,家庭是事业的对立面,一个人如果沉迷于操持家务和生儿育女等自由时间,会对她的事业造成很大的影响,为了追求事业的成功,她放弃了恋爱、婚姻和家庭。沉樱的小说《妻》也写了一个"我"与妻由由恋爱而同居的故事,妻有"从事于文学的野心",但是,怀孕却使妻陷入绝望,为了追求自由与理想,避免"一个美丽的梦境破灭了"⑤,她决定采取打胎这种过激行为以避免自己坠入自由生活时间中去。可见,"五四"时期的新女性对日常家庭生活时间的抗拒。因为,回归家庭,淹没于世俗生活时间中,最终会失去进入新的公共时间的机会。

三、个人自由时间的进步性塑形

相对于个人自由时间的落后性塑形,其进步性塑形可能还丰富一些,因

---

① 庐隐:《海滨故人》,《中国新文学大系·小说一集》,第60—64页。
② 张闻天:《恋爱了》,《小说月报》第16卷第5号,1925年5月10日。
③ 胡适:《一个问题》,《每周评论》第33期,1919年8月3日。
④ 陈衡哲:《洛绮思的问题》,《小说月报》第15卷第10号,1924年10月10日。
⑤ 小铃:《妻》,《小说月报》第20卷第9期,1929年9月10日。

为,在历史转折时期,人的个性解放成为历史进步的一个尺度,而个性解放就是要放大人的自由。刘半农说:"王尔德所著各书,能于'爱情真谛'之中,辟一'永远甜蜜'的新世界。左喇所著各书,能以'悲天悯人'之念,辟一'忠厚良善'之新世界。"①想怎样反映社会生活,想怎样写人物,著者的思想态度很重要。选择个人自由生活时间里的状貌,可以有落后的一面,也可以有进步的一面。

上文说到,人沉迷于恋爱等自由时间之中会堕落。但是,1902年,蔡元培在原配夫人病故后,与志同道合的黄世振女士举行了新式婚礼,这种个人自由时间塑形却很有意义。蔡元培在惊世骇俗的征婚("男子不娶妾""夫妇不合时,可以解约"等)、求婚、婚礼等世俗时间里加入了拜孔子、演说等具有新式思想的活动,开启了晚清自由结婚的先例②,具有进步的时间意义。小说《孽海花》没有把傅彩云塑造成一个虚无党的革命者,也没有把傅彩云放在革命公共时间展现人物的历史进步性,而是把傅彩云放在"风花雪月"的自由浪漫的时间中,"藉此混淆了国家大事与风花雪月,将公众与私人的道德范畴融入一问题重重的新空间",并且,"通过一个从良妓女的风流韵事,折射中国国运之盛衰起伏","傅彩云的浪漫冒险嘲弄了传统孔孟之道从修身到平天下一以贯之的逻辑,将诸恶之首的'淫'变成了救赎民族伤痛的灵丹妙药"③。可见,妓女的私生活时间也具有一定的历史驱动力。因为,"爱情与感情主题的重要意义也日益增长",《孽海花》《恨海》《九尾龟》等写情小说也能够"表现出敏感的个人的命运与无情的社会压迫力量之间的冲突"④。更有意思的是,如果说傅彩云是用她的"淫"作为反抗的武器,《上海游骖录》中的人物则是用"鸦片"、用"毒"作为反抗的武器。及源说:"正惟政府要禁,我偏要吃,以示反对之意,不然我早戒了。况且我的吸烟与大众不同,我是自己有节制的。"⑤人物显然为自己堕落到腐化时间里做辩解,但人物的反抗确实是真的。

---

① 刘半农:《诗与小说精神上之革新》,《新青年》第3卷5号,1917年7月1日。
② 王世儒编撰:《蔡元培先生年谱》上册,北京:北京大学出版社,1898年,第46、54页。
③ 王德威:《想象中国的方法:历史、小说、叙事》,第33—41页。
④ 〔加〕M. D. 维林吉诺娃:《世纪转折时期的中国小说》,伍小平译,王继权、周榕芳编选:《台湾·香港·海外学者论中国近代小说》,南昌:百花洲文艺出版社,1991年,第10页。
⑤ 吴趼人:《上海游骖录》,章培恒等编:《中国近代小说大系》,第507页。

晚清"小说常常以放荡和泼辣来表现女性的这种'新'对传统道德的破坏"①，这样，人物的腐化时间也成为展现人物进步的一种手段，新人物在日常生活中的戴眼镜、穿皮鞋等新潮打扮以及对日常的态度也具有了社会进步性。在小说《侠义佳人》中，女学生柳飞琼有"一肚子的新名词，满腔的自由血"。与楚孟实"结为密友，常常一同逛花园，坐马车，吃番菜，看夜戏……"痴迷于恋爱生活时间之中，结婚也"依了新法……只买一个上好钻石戒指"。婚后方知上当受骗，后求救于"晓光会"，才得以离婚，正如柳飞琼所说："我有我的自由权。"②在柳飞琼恋爱、结婚、离婚等自由时间里反映了清末民初新思潮对青年学生的影响。《二十世纪之新审判》中的主人公慧姑自认为是一个小家碧玉，父母疼爱，"凡有所求，靡不如志，以故虽青闺深锁，不事女红，视针蒲如仇雠，悦简编以遣兴"③。慧姑又是一个新女性，而一寸芳心，恒倾欧化，于"男女平权""自由结婚"诸学说，尤心领而神会。小说写得很含糊，慧姑"不事女红，视针蒲如仇雠"是她极力抗拒进入庸常生活时间里，但这种新思想是来自父母的"娇生惯养"还是"泰西之学"，不是特别明确。另外，瘦鹃的《恨不相逢未嫁时》、韦士的《采桑子》、李涵秋的《蝴蝶相思记》、商铭的《我之家庭》等小说都记述了一个人物挣扎于恋爱、婚姻、家庭等自由时间里以示反传统的故事。例如，小说《我之家庭》的主人公王泽民被女学生邵李梨演说缠足之害所打动，接着相识相爱，毕业后，在张园举行文明婚礼，一时观者如堵④。"有情人终成眷属"是传统才子佳人小说的"大团圆"结局，而这篇小说却通过书写恋爱、婚姻、家庭等自由时间表现出青年男女对自由恋爱婚姻的渴望和追求。我们一般会将民初言情小说的"感伤""解释为取'悦'读者的商业手段，也可以视为作者有意震撼人心，促使读者关注社会问题的方法"⑤，从这方面来看，民初言情小说所展现人的自由时间也是有积极意义的。

到了"五四"时期，小说家对个人自由时间的书写更加多样化。在一些

---

① 周乐诗：《晚清小说中的"新女性"》，《社会科学》2011年第6期，第178页。
② 复旦大学中文系整理校点：《女子权 侠义佳人 女狱花》，南昌：百花洲文艺出版社，1993年，第408—411页。
③ 水心：《二十世纪之新审判》，《小说月报》，1911年6月21日。
④ 商铭：《我之家庭》，《小说丛报》第7期，1917年7月10号。
⑤ 赵孝萱：《"鸳鸯蝴蝶派"新论》，兰州：兰州大学出版社，2003年，第79页。

第五章　个人时间：人如何走进历史

小说创作中,小说家"热烈地赞美与肯定'人'的生存本能与自然情欲,呼唤感性形态的'生'的自由与欢乐"①。一方面他们展现人的自由时间,另一方面又挖掘人的自由生活中的自然原欲。"五四"新文学宣扬人的"个性主义",其深层文化内质和人性取向到底是什么? 蒋承勇认为,"首先是'原欲',其次是'人智'",而且,"对禁欲型文化的攻击,最好的途径就是充分肯定和大力张扬人的自然原欲,因此,无论中外,人的解放也总是从自然本能的解放开始的"②。在这种现代文化思潮的影响下,小说自然把人物的自由生活时间作为主要描写对象,并且赋予这种自由时间以反抗的现代性意义。小说家从人的自然本性的层面肯定人,把人的自由生活作为艺术表现对象。例如,《春天》中的霄音在日常生活中不安分,在给昔日的恋人写信时被丈夫撞见,让她不知所措。小说通过对人物日常的婚外恋生活时间的展现,目的是展现新女性已经意识到自我的存在;《爱山庐梦影》中的女孩从城里回来,她进入了烫发、涂着脂粉、穿上高跟皮鞋等新的自由生活时间里;《疯了的诗人》中旧式的觉生、双成夫妇不顾世俗眼光,把旧式生活转变成新的自由生活:"书房里,后园里,不用说时刻见他们双双影子……河边田野也常常见他们搀着手走过,有时他们跳跃着跑,像一对十来岁小孩子一样神气……"③觉生、双成夫妻进入一种自由的生活时间,终于摆脱了封建礼教的束缚,找到了彼此的快乐和幸福。另外,《隔绝》《隔绝之后》《旅行》《春痕》等小说也是通过描写人物追逐自由时间来反抗封建礼教,其中,小说集《卷葹》"确实能代表民族资产阶级解放运动初期的'五四'时代的青年女性心理与勇猛的冲决旧礼教屏藩的精神"④,确实是有时间意义的。

陈独秀用"兽性主义"来孕育一代新人⑤。与之相似,"五四"时期的"私

---

① 钱理群:《试论五四时期"人的觉醒"》,《文学评论》1989年第3期,第10页。
② 蒋承勇:《西方文学"人"的母题的现代转型——兼论对五四新文学的影响》,《中国社会科学》2004年第6期,第159页。
③ 凌叔华:《花之寺》,北京:华夏出版社,2002年,第149页。
④ 钱杏邨:《关于沅君创作的考察》,黄人影:《当代中国女作家论》,上海:上海书店出版社,1933年,第128—130页。
⑤ 陈独秀:《基督教与中国人》,《独秀文存6》,合肥:安徽人民出版社,1987年,第78页。

小说"《沉沦》《银灰色的死》《茫茫夜》《南迁》《秋柳》等也用"兽欲"来展现人的"灵肉冲突"。小说主人公都是耽于色欲、追求性解放,游荡于腐化时间之中,常常"沉沦"于酒馆妓院之中,效仿魏晋名士放浪形骸、借酒浇愁、狎妓……小说通过对自我放纵时间的塑形,表达了对社会的不满与反抗。《秋柳》中的主人公于质夫"无处可以发泄",去找妓女海棠。于质夫个人的"自由都不愿被道德来束缚",是人的腐化生活时间对封建专制的一种抗拒,也是一种"暴风雨式的闪击","露骨的直率",使封建道学家们感到了"作假的困难"①。个人自由时间的反抗性被推向了极致。

四、个人自由时间的异化塑形

郁达夫的小说主人公在个人自由时间之中"沉沦"以示反传统,从而使个人的腐化时间具有了进步性。但事物都有两面性,小说人物的私生活时间如果超出了度,就会被异化,失去本来的时间意义,适得其反。同样是个人欲望的自由时间塑形,张资平的小说主人公追求自由的性关系,三角、四角恋爱,乱伦、婚外情泛滥成灾,就超出了度,备受批判。晚清、"五四"小说有不少借助个性解放之名行腐化之实。何震说:"新党之好淫者,必借婚姻自由为名而纵其淫欲;女子稍受教育者,亦揭'自由'二字以为标,视旁淫诸事不复引为可羞。……中国二百兆女子,使人人均为卖淫妇也。"②评论不无道理。

在中国小说的现代转型时期,小说家"对于全盘的社会现象不注意,他们最感兴味还是恋爱,而且个人主义的享乐的倾向也很显然"③。晚清小说中的新女性的"新"往往用性自由、性放荡做注脚。《文明小史》中的新女性广东阿二"读过一年外国书……改变了脾气",借助"外国婚姻自由"行"轧姘

---

① 郭沫若:《论郁达夫》,《郭沫若全集》文学编第20卷,北京:人民文学出版社,1959年,第317页。
② 志达(何震):《男盗女娼之上海》,《天义》,1907年8月10日。
③ 茅盾:《导言》,《中国新文学大系·小说一集》,第9页。

头、吊膀子"等堕落行为①。处在腐化时间中的"新女性"没有多少进步性,并且,人物脱离了正常的时间轨道。《上海游骖录》中的屠庸民的女友是一个女学生,她和屠庸民毫无顾忌地当街调笑,开口就骂、顺手就打。庸民涨红了脸,他说:"我们中国人的程度低到极点了,怪不得孔子当日说:'唯女子与小人为难养也。'我依着文明国之规矩和他结交,认他做一个女朋友,不料他到干预我的自由起来了。"②小说中的新女性男性化有个性解放的意义,但也扭曲了正常时间塑形。同时,屠庸民也在外偷腥,借"自由"之名行腐化之实。屠庸民等"新人"掉进了腐化时间之中,"自由恋爱"也随之异化了。清末小说中的一些新女性"打扮新潮,言谈中充满新名词、新思想,但作风腐败、品行猥琐"③。人物在腐化时间中堕落。

更为荒唐的是《女娲石》,小说中的春融党"不忌酒色,不惜身体,专要一般国女,喜舍肉身,在花天酒地演说文明因缘;设有百大妓院三千勾栏,勾引得一般睡狂学生,腐败官场,无不消魂摄魄,乐为之死"。个人处于腐化自由时间里"娱乐至死"。《未来世界》的新女性赵素华也是在伦敦、巴黎、长崎、东京"放诞惯了",后来,与黄陆生自由恋爱,结婚后才知上当受骗。从此,人物滑向异化时间里"另结新欢",她还为自己辩解:"我在外面的事情,用不着你来查问……你也没有诘问的权利……我自有我的自由权。"当黄陆生要拉她回家,练过体操的赵素华"左手带住了黄陆生的右腕,右手将他当胸一推……仰面一跤跌到在地"④。男性化的赵素华在留学、游历、恋爱、结婚、婚外恋等非正常的时间中堕落。无独有偶,《梼杌萃编》中自由女性玉妞是一个钦差的千金,受西方文明的影响,她对西方个人私生活尺度的把握更大胆。在餐馆喝醉后,玉妞就"叫全禹闻就陪他在那里住。全禹闻始而不敢,那姑娘说:'你要不答应我,我回去叫你不得了!'……全禹闻又何肯推辞……这晚住在餐馆里,居然行了个自由结婚

---

① 李伯元:《文明小史》,上海:上海古籍出版社,1982年,第102页。
② 我佛山人:《上海游骖录》,章培恒等编:《中国近代小说大系》,第527页。
③ 周乐诗:《晚清小说中的"新女性"》,《社会科学》,2011年第6期,第177页。
④ 春颿:《未来世界》,董文成、李勤学主编:《中国近代珍稀本小说·拾》,沈阳:春风文艺出版社,1997年,第458、491页。

的大礼"①。放荡的自由生活时间异化了。《新党升官发财记》中的维新新人物个个生活腐化,都把花酒当作日常生活。晚清小说的这些所谓新人物在腐化时间里扭曲了灵魂,并不能在历史中成长。《碎簪记》有一句话道出了实情:"方今时移俗易,长妇姹女,皆竟侈邪,心醉自由之风,其实假自由之名而行越货,亦犹男子借爱国主义而谋利禄。"②晚清小说中新人物的堕落多于反抗。

相对于晚清小说,"五四"小说对个人自由时间的异化塑形也很常见。小说《茫茫夜》中的于质夫悲愁难遣,病态的性发泄,像饿犬一样在街上找女人,最后用卖香烟的妇女的旧针和手帕"狠命把针子向脸上刺了一针",以此寻求快感。处在畸形生活时间里的人物令人不寒而栗。小说《酒后》也写了日常生活时间中的一次唐突的心理越轨:宴会之后的朋友子仪醉卧沙发上,然而,妻子采苕却不断盯着沙发上的子仪看,甚至提出吻子仪的荒唐要求。更为重要的是,"五四"时期,"个性解放"愈演愈烈,小说对"婚外恋"等异化的自由生活时间塑形更卖力。本雅明说:"女同性恋是现代性的女英雄。"③"五四"小说女同性恋少见,但"婚外恋"以反封建口号为自我掩护出现"井喷"态势。《海滨故人》中的露沙与梓青是一例。《洛绮思的问题》的主人公洛绮思的无性之爱也很特别。洛绮思说:"结婚的一件事情,终究是很平常的,人人做得到,唯有那真挚高尚的友谊,却不是人人能享受的啊!"并且,"各个女子的思想和性情,是不能一样的"④。新女性处于异化的自由生活时间里,确实有个性。更畸形的是,"五四后,男学生都想交结一个女朋友,那(哪)怕那个男生家中已有妻儿,也非交一个女朋友不可"。因为,"贞操既属封建,应该打倒,男女同学随意乱来,班上女同学,多大肚罗汉现身,也无人以为耻"⑤。处在异化的生活时间里,"并不像先驱者所设想的那样由情感的解放、爆发来促进理性的解放,确认新时代的理性精神,反而逐渐

---

① 钱锡宝:《梼杌萃编》,章培恒等编:《中国近代小说大系》,第293页。
② 苏曼殊:《碎簪记》,《苏曼殊文集》,广州:花城出版社,1991年,第209页。
③〔德〕瓦尔特·本雅明:《巴黎,19世纪的首都》,刘北成译,北京:商务印书馆,2013年,第168页。
④ 陈衡哲:《洛绮思的问题》,《小雨点》,上海:新月书店,1928年,第104、109页。
⑤ 苏雪林:《浮生九四:雪林回忆录》,台北:三民书局,1991年,第45页。

远离理性的母体而趋向情绪化"①。这种"五四"情绪更多的是非理性成分居多,脱离了正常的生活轨道。

---

① 张宝明、张光芒:《百年"五四":是"文艺复兴"还是"启蒙运动"?——关于五四新文化运动性质的对话》,《社会科学论坛》2003年第11期,第70页。

结论

时间与中国现代小说的发生

"中国小说现代转型"不同于以往小说史上任何朝代、任何阶段文学的变化,它也"不是同一文学体系范围内的兴衰、承创、延展、成熟等等,而是一种旧文学体系向新文学体系的演变",它涵盖了"文学的社会属性、社会内容、文化内涵、文学观念、文学结构、艺术思维方式和表达方式、语言符号系统,作家队伍和读者对象,乃至文学的存在方式(出版发表)等各个方面的整体性变革"[①]。更为关键的是,"五四"小说与晚清小说之间的"断裂说"曾经影响了学界的研究方向,必然遮蔽晚清小说的丰富性。实际上,"'五四'文学革命令人眩目的光焰曾使先前的一切黯然失色,但当后世的人们终于能以一种更为冷静的科学眼光勘察这一文学火山爆发的遗迹时,必然会鉴明(有的可能不无惊异地发现)地火早已在岩层下腾涌奔突"[②]。具体地说,"晚清小说抓住了正在形成的中国现代社会的全部复杂性、多样性与不确定性"[③]。所以说,"中国小说现代转型"研究必须把晚清、"五四"小说都纳入到研究范围,既做细部研究,也关涉整体性研究。"中国小说现代转型"是非常重要的研究问题,普实克、王德威、陈平原、杨联芬等众多学者从不同角度做过非常深入地探讨。那么,如何深挖此话题的研究? 通过阅读大量文献发现,时间维度具有明显的创新价值。把"时间"作为一个中心问题,把"时

[①] 王飙:《近代文学研究应当有自己的面貌》,《文学遗产》1989年第2期,第13—14页。
[②] 同上,第15页。
[③] M. D. 维林吉诺娃:《世纪转折时期的中国小说》,伍小平译,王继权、周榕芳编选:《台湾·香港·海外学者论中国近代小说》,南昌:百花洲文艺出版社,1991年,第10页。

间"问题与"中国现代小说的发生"关联起来,可对"中国小说现代转型"这一论题有较为丰富的拓展和延伸,也是对小说现代性问题的本源性探索,因为,现代性的本质是时间问题,从"时间"维度做研究是回到了问题本身上来,当然,"转型不仅是一个时间概念,而且是一个有着丰富文学现象的过程,现代文学的转型并不是单向度或单面的,这里有着多种交错、缠绕和悖论存在,现代文学的感觉方式经常与它的观念本身相矛盾,激进的革命浪潮遮掩不了乡土记忆的深厚凝重,进步的革命文学始终摆脱不了自怨自艾的小资情调"[1]。可见,中国小说的现代转型很复杂,无论是形式上,还是内容上都不是自明的。

一、 叙事时间的转变与中国现代小说的发生

中国现代小说的发生与小说结构的转型密切相关,而小说结构最重要的因素是情节时间,也就是小说的叙事时间。巴尔说:"时间与空间之间的关系对于节奏是很重要的,当空间被广泛描述时,时间次序的中断就不可避免。"[2]所以,从叙事学上可以把小说的情节结构分成时间型和空间型两种小说结构类型。

众所周知,中国古典小说(特别是明清章回体小说)的结构是比较典型的"缀段"结构,虽然说这种章回体小说一直没有消失,但中国小说现代转型中的"缀段"结构已经出现了新变。海外学者浦安迪对"缀段"的论述颇有建树,但他主要关注中国古典小说的缀段问题。相对来说,陈平原、赵毅衡等国内学者对此问题有所论及,但都没有做系统化论述。所以,本书的论述起点还是放在"缀段"问题上。

从现代性视野来看,叙事时间按照"内外两面"可以分为外在情节时间(小说时间的外面)和内在主体时间(小说时间的内面),而内在主体时间获

---

[1] 刘忠:《中国文学的现代转型与时间分期》,《福建论坛(人文社会科学版)》2004年第5期,第82页。
[2] 〔荷〕米克·巴尔:《叙述学:叙事理论导论》,谭君强译,北京:中国社会科学出版社,1995年,第110—111页。

得之时,才是现代小说兴起之时。

　　古典小说的"缀段"结构受"说书人""史官""名士"这三个"潜在叙述者"的限制,其章回小说结构的"缀段化"只是在强弱程度上游移,并没有多少质的变化。中国近现代小说的"缀段"结构则与之不同。由于西学、市场、政治等因素的渗透,中国近现代小说的结构虽然比古典章回小说结构更散乱,小说结构的"缀段"化、空间化更为严重,但叙事上的内在主体时间却日益突出。更为重要的是,引入的西方写作模式突破了"说书人"及其套语,建构出一种新的"缀段"化、空间化,因为,借鉴西方小说的结构模式对近代小说家的写作形成了压力,他们不习惯也担心读者不习惯这种西式写法,于是插入大量的叙事干预,以缓解近代小说家表述的焦虑,从而造成了小说结构的再空间化。这种模仿虽然有点笨拙,但毕竟突破了传统模式。而市场下的小说家为了吸引读者,在小说中植入大量的轶闻趣事串联成篇,甚至不惜抄袭连缀成章,造成小说结构的再空间化。这种阶段性文学现象的产生,是因为晚清时期小说发表受期刊连载的影响很大,随着出版事业的繁荣,"书局写作模式"逐步兴盛起来,一些写手成了出版社签约作家,"书局写作模式"能够缓解小说家的压力,使他们有更多的时间从整体上构思小说,这样生产出来的小说大多结构较完整,前后连贯,"缀段化"也会逐步减弱,其小说时间叙事的主体性从而得到了加强。而更需要说明的是,晚清政治小说一时间成为时尚,演说、辩论、报章、条例被植入小说,这种植入造成了"非小说化"的尴尬局面,但这种植入对"新民"伟业、对思想启蒙有一定意义,小说开启"民智"的功能大大加强了。很显然,近代小说结构的缀段化、空间化,虽然被"五四"新文学作为挞伐近代小说的一个"罪证",但其内在主体时间得到了前所未有的加强。

　　当然,清末民初小说中只有少量的内在主体时间叙事,到了"五四"时期,小说的内在主体时间叙事才走上了正途。可见,叙事时间不仅仅是情节时间,情节时间只是叙事时间的一种,叙事时间可以做进一步细分,可以把小说的叙事时间分成外在情节时间和人物内在主题时间两种类型,并且,可以把人物内在时间看成是现代小说兴起的标志。也就是说,时间进入叙事对象的内部之时,才是现代小说兴起之时。为什么要强调人物的内在时间?

因为，现代性是时间性问题，其依赖于人的主体性的确立，现代性也就"'存在于创造主体和主体的目光之中'，它是'主观性的历史表现模式'是'存在于我们自身的主体'，具有现代特征的东西，指的是那些在一系列不确定的现时中出现的东西"①。鲁迅的《阿Q正传》、郁达夫的《沉沦》、王统照的《春雨之夜》、周全平的《梦里的微笑》、张资平的《苔莉》等"五四"小说反映了"五四"青年的"心灵的震幅"，人的主体时间觉醒了。相对而言，清末民初小说主要是情节时间上的"游戏"，对内在主体时间没有多少"突围"。从"五四"学者的眼光来看："中国旧派小说家作小说的动机不是发牢骚，就是风流自赏。恋爱是人间何等样的神圣事，然而一到'风流自赏'的文士的笔下，便满纸是轻薄口吻，肉麻态度，成了'诲淫'的东西；言社会言政治又是何等样的正经事，然而一到'发牢骚'的'墨客'的笔下，便成了攻讦隐私，借文字以报私怨的东西。这都是因作者对于一桩人生，始终未用纯然客观心理去看，始终不曾为表现人生而描写人生。"②虽说有点偏执，却不无道理。

我们还认为，把叙事时间的内面仅仅限定在人物内在时间有点狭窄，因为叙事对象不仅仅是人物，还有其他的一些叙事主体，如小说《中国未来记》的叙事对象不再仅仅是小说人物，而是把焦点集中在一个乌托邦式的"国族"形象上，并且，"国族"这个历史主体已经"被时间所触动"。

叙事时间按照"内外两面"分为外在情节时间（叙事时间的外面）和内在主体时间（叙事时间的内面）。并且，从古典小说"缀段"式的空间叙事到现代小说的时间叙事有一个大致的发展脉络："缀段"叙事→外在情节时间叙事→内在主体时间叙事。

如果说"缀段"结构在中国小说现代转型过程中呈现出一种新的结构变化，那么西方短篇小说的"横截面"叙事模式的引入则彻底革新了小说的时间叙事。晚清、"五四"短篇小说逐步改变了唐传奇以来中国古典小说有头有尾的"满格时间"的结构模式，转向了现代小说书写"横截面"的结构模式，同时，"五四"小说舍弃了晚清小说插入过多轶闻趣事、议论等非情节因素的

---

① 〔法〕伊夫·瓦岱讲演：《文学与现代性》，田庆生译，北京：北京大学出版社，2001年，第41—42页。
② 沈雁冰：《自然主义与中国现代小说》，《小说月报》第13卷第7号，1922年7月10日。

做法,以避免造成"停顿"式结构,但"五四"小说大量借鉴西方小说的结构模式却走向了另一个极端——"省略"式小说结构,"停顿"式结构与"省略"式结构都会形成一种新的小说结构的再空间化。例如,徐卓呆的《入场券》《卖路钱》,吴趼人的《平步青云》《查功课》等短篇小说。当然,短篇小说"横截面"写法到"五四"时期才比较成熟。鲁迅、叶圣陶、冰心、庐隐等小说家创作的短篇小说大都取用此法。例如,《狂人日记》《沉沦》等"五四"小说大都比较娴熟地运用"横截面"写法,而《示众》应该是"横截面"写法的典型代表。

　　如果说,晚清小说因插入过多轶闻趣事、议论等非情节因素造成晚清小说结构出现较多的"停顿",割裂了小说的情节线,造成了小说结构的再空间化,那么,"五四"小说因大量借鉴西方小说的结构模式,逐步抛弃了晚清小说插入过多的轶闻趣事、议论等非情节因素,避免了"停顿"所造成的空间化,但却走向了另一个极端,"五四"小说因"省略"过多而造成一种新的再空间化。从晚清到"五四",小说结构的现代性嬗变似乎有迹可循。就本质而言,停顿就是在故事情节线上无意或有意加入的一些"说书人"及其套语、轶闻趣事等"无事之事"、演说辩论场面、条例与章程、环境描写等非情节因素,从而阻止了故事时间的逸出,中断了情节时间。但值得注意的是,条例与章程等非情节因素往往有一定的影射作用。例如,小说《血泪黄花》批判了晚清政治的黑暗腐朽,描绘必然灭亡的历史命运,"这集中体现在小说中的各种檄文、告示、誓词、宣言上。如此多的檄文、告示虽然影响了小说文体的纯粹性,但有助于呈现辛亥革命全景,揭示社会发展的必然趋向"①。

　　并且,不同时段由于小说艺术旨趣的不同,停顿的多少,停顿的叙写方式都不一样。大致说来,明清章回小说中的停顿主要是"说书人"及其套语、轶闻趣事等"无事之事"等非情节因素的插入造成的,并且"说书人"及其套语在小说中的分量随着小说艺术逐步成熟而逐步减少,轶闻趣事等"无事之事"的插入却越来越频繁;晚清小说中的停顿比明清章回小说明显增多,出现"非小说化"的倾向("似说部非说部""似论著非论著"),晚清小说(主要是

---

① 刘保庆:《辛亥时期女性形象书写与女性公共空间的展开——评析陆士谔〈血泪黄花〉》,《北京社会科学》2012年第5期,第78页。

指晚清长篇小说)中的停顿主要是轶闻趣事等"无事之事"、演说辩论场面、条例与章程非情节因素的插入造成的。与之相反,"五四"小说(大都是短篇小说)因为少写故事时间线上的事件造成很多"省略",造成小说结构的"再空间化"。一多一少,形成鲜明对比,也体现了中国小说现代转型中的结构变化。省略是作者对故事时间上的一种设计和取舍,不同的安排体现着不同事件在叙事上的轻重。省略是一种空白的艺术,能给人留下想象的余地,与中国绘画艺术中的"留白"手法异曲同工。对于"五四""横截面"式的短篇小说来说,省略必不可少。近代短篇小说放弃了时间线的完整,开始用"扭曲时间"来结构小说。即使一些似乎次序井然的事件,偏要切割成几个时间段,省略掉一部分事件,追求小说结构的艺术化。倒叙和插叙等叙述手段应运而生。如,吴趼人的《黑籍冤魂》等小说是代表作。小说《黑籍冤魂》先写鸦片烟鬼临死的一幕,再追叙他破落的经过,在追叙的过程中只是呈现部分事件,省略很多。小说《工人小史》题名为"小史",没有用"史传"笔法,只截取了工人两天的行动,将故事情节高度集中,用横断面式的生活片段浓缩了主人公无法改变的悲惨一生。省略在晚清小说已经大量存在,在"五四"小说中日益成熟。

另外,晚清、"五四"小说的"心理化转向"日渐明显,这也是小说时间叙事主体化的一个重要方面。"停顿"式结构与"省略"结构还是重情节与淡化情节的区别,仍然是在小说的外部框架来叙事,但小说的心理化可以突破小说的情节时间线,使小说结构从情节时间转向心理空间,也就从外部转向了内部。小说心理化以"展现人物心理、意识变动"为主要手段,能够"使读者获得对客观环境的最强烈的感官印象",从而完成了从写故事到写人、从外部到内心的现代性转型。可见,小说结构由外在的情节到内在的心理的"向内转"是中国小说现代化的一个重要标志。

小说结构的心理化与时代息息相关,晚清、"五四"时期是中国最为动荡、剧变的一个历史转折时期。在这样一个现代转型时期,梁启超等人扛起了小说政治化的大旗,小说走上了"大道",也成了"虚构中国"[①]、启蒙"新

[①] 王德威:《想象中国的方法:历史、小说、叙事》,北京:生活·读书·新知三联书店,1998年,"序"第2页。

民"的重要武器,小说因此获得了独立的生命意识,从传统的"文以载道""游戏消闲"的桎梏中解放出来,成为一种独立的存在,开始了自己的政治诉求。尤其在"个性解放"最强烈的"五四"时期,思想的解放使"个人"从群体中分离出来,人的感官、情感、意识等个性心理活动成为小说书写的新领地。当然,"五四"时期与晚清不同,晚清主要是对民族国家的想象、塑形,"五四"先觉者们则关注民族国家的历史动向,也更加关注个人的发展。随着人的思想解放的扩大化,小说不可避免地进入"个人言说"的阶段,从关注民族国家转向关注个人的内心世界。当然,民初言情小说也曾触及人的内心,但是,民初言情小说家为了突出"情"的缠绵悱恻,必然精心编织离奇的故事,追求曲折的情节,这种复古"情调"消解了"心理化转向",消解了现代性。"五四"小说重建了"另一种话语",冲破了民初缠绵悱恻的情感世界,注入了更多人性解放的力量。"五四"小说具有现代的历史感,它们描绘了社会历史的变迁,展现了人的个性力量。小说家普遍采用"内视角"表现人的个性及心理。更为重要的是,"五四"小说家的心理描写与古典小说不同。现代小说描绘心理不是一味地追求故事的精彩曲折,而是专注于表现人心的觉醒,是为了展现人的个性,展示人的现代品格。例如,《怀旧》《狂人日记》《小雨点》《将过去》《花之寺》《女人》等小说。

同时,小说的心理化转向与小说文体的发展也密切相关。近代以来,小说创作从"说书的"集体书写转向为"做书的"的自由言说,慢慢从古典小说"演说前朝"、书写"过去",转向了书写"现在",小说越来越贴近现实生活,成为真正的"人的文学",人的主体意识越来越强。这种情况下,小说容纳游记体、日记体、书信体等能够表现自我的小说文体大量涌现了。游记体、日记体、书信体小说都把传统的全知视角拉回到第一人称限制叙事或者限制性第三人称叙事,慢慢回到人自身上来,而只有回到人自身,才能更好地揭示人的内心,才能完成中国小说结构现代转型中的一个重要环节——心理化转向。刘鹗的《老残游记》、吴趼人的《新石头记》《上海游骖录》《二十年目睹之怪现状》《邻女语》《冷眼观》等游记体或近似游记体小说应运而生。相对于游记体小说,日记体、书信体小说更繁荣,也更具有形式革新的意义。日记和书信的"我"更为鲜活,能够直抵人心。在日记体、书信体小说中,小说故事被忽略,情节结构被瓦解,充盈其间的是思绪的凌空飞跃和奔腾不息的情感变化。如,《玉梨魂》《冤孽镜》《狂人日记》,冯沅君的《隔绝》、石评梅的《祷告》、庐隐的《丽石的日记》、冰心的《疯人笔记》等小说。

另外,从晚清到"五四",西学东渐日益兴盛,小说家们开始借鉴意识流等西方小说的艺术手段,这也是中国小说心理化转向的一个重要因素。晚清、"五四"时期,感觉主义、浪漫主义、柏格森与詹姆斯的心理学说、弗洛伊德精神分析学、意识流小说等文学思潮纷纷被引介到中国来,并被运用于小说创作实践中。在西方心理学等的影响下,"五四"小说家渐渐学会了用现代主义艺术手段对人的心理世界进行发掘,小说内向化的艺术倾向得到了发展,实现了中国小说结构的心理化转向。据资料统计,鲁迅、郭沫若、陈翔鹤、敬隐渔、林如稷、王以仁、王任叔等"五四"小说家的创作都或多或少受到"意识流"等心理学说的影响,这些可以从他们的小说中找到蛛丝马迹。例如,《狂人日记》里狂人的病态的意识流动。

二、 现代性时间与中国现代小说的发生

上文我们论述了小说的结构转型与中国现代小说发生的辩证关系,实际上,中国小说的现代转型除了结构上的外在变化以外,更重要的还是内容上的内在变化。近代以来,中国处在与世界民族竞争的的"进化"时间链上,作为沉睡已久的"睡狮"只有首当其冲,否则,"吾中国乃真亡矣!"①这些势必影响小说的时间塑形。具体言之,从小说的嬗变过程来看,随着社会生活的发展、变化,小说的内容和形式也不断地发展、变化。与小说的空间形式相比,小说的现代性时间的变化更为活泼、迅速。因为,在现代小说中,"时间不再被视为某种脱离主体、历史而存在的某种神秘的力量,时间被看作是与主体的生存相关,与历史的发展进程相联的可体验、可认知的因素,时间成为我们审视社会和主体的有效手段和方式"②。在现代小说中,人的成长

---

① 余一:《民族主义论》,《浙江潮》1903年第1期,第1—2页。
② 吴翔宇:《时间视域与鲁迅小说的现代转型》,《十堰职业技术学院学报》2011年第6期,第60页。

过程、事件的演变过程被放在一个线性时间链条上,人物的性格变化、事件因果发展都是富有时间变化的。

时间意识是一种历史观念,时间意识有助于认识历史的本质,因此,时间意识暗含人类进步发展的密码,也规约着人类的思考与实践。近代伊始,进化论传入中国,以之为理论根据,中国小说家逐渐摆脱了天干地支因果轮回的时间观,形成了现代的线性时间意识,可以说,进化论不仅是天道循环时间毁灭的武器,同时也是新旧时间意识产生的内在依据。

宋莉华说:"19世纪末20世纪初的中国社会虽也面临西潮的冲击,但根深蒂固的传统始终抗衡着外来文化,从而展示出极大的矛盾性和复杂性。'追新怀旧'错综交织,在晚清知识分子身上体现得淋漓尽致。"[1]晚清、"五四"小说家都有进化论思想,有新旧时间意识,但是,受时代环境及文学自身演变的局限,转型时期的小说家的新旧时间意识与小说时间叙事出现了一定程度上的悖离,转型时期的小说还没有完成现代性时间叙事。主要原因是,时代没有给小说家提供足够"面向未来"驱动力,看不到多少希望,甚至危机重重,无法突围"铁屋子",所以,"小说家幻想以妥协的方式,即保留旧有的文体、叙事模式和话语系统来表达其社会理想时,却没有意识到这其中蕴涵着的巨大矛盾——形式本身也会成为桎梏,阻碍新思想的表达"[2]。因而,关于民族国家的"乌托邦叙事"及关于"个人成长"的"梦灭"叙事成为转型时期小说的叙事主题。另外,小说新旧时间书写虽然在一定程度上借鉴了外国未来小说的写法,但中外境况明显不同,照搬照抄肯定不行,而中国古典小说又无法提供多少可供借鉴的写作资源。更为重要的是,"晚清士人对西方的接触和接受都是有限度的",只有到了"五四","新文化运动的启蒙大潮席卷而至,中国的'现代',才真正揭开帷幕"[3]。但是,创作实践往往落后于思想,个性解放思潮下的"五四"小说对新旧时间的书写还不成熟,还处于摸索阶段。

---

[1] 宋莉华:《传统与现代之间:从〈孽海花〉看晚清小说中的异域书写》,《文学遗产》2008年第1期,第113页。
[2] 同上。
[3] 同上。

当然,晚清、"五四"两个阶段的小说时间叙事也有很大的差异,需要分别加以论述。晚清小说的过去时间与未来时间往往相互分离,单独呈现,没有过程感,只是出现一个"过去"或"未来"的空间。可以说,晚清小说家面对一个新旧杂陈、中外对峙的时代,他们都有求新的思想,但小说中新旧时间的表诉却截然不同。谴责小说家痛快淋漓暴露晚清官员的虚伪无耻和道德沦丧,控诉的是旧的文化价值观和失落的现实,面对的是罪恶的过去或现在;政治小说家则抛弃陈旧的过去或现在,迎接崭新的未来。晚清先觉者们大都把新旧进化时间看成从野蛮向文明的转化。陈天华《警世钟》中的"野蛮排外"与"文明排外"的区分,邹容《革命军》中把革命区分为"文明革命"与"野蛮革命"都是在做同样的事情。另外,《文明小史》《苦学生》《乌托邦游记》《虞初今语·人肉楼》《新石头记》《中国进化小史》等晚清小说也都提出"野蛮""文明"的界分。文明、野蛮既是二元对立的,也是新旧时间转化的依据。在晚清小说中,在新旧时间的链条上,野蛮的意象是清楚的,也就是对中国的过去(旧)的认识很清楚,但对中国未来文明(新)的认识却是模糊的。谴责小说重在暴露中国的"旧",对中国的"新"没有提出多少可行性方案;政治小说与谴责小说形成补充,它重在想象中国的"新"(乌托邦),但政治小说对民族国家"新"的想象是大都是以发达国家为模板进行的科学幻想,有一定的现实基础,但缺少推理演绎的逻辑性。也就是说,对千疮万孔的野蛮落后的旧中国如何踏进国泰民安的文明进步的"乌托邦",似乎很难找到一个合理的解释。面对这种野蛮与文明、旧与新的时间断裂,晚清小说家找到了"白日梦"这个时间中介。处在过去(旧)时间的主人公会"黄粱一梦",然后进入未来(新)的时间轨道上。一句话,晚清小说家,特别是谴责小说家还没有建立起完整的历史时间,他们对于未来的想象还只是如李伯元所言"大雨要下、太阳要出"(《文明小史》)而已。

现代性时间意识主要是在"五四"时期确立的。学界一般会把清末民初连在一起加以论述,而我们则认为,在新旧时间的意识上,民初小说家与"五四""新文学"家更接近。相对于晚清"新小说"革命来说,民初小说虽然表面上来看似乎不是特别进步,甚至还有某种历史的退步,但针对小说自身的新旧进化而言,民初小说确实有某种历史的进步。造成这种新旧时间认识差异的原因是辛亥革命。

一直以来,辛亥革命在中国近现代文学史中所起的作用没有受到足够的重视,应该说,辛亥革命在中国文学转型中所起的作用,特别是在中国小说的新旧时间叙事形成、转化的过程中所起的作用并不比"五四"新文化运动的影响小。1911年,辛亥革命的胜利使国人相信:"须知今满政府,并非我汉家儿……建立中华民国,同胞其毋差池。"[1]就连保守派林纾也认为:"共和之局已成铁案,万无更翻之理!"[2]民国成立后,林纾、梁济等文人的心态渐感失望:"辛亥革命如果真换得人民安泰……亦可谓变通之举",但是,"观今日之形势,更虐于壬子年百倍,直将举历史上公正醇良仁义诚敬一切美德悉付摧锄"[3]。甚至,文人们留下了"大局茫茫,谁能收拾"[4]的绝望情绪。所以,如果说,晚清"新小说"家们面对民族危机四伏仍然有极大的政治热情,仍然能畅想未来,民初、"五四"小说家们面对辛亥革命下的新的民主共和国,则越来越陷入时间的困境,无路可走。不可否认的是,受时代变迁的影响,民初、"五四"时期作家的思想越来越现代,但辛亥革命的失败也带来了新的创伤,使他们对时代更加焦虑,故而他们在小说中的新旧时间意识与晚清作家明显不同。

从晚清到民初、"五四",新旧时间叙事有了新的变化:一是小说的主题从社会的新旧变迁变为人的新旧成长;二是新旧时间叙事模式更加完整,但对未来的想象则不足;三是新旧时间意识更明确和强烈。而"五四"和民初的新旧时间叙事也有些区别,大致来说,"五四"的新旧时间意识更强烈。更为重要的是,虽然"五四"和民初的新旧时间叙事都是从民族国家的新旧时间转向人的新旧时间,但民初小说是回到世俗言情中,人的现代性明显不足,也似乎有点堕落了,相对来说,"五四""新文学"家要积极得多。这可能是"五四""新文学"家比民初进步的主要原因。如果说,晚清小说是用"白日梦"链接新旧时间,缝合"过去"与"未来",以便形成一个看似连贯的进化时

---

[1] 张难先:《湖北革命知之录》,北京:商务印书馆,2011年,第291页。
[2] 马庆茂:《林纾传》,北京:团结出版社,1998年,第138页。
[3] 梁济:《梁巨川遗书》,上海:华东师范大学出版社,2008年,第201页。
[4] 粟戡时:《湖南反正追记》,长沙:湖南人民出版社,1981年,第259页。

间线;那么,"五四"小说却无法呈现新的时间——未来,只有用"梦"迷醉自己,却又是醒着的,因为"五四"先觉者对新旧时间的体悟更为强烈。

阿加辛斯基说:"历史作为整体的运动,作为过去的、现在的和将来的运动,它把世界的短暂仿佛瓦解的东西又集结在一起,时间变质的因素,对人类来说,成了人类得以实现的条件。"①晚清、"五四"时期都还处于动荡的历史时间里,历史叙述还很难一蹴而就。按照巴赫金现实主义成长小说"双重时间"理论,我们顺着"历史时间"这条线索考察晚清、"五四"小说,会发现:个人成长时间无法逃离他所处的变迁的时代,历史时间投射到个人成长时间里,个人时间也在参与历史时间的建构。但是,晚清、"五四"小说还没有完成个人成长时间和历史时间的融合,都不能为现代转型提供一个"必然"的历史叙述。谴责小说、政治小说都无法构造出现代历史的时间叙事,谴责小说是无历史时间(循环的历史时间)书写,政治小说是乌托邦历史时间书写。辛亥革命后,民主共和思想并没有使晚清民初知识分子找到历史前进的动力,反而使他们大失所望,他们甚至将目光重新转到中国历史的传统上来。

改革和革命是历史发展的动力。"五四"小说家与民初小说家思考历史的起点是相同的,这个历史的起点就辛亥革命。辛亥革命犹如一场突如其来的暴风雨,摧毁了几千年的中国封建专制统治,它"为一些人所期盼,然而真正的难题不在于革命本身,而是'革命后的第二天',革命固然在于摧毁旧秩序,但更重要的是建立新秩序,实现 state building(政治建国)"②。"五四"时期与民初时期都是"革命后的第二天",处在"破"和"立"之间的两难处境。辛亥革命时期的革命理想与民国后社会历史现实之间的巨大反差,使"五四"小说家与民初小说家都产生了一种幻灭感,感觉历史的入口被堵死了,无法进入历史。但是,两代小说家对历史书写的态度是截然不同的。民国建成之后,民初小说家处在一个自由、多元的文化氛围,一部分小说家可

---

① 〔法〕西尔维娅·阿加辛斯基:《时间的摆渡者:现代与怀旧》,吴云凤译,北京:中信出版社,2003年,第16页。
② 许纪霖:《革命后的第二天——中国"魏玛时期"的思想与政治(1912—1927)》,《开放时代》2014年第3期,第68页。

以选择远离历史,回到世俗言情中去麻醉自己;另一部分政治思想浓厚的小说家则在共和乱象中控诉革命,一方面表达对政治的失望,追忆辛亥革命的"惨史",另一方面,对社会历史现实的绝望使他们把书写个体情感与命运作为反思革命成败的视角。而"五四"小说家与民初小说家的历史起点虽然相同,但历史语境有很大不同。"五四"知识分子比民初知识分子更具有积极的历史姿态。"五四"小说从民初小说的"控诉革命"叙事走向反省式历史叙事,积极寻求进入历史的入口,如《阿Q正传》《将过去》等小说。更为重要的是,"五四"小说把民初小说中象征历史堕落的"言情"等世俗之事转化成"恋爱自由""结婚自由"等启蒙叙事,大大加强了"个性解放"的力量,以反传统为契机推动历史的进步,如《伤逝》《沉沦》等小说。

现代性时间观也表现为一种个人时间意识,而个人时间的觉醒是现代小说发生的根本动力。所以说,启蒙的第一步,是个人从传统的专制的无时间中解放出来,获得个人时间。个人时间的"立"是个人时间意识的觉醒,是人获得现代性品格的标志。个人时间的获得也就是"人的发现",是近期的事件,大致以西方的文艺复兴时期、中国的"五四"时期为时间标志,这是有道理的。但值得注意的是,历史不是断裂的,个人时间的觉醒从近代已经零零落落地出现了,到"五四"时期达到了一个小高潮。人的个人时间有个人公共时间、个人自由时间两种类型。并且,从晚清到"五四",小说大致沿着从"新国民"到"新人"、从"个人公共时间"叙事到"个人自由时间"叙事转变。从"个人公共时间"来看,在小说中,只有个人公共时间能够进入历史,并且也不是所有的人都能够进入历史。革命派小说中的正面人物参与革命的生活时间是一种个人公共时间;"五四"小说人物化身"社会活动家",想象性地参与社会活动的时间也是一种个人公共时间;工人在工厂劳动的时间(马克思:社会必要劳动时间)也是一种个人公共时间。并且,革命时间、社会时间具有积极的现代意义;劳动时间却具有批判性,有点反现代性。小说家对小说人物的个人时间的截取是非常自由的,但是要受到小说主题的限制。小说家可以选择人物的公共生活时间以表现他的英雄形象及他对历史的积极作用,也可以从反面选择他的自由生活时间,但是,由于时代不同,作家态度的迥异,个人自由时间所呈现的效果却千差万别,会呈现出"落后""进步""异化"等特征。

在个人时间获得之前,人是传统的无时间的人。中国古典小说的个人是不自由的,在物质上受束缚、奴役,在精神上受钳制、限制。《狂人日记》的狂人与《催醒术》的"予"都是"狂人谱系"人物,都是觉醒的一代。狂人为了获得个人时间,必须积极应对外界空间的疏离和围剿,从时间上突围和自救,必须在铁板一块的"铁屋子"里发出自我的呐喊,凿开一扇个人成长的时间之窗。获得个人时间也就意味着人可以"自由地掌握时间",更主要的是可以自由调配个人时间,人获得个人时间之后,人对个人时间的调配有了"自决"权,会重新调配人参与群体(历史)与个体(私下)的时间,由此,人的个人时间就分裂为个人公共时间和个人自由时间。个人公共时间是现代社会中的人参与社会发展进程的集体生活时间,包括个人参与政治革命的生活时间,参与社会文化改革的生活时间、参与社会经济建设的生活时间等;个人自由时间与个人公共时间是相对的,主要包括个人融入家庭、娱乐等私下的世俗生活时间。

个人公共时间、个人自由时间与马克思主义的劳动时间、自由时间有一定的一致性。20 世纪初,社会动荡不安,"新国""新民""新人"等启蒙进步主义日益流行起来,民族国家作为想象的命运共同体,就需要个人公共时间参与进来,共同建构民族国家。一句话,人要进入现代历史,建构现代历史。如,清末民初革命派小说《自由结婚》《洗耻记》《宦海升沉录》等小说都刻画了具有进步倾向的革命英雄,他们已经具有现代人的一些特征,这些进步的革命者已经获得了个人时间。在小说的叙事中,小说人物的个人公共生活时间是要重点叙述的,并且,为了突出人物对建构民族国家所付出的努力,对人物的个人自由生活时间则尽量回避,因为人物的个人自由生活时间是堕落的、落后的,是被批判的对象。小说人物的庸常时间、腐化时间会为这些英雄"抹黑",会消解人物的英雄性、进步性。在现代小说中,具有现代品格的小说人物的生命活动都会出现个人时间的分裂。特别是在"革命 + 恋爱"的小说中,人物进入革命活动的时间是个人公共时间,进入恋爱活动的时间是个人自由时间,两种时间在小说中的胶结、冲突增强了小说的艺术张力,也为对小说的评价带来了难题。如小说《玉梨魂》《爱妻与爱国》《爱国鸳鸯记》等。

如果小说把人的个人公共时间作为历史的进步力量来书写,个人自由时间就是堕落、落后的。当然,这还要看小说家如何裁剪个人公共时间和个人自由时间。其实,随着时代的不断变化,小说家对小说人物的生活时间也会注意"分配、调整"。从晚清到"五四",一些具有现代特征的小说对个人时间的书写有很大变化,大致沿着从"新国民"到"新人"、从"个人公共时间"叙事到"个人自由时间"叙事转变。清末民初时期,在以维新、革命等为时代主题的小说中已经发掘了小说人物个人公共时间的历史能动性,而小说中的个人自由时间却往往是堕落的、落后的,成了"五四""新文学"家批判的对象;到了"五四"时期,晚清小说的民族国家的"宏大叙事"逐步转向个人的"私语化叙事",个人自由时间成了"五四""新文学"家的主要书写对象,但与民初小说的个人自由时间叙事截然不同,"五四"小说中的个人自由时间具有"个性解放"的启蒙功能,完全具有个人公共时间的叙事功能,个人自由时间也成了社会改革、进步的行动力量。

个人公共时间偏向于群体时间概念,个人自由时间偏向于个体时间概念。晚清的"新国民"偏向于群体概念,"五四"的"新人"偏向于个体概念,相应的,"国民"与"人"也是有区别的:"人"表达的是个体范畴,"民"属于"群"的范畴。"国民"是在拯救、建设新的"民族国家"的时代形势下产生的,因此,它剥夺了"人"的个性自由、取消"人"的独立性和自我意识。但在"五四"时期,个人被置于中心地位,人的个性、权利等成了小说的中心问题。"五四"对个人主义的伸张使"五四"成为中国"人的发现"的时代,这个新"人"比晚清新"国民"更具有独立自由的个性。晚清时期,一部分中国先进的知识分子摆脱了"家族"的束缚,具有现代特征,晚清小说在刻画这些具有现代特征的人物时,往往会把正面人物参与改革、革命等个人公共时间作为主要描写对象;"五四"小说则刻画人的恋爱等个人自由时间,宣扬"个性解放",反抗封建专制,推动社会文化的改革和进步,这里的个人自由时间也就转变成人的个人公共时间。另外,值得注意的是,"五四"小说中的革命人物虽然很少见,但"五四"小说人物会化身为"社会活动家",宣传、参与各种社会改革活动,这样,社会时间往往也成为个人公共时间的形式。可见,**两种个人时**

间的边界也不是固定的,随着时代的变化、作家思想态度的不同,两种个人时间会相互转化,这一点非常关键。

总之,通过对时间的捕捉、探寻,基本达到了论证的需求,从而得到一些新颖的观点。诸如,"缀段"作为古典小说结构的空间形式,其形成、消失乃至被"时间"所代替是中国现代小说产生的一个路径;从满格时间到"横截面"的小说空间形式的转变是中国现代小说的一种嬗变;从"新旧时间"审视晚清、"五四"小说的现代性特征是一种时间本质性探究,得出晚清、"五四"小说"未完成性"等创新型结论;另一方面,从晚清、"五四"小说个人时间的"立""破"及"重组"看小说的时间现代性,延展了中国现代小说时间的丰富性。当然,小说的时间问题是一个需要不断挖掘的大问题,需要引起学界的注意。

参考文献

一、著作

《马克思恩格斯全集》,第2卷、第31卷、第46卷上册,北京:人民出版社,1957年、1972年、1979年。

[奥]诺沃特尼:《时间:现代与后现代经验》,金梦兰、张网成译,北京:北京师范大学出版社,2011年。

[德]奥尔巴赫:《摹仿论》,吴麟绶等译,北京:商务印书馆,2014年。

[德]本雅明:《讲故事的人》,《本雅明文选》,北京:中国社会科学出版社,1999年。

[德]恩斯特·卡西尔:《人论》,甘阳译,上海:上海译文出版社,1985年。

[德]康德:《答复这个问题:"什么是启蒙运动"》,何兆武译,江怡主编:《理性与启蒙:后现代经典文选》,北京:东方出版社,2004年。

[德]克劳斯·黑尔德:《时间现象学的基本概念》,靳希平等译,上海:上海译文出版社,2009年。

[德]瓦尔特·本雅明:《巴黎,19世纪的首都》,刘北成译,北京:商务印书馆,2013年。

[俄]科恩:《自我论》,佟景韩等译,北京:生活·读书·新知三联书店,1986年。

[法]福柯:《知识考古学》,谢强等译,北京:生活·读书·新知三联书店,1998年。

[法]米德·昆德拉:《小说的艺术》,董强译,上海:上海译文出版社,2011年。

[法]莫里斯·哈布瓦赫:《论集体记忆》,毕然、郭金华译,上海:上海人民出版社,2002年。

[法]热拉尔·热奈特:《叙事话语 新叙事话语》,王文融译,北京:中国社会科学出版社,1990年。

[法]西尔维娅·阿加辛斯基:《时间的摆渡者:现代与怀日》,吴云凤译,北京:中信出版社,2003年。

[法]伊夫·瓦岱讲演:《文学与现代性》,田庆生译,北京:北京大学出版社,2001年。

[古罗马]奥古斯丁:《忏悔录》,周士良译,北京:商务印书馆,1963年。

[荷]米克·巴尔:《叙述学:叙事理论导论》,谭君强译,北京:中国社会科学出版社,

2003年。

〔加〕M. D. 维林吉诺娃主编：《世纪转折时期的中国小说》，胡亚敏、张方译，武汉：华中师范大学出版社，1990年。

〔加〕埃利奥特·贾克斯：《时间之谜》，朱红文、李捷译，北京：北京师范大学出版社，2009年。

〔捷克〕普实克：《抒情与史诗——现代中国文学论集》，郭建玲译，上海：上海三联书店，2010年。

〔美〕M. H. 艾布拉姆斯：《欧美文学术语词典》，朱金鹏等译，北京：北京大学出版社，1990年。

〔美〕W. C. 布斯：《小说修辞学》，华明、胡晓苏、周宪等译，北京：北京大学出版社，1989年。

〔美〕阿列克斯·英克尔斯、〔英〕戴维·H. 史密斯：《从传统人到现代人——六个发展中国家中的个人变化》，顾昕译，北京：中国人民大学出版社，1992年。

〔美〕埃里克·H. 埃里克森：《同一性：青少年与危机》，孙名之译，杭州：浙江教育出版社，1998年。

〔美〕本尼迪克特·安德森：《想象的共同体：民族主义的起源与散布》，吴叡人译，上海：上海人民出版社，2001年。

〔美〕丹尼尔·贝尔：《资本主义文化矛盾》，赵一凡等译，北京：生活·读书·新知三联书店，1989年。

〔美〕杜赞奇：《从民族国家拯救历史——民族主义话语与中国现代史研究》，王宪明译，南京：江苏人民出版社，2009年。

〔美〕韩南：《中国白话小说史》，尹慧珉译，杭州：浙江古籍出版社，1989年。

〔美〕亨廷顿：《变化社会中的政治秩序》，王冠华等译，北京：生活·读书·新知三联书店，1989年。

〔美〕利昂·塞米利安：《现代小说美学》，宋协立译，西安：陕西人民出版社，1987年。

〔美〕马泰·卡林内斯库：《现代性的五副面孔：现代主义、先锋派、颓废、媚俗艺术、后现代主义》，顾爱彬、李瑞华译，北京：商务印书馆，2002年。

〔美〕浦安迪：《浦安迪自选集》，刘倩等译，北京：生活·读书·新知三联书店，2011年。

〔美〕浦安迪讲演：《中国叙事学》，陈珏整理，北京：北京大学出版社，1996年。

〔美〕维拉·施瓦友：《中国的启蒙运动：知识分子与五四遗产》，李国英等译，太原：山西人民出版社1989年。

〔美〕夏志清：《中国现代小说史》，刘绍铭等译，香港：中文大学出版社，2001年。

〔美〕伊恩·P. 瓦特：《小说的兴起》，高原、董红钧译，北京：生活·读书·新知三联书店，1992年。

〔苏〕巴赫金：《巴赫金全集》第3卷，白春仁、晓河译，石家庄：河北教育出版社，1998年。

〔匈〕卢卡奇：《小说理论》，燕宏远、李怀涛译，北京：商务印书馆，2012年。

〔英〕埃里·凯杜里：《民族主义》，张明明译，北京：中央编译出版社，2002年。
〔英〕艾勒克·博埃默：《殖民与后殖民文学》，盛宁、韩敏中译，沈阳：辽宁教育出版社，1998年。
〔英〕彼得·奥斯本：《时间的政治——现代性与先锋》，王志宏译，北京：商务印书馆，2004年。
〔英〕彼得·柯文尼、罗杰·海菲尔德：《时间之箭——揭开时间最大奥秘之科学旅程》，江涛、向守平译，长沙：湖南科学技术出版社，2002年。
〔英〕吉登斯：《社会的构成：结构化理论大纲》，李康等译，北京：生活·读书·新知三联书店，1998年。
〔英〕理查德·艾文斯：《捍卫历史》，张仲民等译，桂林：广西师范大学出版社，2009年。
〔英〕伍尔夫：《论现代小说》，李乃昆编：《伍尔夫作品精粹》，石家庄：河北教育出版社，1990年。
〔英〕约翰·哈萨德编：《时间社会学》，朱红文、李捷译，北京：北京师范大学出版社，2009年。
阿英：《晚清小说史》，上海：商务印书馆，1937年。
阿英：《小说三谈》，上海：上海古籍出版社，1979年。
包天笑：《钏影楼回忆录》，北京：中国大百科全书出版社，2009年。
北京大学中文系：《中国小说史》，北京：人民文学出版社，1978年。
邴正：《当代人与文化——人类自我意识与文化批判》，长春：吉林教育出版社，1998年。
陈独秀：《独秀文存》，合肥：安徽人民出版社，1987年。
陈美林等：《章回小说史》，杭州：浙江古籍出版社，1998年。
陈平原、夏晓虹编：《二十世纪中国小说理论资料》（第一卷）1897—1916，北京：北京大学出版社，1989年。
陈平原：《二十世纪中国小说史》第一卷（1897—1916），北京：北京大学出版社，1989年。
陈平原：《中国现代小说的起点——清末民初小说研究》，北京：北京大学出版社，2006年。
陈平原：《中国小说叙事模式的转变》，北京：北京大学出版社 2003年。
陈子展：《中国近代文学之变迁》，上海：中华书局，1929年。
程文超：《一九〇三：前夜的涌动》，《程文超文存》2，北京：中国社会科学出版社，2009年。
方志钦、王杰：《康有为与近代文化》，郑州：河南大学出版社，2006年。
冯雪峰：《冯雪峰选集·论文编》，北京：人民文学出版社，2003年。
傅斯年：《傅斯年全集》，长沙：湖南教育出版社，2003年。
高尔纯：《短篇小说结构理论与技巧》，西安：西北大学出版社，1985年。
高行健：《现代小说技巧初探》，广州：花城出版社，1981年。

戈公振：《中国报学史》，北京：生活·读书·新知三联书店，1955年。
格非：《文学的邀约》，北京：清华大学出版社，2010年。
葛兆光：《禅宗与中国文化》，上海：上海人民出版社，1988年。
顾广梅：《中国现代成长小说研究》，北京：人民出版社，2011年。
胡适：《胡适全集》，合肥：安徽教育出版社，2003年。
黄人影：《当代中国女作家论》，上海：上海书店，1933年。
蒋瑞藻：《小说考证》，上海：上海古籍出版社，1984年。
金耀基：《从传统到现代》，北京：中国人民大学出版社1999年。
乐黛云：《国外鲁迅研究论集》，北京：北京大学出版社，1983年。
李伯元：《南亭笔记》，上海：上海古籍出版社，1983年。
李达三、罗钢：《中外比较文学的里程碑》，北京：人民文学出版社，1997年。
李大钊：《李大钊文集》，北京：人民出版社，1984年。
李欧梵：《现代性的追求》，北京：生活·读书·新知三联书店，2000年。
李欧梵：《中国现代文学与现代性十讲》，上海：复旦大学出版社，2002年。
梁启超：《梁启超选集》，上海：上海人民出版社，1984年。
梁漱溟：《中国文化要义》，上海：上海人民出版社，2005年。
林岗：《明清之际小说评点学之研究》，北京：北京大学出版社，2012年。
刘德隆等编：《刘鹗及老残游记研究资料》，成都：四川人民出版社，1985年。
刘小枫：《现代性社会理论绪论》，上海：上海三联书店，1998年。
刘勇强：《中国古代小说史叙论》，北京：北京大学出版社，2007年。
鲁迅等：《创作的经验》，上海：上海天马书店，1933年。
罗钢：《叙事学导论》，昆明：云南人民出版社，1994年。
茅盾：《话匣子》，上海：上海良友图书印刷有限公司，1934年。
茅盾：《茅盾文艺杂论集》，上海：上海文艺出版社，1981年。
钱玄同：《钱玄同日记》上，北京：北京大学出版社，2014年。
容闳：《西学东渐记》，长沙：岳麓书社，2015年。
芮和师等编：《鸳鸯蝴蝶派文学资料》，福州：福建人民出版社，2010年。
桑兵：《晚清学堂学生与社会变迁》，上海：学林出版社，1995年。
石昌渝：《中国小说源流论》，北京：生活·读书·新知三联书店，1994年。
时萌：《曾朴及虞山作家群》，上海：上海文化出版社，2010年。
舒芜等编：《中国近代文论选》，北京：人民文学出版社，1999年。
王德威：《被压抑的现代性——晚清小说新论》，北京大学出版社，2005年。
王德威：《想象中国的方法：历史、小说、叙事》，北京：生活·读书·新知三联书店，1998年。
王富仁：《中国反封建思想革命的一面镜子——《呐喊》《彷徨》综论》，北京：北京师范大学出版社，1986年。
王富仁：《中国文化的守夜人——鲁迅》，北京：人民文学出版社，2002年。
王国伟：《吴趼人小说研究》，济南：齐鲁书社，2007年。

王继权、周榕芳编选:《台湾·香港·海外学者论中国近代小说》,南昌:百花洲文艺出版社,1991年。

王晓明主编:《批评空间的开创:二十世纪中国文学研究》,上海:东方出版中心,1998年。

维之:《精神与自我现代观——精神哲学新体系》,北京:社会科学文献出版社,2004年。

魏绍昌:《李伯元研究资料》,上海:上海古籍出版社,1980年。

魏绍昌:《孽海花研究资料》,北京:中华书局,1962年。

魏绍昌:《孽海花资料》,上海:上海古籍出版社,1982年。

吴国盛:《时间的观念》,北京:北京大学出版社,2006年。

熊月之:《西学东渐与晚清社会》,北京:中国人民大学出版社,2011年。

徐秀明:《20世纪中国成长小说研究》,上海大学博士学位论文,2007年。

许纪霖:《无穷的困惑:黄炎培、张君劢与现代中国》,北京:生活·读书·新知三联书店,1988年。

许纪霖编:《二十世纪中国思想史论》上,上海:东方出版中心,2000年。

严家炎编:《二十世纪中国小说理论资料》(第二卷)1917—1927,北京:北京大学出版社,1997年。

杨河:《时间概念史研究》,北京:北京大学出版社,1998年。

杨世真:《重估线性叙事的价值——以小说与影视剧为例》,杭州:浙江大学出版社,2007年。

杨义:《中国古典小说史论》,北京:人民出版社,2004年。

叶朗:《中国小说美学》,北京:北京大学出版社,1982年。

衣萍:《枕上随笔》,北京:北新书局,1930年。

尤西林:《心体与时间:二十世纪中国美学与现代性》,北京:人民出版社,2009年。

袁进:《近代文学的突围》,上海:上海人民出版社,2001年。

袁进:《中国小说的近代变革》,北京:中国社会科学出版社,1992年。

张东荪:《理性与良知——张东荪文选》,上海:上海远东出版社,1995年。

张赣生:《民国通俗小说论稿》,重庆:重庆出版社,1991年。

张均:《中国现代文学与儒家传统(1917—1976)》,长沙:岳麓书社,2007年。

张隆溪选编:《比较文学译文集》,北京:北京大学出版社,1982年。

张占国编:《张恨水研究资料》,天津:天津人民出版社,1986年。

赵孝萱:《"鸳鸯蝴蝶派"新论》,兰州:兰州大学出版社,2003年。

赵毅衡:《当说者被说的时候:比较叙述学导论》,北京:中国人民大学出版社,1998年。

赵毅衡:《苦恼的叙述者》,成都:四川文艺出版社,2013年。

郑振铎:《西谛书话》,北京:生活·读书·新知三联书店,1998年。

郑振铎:《郑振铎说俗文学》,上海:上海古籍出版社,2000年。

郑振铎:《中国文学研究》,北京:人民文学出版社,2000年。

中国社会科学院文学研究所编：《卢卡契文学论文集·二》，北京：中国社会科学出版社，1981年。

周钧韬主编：《中国通俗小说家评传》，郑州：中州古籍出版社，1993年。

周为民、周熙明主编：《进步的常识》，北京：现代出版社，1999年。

周作人：《儿童文学小论·中国新文学的源流》，石家庄：河北教育出版社，2002年。

周作人：《自己的园地》，石家庄：河北教育出版社，2002年。

二、作家作品

冰心：《冰心文集》，北京：华夏出版社，2000年。

陈衡哲：《小雨点》，上海：新月书店，1928年。

程中原编：《张闻天早年文学作品选》，北京：人民文学出版社，1983年。

董文成、李勤学主编：《中国近代珍稀本小说》，沈阳：春风文艺出版社，1997年。

范伯群、范紫江：《倡门画师何海鸣代表作》，南京：江苏文艺出版社，1996年。

冯沅君：《沅君卅前选集》，上海：女子书店，1933年。

郭沫若：《沫若文集》，北京：人民文学出版社，1959年。

凌叔华：《花之寺》，北京：华夏出版社，2002年。

凌叔华：《凌叔华文集》，北京：北京燕山出版社，2007年。

庐隐：《或人的悲哀》，《庐隐文集》，北京：华夏出版社，2000年。

庐隐：《庐隐文集》，北京：华夏出版社，2000年。

鲁迅：《鲁迅全集》，北京：人民文学出版社，2005年。

鲁迅、周作人编译：《域外小说集》(影印版)，北京：中央编译出版社，2014年。

茅盾：《茅盾全集》，北京：人民文学出版社，1984年。

苏曼殊：《苏曼殊文集》，广州：花城出版社，1991年。

吴趼人：《我佛山人文集》，广州：花城出版社，1989年。

肖凤编：《庐隐》，北京：人民文学出版社，1984年。

徐中玉等主编：《中国近代文学大系》，上海：上海书店，1991—1996年。

杨振声：《杨振声文集》，北京：华夏出版社，2000年。

郁达夫：《郁达夫全集》，杭州：浙江大学出版社，2007年。

曾朴：《孽海花》(修改本)，上海：上海真善美书店，1928年。

章培恒等编：《中国近代小说大系》，南昌：江西人民出版社，1988年。

郅志选注：《猛回头·陈天华邹容集》，沈阳：辽宁人民出版社，1994年。

《中国新文学大系》，上海：上海良友图书印刷有限公司，1935年。

三、报刊

《小说林》

《小说月报》(1919—1927年)

《新潮》(1919—1920年)

《新青年》(1915—1921年)

《新小说》
《星期六》
《绣像小说》
《月月小说》

后　记

这是我的博士论文,也是我的第一本学术专著,当然也是第一次写后记。提起笔来,有一种惶然挥之不去……

六年前第一次南下广州"赶考"的情景历历在目。广州的春天总是来得让人猝不及防,走得让人猝不及防,除了那一段潮湿连绵的阴雨天气,我对广州的春天没有多少常识性的感觉,很难萌生踏青迎春的念头,而我对广州的体悟却是从春天开始的。到中山大学考博时,外地还是春寒料峭,广州却已渐入炎热的夏季,这一点很难用我那点模糊的地理知识加以解释。然而,非常幸运的是,我能够受业于张均教授门下。从此,我的人生时空轨迹改变了。

张均老师为人朴实,治学严谨,对学生宽容,给我很多自由想象的空间。讲心里话,我那时选择小说的时空问题作为博士论文选题,只是一种直观的感觉:喜欢,觉得有意思。张均老师也喜欢这个选题,当然,我们一开始对时空的理解是不太一样的。因为,那个时候,我尚缺乏必要的学术上的时空理论知识,我对时空的理解是直观的、肤浅的,我不可能充分估量到这个选题所要面临的挑战与困境,当我走上这条崎岖的小路,才知道其中的艰辛与煎熬,有几次我都想放弃,另辟他径。好在我坚持下来了,虽然结果不令人满意,但孜孜追求的东西出现了一些轮廓,也值得欣慰。本书的写作始终伴随着张均老师悉心的指导。师恩难忘,张均老师在学习、生活等各方面的言传身教都让我终生受益。在博一期间,导师给我开了两门课,和我共同制订了读书计划,选择了 50 本左右经典的中外理论名著,包含哲学、历史、社会学、人类学等理论著作,我一本本读,写读书笔记,和导师讨论交流……由于我基础薄弱,有些书读起来苦不堪言,甚至读不下去,如利科等人的时间理论专著很抽象,我没有读完,现在想来还有愧疚之意。当然,这可能是比较笨的学习方式,但做学术没有捷径,这种方式对我的"洗脑"也最有效,这种学术训练对我这个新人来说也许是入门学术的最佳路径。

随着资料的搜集,我开始对全书的理论体系、研究框架、内部结构、章节安排等进行整体性思考和设计,并与导师反复讨论、交流,大致理清了写作思路。我写的第一篇《胡适、〈孽海花〉及其"缀段"问题》在《江淮论坛》发表后被人大复印资料《中国现代、当代文学》全文转载。此后的几篇也相继在《明清小说研究》《云南社会科学》《烟台大学学报》《广西社会科学》等学术杂志上刊出,给了我很大的信心。更令人欣慰的是,本书出版前,20多万字数的博士论文全部发表在各核心期刊和大学学报上,其中,有2篇在韩国(KCI)核心期刊《中国现代文学》《中国人文科学》上公开发表。

论文发表之所以顺利,大概与本书的选题密切相关。小说的时间问题相对比较抽象,从时间维度考察中国小说的现代转型问题,学界还无人做系统研究,其研究空间比较广阔,创新性较强。但其前期的理论积累不容易,几乎没有现成的理论话语资源可供借鉴,所以,本书的理论框架是较新颖的,内容上有不少创新之处。

本书也有遗憾。按照原先的计划,博士毕业之后的三年要边修改边发表论文,边补充研究内容,争取出版时达到40万字。应该说,本选题还有不少新思路没有成文,有点遗憾。博士毕业后我一边工作,一边读博士后,好在博士后的选题是"中国小说现代转型中的空间问题研究(1898—1927)",是本书的姊妹选题,可以弥补一些不足。实际上,博士后这个选题才是原来设计的博士选题。小说的空间问题比时间问题更抽象,难度似乎更大,读博期间感觉有些手足无措,我和导师商量后改成了"中国小说现代转型中的时空问题研究(1898—1927)",结果时间问题写了,空间问题没有做。小说时空问题抽象,阐述难度大,以至于本书有些地方论述有些乏力,还需要进一步"精耕细作"。

本书的写作得到了中山大学林岗教授、谢有顺教授、郭冰茹教授等老师的指导,华南师范大学陈少华教授、暨南大学贺仲明教授、广东外语外贸大学伍方斐教授等博士论文答辩老师也为本书提供了宝贵的意见。值得一提的是,本博士论文的盲审专家北京大学陈晓明教授对本选题有所赞誉。幸运的是,在2008年北京大学举办的中国文艺理论学会第十四届年会上我与陈晓明老师有过交流,他对本选题的赞赏使我深受鼓舞。为小书的出版,张均老师又拨冗赐序,序言中的过誉之词,其实是对我的鼓励与鞭策。本书即将付梓,复旦大学出版社的陈军等老师付出了努力,他们的认真负责和包容鼓励,令人感动……

在时间的单向度流动中,结束与开始连接成线。在结束的时间节点上也意味着再出发……

图书在版编目(CIP)数据

中国近现代小说中的时间问题研究/赵斌著. —上海：复旦大学出版社，2020.11
ISBN 978-7-309-15354-5

Ⅰ.①中… Ⅱ.①赵… Ⅲ.①小说研究-中国-近现代 Ⅳ.①I207.42

中国版本图书馆 CIP 数据核字(2020)第 187119 号

中国近现代小说中的时间问题研究
赵　斌　著
责任编辑/陈　军

复旦大学出版社有限公司出版发行
上海市国权路 579 号　邮编：200433
网址：fupnet@fudanpress.com　　http://www.fudanpress.com
门市零售：86-21-65102580　　团体订购：86-21-65104505
外埠邮购：86-21-65642846　　出版部电话：86-21-65642845
常熟市华顺印刷有限公司

开本 787×960　1/16　印张 16.75　字数 249 千
2020 年 11 月第 1 版第 1 次印刷
印数 1—1 500

ISBN 978-7-309-15354-5/I·1255
定价：68.00 元

如有印装质量问题，请向复旦大学出版社有限公司出版部调换。
版权所有　侵权必究